新　潮　文　庫

# おごそかな渇き

山本周五郎著

# 目次

# おごそかな渇き

# 蕭々《しょうしょう》十三年

一

明暦《めいれき》三年の火事は江戸開府いらいはじめての大災だった。正月十八日午後三時ころ、西北の烈風ちゅうに、本郷《ほんごう》五丁目裏にある本妙寺から発した火は、ほとんど市街の三分の一を焼き、ついに江戸城の本丸天守閣をさえ炎上せしめた。そしてまだその余燼《よじん》の消えやらぬ翌十九日、小石川の新鷹匠町《しんたかじょうまち》と、麴町《こうじまち》五丁目との二カ所から出火し、江戸城の諸門は大手をのぞくほかすべて焼亡、品川の海岸まで延びてようやく鎮火した。罹災《りさい》したもの、武家屋敷では、万石《ごく》以上のもの五百余、旗本屋敷七百七十余、堂社三百五十、町屋千二百町、焼死者十万七千というありさまで、この夥《おびただ》しい死躰《したい》を埋葬供養《くよう》したのが本所回向院《ほんじょえこういん》である。

この十九日の大火のときであった。ふたたび江戸城へ火が迫ったとみて、諸大名旗本の人々はすぐさま駆けつけて来た。しかしこういう場合には誰《だれ》でも城中へはいれるわけではない。諸門には譜代旗本が警固していて、入れてよい者は通し、必要のない者は見舞の言上だけ受けてかえしてしまうのである。殊《こと》にそのときは由井正雪《ゆいしょうせつ》、別木《べつき》庄左衛門《しょうざえもん》などの事件があって間もないために門々の固めは厳重をきわめていた。

井伊掃部頭直孝《いいかもんのかみなおたか》のかためている桜田門へ、岡崎《おかざき》城主、水野監物忠善《みずのけんもつただよし》が馬を乗りつけて来た。まかり通ると名を通じたが、忠善のうしろに八名ばかり家来がいるのを見て、「ひじょうの場合、家来はあいならぬ」と直孝が押しとめた。

「家来と申しても僅《わず》かに数名、お役のはしにもあいたつべく、お通しがねがいたい」

「御城中にも人数はござる、家来はあいならぬ」

「……さらば」忠善はとっさに思案して、「馬の口取り両名はおゆるしください」

「いや乗馬はあいなり申さぬ、それほどの事をわきまえぬ監物どのでもあるまい」

「おひかえめされ」忠善はどなりだした、「かかる大変の場合、乗馬なくしていざというときのお役がつとまると思うか、ならぬというなら押し通ってみせるぞ」

荒大名として忠善の名はかくれもなかった、いけないと云《い》えば本当に押しやぶっても通るにちがいない、直孝はしかたがないので、「では片口でお通りなされ」と答えた。

片口とは馬の口取り一名のことである、直孝がそう云ったとたんにこの問答を聞いていた忠善の家来たちの中から、いきなり一人とびだして来て、轡《くつわ》をとっていた下郎をだっとつきのけ、「弥五郎《やごろう》口取りをつかまつる」叫びながら馬の口へとりついた。それとほとんど同時に、「いやその口取りは拙者《せっしゃ》が承る」と云ってもう一人とびだして来た。主君の供ができるか否《いな》かの大事な瞬間である、あとからとびついた男はけんめいに相手をつきのけようとした。しかし忠善が即座に、「もうよい、弥五郎が先についたのだ、口取りは弥五郎でよいぞ」と制した。

するとあとからとびついた男は憤然と忠善をふり仰ぎ、

「殿！　おぼえて御座あれ！」と絶叫した。

夢中だったのである、主君の供がしたいという一念でとりみだしていたのにちがいない。しかしいかになんでも主君に向って「覚えていろ」とは言葉が過ぎる、彼はそう叫んでから自分でもあっと思った。——しまった、しまった、とりかえしのつかぬ失策である、彼は全身に冷汗をにじませながら立竦《たちすく》んでいた。

彼の名は天野半九郎、三百石の大小姓《おおごしょう》で年は二十四歳になる、うまれつき人づきあいの悪い性質で、同僚たちからいつも変屈人あつかいにされていた。半九郎自身ではむろんそんなことは歯牙《しが》にかけなかった、彼は「殿のおんため」という一念に凝り固まっていたのである、常住坐臥《ざが》、かたときも「殿のおんため」ということが頭を去らない、なにをするにも、なにを云うにも必ず「殿のおんため」が出る、しかもそれが心底から本気のことなので、とかく動作がぎすぎすしてみえる。人が変屈人だというのも、そういうところを指しているのであった。

——殿、覚えて御座あれ。

と我を忘れて叫んだのも、主君の供がしたいという一心から出た言葉である。しかし事情はそうでも言葉としては暴言なので、きっとお咎《とが》めがあるにちがいないとみんなも評判し、半九郎もそう思って謹慎していた。けれども忠善は当分のあいだなにも云わなかった。そしてその年の秋になってから、半九郎に岡崎転勤を命じた。そのとき、

「食禄《しょくろく》を五十石加算する」という思いがけない沙汰《さた》が出た、「覚えていろと申したあの時の褒美《ほうび》だ」そう云って忠善は笑った、半九郎は泣いた。

二

——殿は、自分の心を知ってくだすった。

それがうれしかった、あの暴言を暴言とうけとることなく、かえって半九郎の真実の心をみとめて呉《く》れた、自分の心を主君は見ぬいて呉れたのだ、家臣としてこれ以上のよろこびはあるまい、半九郎は泣きながら、——この主君のために死のうとあらためて心に誓ったのである。岡崎転勤は家中《かちゅう》へのしめしだった。つまり過言に対する罰というかたちである。主君の心のわかった半九郎にとっては、そんなことはもはやな

んでもなかった、彼はむしろ勇んで国許《くにもと》へ移って行った。

参観《さんきん》のいとまが出て、監物忠善が岡崎へ帰ったのは、その翌年の一月のことだった。まえにも記したように忠善は荒大名として名高い人物だったが、それはいたずらに横車を押すという意味ではない、彼は禅に精《くわ》しく、儒学によく通じていた。また、小幡《おばた》勘兵衛《かんべえ》を師として兵学を研鑽《けんさん》し、その兵書に「水野抄」という一巻を加えたほどの見識があった。弓にも馬にもすぐれていたし、殊に一刀流では小野次郎右衛門《おのじろうえもん》から奥儀《おうぎ》をゆるされていたというくらいである。……忠善は岡崎城にいるあいだ侍女というものを一さい近づけなかった、裁縫をする女が城外にいるだけで、女性というものは城の内へ一歩も入れさせなかった。朝は四時から五時のあいだに起き、冬はみずから氷を割って顔を洗う。髪も自分で髻《たぶさ》にむすぶ、明け六ツ（六時）の太鼓が鳴るのを聞いて宿直《とのい》の者を起し、自分は馬場へ出て馬をせめる。それも毎朝必ず三頭ぐらいは乗りこなしたという。それが済んでから食事をするのだが、食事はじつに質素なもので、湯づけ飯に香物、焼味噌《やきみそ》というのがきまりだった。魚鳥の料理などが出るのは式張ったときで、年に何回と数えるほどしか無かった。

岡崎へ帰った、その翌朝のことであった。まだ暗いうちに眼覚《めざ》めた忠善が、洗面をしようとして寝所を出ると、廊下に盥《たらい》の用意をして誰か控えていた。暗いので何者かわからなかった。

「……誰だ」こえをかけると、ふり仰いだのは半九郎であった。「天野半九郎ではないか」

「……はあっ」彼は面《おもて》をあげた。

「六ツまでは、起きてまいるには及ばぬぞ」

そう云いながら、盥へ近づいてみると湯気がたっている、手を入れると程よいぬるま湯だった。一月の厳寒、いつもなら氷の張っているのを、拳《こぶし》でうち割って洗面するのがならわしである。忠善はちらと半九郎を見たが、なにも云わずに顔を洗ってしまった。……いちど寝所へ戻《もど》った忠善は、短袴《みじかばかま》をつけて馬場へおりた。するとそのときすでに半九郎は厩《うまや》の前に乗馬を曳《ひ》きだして待っていた。

「だいぶ精がでるな」

「……はっ」なにか溢《あふ》れるような眼で彼は主君を見上げた。

「肩が凝るぞ」

忠善は低く笑いながら、馬を駆って馬場へ出て行った。

明くる朝もまた、半九郎が湯を汲《く》んで待っていた。忠善は黙って洗面したが、終ってからしずかにふりかえって云った。

「余は少年のころから、顔を洗うのに湯をつかったことがない、べつに深い意味はないが柔弱を戒めるためだ、また岡崎にいるあいだは身のまわり一切のことを自分ですることにしている、それで宿直の者も六ツまでは起きなくともよい定《さだめ》なのだ、これからは湯を汲んで待つには及ばないぞ」

「おそれいりまする」半九郎は平伏して云った、「寒気がきびしゅうございますので独り合点《がてん》に心付かぬことを仕《つかま》つりました、以後は必ず御意《ぎょい》にそうよう致します」

「叱《しか》ったのではない、気にいたすな」

そう云って忠善は部屋へ戻った。

馬場へ出ると、半九郎はまた早くも厩から乗馬を曳きだして待っていた。馬をせめるときに、忠善はおりおり城外まで乗り出すことがある、その朝も馬場へ出て、未明の地上にいちめん白い霜がむすんでいるのを見ると、ふと矢矧《やはぎ》川のあたりまで行きたくなって馬首を城外へ向けた。そういうときは必ず独りにきまっていた、誰にもわずらわされず、思う存分に馬をせめたいからである、ところが城門を出ると間もなく、半九郎が馬で追って来た。

「来なくともよい、早朝はいつも独りで乗るのだ、戻っておれ」

「……はっ」彼は手綱《たづな》を絞った。

「来なくともよいぞ」

二度まで云ったが、半九郎はすこし遠のくだけでしまいまで供をしつづけた。

その翌朝も、半九郎は暁暗《ぎょうあん》の廊下で洗面の用意をしていた、湯ではなかったが、井戸から汲みたての、湯気の立つような新しい水だった。……忠善はなにも云わずにそれを使った。

三

それから間もなく天野半九郎はとつぜん役目を解かれた。

「思《おぼ》し召するところあってお役御免、当分のあいだ無役に仰《おお》せつけらる、さよう心得るよう」

そういう達《たつ》しを受けて半九郎はびっくりした、まったく寝耳に水であった。

「申上げます」彼は作法も忘れて膝《ひざ》をのりだした、「お役御免とはいかなる仔細《しさい》でございましょうか、わたくし過失を仕りましたなればお詫《わ》びを申上げます、恐れながら御意のほどを」「仔細に就《つ》いてはなんのお沙汰もない」老職は本当になにも知らないようすだった、「ただお上《かみ》の御意によるお達しだ、過失があったと思うなら暫《しば》く慎んでいたらよかろう、そのうちにはまた復役の折もあるであろうから」

「まことに、無礼なお願いではございますが、いちどだけお目通りおゆるしが願えませんでしょうか、わたくし心得と致しまして、お役御免の御趣意をぜひ申し聞かせて頂きたく存じまするが」

「それはお上におうかがい申してみよう、おゆるしなれば申し遣わす」

「なにとぞおゆるしの出ますよう、枉《ま》げて御配慮お願い申します」

半九郎は、くれぐれもたのんで下城した。

なんのための役目御免か、彼にはまるで見当がつかなかった。彼は主君の帰城を待ちかねていた、誰よりも大きなよろこびを以《もっ》て主君を迎えた、それから特に常宿直を願って、精いっぱい主君に仕えて来た。――どこが悪かったのだろう。――なにが御《ご》機嫌《きげん》を損じたのだろう。いろいろ考えてみたけれど、どうしても自分では思い当ることがない、そのうちにふと、誰かの讒訴《ざんそ》ではないかということに気がついた。江戸に於《お》けると同様に、この岡崎でも彼は人づきの悪い存在だった、奉公無二を一念としている彼には、同僚と折り合わない多くのものを持っていた、憎まれるほどの原因はないが、疎《うと》んぜられているのはたしかだった。

――そうだ、誰かの讒訴にちがいない。

彼はそう信じてしまった。それでさらに再三、老職までお目通りを願い出た。だが目通りの許しはなかった。彼はますます、主君と自分とのあいだを誰かが疎隔《そかく》しているものと思いこんだので、ついに最後の手段をとった。忠善がときおり朝の乗馬に城外へ出る、そのとき直訴をする決心をしたのだ。彼は朝な朝な、矢矧川の堤へ出て待った。霜のひどい朝があり、川いっぱいに霧たちこめる朝があった。雨が降っても出掛けた。斯《こ》うして十余日、未明の堤に出て待ちつづけているうち、やがてその機会にめぐまれる時が来た。

その朝はことに霜がひどく、あたりは見わたすかぎり雪のように白かった。凍《い》てた道を戞々《かつかつ》と近づいて来る馬蹄《ばてい》の音に、半九郎がじっと堤のかなたを見やると、忠善が単騎、すばらしい速度でこちらへ疾駆して来る。……半九郎は大剣をとって投げだし、霜の路上にぴたっと平伏した。

「……なに者だ」

忠善は馬足をゆるめながら近づいて来た。半九郎は道のまん中へ貼着《はりつ》くように平伏していたが、しずかに面をあげてひっしと主君を見た。

「御馬前をおどろかし申し訳ございません、半九郎めにございます」

「……なにごとだ」忠善は冷やかに見下ろした。

「かねて重役がたへお目通りを願い出ましたが、どうしてもお許しがさがらず、かように押してお目通りを汚《けが》し奉《たてまつ》りました、わたくし先般お役御免のお達しを蒙《こうむ》りましたが、奉公未熟のいたすところと重々おそれいり奉りまする、いかなる疎忽《そこつ》に依《よ》って御意を損じましたるや、篤《とく》と考えましたなれども未熟者のわたくしには合点のまいらぬ節がございます」半九郎の眼は真心を訴えるはげしい光りにあふれていた、彼はひたと主君の顔を見あげ、馬の足にとりすがらんばかりにしてつづけた、「半九郎めはただひと筋に御奉公を心がけてまいりました、そのほかには生きる道とてもございません、もしや誰人か殿に言上することなどあって、御意に触れたのではないかとも思われ……」そこまで彼が云ったとき、

「黙れ半九郎、黙れ」

そう叫びながら忠善は馬からおりた。そして、つかつかとそばへ寄るや、かつてみたことのない忿怒《いかり》の拳をあげて、半九郎の高頬《たかほお》をはっしと打った、二度、三度、五たび、そして力任せに突き伏せながら「そちは余をそれほどの愚者と思うか」

と声をはげまして叫んだ。

「他人の讒訴によって家来を誤り視《み》るほど余を愚者だと思うか、そちは今ひと筋の奉公と申した、しかしそちの奉公ぶりは自慢のできるものではないぞ、今こそ申し聞かせるが、そちはいつも己れいちにんの奉公、他を凌《しの》いでも己れだけ奉公すればよいと

考えている、桜田御門の折もそうだ、先にとりついた弥五郎を押しのけても己れが供をしようとする、宿直に当れば定を越えて盥を運び、馬場の世話をする、これらはいかにも出精《しゅっせい》で、奉公無二にはちがいない、余にもそれはよくわかる、うれしく思う、だが、家来はそちいちにんではないぞ、そちだけが無二の奉公をしてほかの者はどうするのだ、そういう奉公ぶりのできぬ者共はどうしたらよいのだ」

半九郎は息が止るかと思った。高頬を打った拳は骨に徹するものだった、しかしいま忠善の口を衝《つ》いて出る言葉は、彼の全身を微塵《みじん》に砕くかと思われた。

「戦場に於《お》いて最も戒むべきを『ぬけ駆けの功名』とする、いちにんぬけ駆けをすれば全軍の統制がみだれるからだ、平時にあってもこれに変りはない、家中全部が同じ心になり互いに協力して奉公すればこそ家も保つが、もしおのおの我執にとらわれ、自分いちにん主人の気に入ろうとつとめるようになれば、やがては寵《ちょう》の争奪となり、五万石の家は闇《やみ》となってしまう、……そちの奉公ぶりは戦場に於《お》けるぬけ駆けと同様だ、役を解いたのはそこに気付かせるためだったが、おのれの至らぬことは考えもせず、他人の讒訴を思うなどとは見下げはてたやつだ、さような者は余の家臣ではない、いとまを遣わすから何処《どこ》へでも出てゆけ！」

云いおわると共に、忠善は馬にとび乗り、そのまま城のほうへ、と疾駆し去った。

……半九郎は額を地に埋めるほど道の上にぴったり平伏していた、身動きもせず面もあげなかった。そしてやがて、その背がはげしく波をうち、喉《のど》をついて嗚咽《おえつ》の声がもれた、両手に霜凍る土を摑《つか》み肺腑《はいふ》を絞るような声で彼は泣いた。……川下のかたはるかに遠く、水鳥の魚をあさる羽音がけたたましく聞えた。

## 四

寛文《かんぶん》十年、参覲で江戸にいた監物忠善のもとへ、八月二十五日に岡崎から早馬の使いが来た、城下の西、松葉町から出た火事が矢矧橋を焼き、さらに延焼して城の白山曲輪《くるわ》を炎上させた報告であった。

「焰硝蔵《えんしょうぐら》（火薬庫）はどうした、移転はまだ終っていなかったであろう」

「はっ、隠居曲輪に建てておりまする蔵がようやく壁も乾き、一両日うちに引き移す手筈《てはず》になっておるところでございました」

「では焼けてしまったのか」

「危うく火を引くところでございましたが、まことに奇特のことがあって、辛《から》くも防ぐことができました」

「奇特のこととはなんだ」

使者はかたちを正して語りだした。……八月二十二日、強い西南の風のなかで城西松葉町から発した火は、矢矧橋を焼き、さらにずんずん延びて板屋町一帯を火の海と化し、外濠《そとぼり》を越えて城の白山曲輪へ燃えついた。白山曲輪には古くから焔硝蔵がある、しかもそこは二の丸のすぐ下になっているので、本丸の東にある隠居曲輪へ移転することになり、すでにそっちへ蔵を建てて移すばかりになっていた。白山曲輪へかかった火は手のつけられぬ勢いで燃えひろがり、人々が駆けつけたとき、すでに焔硝蔵はその火を真向にあびていた。移転準備で蔵はかこいの木立を払ってあった、しかも湿気をぬくために窓扉《そうひ》が明いている、駆けつけた人々はこれを見て慄然《りつぜん》と立竦《たちすく》んだ。

——窓が明いているぞ。

——誰か窓を閉めろ。

口々に叫んだが、誰の眼にももう間に合わないと思われた、蔵の中には幾百貫という火薬が塡《つ》まっている、窓から火の粉が一片舞いこんでも大爆発が起るにちがいない、そしてそこまで駆けつけるひまはもうないだろう。

——もういかん、みんな逃げろ。

誰かがそう叫んだ、みんな一斉《いっせい》に踵《きびす》をかえした。

「そのときでございます、水に浸した布子《ぬのこ》を頭からかぶった一人の男が、まっしぐらに駆けていって焔硝蔵にとびつきました、梯子《はしご》をたずねるひまもなく、伐《き》り払いました立木の一本を壁へたてかけ、するすると攀《よ》じ登りまして窓へとりつき、扉《とびら》を閉めるとみえましたが、そのまま、左右の鐶《かん》へ帯をひきかけ、これをたよりにおのれの軀《からだ》をぴったり扉口へ貼《は》りつけて動きません、はじめはなにをしているのかと不審に存じましたが……」

「扉の目塗りをする代りであろう」忠善が呻《うめ》くように云った。

「御意の如《ごと》く、おのれの身を以て扉の隙《すき》を塞《ふさ》いだのでございました」

「即妙の知恵だな、なに者だ」

「それがなに者ともあいわかりません、火がおさまって駆けつけましたときは、全身まったく黒焦《くろこ》げとなっておりました、衣類はもとより、人相も見分けのつかぬ死にざまでございました」

「しかし家中の人数を検《あらた》めてみればわかるではないか」

「それは早速検めたのですが、家中いちにんも欠けた者がございませんでした、風態《ふうてい》は武士にまぎれもなく、おそらく城外より入りこんだものと思われまするが、不審のままわたくしはお使者に立ってまいりました」

家中の人数に欠けた者がないとすれば、城外からまぎれこんだ者にちがいない、しかし城内の地理を知らぬ者が、焔硝蔵の危険に気付くのはおかしい、白山曲輪に火がかかったとみて、すぐに駆けつけるからはようすをよく知った者でなければならぬはずだ。しかもおのれの身を殺して蔵を救う断乎《だんこ》たる態度は、岡崎城に縁故のない者にできることではない、——なに者だろう。忠善はずいぶん考えてみたが分らなかった。その翌日第二の使者が着いた、一日おいて第三の使者が来た、それでもその死者の正《しょう》躰《たい》はわからずじまいだった。

明くる寛文十一年十一月、忠善は参覲《さんきん》のいとまが出て岡崎へ帰った。そうしてある朝、馬場で馬をせめているうちに、ふと思いついて矢矧川の堤へと遠乗りに出た。……霜のふかい朝だった、まだ明けて間のない時刻で、刈田や野づらには、低く灰色の狭霧《さぎり》が条《すじ》をなしてたなびいていた、路傍の笹簇《ささむら》も、枯れた茨《いばら》のしげみも、まっ白に霜をかぶって、きびしい朝寒《あさざむ》の空気のなかに、じっと息をひそめているかの如くみえる。……堤へかかって三丁あまり来たときだった、忠善はとつぜん烈《はげ》しく手綱を絞って馬を停《と》めた。

「……半九郎」光りの閃《ひらめ》くようにその名が思いうかんだのである、「ああ」と忠善は息をのんだ。十三年まえの或《あ》る朝、その堤の上で、しかもいま忠善が馬を停めたその道の上に、半九郎が平伏していた。地面へくいつくように平伏していた彼の姿を忠善は今ありありと見たのである。

「……半九郎、そちか」忠善は馬からとびおりた、白く霜をむすんでいる道の上に片膝をつき、手を伸ばして凍てた土のおもてを撫《な》でた、「……そちだったのか、そうか、よくやった、よくぞ城を護《まも》って呉《く》れた、十三年のあいだ、待っていたのだな半九郎、あっぱれだ、あっぱれだぞ」

　涙が忠善の頬をながれた。蕭々《しょうしょう》たる十三年のとしつきを経て、ふたたび主従の心はあい寄ったのである。遥《はる》かに遠く川波を騒がせて水鳥の立つ音がした。


（「新国民」昭和十七年一月号）

# 紅梅月毛《つきげ》

一

慶長十年二月はじめの或《あ》る日、伊勢《いせ》のくに桑名城のあるじ本多中務大輔忠勝《ほんだなかつかさたいふただかつ》の家中《かちゅう》で、馬術に堪能《たんのう》といわれる者ばかり十六人が城へ呼ばれた。

深谷半之丞《ふかやはんのじょう》もそのひとりだった。かれが登城して遠侍《とおざむらい》の間へはいると、そこにはもう殆《ほと》んどみんな集まって、さかんに馬のはなしをしているところだった。それでかれはいつものように片隅《かたすみ》へ坐《すわ》って、黙って人々のはなしを聴いていた。

「馬についてはわれらの殿にたくさん逸話がある」

松野権九郎《まつのごんくろう》がそう云《い》いだした。

「小牧山《こまきやま》の合戦《かっせん》のときだったが、永井与次郎どのが乗り損じて落馬した、馬はそれてとびあがりとびあがり敵のほうへと奔《はし》ってゆく、永井どのはすぐ追いかけたが徒《かち》だちだからとても及ばない、と見るなり、殿は御乗馬にひと鞭《むち》あてて永井どのを追いぬき、それ馬をひっしと敵勢の中へ追いこんだうえ取り戻《もど》しておいでになった」

「そうだ、あのときは敵兵も歯噛《はが》みをして、憎き本多がふるまいかな、とずいぶん口惜《くや》しがったそうだ」

「また関ヶ原のときにもある」

権九郎はつづけて云った。

「九月十五日の戦《いくさ》はお旗まわり四百騎の少数で先陣をあそばされたが、一戦のはじめに流れ弾丸《だま》で御乗馬が斃《たお》された、お乗り替はない、どうなさるかと思ったら、殿には傍《かたわら》にあった石へ悠然《ゆうぜん》とお腰をかけてしまわれた。箭弾丸《やだま》の飛んで来る戦場のまん中で、こう……悠然と石に腰をかけて待っておいでになる、そこへ井伊どのの老臣で木俣土佐《またとさ》という者が馬を煽《あお》って来た、殿には大音に呼びとめて、――馬を貸し候《そうら》え、と仰《おお》せられたが、相手も合戦のまっただ中で馬をゆずるわけにはいかない、お貸し申すこと相かなわず、と答えていってしまった、五人までそうやってお呼びとめあそばしたそうだ、あとで将軍家（家康《いえやす》）が、足でも萎《な》えたか、とお笑いなされたら、『足は萎えませぬが平八郎忠勝ともあるものが徒だちの戦をしては御名にかかわりまするので』とお答え申上げられたとのことだ」

「そのとき殿がお呼びとめあそばした者のなかに深谷半之丞もいたんだ」田中善左衛門《たなかぜんざえもん》という者がそう言葉を挿《さ》しはさんだ、「かれも殿にその馬貸せと呼びとめられた、ところがかれは見向きもせず、御免候えと云ったきり駆け去ってしまった」

「いや、あれにはわけがある、あのとき深谷は敵の侍大将を追い詰めていたんだ」

「そうだ、鷲津対馬《わしづつしま》をひっしと追い詰め、馬を合わせたとみるなり一槍《やり》で突き落した、実にあざやかな突きだった、なにしろあれはお旗まわり随一の兜首《かぶとくび》だったからな」

「そのとき深谷どのの乗っておられたのは名馬だったそうですね」

若侍のひとりが下座のほうからそう訊《たず》ねた。

「たいそう珍しい毛並だったそうですが」

「あれは紅梅月毛《つきげ》というのだ」渡辺弥九郎《わたなべやくろう》がひきとって答えた、「月毛というのは元来はつきという鳥の羽色からきたもので、今の鴇《とき》色のちょっと濃いのをいうのだが、深谷のはそれに紅をかけたような毛並だった、いまそこで云うように鷲津との一戦はみごとなものだったが、あの馬がまたとびぬけて良かった、こう突っ込んでいってのしかかった時のすがたはまるでそのまま敵を吞《の》んでしまうかと思われた」

「それでその馬はどうしたのですか」

「惜しいことに深谷が鷲津対馬のしるしをあげているうちにそれてしまった、あれなどは正《まさ》しく名馬というべきだったろうのに、残念なことをした」

はなしはひとしきり紅梅月毛に集まった。

それは半之丞が慶長五年二十二歳のとき関ヶ原の合戦に乗った馬で、かれはその戦に兜首二級のほか十余騎を討ち、当日の功名帳では上位につく手柄《てがら》をたてたのであるが、馬は流弾にでもやられたものか、戦場の混乱のなかへそれたまま戻らずじまいだったのである。

「いや、あれは名馬ではなかった」松野権九郎が頭を振りながら云った、「おれはよく知っているが、あれはごくあたりまえな平凡な馬だった、深谷は乗るのも抜群だが飼うのはさらに上手で、ごく平凡な馬だったのをあれまでに育てあげたのだ、しかしまず駿足《しゅんそく》というところだろう、決して名馬などではなかったよ」

「それは深谷も自分で云っているな、われわれには駿足くらいが頃《ころ》あいで、それ以上の馬は飾り道具だと、……だが紅梅月毛は名馬といってもそれほど不当ではなかったよ」

こうして一座の話題の中心になっているのに、当の深谷半之丞は隅のほうに坐ったまま黙っていた。かれの無口は名だかいもので、こういう座談などには決して加わったことがないから、まわりの者もしぜんと馴《な》れてしまい、今ではかれがいてもいなくても、平気でかれの評判をするようになっていたのである。

「ご一同お縁側へ」

間もなく近習番《きんじゅばん》の侍がそう伝えに来たので、かれらは衣紋《えもん》をかいつくろいながら遠侍から出ていった。

二

本多忠勝はそのとき五十八歳だった。生涯《しようがい》に五十七たびも戦場に臨み、なんども生死の境をくぐって来たが、身にはかすり疵《きず》ひとつ受けなかったという、近頃は自分でも「寸が詰った」と苦笑するとおり、ぜんたいの感じが枯れてきたようであるが、それが却《かえ》って奥底の深いしみじみとした風格となって、どうかすると俗塵《ぞくじん》を超脱した老僧のような印象を人に与えるのだった。

「これはまだ内聞ではあるが、ちかぢかうち将軍家において大切な御祝儀《ごしゆうぎ》がある」忠勝は低いさびのある声で云った、「そのおり伏見城の大馬場において馬競《うまくら》べを催すゆえ、譜代の家中よりおのおの一騎ずつ選んで出すようにとの御内達があった、……それで当城からも一名だけ選びだすわけであるが、一代名誉の催しといい、此処《ここ》に集まった者はいずれも馬術堪能で、おれから誰《だれ》とも指名がしにくい、そこで誰にも不平のないよう、そのほう共から札を入れて、最も数多く入った者をそれに当てようと思う、もしこれに異存のある者は遠慮なく申し出るがよい」

みんなにわかに膝《ひざ》を固くした。近いうち家康が秀忠《ひでただ》に世を譲るという噂《うわさ》はかねて聞いていた、それは前年の六月はじめて西国諸侯が江戸へ証人を送った頃からの噂で、

「大切な御祝儀」というからにはそれが事実となるに違いない、そうだとすれば正しく一代名誉の催しである、われこそ、と思わぬ者はなかったであろう、忠勝はそれを察して入れ札という方法をとったのだ。

誰にも異存はなかった、そこですぐ近習番の者が用意してあった筆紙を運び、十六人はそれぞれ順に札を入れた。すっかり済んで札が集まると、忠勝が自分でそれを読みあげた。

「……深谷半之丞」

まずはじめが半之丞だった、次ぎもそうだし三枚めもおなじだった。

忠勝は苦笑しながら「だいぶ半之丞に人気があるな」そう云って読みつづけた。ところが松野権九郎に一枚はいったきりで、あとの十五枚はみんな半之丞だった。

「ほう」みんな自分で入れながらやっぱりそうかと思った。忠勝も予想はしていながらそれほど気が揃《そろ》おうとは考えなかったのでちょっと眼を瞠《みは》った。

権九郎ひとりはなにやら腑《ふ》におちぬようすで、

「わたくしのは一枚きりでございますか」と首を傾《かし》げながら訊《き》いた。

「そうだ、なにか不審があるのか」

「いや、不審ということはございませんが」

そう云いながらなにか未練のありそうな眼つきをしているので「三枚や五枚あっても深谷とは勝負にはならんぞ」と云う者があり、みんなくすくす笑いだした。

「……さて半之丞」忠勝はかたちを改めて云った、「これで馬競べに出るのはそのほうときまった、桑名一藩の名代《みょうだい》ともいうべき役目だ、まだ時日はあるから充分に稽古《けいこ》をして置くがよい、それからもし家中の馬で気にいったものがあったら、誰の持馬でも遠慮なく乗ってよいぞ、その旨《むね》はすでに老職へ申し達してあるから」

半之丞は平伏してお受けをしたが、さして感動したようすもなくしずかに、みんなと一緒に御前をさがった。

遠侍へ来るともう早速「おれの馬に乗って呉《く》れ」という申込みがはじまった。「拙者《せっしゃ》の背黒は南部産の五寸《いっき》（馬の丈を計るのに四尺より三寸までをスンで数え四寸より七寸までをキという）で駆けの速さは格別だ、是非とも拙者の馬に乗って呉れ」

自分のは木曾《きそ》産の逸物だ、おれのは三春《みはる》の駿馬《しゅんめ》だといって、聞き伝えた者がつぎつぎとせがんできた。一代晴れの競べ馬だし乗りてが半之丞だから、自分の馬で勝たせたいと思うのは人情に違いない、だが半之丞は漠然《ばくぜん》たる顔つきでうんともおうとも云わず、時刻になるとさっさと城を退出してしまった。

深谷の家は武家屋敷のはずれにあり、すぐ裏に揖斐《いび》川の流れが見えている、門をはいると正面が住居で、左へかなり広い庭がひらけ、一棟《むね》の家士《かし》長屋が建っている、その長屋と鉤《かぎ》の手になるかたちで住居にくっつけて厩《うまや》があった。

帰って来た半之丞は住居へははいらないで、庭を横切って厩のほうへいった。そこでは今しも十七あまりになるひとりの娘が、馬盥《ばだらい》にぬるま湯をとって馬のすそを洗っているところだった。

「お帰りあそばしませ」

近寄って来る半之丞をみると、娘は急いで裾《すそ》をおろしながら立って会釈《えしやく》した。襷《たすき》もはずそうとしたが、半之丞は手まねで制して馬のそばへ寄り、平首のあたりをそっと叩《たた》いた、それは二寸あまりの鹿毛《かげ》で、どこという特徴もないごくありふれた馬だったし、十日ほどまえから腹を悪くしているので、眼の色も濁り毛並に艶《つや》がなく、ぜんたいにひどくみすぼらしい感じだった。

「干葉《ひば》の湯ですそをしたらよいと伺いましたので、今ためしてみたところでございます」

娘がそう云った。

半之丞は黙って厩の中へはいってゆき、寝藁《ねわら》を掻《か》きまわしたり、排泄物《はいせつぶつ》の匂《にお》いを嗅《か》いでみたりした。娘は片手で馬の脇腹《わきばら》を撫《な》でながら、吸いつけられるような眼で半之丞のうしろ姿をじっと見まもっていた。

三

娘は名をお梶《かじ》といい、この家の口取りの下僕《げぼく》で和助という者の妹だった、くりくりとよく肥えてはいるが肉の緊《しま》ったからだつきで、いつも頬《ほお》に赤みのさした、明るい、命の溢《あふ》れるような顔だちである。口取りをする兄のそばに育ったためか、お梶は馬の世話をするのが好きで、近頃《ちかごろ》では兄の和助さえ「おれより上手だ」というくらい、すべてが手にいったものであった。

「どうもよくないな」

厩から出て来た半之丞は、憐《あわ》れみのこもった眼で馬をみつめながら、平首から鬣《たてがみ》のあたりを撫でた。

「せっかく晴れの馬場へ出られるというのに、……これではだめだ」

「なにかお催しでもございますのですか」

娘は耀《かがや》くような眼で半之丞を見あげた。

お梶だけには半之丞はよく口をきいた、気が合うというのか、娘が控えめで諄《くど》いところがないためか、二人になるといかにも気がるに話をする。しかし今はなにかしらこころ重げで、うんと頷《うなず》いただけだった、そして間もなく住居のほうへ去っていった。

明くる朝はやく松野権九郎が訪ねて来た。

「おまえひどいやつだぞ半之丞」

相対して坐るといきなり権九郎がそう云った。

「昨日の入れ札におまえは自分の名を入れたろう」

半之丞はまじまじと相手を見るばかりでなんとも云わない、権九郎はもくぞう蟹《がに》のように毛の生えた手で膝を叩いた。

「おれにはちゃんとわかっている、十六枚の札が十五枚まで半之丞であるわけがない、断じてあり得ないことなんだ、なぜかといえばだな」

かれはにやっと笑った、

「なぜかといえば、一枚はいった松野権九郎の札はすなわちおれが自分で入れたんだ」

半之丞はびくともしなかった。

「おれの札をおれが入れたからには、おまえがおまえ自身に札を入れぬかぎり十五枚集まるわけがない、どうだ、それに相違あるまい」

「念を押すことはないさ」ようやく半之丞がそう云った、「百遍やれば百遍、おれは自分に札を入れるよ」

「一言もない、おれもたぶんそうするだろう、だがそれはそれとしてたのみがある、ちょっと庭へ出て呉れ」

権九郎はせかせかと座を立った。

「さあ……ちょっと庭までだから」

半之丞はしぶしぶ立ちあがった。権九郎は自慢の馬を曳《ひ》いて来たのである、つまり競べ馬には是非その馬に乗って貰《もら》いたいというのだ。しかし半之丞が庭へおりるとすぐ、表から新しい客が馬を曳いてはいって来た。

「深谷どの、話ではわからぬから実物をごらんにいれ申す、この馬を見て頂きたい」

「待て待て」権九郎がおどろいて立ち塞《ふさ》がった、「おれが先着だ、おれの馬が済んでからにしろ、順番だ」

そう云っているところへまた一頭、逞《たくま》しい月毛を曳き入れて来る者があった。そしてすぐまた一頭、続いて二頭、あとからあとからと忽《たちま》ち十四五頭の馬が庭いっぱいになった。葦毛《あしげ》あり、鹿毛あり、白、栗毛《くりげ》、青など、とりどりの馬が犇《ひしめ》きあい、朝の光りにつやつやとした毛並を競って、あっちでもこっちでも蹄《ひづめ》で地を蹴《け》ったり勇ましく嘶《いなな》いたりした。

「さあ、よく見て呉れ、こいつは風のようにとばすぜ」ひとりがそう云えば「まあこのすばらしい足を見ろよ」と別の男が云う。

「そう眺《なが》めていたってしようがない、とにかくいちど乗ってみろ、ひと駆けすればこいつがどんな馬かわかるんだ」

そんなことを口ぐちに叫びながら、みんな自分じぶんの馬をうまく心を惹《ひ》くように曳きまわしたり、轡《くつわ》を小づいて嘶かせたりした。

半之丞は黙って興も無い顔つきでその馬の群を見まわしていたが、やがてその眼が吸いつけられるように或《あ》る一点へいって止った。そのようすに気づいて人々がふり返ると、門をはいった隅のところに、濃い栗毛のすばらしい逸物が一頭いた。首の伏兎《ふくと》というところから脊梁《せきりょう》、腰へかけての高く逞《たくま》しい線、琵琶股《びわまた》から蹄へながれる緊った肉付きなど、見るからに逸物という感じである。これほどの馬は本多家中にもそう数多くはない。

「ああ河内《かわち》どのの馬だ」誰かがそう云うと追っかけて「見ろ、牡丹《ぼたん》がいる」「河内どのの牡丹だ」と云い交わす声がつぎからつぎへと伝わっていった。それは老臣松下河内の飼い馬だった。飛騨《ひだ》の産で牡丹と号し、かつて京の二条城で徳川秀忠の眼にとまって所望されたが、河内はどうしても肯《き》かなかったという由緒《ゆいしょ》のあるものだった。

半之丞はしずかにそっちへ近寄っていった、そしてそばへ寄ってみておどろいた、その馬の口を取っているのは娘だった、くすんだ縞《しま》の布子《ぬのこ》に葛布《くずふ》の男袴《おとこばかま》を着け、余るほどの黒髪の根をきっちりと結んで背に垂れている、見かけがあまり質素なので気づかなかったが、こちらへふり向いた顔はまぎれもなく若い娘だった。しかも色のぬけるように白い、眉《まゆ》つきの秀抜な、少し眼もとに険はあるが、ぬきんでた美貌《びぼう》である。

「これは御老職のお馬ですね」半之丞はそう問いかけた。

「これを貸して頂けるのですか」

四

「はいそのつもりで曳いてまいりました」

娘は大きく瞠《みひら》いた眼で半之丞を見あげながら頷いた。響きの美しい澄んだ声である。

「お気に召しましたらお乗り下さいまし」

「貸して頂きましょう」

かれはそう云《い》うと、娘の手から手綱《たづな》を受取り、目礼をしてしずかに厩のほうへたち去った。

「つまりそういうわけか」松野権九郎が呻《うな》るようにどなった、「みんな帰ろう、馬はきまったぞ、相手が牡丹では文句も云えぬからな、たんぽぽやれんげは退散だ」

皮肉とも諦《あきら》めともつかぬ言葉にみんな笑いだし、やがておのおの自分の馬を曳いて去っていった。

厩の前に立ってさっきから庭のようすを眺めていたお梶は、半之丞が牡丹を曳いて来ると「まあ」といって大きく眼をみはった。

「みごとなお馬でございますこと、伏見の競べ馬にお乗りあそばすのでございますね」

「そうだ」

半之丞はそう頷きながら手綱をお梶にわたした。そして前へまわって馬の瞋《みはり》のところを指で撫でたり、口の糠付《ぬかつき》を押しつけてみたりした。馬は不安らしくびりびりと脇腹を震わし、首を振るかと思うと前足で地を掻いた。

「癇《かん》が強そうでございますこと」

「うん、少しこなさなければなるまい」

「鹿毛は口惜しゅうございましょう」

半之丞はふと娘を見た。お梶は妬《ねた》ましそうに牡丹の横顔を見まもっていた。……病気でさえなければ鹿毛が出るところだ、晴れの催しに自分の丹精した馬がお役にたたない、口惜しいというのは寧《むし》ろお梶の気持だったろう、半之丞は黙って眼をそむけた。

その日の午後になって松下家から人が来た。会ってみるとその朝牡丹を曳いて来た娘だった。

しかしこんどはあでやかに衣装を着替え、うす化粧さえしているので、すぐれた美貌が洗いだされたように耀いてみえた。侍女とみえる小女をうしろに、座へ就《つ》いて会釈をするとすぐ「どうぞこれをごらん下さいまし」といって娘は書状をさしだした。

それは松下河内から半之丞に宛《あ》てたものだった。披《ひら》いてみると「伏見の御前馬競べに牡丹を選んで呉れて珍重である」という書きだしで「……ついては催しの日までの飼い役としてむすめ阿市《おいち》を差遣《さしつか》わす、牡丹を今日まで飼い育てたのは殆《ほと》んど阿市ひとりの丹精であるし、当人もたっての望みであるから、当日まで安心して任せて貰いたい」そういう意味のことが認《したた》めてあった。

読み終った半之丞は娘を見た。娘は両手をついて半之丞を見あげた。

「わたくし阿市と申します、ふつつか者でございます」

「すると……」半之丞は書状を巻きながら、「あなたが牡丹の飼い役というわけですね」

「さようでございます」

「そうする必要があるのですか」

「わたくし自分で手がけまして、あの馬の性質も寝起きの癖もよく存じております、このたび伏見のお催しは大切なものと伺いました、もしその日までに調子の狂うようなことがございましては、せっかく選んで頂いた甲斐《かい》がございません、それで是非わたくしに世話をさせて頂きたいのでございます」

はっきりと理のとおった言葉だった。半之丞はあっさり頷いた。

「しかしごらんのとおりの狭い家で、あなたにいて頂く場所もありませんが」

「あちらのお長屋を拝借いたします」阿市はうち返すように云った、「そのつもりで手まわりの物も持ってまいりました、わたくしと下女二人、お長屋さえ拝借ねがえましたらほかに御迷惑はおかけ致しませぬ、どうぞよろしくおたのみ申します」

いかにも大身《たいしん》の育ちらしく、はきはきとときめどころをきめてゆく態度は気持のいいほど爽快《そうかい》だった、半之丞はしばらく感嘆するように娘の顔を見ていたが、やがて「では支度をさせましょう」と云って立ちあがった。

長屋には三人の家士と和助兄妹《きょうだい》が住んでいた。かれらはすぐに半之丞の住居のほうへ移り、そのあとへ阿市と二人の下女がはいった。手まわりの物というのが馬に三駄《だ》もあり、下女たちの持物さえ二駄あった。侍長屋とはまるでそぐわない大仰な荷おろしのありさまを見ていた家士のひとりが、「まるでお輿入《こしい》れのようだな」と呟《つぶや》いた。するともうひとりが、「本当にそうなるかも知れぬぞ」と笑いながら云った。「なにしろ当時うちのご主人は娘をもった親たちの覘《ねら》いの的だからな」「ではあの牡丹は婿《むこ》ひきでか」そんなことを囁《ささや》きあい、三人ともわが事のように昂奮《こうふん》した眼を輝かしていた。

少しはなれて見ていたお梶は、家士たちの話を耳にするとさっと顔色を変えた、そして逃げるように厨口《くりやぐち》のほうへと去っていった。

## 五

深谷家の日常はがらりと変った。あるじの半之丞が無口なので、それまでは実にひっそりとした慎ましやかな明け昏《く》れだったのが、阿市と下女たちが来てからにわかに活《い》き活きとした空気が張《みなぎ》りだした。

毎朝はやく、殆んどまだ暗いうちに阿市が厩《うまや》へあらわれる。あの朝のように、布子と男袴を着けた質素な身なりで牡丹を曳きだし、美しい手を惜しげもなく馬盥《ばだらい》の水へ浸してすそを洗う。寝藁《ねわら》を干すのも、厩の中を掃除するのも決してひと手は借りなかった、飼葉を与え口を嗽《すす》ぐまで、なにもかも独りでやる、「さあ廻《まわ》って」「お足を挙げて」「ちょっと前へ」愛情のこもった、はきはきとした声で呼びかけながら、いかにも馴《な》れた手つきで淀《よど》みなく始末してゆく、見ているだけでも気持のよい挙措だった。

半之丞が朝食まえにいちど午後にいちど、牡丹をせめに出て戻ると、すぐにまた阿市が受取って揉《も》み藁で汗を拭《ふ》きすそを洗う、そして夜になり、厩に入れて寝せるまで、まったく影のかたちに添うような世話ぶりだった。

半之丞はかくべつなにも云わなかったが、家士たちも和助も、お梶さえもそれには感嘆の眼を瞠《みは》った。

「とても大身のご息女とはみえぬ」「生えぬきの博労《ばくろう》でもあれほどはできまい」

そう云いあいながら、しぜんとこの家の席を譲るかたちで、いつか深谷家の生活は阿市主従と牡丹を中心に動くようになっていった。馬の世話をするときのほかは、美しく着替えた阿市の姿が庭を往来した。娘らしい華やかな声で、なにか命じたり笑ったりするのが終日たえない、どこともなしに香料の匂《にお》いが漂い、月の澄んだ宵《よい》などには琴の音が聞えたりする。三人の家士たちもなんとはなく気に張りがでたようすで、起《た》ち居《い》が眼だってきた。

こうした変化のなかで和助兄妹だけが、とり残されたかたちだった。病馬を裏の厩へ移してから、お梶は一日じゅうそちらで暮した。前庭のほうで賑《にぎ》やかに話したり笑ったりするのが聞えると、かの女は耳を掩《おお》いたいという風に眉をひそめ、唇《くちびる》を噛《か》みながら独りひっそりと病馬の背を撫《な》でている、そしていつかしら口の重い、笑うことの少ない娘になっていった。

徳川家の祝儀《しゅうぎ》というのが公表されたのはその年三月上旬のことだった。予期したとおり、家康が隠居して秀忠が世を継ぐのである、そして将軍宣下《せんげ》が秀忠にくだったのは四月十七日のことだった。徳川譜代の人々のよろこびは云うまでもない、恩顧外様《とざま》の諸侯も京の二条城と伏見の城へ、ひきもきらず祝賀のために詰めかけた。正式の祝賀は五月一日からはじまることにきまっていた、一日に諸侯諸士の登城。二日に猿楽《さるがく》、饗宴《きょうえん》。三日に勅使奉迎。四日に再び猿楽と饗宴、そして馬競べの催しは五日ということだった。

その知らせが桑名へ来たのは四月はじめのことである。改めてまた深谷半之丞と牡丹とが家中の関心を集めだした。

「おい深谷、きっと勝てよ」

「牡丹の調子はどうだ」

そんなことを云ってようすを見に来る者が多くなったが、こちらは例のとおり漠然たる態度で、うんともおうとも云わなかった。

或《あ》る朝のこと、牡丹をせめに出た半之丞は、四日市までいった戻りに、薪《まき》を積んでゆく一頭の駄馬《だば》をみとめてふと馬を停《と》めた。

「これ暫《しばら》く待て」

なにを思ったか半之丞はその駄馬の口を取っている男に呼びかけた。

「そこに曳《ひ》いているのはそのほうの馬か」

「はい、さようでござります」

農夫とみえる男はびっくりして頬冠《ほおかむ》りをとった、半之丞は牡丹からおりてその駄馬のそばへ歩み寄った。それはもうかなり老いているらしい、毛並の色も褪《あ》せ、四肢《しし》も骨だち、絶えず重い荷を負わされるためか、背筋脇腹《わきばら》などに擦《す》り剝《む》いた痕《あと》のある、なんともみじめな馬だった。半之丞は前後へまわって、ながいことしげしげと見やっていたが、やがて男のほうへふり返って、「この馬を譲って呉《く》れぬか」と云いだした。

「金三枚まで遣わす、ぜひ譲って呉れ」

あまり思いがけなかったのだろう、「へえ」といったきり男は返辞に窮した。

どんな愚か者でもこの馬と金三枚との比較はできる、おそらくからかわれるものと思ったに違いない、疑わしそうにこっちの顔を見まもるばかりだった。半之丞は面倒といいたげに、金嚢《かねぶくろ》から金一枚とりだして男に握らせた。

「桑名の深谷半之丞という者だ、馬を曳いてまいればあと二枚遣わす、なるべく早く、できるなら今日のうちにまいれ」そう云い残すと、返辞は聞くまでもないという風に、再び牡丹へ乗って駆け去った。

男がその駄馬を曳いて来たのは、もう日の昏《く》れかかる頃だった。まだ半分は疑わしげだったが、金二枚を受取るとはじめて「夢ではなかった」といいたそうな笑顔になり、自分のところ名前などを述べていそいそと帰っていった。

六

半之丞はその駄馬の口を取って、裏の厩へまわっていった。お梶はちょうど、もう恢復《かいふく》の望みの無くなった病馬の寝藁をとり替えてやっていたが、近寄って来た主人と、主人の曳いているみすぼらしい馬を見てけげんそうに眼をみはった。

「この馬を飼ってみて呉れ」

半之丞は持っている手綱をお梶に渡した。

「今はこんなになっているが、以前はこれでも乗馬だった、飼いようによってはまだ乗れると思うから……」

「はい」お梶はちょっと臆《おく》したようすで、「でも、わたくしに飼えますでしょうか」

と眩《まぶ》しげに主人を見あげた。

「おれも面倒をみるよ」そう云って半之丞は踵《きびす》を返した。

お梶はそのうしろ姿を見送りながら、ぱっと花でも咲いたように顔を輝かした。もう忘れられてしまったと考えていた主人が、この駄馬を乗馬に飼いたてるという、むずかしい仕事を自分に選んで呉れた。

「ご主人はお梶を忘れてはいらっしゃらなかったのだ」

そう思うと今日までの悲しい辛《つら》いおもいが一遍に消え去って、生甲斐のあるよろこびがはげしく胸へ溢《あふ》れてきた。日蔭《ひかげ》ばかりの裏庭さえ、急に明るく灯《ひ》が点《とも》ったように感じられた。

「おまえは仕合せ者ですよ」お梶は浮き浮きと駄馬に話しかけた。

「おりっぱなご主人に拾って頂いて、いまに御登城のお供もできるんですよ、でもそうなるにはおまえ自分でもしっかりしなくてはだめね、お百姓の家にいたときとは違うのだから、……でも大丈夫、きっとあたしが凜《りん》とさせてあげます、あの牡丹《ぼたん》にも負けないようにね」

話しながら、お梶は寧《むし》ろ自分のほうがよろこびに酔っているようであった。

けんめいなお梶の努力がはじまった。半之丞も絶えず見に来て、飼葉の選み方や量に嬉《うれ》しげに馬は半之丞を見るとよく嬉《うれ》しげにの案配をしたり、排泄物《はいせつぶつ》の具合をしらべたりした。馬は半之丞を見るとよく嬉《うれ》しげに嘶《いなな》いた、そばへ寄るとなにか訴えでもするように首をすりつけたり、やさしく手を噛んだりする、自分には示さない馬のそういう愛情の表現をみると、お梶はつい嫉《ねた》ましい気持を唆《そそ》られた。そうされる主人への嫉みか、そんなに甘えられる馬への嫉みか、どちらともなくついかっと胸が熱くなるのだった。

「拾って頂いたのが嬉《うれ》しいのでございましょうか、まるで十年も飼われたような懐《なつ》き方でございますね」

お梶がそう云うと、半之丞はふとふり返ってなにか云おうとした、しかしすぐ思いかえしたようすで、うんと頷《うなず》いたきりしずかに馬の平首を撫でていた。

半月ほど経《た》つと牡丹をせめる合間合間に、半之丞はその駄馬を曳きだしてまず庭内から乗りはじめた。みんなびっくりした。牡丹を見馴れている眼にはあんまり違いすぎるので、なんのために半之丞がそんな馬を飼いたてようとするのか見当がつかなかった。阿市《おいち》もあっけにとられたように眼を瞠ったし、二人の下女はくすくす笑いながら、「あれは百姓馬ですよ」とか「あれでも馬かしら」などと耳こすりをした。そんなありさまを見たり聞いたりするたびに、お梶は自分が嗤《わら》われているような屈辱を感じて身が顫《ふる》えた、しかし半之丞はまるでどこを風が吹くかという態度で、少し経つと屋敷の外までその駄馬をせめに出るようになった。

その月の末に半之丞は桑名を立った。しゅくん本多忠勝はもう四月はじめに伏見へのぼっていたのである。かれは家士二名と和助をつれてでかけた、自分は例の駄馬に乗り、牡丹は和助に曳かせて、……門まで送って出た阿市はあでやかに着飾り、濃い化粧をした耀《かがや》くばかりの美貌《びぼう》にいっぱいの微笑を湛《たた》えていた。

「どうぞお勝ちあそばしますように、めでたい知らせをお待ち申しております」

美しく澄んだ声でそう挨拶《あいさつ》をする阿市のうしろから、お梶は身を隠すようにしてじっと主人の姿を見まもっていた。半之丞はなにも云わないで、黙々と駄馬を駆って立っていった。

伏見へ着いたのは五月二日だった。本多家の屋敷へはいると、先着して待ちかねていた家中の人々が早速かれをとり巻いた。

「牡丹の調子はどうだ」「榊原《さかきばら》では日根野が出るぞ」「外様諸侯にも評判の催しだ、きっと勝てよ」「桑名一藩の面目がかかっているぞ」そんなことを口々に云いたてた。

半之丞はいつものとおり石のように黙って、漠然《ばくぜん》とあらぬ方《かた》を眺めているだけだった。

競《くら》べ馬《うま》に出るのは、酒井、榊原、井伊、本多の四家をはじめ、水野、大久保、鳥居、戸田、牧野、板倉、小笠原《おがさわら》など合わせて十一家で、乗り手も「ああ、あれか」と世に名の知れた者が揃《そろ》っていた。

祝賀の催しとはいうものの、まことは外様諸侯や、大坂方に対する示威の意味が主だった。したがってその方法も疾駆しながら槍《やり》をつかい、銃射、弓射をし、水を渉《わた》り、壕《ほり》を跳ぶなど、実戦に則したものだったのである。

「負けたら詰め腹だぞ」当日になるとみんなはげしい言葉で激励した。

「関ヶ原の腕まえをもういちど見せて呉れ、たのむぞ深谷」

けれどやっぱり、かれは黙々と口を緘《かん》していた。

## 七

大馬場には桟敷《さじき》が幾段にも設けられ、譜代、外様の諸大名や、その家臣たちが、幕張りの外まで溢《あふ》れるように居並んでいた。本多忠勝は正面桟敷で、家康、秀忠に陪侍《ばいじ》して競技を見た。

だが定めの時刻になり、鳴りわたる太鼓の音につれて、十一人の騎者が馬場へ出て来るのをみるとまずおどろかされた、深谷半之丞の乗っているのは牡丹ではないのだ。牡丹でないばかりか、毛並の色も褪せた四尺そこそこの、いやに四肢《しし》の骨ばった、なんともみすぼらしい老馬である、しかもほかの十騎が逸物ぞろいなので、そのみじめさは滑稽感《こっけいかん》をさえ唆《そそ》った。

「なんだ、妙なものを乗りだしたぞ」

そういう囁《ささや》きがおこり、桟敷のそこ此処《ここ》に笑いごえがひろがった。

「どこの家中だ」

「本多どののだそうだ」

「どういうつもりだろう」

そんな声も耳についた。しかし忠勝ははじめのおどろきが去ると、こんどはなにか急に興味をおぼえだしたようすで、まわりの嘲笑《ちょうしょう》などは耳にもかけず、じっと半之丞の動作を見まもっていた。十一騎は位置についた、騎者はおのおの背に銃を負い、大《おお》身《み》の槍をかい込んでいる、やがて合図の太鼓が鳴り響くと、さっと馬場に土煙りが巻きあがった。

井伊家の馬が先を切った、板倉がそれにつぎ、さらに榊原の日根野外記《げき》が続いた。半之丞は……かれはしんがりについていた。馬も乗り手も悠々《ゆうゆう》たるもので、いちばんあとからとことこと駆ってゆく、それはまさにとことことという感じだった、疾駆し去る十騎の後塵《こうじん》を浴びながら。

桟敷から幕張りの向うまでどっと哄笑《こうしょう》がわきあがった。二代将軍秀忠の顔にも苦笑がうかぶのを忠勝は見た。出発点から三段ばかりのところに、具足を着せた藁《わら》人形が騎者の数だけ立っている。乗り手はその藁人形に槍をつける、次ぎに幅二十尺深さ三尺の水場があり、それを渉ると、一丈ばかりの急勾配《こうばい》の丘を越したところで弓と矢をわたされ、五十歩の距離にある懸け垜《あずち》の的を射る、そこから二段ほどさきで幅六尺ばかりの壕を跳び、いちばんさいごが銃射だった、これは二十間ほど離れた鉄板張りの盾を射《う》つのである。

先を切っていた井伊家の騎者は、藁人形へ槍をつけたとき乗り損じて落ちた。

「ああ、先頭が落馬した」という叫びごえと共に、人々の眼はようやく先頭のはげしい競《せ》りあいに集まった。水場では二番と四番の馬が転倒し、騎者は二人とも水浸しになった。丘を越して弓射のときには榊原家の日根野外記が先頭だった。ついで壕を跳ぶところでは又しても二騎が乗り損じ、一騎は壕へ墜《お》ちた。

かくて銃射をして無事に出発点まで戻ったのは五騎だけであった、……一番は酒井家の馬、日根野外記は二番、そして三番は、……とことこと半之丞の馬が三番めにはいって来た。

「おお見ろ、本多どのの馬が三番をとった」

「あの老馬が三着についたぞ」

駆けだしたときとおなじ調子で、とことことはいって来た半之丞の馬を見ると、栈敷いっぱいにどよめきの声が揺れわたった。

「……乗るものだな」

そういう言葉が聞えたので、忠勝がそっとふり返ってみると、家康が頷き頷き笑っていた。やがて技の書上げが披露《ひろう》された、具足を着けた藁人形では半之丞ひとりがまさしく急所を突止めた、弓射では日根野外記が正中、銃射はこれまた半之丞だけが鉄張りの盾を射抜いていた。つまり技では深谷半之丞が筆頭だったのである。

湧《わ》きあがる喝采《かっさい》をあびながら五人の騎者は正面栈敷へ召され、将軍秀忠からひきでものを賜《たま》わった。それが済んだあとで、家康が半之丞をそば近く呼び寄せた。

「そのほうだいぶ老耄《ろうもう》の馬に乗ったようだが、本多家にはあのような馬しか飼っておらぬのか」

「恐れながら御側《おそば》まで申上げます」

「ゆるす、即答でよいぞ」

「本多家には名馬逸物の数が少なくございません、あのような老馬を持っておるのはわたくし一人でございます」

「それでは今日の催しになぜ逸物に乗らなかった」

柔和な眼がそのとき鋭く半之丞の面《おもて》をみつめた。

「このような場合には、その家ずい一の馬を出すのが普通ではないか、ことさら老耄の馬を選んだには仔細《しさい》があろう、申せ」

半之丞は平伏したまま黙っていた。忠勝はかれの無口を知っている。

ここで日頃の癖を出されてはならぬと思ったので「半之丞、お答え申上げぬか」と促した。それでようやく半之丞は面をあげた。

「恐れながら御側までお伺い仕《つかまつ》ります、今日のお催しは馬の良《よ》し悪《あ》しを較《くら》べるのでござりましょうか、乗りこなす技くらべでござりましょうか」

「…………」

家康の眉《まゆ》がきゅっと歪《ゆが》んだ。

八

「本多家の家風といたしまして」と半之丞はしずかに続けた、「名馬逸物を飼うは申すまでもございません、しかし第一には、馬術の鍛錬《たんれん》が大切と戒められております、いかなる名馬駿足《しゅんそく》も、戦場に臨んでは敵の箭弾丸《やだま》にうち斃《たお》される場合がございます、さようなときには有り合う放れ馬の良し悪しにかかわらず取って乗る、たとえ小荷駄《こにだ》の馬なりとも乗りこなしてお役にたつ、これが本多家の馬術の風でございます、今日のお催しが名馬較べでありましたならわたくしの誤り、もし駆法くらべでございますなら、馬についての御不審は……」

「わかった、もうそれでよい」家康は頷きながら微笑を含んだ眼で忠勝をかえりみた。

「忠勝どのお羨《うらや》ましいご家風じゃな」

「若輩者の過言でございます、お聞き捨てのほどを」

「いやいや忠勝どのらしいお心掛け、珍重でござる、まことに、今日の催しは名馬較べではおざらなんだ、馬咎《とが》めは筋が違いましたぞ」

家康はそう云ってくくと喉《のど》で笑った。人も嗤《わら》うような駄馬に乗って、到着こそ三番ながら技では筆頭を占めた、しかもその功を本多家の家風だと申したて、おのれの腕を誇るようすは些《いささ》かもなかった、それが家康のこころにかなったのだろう、明くる日かれは改めて衣服ひとかさねを賜わった。

深谷半之丞は伏見に数日滞在した。そのあいだに松下河内が牡丹をひき取った、家中の評判は褒貶《ほうへん》あいなかばしていた、褒《ほ》める者は「本多家の名をあげた」と云い、誹《そし》る者は「腕に慢じて異を好む仕方だ」と云った。当の半之丞はどんな評判にも知らぬ顔で、ゆるしが出るとすぐ例の老馬に乗って桑名へ帰った。

留守宅へ着くと、残っていた家士とお梶《かじ》とが出迎えた、阿市《おいち》や下女たちはもうみえなかった。

「松下どののご息女は一昨日おたちのきあそばしました」と家士が告げた。

「お帰りまでお待ちなさるよう申上げたのですが、なにかたいそうご立腹のようすでございまして」

わかっているというように半之丞は手を振った、そしてお梶に馬の手綱をわたして、

「すそをかってやって呉《く》れ」と云った。

お梶は老馬を裏へ曳《ひ》いていって揖斐《いび》川の流れへいれた。云いようのないよろこびで胸がいっぱいだった、伏見の競べ馬の始末は、一昨日ここへも伝わっていた、半之丞が駄馬に乗って三着になり、技では一番をとったという、その知らせを聞いたときからお梶は浮きたつようなよろこびに包まれた。

牡丹ほどの名馬を措《お》いてあの馬に乗って下すった、たとえひと月足らずでもお梶の飼った馬に。それはなにかしらん自分に対する主人の心をつきとめたような感じだった。

「そんなことを思ってはいけない、そんなばかなことがある筈《はず》はない」

自分でそう叱《しか》るあとから、抑えようのない幸福感がつきあげてくるのだった。

「おまえ天下第一の仕合せ者ですよ」流れのなかですそを洗ってやりながら、お梶は浮き浮きとその馬に話しかけた。

「おまえのような者が御二代さまの御前へ出られるなんて、夢にも考えたことはないでしょう、牡丹をごらん、……あんなりっぱな馬でも乗っては頂けなかったのに、うちのご主人だからこそおまえを選んで下すったんですよ、おまえ嬉《うれ》しくはないの、……牡丹のお飼い主はたいへん怒っておいでででしたよ」

「そんなに怒っていたか」

とつぜんうしろでそう云う声がした。お梶はあっといいながらふり返った、半之丞がそこへ来て立っていた、お梶は耳の根まで赤くしながら、「はい」と眼を伏せた。

「阿市どのはそんなに怒っていたか」

「はい、わたくし……よくは存じあげませんのですけれど……」

「怒るだろう」半之丞は頷いて云った、「怒るのがあたりまえだ、おれが悪かったのだから」

「まあ、旦那《だんな》さま……」

「おれは」と云いさして、半之丞はつと馬の鬣《たてがみ》へ手を伸ばした、馬は甘えるような声をだして首をすりつけた。

「おれはこの馬へ乗ってやりたかった」としばらくしてかれは呟《つぶや》くように続けた。「毛並の色も褪《あ》せ、重荷の稼《かせ》ぎに傷つき瘦《や》せた、みじめなこれの姿をみたとき、おれは一生の晴れに御前の馬場が踏ませてやりたかった、勝敗はどうでもよい、一代誉《ほま》れの競べ馬に花を咲かせてやりたかったのだ」

心にしみいるような調子だったので、お梶は思わず半之丞をふり仰いだ、かれは眼に泪《なみだ》を湛《たた》えながら云った。

「これは紅梅月毛なんだ」とかれは云った、「関ヶ原の戦《いくさ》にそれたまま、行方の知れなかったあの馬だ、こんなみじめな姿にはなったがおれにはひと眼でわかった、これは幾戦場おれを乗せて戦ったあの紅梅月毛なんだ」

お梶は大きく瞠《みは》った眼で半之丞を見あげた。

今にして思い当る、はじめて伴《つ》れて来られたとき、この馬は半之丞を見ると訴えるように嘶《いなな》いたり、さも懐《なつ》かしそうに首をすりつけたりした、お梶はただ嫉《ねた》ましいと思って見ていたけれど、あれは五年ぶりで会うことのできた主人への愛情の訴えだった、言葉をもたぬ馬の精いっぱいの愛情の表現だったのだ。

大きく瞠ったお梶の眼からはらはらと泪が溢《あふ》れ落ちた、川波は音もなく老馬の脚を洗っていた。

# 付記

慶長十年五月、伏見城でおこなわれた秀忠への将軍宣下の祝宴に就《つ》いては、内藤耻《ち》叟《そう》氏編次「徳川十五代史」に、……五月朔日《ついたち》、諸大名諸士登城して将軍宣下を賀す、二日猿楽《さるがく》あり、諸大名に饗宴《きょうえん》を賜う、三日、勅使二卿《きょう》を伏見城に饗し、各黄金五十枚、時服三十領を贈る、四日猿楽あり、諸大名饗応。云々《うんぬん》とその盛んなありさまを記しているが、これはそのこと自体よりも、かかる祝宴が伏見城においてで催されたこと、ならびに天下の諸侯がきそって祝賀に集まったことのほうに深い意味がある。

すなわち当時の記事の一に、

「……秀忠公拝賀の時、家康公みやこにありしかば、豊臣《とよとみ》家に御対面のため、上《じょう》洛《らく》のこと催させ給《たま》ひしに、淀殿《よどどの》おん憤《いきどお》り深くして、豊臣家におん腹めさせ、おん身もうせ給ふべきやなど聞えて、京、大坂の間もつての外に物騒しくなる、これも上方《かみがた》の大名の中に内々申しすすむる人ありと聞えし。此程《このほど》より西海、南海、山陰、山陽の大名ども、城を高ふし池を深くして、戦艦おびただしく作り出す、なんとなく騒がしくなりゆきぬ」としるしてある。淀君の忿懣《ふんまん》はいかにもよく衰運に向いつつある豊臣家の状態をあらわしていて興が深い、その意味において伏見の祝宴は注目すべきものであろう。

（「富士」昭和十九年四月号）

野の

分わき

一

「なにがそんなに可笑《おか》しいんだ」

「だってあんまりですもの」運んで来た燗徳利《かんどくり》を手に持ったまま、お紋は顔を赤くして笑い続けた、「……板前さんがあんまりなんですもの」

「板前がどうあんまりなんだ」

「若さまが鯊《はぜ》のあらいって仰《おっ》しゃったでしょう、ですからそう通したんですよ、本当にちゃんとそう通したのに、今いってみたらこうやって、俎板《まないた》の上へ黒鯛《くろだい》をのせているんです」そこでまたさも堪《たま》らないというようにふきだした、「……澄ましてこうやって黒鯛を作ろうとしているんですもの、鯊と黒鯛とまちがえるなんてあんまりだわ」

「ばかだな、それがそんなに可笑しいのか」

こう云《い》って又三郎《またさぶろう》はもの憂《う》げに盃《さかずき》を口へもっていった。……その夜、屋敷へ帰って寝所へはいってから、又三郎はふいとそのことを思いだし、ひとりでくすくす笑いだした。つまらないことをあんなに笑うお紋が可笑しくなったのだ。顔を赤くして片頬《かたほお》にえくぼをよせて、くるしそうに笑いこける娘の姿も、ありありと眼《め》に浮んだ。……後から考えると、それがお紋という者に眼を惹《ひ》かれる、最初のきっかけだったのである。

蔦萬《つたまん》というその料理茶屋は、脇屋五郎兵衛《わきやごろべえ》という留守役の老人の案内で、一年ほどまえに知って以来の馴染《なじみ》だった。それは両国橋の広小路《ひろこうじ》を南へさがった米沢町の地はずれにあり、すぐ前に薬研堀《やげんぼり》の水が見えるし、左どなりは石町《こくちょう》のなにがしとやらいう太物《ふともの》問屋の隠居所で、松の多いその庭と接しているため、鄙《ひな》へでもいったような静かな環境をもっていた。茶屋の構えも小ぢんまりしていた。二階も下も小部屋ばかりだし、けばけばしい飾り付はなし、簡素とおちついた気配りがゆき届いていた。主人の萬吉はもと幕府の配膳《はいぜん》方に勤めていたそうで、庖丁《ほうちょう》ぶりもよそとは違っていたし、女房《にょうぼう》のお蔦——蔦萬はつまり夫婦の名を取ったものだ——の好みだろう、女中たちもしっとりとした温和《おとな》しい性質の者ばかりだった。したがって客はたいてい武家か、町人でも静かに酒さかなを楽しむという人たちが多かった。……彼にはそういう静かなおちついた雰囲気《ふんいき》だけで充分だった、自慢らしい割烹《かっぽう》も酒も二のつぎだった。誰《だれ》にも煩《わずら》わされず、独りで勝手に酒を啜《すす》り、ぼんやりもの思いに耽《ふけ》ることができれば他《ほか》に望みはなかった。お紋は彼の受持のようで、給仕にはたいてい彼女が出たけれど、彼にとっては顔を覚えているという程度で、名も知らず、当人に対してもまるで興味などなかった。もしそんなきっかけがなくて過ぎたら、やがて蔦萬にも遠ざかったであろうしお紋という者も知らずに済んだに違いない、ずっと後になって、又三郎はそう考えては、独りで悲しげに呟《つぶや》いたものである。「本当に、あのときあんなきっかけさえ無かったら」と。

まえの事があってから、お紋はずっと狎《な》れたようすを見せ始めた。彼のほうからも気軽に話しかけるようになった、「鯊と黒鯛」とか、「あんまりだ」などという言葉が二人だけの通言になったようで、「隣りのお客さまは鯊と黒鯛よ」とか、「この吸物はあんまりな吸物だ」そんなことを云い興じた。お紋はようやく十七くらいだろう、さして美しくはないが、どことなくしゃくくんだような愛くるしい顔だちで、微笑すると片頬に刻むようなえくぼがよる。上眼づかいにすばやく人を見る眼つきが、特に際《きわ》だってなまめかしい、その年ごろに顕《あら》われる自然の媚《こび》で、自分では意識しないのだが、それが却《かえ》って生なまとした魅力をもっていた。

「お紋はどこに住んでいるんだ」

「お屋敷のすぐ近くでございますわ」

「屋敷を知っているのか」

「ええ、脇屋さまは古くからいらっしゃいますもの、わたくしの家は三つ目橋のそばの徳右衛門町《とくえもんちょう》でございますわ」

「そうか、ではそのうち送っていってやろう」

「まあうれしい、きっとですよ」

そんな話をするようになって間もなく、或《あ》る秋のはじめのことだったが、彼は蔦萬の帰りに、お紋をその町まで送っていった。そのとき運命のように時雨《しぐれ》が降りはじめ、誘われるままに、ほんの雨やどりをする積りで、露路裏にあるお紋の住居に寄った。……そこは入口と台所と並んでいるありふれた長屋の一軒で、彼女は藤七《とうしち》という祖父と二人で暮していた。老人は腕のいい植木職だったが、もう七十幾つという年でほんの手伝い稼《かせ》ぎしかできないという、瘦《や》せていて小さいが、日に焦《や》けた緊《しま》った軀《からだ》つきで、歯切れのいい調子でものを云うところなど、まだなかなか肯《き》かぬ気に満ちていた。又三郎は、そのとき酒を馳走《ちそう》になって帰った。

はっきり覚えているが、その夜のことだ。本所二つ目の屋敷へ帰ると、上屋敷から用人の作間丈右衛門が来て待っていた。

「もう二刻《ふたとき》も待っておいでです」脇屋五郎兵衛がひそひそ声で囁《ささや》いた、「……蔦萬のほうへ使いをやったのですがお帰りになったあとで、御用人へは中屋敷へおいでになったと申上げてあります、そのお積りで、梅芳丸でも口へお含みになるが宜《よろ》しいでしょう」

二

「だいぶおそくなりましたので、簡単に申上げてお暇《いとま》を致します」丈右衛門は熟れた柿《かき》のように赭《あか》いてらてらした顔をひき緊《し》め、まるで柱へ釘《くぎ》でも打ち込むような具合にこう云った、「……先頃《さきごろ》もよくお話し申したように、お世継ぎの件は順調にはかどり居りまして、おそらく今年じゅうには公儀へお目見得の運びにも相成ろうかと心得ます、依《よ》ってこなたさまにも御修身の儀はもちろん、日常お出入りに当りましても軽がるしいお振舞いは固くお慎みあそばすよう」

「あのときも云いましたがね」又三郎は無遠慮に相手を遮《さえぎ》った、「……私は初めからこの話はごめん蒙《こうむ》っているんですよ、壱岐《いき》さんにもちゃんと断わってあるし、なにしろ私なんぞに勤まることじゃあないんだから」

「御承知の如《ごと》く馬場殿ご一派の眼が厳しゅうございます」と、丈右衛門はまるで又三郎の言葉など耳にもかけずに続けた、「……近頃はしばしばお独りで外出をあそばすことなど、彼等《かれら》一派の口の端《は》にのぼっております。かようなことは今後きっとお慎みあそばすよう、との上の御意にございます、必ず御違背これなきよう」

下屋敷の役人どもにも固く申付けて置くからと、感情も潤《うるお》いもない調子で、云うだけ云うと丈右衛門は帰っていった。

脇屋はそれほどでもないが、他の年寄たちが眼を光らせているので、それから暫《しばら》くは外出もできず、又三郎は居間にこもって退屈な無気力な日を送った。――これではまるで押籠《おしこ》め同様だ、そう思った、想《おも》いは暗く、光りも希望もなかった、窓からは晴れて爽《さわ》やかに風のわたる空が見えた。或るときふと窓から醜《く》く縮れた桜の枯葉が舞いこんで来た、彼はそれを手に取り、かさかさに乾いて虫に蝕われた、穴だらけの葉をまさぐりながら、それがそのまま自分の身の上のように思えて憂鬱《ゆううつ》になった。……又三郎は出羽のくに新庄《しんじょう》藩の侍で、父は楢岡兵庫《ならおかひょうご》といい、物頭《ものがしら》を勤めていた。彼はその二男として育ったが、実は藩主のとのかみ戸沢正陟《とざわまさたか》の庶子で、生れるとすぐ楢岡兵庫の手にわたされ、その二男として成長したのである。そのころ能登守には帯刀《たてわき》という世子《せいし》がいたし、その下にも右京、主計《かずえ》、市蔵など男子が五人もあった。それが次ぎつぎと死去し、五年まえから一人も跡目を継ぐ者なしに現在に及んでいる、そこで去年の春あたりから嗣子《しし》選定の問題が起こり、初めて又三郎の身分が表面にうかびあがった。かれ自身もそれまでの育てられようから、自分が兵庫の実子でないということはほぼ察していたので、藩主の庶子だと聞いてもかくべつ驚きはしなかった。然《しか》しいちどその事実がわかると同時に、彼の身辺が忽《たちま》ち虚構と偽善と阿諛《あゆ》で塗り固められ、彼を中心にして家臣のあいだに対立と暗闘の始まったのを見て、彼はようやくおのれの身分と境遇を詛《のろ》うようになった。然もまだ彼が世子と決定したわけではない、江戸家老の馬場庄左衛門ら一派は、正陟の女《むすめ》で他へ嫁《か》したものが二人あり、そのうち摂州《せっしゅう》浅田の領主で、かいのかみ青木重安に嫁《とつ》いでいる松姫に男子が三人ある、その中から世子を迎えるのが正統だと云って、かなり頑強《がんきょう》に主張しているのだった。そして詮《せん》じ詰めたところ、どちらが選ばれるにしても、結局は権勢争奪の傀儡《かいらい》であって、自分にはまったく去就の自由の与えられていないということが、譬《たと》えようもなく彼を虚無的にしてしまった。

「この落葉のように」と、又三郎は哀《かな》しげに呟いた、「……風に吹き巻かれて、好みもしないほうへ、飛ばされてゆくんだ、自分ではどうしようもなく、――これでも人間の生き方といえるだろうか」

冬の前触れのような、冷たい雨が三日ほど降り続いた、侘《わび》しく悲しく、めいるような雨だった。廂《ひさし》ごしにその雨を見ているうちに、彼は云いようのない孤独な寂しさに襲われ、なにかに追われるような気持で外へ出ていった。……雨つづきの街はうらさびれていた、家々は鼠色《ねずみいろ》の空の下に濡《ぬ》れしょぼれて蹲《つくば》い、どの軒下も黄昏《たそがれ》のように暗かった。狭い横丁に尾を垂れた犬が餌《えさ》をあさっているのもかなしく、蓑《みの》や合羽《かっぱ》を着た物売り商人が、重そうに荷を担《かつ》ぎながら黙って道を往《ゆ》くさまもかなしかった。――どこへゆこう、又三郎は雨のなかに立ち止った。するとそれまでまったく忘れていたお紋の住居を思いだした。蔦萬は睨《にら》まれているからゆけない。お紋はいないだろうが、雨で藤七老人は家だろう、このあいだ酒の馳走になったままだ、色いろな理由が彼を唆《け》しかけた。彼は辻《つじ》を右へ曲って、こんどは足ばやに徳右衛門町のほうへ急いだ。

藤七は、しょんぼり莨《たばこ》をふかしていた。はじめちょっとけげんな顔をしたが、又三郎だということがわかると、殆《ほと》んど跳びあがった。彼は紙入を老人に渡して、酒と肴《さかな》をたのむと云った。藤七は手を振って拒んだ、「冗談じゃあねえ、冗談じゃあねえ」と喧嘩《けんか》腰《ごし》で繰り返した。

「おまえが江戸っ子ならおれも江戸っ子だ」又三郎は構わずそこへ坐《すわ》った、「……いちど出したものがそうかと云って引込められるか、厭《いや》なら竪川《たてかわ》へでも抛《ほう》り込んで来てくれ」

そして結局は、小半刻すると蝶足《ちょうあし》の膳を二つ、つつましく皿小《さらこ》鉢《ばち》をのせて、なんとも佗しい酒が始まった。

三

はじめは、たしかに侘しかった、しかしやがて老人がぽつりぽつり話しだした。ひと口に云えば身の上ばなしだが、飾らない言葉と、巧みな省略ぶりで、諄《くど》いというところが無く、そのうえまったく違った世間のことではあり、又三郎は惹きいれられるような気持で聞いた。……老人の一生はごく平凡な、どこにでもある汗と貧苦と、涙と失意とで綴《つづ》られたものだった、息子夫婦に先立たれて、孫娘と二人で稼いでいる事実だけでも察しはつく、それにもかかわらず、又三郎はそこにしみじみとした深い味わいを感じた。善良で勤勉で謙遜《けんそん》で、いつも足ることを知って、与えられるものだけを取り、腰を低くして世を渡る人たち、貧しければ貧しいほど実直で、義理、人情を唯《ただ》一つの宝にもたのみにもしている人たち、……又三郎にはそれが羨《うらや》ましいほど充実したものにみえ、本当に活《い》きた人生のように思えた。

「おれも爺《じい》さんのように生きてみたいと思う」彼は溜息《ためいき》をつきながらそう云った、「……世の中はどっちへまわっても苦労なものだ、それならせめて自分の生きたいように生きてみたい、安楽や贅沢《ぜいたく》だけが最上のものじゃないからな」

「若さまのような御身分でも、ときにはそんなふうに、他人の暮しがよくみえるものでございますかね」

「爺さんにはわかるまいが、おれの暮しなんぞは……」云いかけたが、そこで又三郎は口を噤《つぐ》んだ、この老人の前で、自分などが生活のことを口にするのは、お笑い草だと思ったから。

その日は半刻あまりして帰ったが、五日と間をおかずにまた訪ねた。こんどはお紋がいた、風邪ぎみで昨日から休んでいると云ったが、彼を見るとえくぼをよらせながら元気に笑った。

「こないだはせっかくいらっしたのに、どうして帰るまで待っていて下さいませんでしたの、ずいぶん情無しでいらっしゃるのね」

「お紋の帰りなんぞ待っていたら、屋敷を抛り出されてさっそく路頭に迷ってしまうよ」

「あらうれしい、そうしたらここへいらっしゃいまし、若さまのお一人くらい」

「その先は云うな」藤七が脇から遮った、「……そんなせりふはいちにんまえの女の云うこった、それより三河屋と魚政《うおまさ》へでもいって来な、さっき見たら活《いき》のいい鯔《ぼら》があったっけ、あいつの酢味噌《すみそ》と、なにか焼き物に椀《わん》というところでいこう」

「はい、でも若さまは張合のないほど肴には箸《はし》をおつけなさらないから」

ごめんあそばせと羽折《はおり》をひっかけて、お紋はいそいそと出ていった。……酒と肴が来て、お紋が燗をつけ酌《しゃく》をして遠慮のないうちとけた酒になった。老人とお紋との意気の合ったもてなし、する事の端はしに心の籠《こも》った、胸のすくような小とりまわし、それは貧しい席をこのうえもなく豊かに、温かくし、どんなに奢《おご》ったものよりも楽しく感じさせた。又三郎のいかにも気にいったようすを見て、お紋もたいそう嬉《うれ》しそうだった。

「お店へいらっしゃるといつもこわいお顔で、そのくせ寂しそうにとぼんとしておいでなさいますのに、きょうはたいそう御機嫌《ごきげん》がおよろしいんですね」

「いつもこうして呑《の》めたらな」又三郎はしみじみとこう云った、「……いちにち汗をかいて稼いで、さっぱりとひと風呂《ふろ》あびて、こうやってらくらくと坐って、爺さんやお紋とこうやって気楽に呑めたらと思うよ」

「冗談じゃありません、毎日そんなことをしていたひにゃあ飯の食いあげでさあ、働きざかりのそれこそ腕っこきの職人でも、酒を毎日のめるなんてえ者あ広いお江戸に数えるほどしかいやあしません、はたでごらんになるとは段違いに、それはまるっきりしがねえものでございます」

そして職人の稼ぎというものがどれほどのものか、どんなにつましい生活をしなければならないかということを藤七は語った。その話から又三郎が受けた感じは、かれらの生活の困難さではなくて、困難のなかにある生甲斐《いきがい》、困難にうち克《か》ってゆく緊張の力づよさだった。武家の完全な消費生活では、厳しい規矩《きく》によって手足を縛られ、退屈と無気力に馴《な》らされる、生活は保証されるが冒険もなければ夢も理想もない。又三郎は二十四になるけれども、その過去は単調な灰色の道がひとすじ坦々《たんたん》と延びているだけだ、それはこれから先も灰色に坦々と死ぬまで続くだろう、決して誇張ではない、彼は現実にそういう生涯《しょうがい》をたくさん見て知っているのだ。

「おれの云うのは、毎日こうして酒を呑むことではないんだ」彼は老人に向って訴えるように云った、「……自分で稼ぐ暮し、自分のちからで生きてゆく暮し、どんなに苦しくとも、骨がおれても、自分の腕で妻子をやしなってゆく暮しがしたいんだ、ひと口に云えば、本当に生きてるという気持になってみたいんだ」

「そういうのを栄耀《えいよう》の餅《もち》の皮と云うのじゃあございませんか」

「そうだ、爺さんにはわからないかも知れない、あんまり違いすぎるからな」

又三郎はこう云いながら、とつぜんはげしい酔いを感じて頭を垂れた。

「……けれどもおれはやってみる、しょせん一生だ、土担《つちかつ》ぎをしたって、今の暮しよりは張合がある、生きるんだ」

生きるんだと呻《うめ》くように云《い》いながら、又三郎はそこへ横になってしまった。

四

又三郎は繁《しげ》しげ徳右衛門町を訪ねるようになった。たいてい午後から昏《く》れじぶん迄《まで》なのでお紋とはかけ違うことが多かった、老人はすっかり気が合ったとみえ、足の痛風がやむとか腰が痛いとか云っては仕事を休み、又三郎の来るのを楽しみに待っているようだった。来ない日があると可笑《おか》しいほどしょげて、夕飯も喰《た》べずに寝ることさえあった。

「またこんなにお預かりしたの、お祖父《じい》さん」留守に来て又三郎の置いてゆく金を見て、お紋は肚立《はらだ》たしげによくそう云った、「……一昨日《おととい》のも、そのまえのもまだ手つかずじゃありませんか、お断りしなくちゃあいけませんよ」

「おまえは黙っていな、おれにゃあおれで考えがあるんだ」

「仕事を休んで若さまと呑む考えですか」

「そんなんじゃあねえ、若さまのことに就《つ》いてだ」藤七は或るときこう云った、「……おれが考えるには、若さまは遠からずお屋敷を出る、あんなに嫌《きら》っていらっしゃるんじゃあ勤まらねえ、この頃《ごろ》はお武家の武家嫌いが流行《はや》るけれど、若さまのはそんな上っ調子なものじゃあねえ、なにか深いわけがありそうだ、だから近いうちにきっと屋敷を出ていらっしゃるに違いない、そのときの足しにと思って、おらあ黙ってお預かりしているんだ」

「それが本当なら……」お紋はふと胸のときめきを覚えた。もし若さまがお屋敷を出て、自分たちと同じ町住居《まちずまい》をなさるとしたら、……繁しげ訪れて来る又三郎の存在はいつかお紋の心に一つの感情をめざめさせていた、その年頃の描かせる夢のようにおぼろげな、そして、「身分ちがい」という動かし難《がた》い垣《かき》を隔てた、はかないあこがれにはすぎなかったが、新しい雪のように柔らかく清らかに彼女の胸を満たしていた。そして今、又三郎が侍の身分を棄《す》てるだろうと聞いたとき、そのおぼろげな感情がにわかにはっきりとかたちを顕《あら》わすように思えたのだ。

「あたしお店をやめようかしら」お紋は暫《しば》くしてなにか思い惑ったように云った。「……ねえお祖父さん、お針も習いたいし、仮名の読み書きぐらいお稽古《けいこ》もしたいし」

「そうだな、そのうち若さまにも御相談してみるとしよう」

こうして次ぎに又三郎が来たとき、お紋は蔦萬《つたまん》をやめることにきまった。お紋の心に愛情が育っていたと同じように、彼もまたお紋に心を惹《ひ》かれていた。しかしそれはかくべつ際《きわ》だったものではなく、二十四歳の夢と若さと現実性をもった、きわめてあたりまえな愛であった。だが後に彼は知ったのである、烈火は消え易《やす》いが、くすぶっている埋《うず》み火《び》は冷えにくいということを。

「今日が三日だな」とそのとき帰りがけに、又三郎はなにやら決心したようすで、藤七にそう云った、「……明後日《あさって》の三時ごろ、御苦労だが蔦萬へ来て貰《もら》えまいか、ちょっと二人きりで話したいことがあるから、三時ごろがいいんだが」

へえと藤七は訝《いぶか》しげに見たが、合点《がてん》するものがあったのだろう、かしこまりましたお伺い致しましょう、と答えた。

又三郎は路次を出ると、心に張の出た足どりで竪川の岸を歩いていった。まだ昏れて間もないのに、家々はたいがい戸をおろしていた、印を書いた油障子に灯《ひ》のさしているのは、居酒屋か一膳《ぜん》めし屋のたぐいで、酔って唄《うた》うだみ声が、ひっそりとした河《か》岸《し》通りにもの侘しい反響を伝えていた。それは川の上の繋《つな》ぎ船《ぶね》で焚《た》く火明りの、ちらちらと頼り無げな焔《ほのお》の色と共に、初冬の宵《よい》のしみとおるような寒さを際だたせるものだったが、そのときの又三郎にはなにやら懐《なつ》かしく、できたらその仲間へはいってゆきたいような、誘惑をさえ感じた。彼は決心していたのである、大小を棄て、屋敷を出て、町人の生活にはいろうということを。そのさきはわからない、どこに身をおちつけるか、どんな業《なり》わいで喰《た》べてゆくか、それはまるで見当もつかなかった、然《しか》しともかくも屋敷を出ることがさきである。ただとび出すだけなら雑作はないが、戸沢家とのかかわりをはっきり断ち切って、あとくされのないようにしなければならない。そしてこれにはかれ自身ひじょうな心のふみきりが必要だった、なぜなら、彼の身内にながれ生きている武家の血はながい伝統と歴史の糸につながるもので、単に環境を変えるだけではどうにもならぬ根強い力をもっているのだから、したがってもし彼が能登守《のとのかみ》の庶子であり、世子選定などという紛糾した事情がなかったら、それだけきっぱりとふみきることはできなかったかも知れない。

「もうひとがまんだ、そうすれば肌着《はだぎ》からすっぽり脱いで、すっ裸になって出られる、それからはおれの自由だ、人間らしくつつましい、正直な、活き活きした暮しが出来るんだ……」

そう呟《つぶや》きかけた彼は、そこでぎょっとしながら立止った。うしろから足ばやに追いぬいた三人の黒い人影が、いきなり彼のゆくてに立塞《たちふさ》がったのである。

## 五

又三郎は後ろを見た、そっちにも三四人いた、つまり前後を塞がれたわけである。

彼等《かれら》はみんな面《おもて》を包み、姿勢にものものしい意気ごみをみせていた。

「黙ってついて来ていただきたい」前に立った三人の中からこう云った者がある、

「……声をだしたり逃げたりするとお為《ため》になりません、どうかおとなしく来て下さい」

「私は楢岡又三郎《ならおかまたさぶろう》という者だが」

「黙ってと申上げたでしょう」その男はのしかかるような調子で云った、「……お手間はとらせません、そこまで来て頂けばいいのです、まいりましょう」

　彼等は巧みにすり寄って又三郎の左右をきびしく固めた。これは暗殺者だ、彼はそう直感した。もちろん世子選定にからんだもので、又三郎の存在が邪魔になる一派のさしがねに違いない、なんというばかげたはなしだ、――本能的な恐怖はむろんあった、けれども彼はそれより強く罵《のの》り嗤《わら》ってやりたい欲望を感じた。彼は戸沢家の世子になりたいと思わないばかりでなく、きょうあすにも大小を棄てて屋敷を出てゆく積りでいる、それをうちあけたら意気ごんでいる彼等がどんな顔をするか、そして暗殺者を出すところまで切迫した重臣たちのあいだに、どんな悲喜劇が起こるだろうか、それは考えるだけでもひと笑いの値打はありそうなことだ。

「早くして貰《もら》いたいな」又三郎は右手をふところへ入れながら云った、「……どこへゆくのか知らないが寒くってしようがない」

「寒いだけで済めばお仕合せです」

　冷笑するように云ったまま、彼等は川沿いに三丁あまり東へゆき、材木蔵の空地を右に折れた。そこに亀戸《かめいど》村の飛地がある。一方は堀《ほり》に面した道で右側はかなり広く草原と畑が続いている、そこまで来ると人家も遠く、堀を隔てて東は殆んど荒地と畑と雑木林ばかりだった。……彼等は又三郎を枯草の中へ伴《つ》れこみ、そのまわりに輪をつくって立った。

「簡単に申しましょう」初めに呼びかけた男がかなり歯切れのいい調子で、こう云いだした、「……先頃から御家の跡目決定に就いて、家中《かちゆう》に種々の説をなす者があり、或《あ》る人々はこなたを直すよう奔走していると聞きました、然もその人々はまず殿の御意志を枉《ま》げ、多数の者を語らって無理押しに事を決めようとしている模様です、我われも勿論《もちろん》、こなたが殿の御胤《おたね》だということは聞きました、それに相違ないとは信じますが、いちど楢岡という家臣の子になり、家臣としてお育ちなすったことは消すわけにはまいらない、そして家臣から主君を迎えるとなると、戸沢家将来の綱紀が紊《みだ》れるのはわかりきったことです、我われは断じて承服ができません」

「尤《もつと》もだ、私もそう思う」又三郎はまじめに答えた、「……たしかに私が戸沢家を継ぐのは将来のためではない、そして、私にもそんな積りはまるでないんだ」

「と仰《おっ》しゃると、詰りどうなのです」

「私は決して跡目には直らない、そればかりではなく、武士であることさえやめる積りだ」

「ははあ」と、脇《わき》のほうで云う者があった、「……その手で来るか」

又三郎はそっちへ向いた。すると背丈の低い、ずんぐりとまるく肥えた男が、頭巾《ずきん》の間から眼をぎらぎら光らせながら詰寄って来た。

「そんな切って嵌《は》めるような言葉を我われが信ずるとでも思うんですか、こっちはまじめなんだ、あなたも能登守の御胤ならもう少し堂々とやったらどうです」

「するとそこもとは、私がでたらめを云うとでも」

「でたらめでないなら」とその男は性急に叫んだ、「……もし本心なら問題がここまで来ないうちにその意志を表明すべきではないか、明日は御親子《ごしんし》対面という運びの今夜になって、然もこういうどたん場へ来て云うなどとは人を愚にしたはなしだ、覚悟をきめたらどうです」

そうか、明日はもう父と会う運びになっているのか、又三郎は「親子対面」という言葉に胸をうたれた。そして卒然とそこにいる男たちが憎くなった、ふしぎな感情である、今日までこの問題に就いてずいぶん考えもし苦しみもしたが、能登守正陟《まさたか》に対して「父」という気持をもったことはない、親子《おやこ》などという考えはまるっきり頭に浮ばなかった。それがいま痛いほど鮮やかな実感ではげしく心を緊《し》めつけた。自分の言葉を信じない彼等の頑迷《がんめい》さ、あす父に対面しようとする子を、その直前に斬《き》ろうとする非道、又三郎は生れて初めて火のような憎悪《ぞうお》と忿怒《ふんぬ》に駆られた。

「そうすると貴公たちは、是が非でもここでおれを斬ろうというのだな」

「戸沢家六万八千石《ごく》の社稷《しゃしょく》を守るためにです、あなた個人を斬るのではない、戸沢家の社稷の害となる存在を斬るのです」

「七人と一人では」と又三郎は頭を垂れて云った、「……とうてい遁《のが》れるみちは」

そう云いかけた彼は、とつぜん人が違ったようにすばらしい呼吸で身を翻《ひるがえ》した、頭を垂れた上躰《じょうたい》が右へ傾くとみえ、人々が誘われるようにそっちへ寄ったとたん、又三郎は右足で強く地を蹴《け》り、あの肥えた小男に猛烈な躰当りをくれると、そのままつぶてのように道へ疾走していた。……生きるんだ、ここで死んではならない、生きるんだ、どんなことをしても。彼は殆《ほと》んど叫びたいような気持でそう思いながら、歯をくいしばってけんめいに走った。

## 六

「若殿、若殿ではございませんか」

竪川の河岸へ出たとき、向うから喉《のど》をひき裂くような叫び声が聞えた。又三郎は水をあびたように踏み止まった、挟《はさ》み討《う》ちだと思ったのだ。後ろを見ると、そっちからもつい四五間のところへ追い迫っていた。だめだと思った、それで彼は刀を抜いた、そこへ揚羽鶴《あげはづる》の家紋を印《しる》した提灯《ちょうちん》をかざして十四五人の侍たちが殺到し、ぐるっと又三郎をとり囲んだ、みんな足袋《たび》はだしに袴《はかま》の股立《ももだち》を取り、襷《たすき》、汗止という身拵《みごしら》えで、彼をとり囲むとすぐ、肩で息をしながら手に手に刀を抜いた。然しそれは又三郎を斬るためではなかった、中の一人がよく徹《とお》る声で、「小林、原田、沼野、貴公たち若殿のお供をしてゆけ、あとは我われがひきうけた、急げ」そう叫ぶなり、七八人は向うから来る人数を迎えて颯《さつ》と左右にひらいた。——おれを救いに来た者たちだ、そうわかると同時に、又三郎は理由のわからない嫌悪感におそわれ、眼をつむるような気持で、四五人の侍たちに護《まも》られながらそこを去った。

小林新吾《しんご》、沼野忠太夫《ちゅうだゆう》という二人は近習番《きんじゅばん》で、上屋敷にいたころ知っていた。彼等の語るところによると、馬場派の行動には予《かね》てから監視が付けてあって、今夜の企てもすぐ通報があった。そこで上屋敷から五人こちらへ駆けつけ、人数を分けて先手を打つ筈《はず》のところ、三つ目橋付近というだけで場所がはっきりしなかったためつい後《おく》れたのだという、「まことに我われの怠慢で申し訳がない」心から畏懼《いく》するように、寒風のなかで彼等はなんども汗を拭《ふ》いた。……又三郎はまるで聞いていなかった、この騒ぎから早く縁を切りたい、どんな事情があってもおさらばだ、もうたくさんだ、そんなことを繰り返し考えながら、彼等には構わず、大股《おおまた》にずんずん歩いていった。

屋敷の中も色めき立っていた。上屋敷から作間丈右衛門はじめ重だった顔が五人も来ていて、帰って来た又三郎を見ると左右から押包まんばかりにして奥へ導いた。どの部屋にも煌々《こうこう》と燭台《しょくだい》が耀《かがや》き、顔を硬《こわ》ばらせた老若《ろうにゃく》の侍たちが詰めていた。庭には篝《かがり》が焔《ほのお》をあげ、ものものしい身拵えをした人数の、警護しているのが見えた。導かれたのは休息の間であった。つまり藩主のほかには用いない部屋である、そこで彼は着替えをさせられたが、脱いだ着物を片付けていた若侍が「あっ」と云《い》ってそこへ拡《ひろ》げたのを見ると、羽折から小袖《こそで》へかけて、背中のところが斜めに五寸ばかり斬裂かれていた。丈右衛門はもちろんのこと、みんな色を変えて、彼の背中へまわった。

「お膚《はだ》は大丈夫でございますか」「おけがはございませんか」「いちおうお軀《からだ》を拝見いたしましょう」

又三郎は黙って手を振り、さっさと着替えをしてしまった。どこで斬られたろうと考えてみたが、まるでわからなかった、おそらくあの小男に躰当りを呉《く》れたとき、後ろから抜き打を入れられたに違いない、——一瞬の差だった。そう思ったが、実感がないのでかくべつなんとも感じなかった。彼はその夜、滑稽《こっけい》なほど厳重な宿直《とのい》の人数に護られて寝た。

朝は暗いうちに起こされた。風呂《ふろ》に入り、月代《さかやき》を剃《そ》り、髪をあげ、丸に九耀星《くようせい》の家紋の付いた熨斗目《のしめ》麻裃《あさがみしも》を着せられた、彼はなにも云わず、人形のようにされるままになっていた。支度はばかばかしく入念だった、丈右衛門が付きっきりで、そこを此《こ》処《こ》をといじりまわした。それが終ると上段の間に導かれ、上屋敷から来た老職と会った。すべては「親子対面」の手順であるが、彼には興味も必要もないので、軀をそこに置く以外はなにも見ずなにも聞かずに過していた。そして、やがて迎えの乗物が来て屋敷を出たが、そのとき駕籠《かご》に付いた小林新吾が、昨夜あれからの始末を囁《ささや》くような声で簡単に報告した。

「こちらは二人ほど薄手を負い、相手にも数人負傷者が出ました、然しその程度でものわかれとなり、今早朝、馬場老職が責《せめ》を負って隠居のお届けを致しました、それでひとまず落着する模様でございます」

だが又三郎は、そうかとも云わなかった。彼は目前に迫った正陟との対面を思って、世子《せいし》を辞退すること、同時に武士の衣を脱ぐこと、その二つをどのように云いだすべきか考え耽《ふけ》った。昨夜からの出来事は、彼の立場をぬきさしならぬものにしてしまった。世子辞退のことだけでもひじょうに困難であろう、だがおれは出てゆく、こんな生活は飽き飽きした、おれはもっと人間らしく生きるんだ、お紋を女房《にょうぼう》にし、あの老人をお祖父《じい》さんと呼んで。お紋、又三郎はずいぶん久方ぶりで呼ぶように、口の内でそっと呟いてみた、「……お紋」と。

## 七

「そして父と会ったのだ」

「………」藤七は膝《ひざ》を固くして聴いていた。

「生れて二十四年、はじめて会う父だった、上屋敷へ着いてからその席へ出るまでは、正直に云って胸が顫《ふる》えた」又三郎はそこでふと言葉を切った。

きょうは約束の日である。蔦萬《つたまん》の二階の馴染《なじみ》の部屋で、藤七とおちあって半刻《はんとき》あまり、運ばれて来た酒肴《しゅこう》にも殆んど手をつけず、苦いものを飲むような調子でここまで語ってきたが、彼の舌はいよいよ重く、調子はますます沈むばかりだった、「……だが会ってみると、やっぱり親子の情などは感じられなかった」と彼はしずかに言葉を継いだ。

「もちろんそれはそれでいい、おれはすぐに云いたいことを云った、跡目に直ることは云うまでもない、さっぱりと武士をやめて町人になるということを、爺《じい》さんのことも云った、お紋のことも隠さずに云った、そして人間らしく正直に、つつましく生きたいということを」

又三郎はそこで眼をつむった。そのときの父の顔がありありと思い浮んだのである、六十三歳になる正陟《まさたか》はもう髪も白く、皮膚のたるんだ頰《ほお》にも、緊《しま》りのなくなった唇《くち》つきにも、もの憂《う》げな、力のないまなざしにも、年齢より遥《はる》かに老衰の色が甚《はなは》だしかった。……又三郎の云うことを聞き終ると、正陟は、「みな遠慮せよ」と、侍臣をすべて遠ざけ、こちらへ寄れと又三郎を身近に招いた。

——おまえの云うことはよくわかった。

能登守は眠たげな調子で、こう云った。

——武家の生活には冒険も夢も理想もない。伝統を守り、扶持《ふち》に縛られ、非人情な規矩《きく》に従い、自分というものを無にして、奉公に一生を終る、まことに人間としては苦しい生き方だ、……然し又三郎、いかに苦しく、徒労のようにみえても、武家生活は在るのだ、領民の生命財産を保護し、世の中の秩序を守るためには、武家は無くてはならぬだろう、……おまえの望む人間らしい生き方、自分で稼《かせ》いで妻子をやしない、寝起きも飲み食いも自由に、肩腰の楽な生き方、それは誰《だれ》しも望むところに違いない、そうすることができさえしたら。

正陟の眠たげな調子がそこで変った、糸のように細かった眼がきらりと光り、たるんでいた頬がぴくぴくと痙攣《ひきつ》った。そして片手でまるい膝頭を撫《な》でながら、なにか告白するような口ぶりでこう云った。

——だが、農工商の生活が安穏に、自由に営まれ、世を泰平に持続するためには、冒険も夢も自分の理想も棄《す》て、厳しい規矩のなかで一生を公《おおやけ》のために捧《ささ》げる者が無くてはならない、いつか世の中が変ってこういう責任を四民が平等に負うような時代が来るかも知れない、然《しか》しそれまでは誰かがその責を負わなくてはならぬ……又三郎、おれの顔をよく見るがいい。

正陟はぐっと上半身を前へのり出した。

おまえの知っているその藤七とか申す老人は、七十幾歳になるということだが、六十三のこのおれとどちらが若くみえる、この白髪、この皺《しわ》たるんだ皮、どちらが多く老衰してみえるか。

「どうしてこのように老衰したかは云うまい、然しこのような父を棄て、苦しい退屈な勤めに一生を捧げる武家生活を見限って、自分だけ人間らしい自由な生き方へ奔《はし》る、それでおまえは満足できると思うか、……そう云われたとき、おれがどのように感じたか、爺さんには察しがつくだろう」又三郎はこう云って藤七の前に頭を垂れた、「……自分だけそういう世界から逃げだす、自分だけ、いやできない、おれは戸沢家の世子になる覚悟をきめた、爺さん、わかって呉れるか」

さっきから膝を見おろしたまま黙っていた老人は、かすかに頷《うなず》きながら、拳《こぶし》でそっと眼をこすった。又三郎は冷えた盃《さかずき》をとり、眉《まゆ》をひそめながらくっと呷《あお》った。

「これでおれの夢は消えてしまった、然しまだ一つだけ残っている、それはお紋だ、気兼のない裏店《うらだな》に住んで、爺さんとお紋と水入らずで、夏は肌脱《はだぬ》ぎ冬は炬燵《こたつ》で、気ままな暮しをする積りだった、それはできなくなった、堅くるしい屋敷住いで、気も詰ろうし可笑《おか》しくもなかろうが、おれの唯《たつた》一つの夢なんだ、爺さん、お紋を又三郎の妻に貰《もら》えないか」

「若さま、よくわかります、思召《おぼしめ》しはよくわかりますが」

「そのあとは聞くまでもないよ、爺さん、身分が身分だから、表むきはどこかの大名の娘を娶《めと》らなければならぬだろう、だがそれはまったく名だけだ、式張ったときのほかは話もせずに済む、おれにとって本当の妻は、――お紋ひとり、生涯《しょうがい》それでとおせるんだ、父のゆるしも得てある、爺さん、これが唯一つ残った、どうしても失いたくないおれの夢なんだ、お紋をおれの妻にして呉れ、爺さんの一生もひきうけるよ」

藤七はながいこと黙っていた、石のように軀を固くして、おそらく膝の上に置いた拳は、膏汗《あぶらあせ》で濡《ぬ》れているに違いない、だがやがて、喉《のど》になにか絡《から》まったような声で、こう云った。

「私に異存はございませんが、帰ってお紋によく相談をしまして、それから……」

「待っている、返辞はこの家で聞こう、待っているぞ爺さん」

## 八

蔦萬を出た藤七は、肩をすぼめ頭を垂れ、気ぬけのしたような足どりで大川を越したが、竪川通りへ来ると眼についた居酒屋へはいって、溜息《ためいき》をつきながら黙って三本ばかり呑《の》んだ、そしてそこを出て二町ほどゆくと、こんどは酒屋の店先で一合桝《ます》を二つあけた。それでかなり酔いが出たのだろう、歩きだすとちょっとよろめき、往来のまん中に立止ってぐいと向うを睨《にら》んだ。

「べらぼうめ、江戸っ子だ」

老人は気張った声でそう呟《つぶや》いたが、そのとたんにぽろぽろと涙がこぼれ落ちた。それを拳でじゃけんにこすり、ふらふらと歩きはじめたが、居酒屋があるとはいり、酒屋があると立呑みをやった。そして「べらぼうめ、江戸っ子だ」と、同じことを繰返しては涙をこぼした。

徳右衛門町の裏長屋へ帰ったのは、もう灯《ひ》がついたあとだった。泥酔《でいすい》した老人は、上へあがるにも孫娘の手を借りなければならなかった。まるで毀《こわ》れた木偶《でく》のように、ぐたぐたとそこへ、しだらなく軀を投げだした藤七を見て、お紋は暫《しば》く途方にくれるばかりだった。

「お祖父さんどうしたの、いったい、こんなに酔っちまって、途中が危ないじゃないの、若さまにはお会いして来たんですか」

「会って来たよ、ああ会ったとも」老人はよくまわらない舌でそうどなった、「なにが若さまだ、ちえっ、あの銀流しめ」

「お祖父さん、おまえ寝言を云ってるのね、そんなに酔って、失礼でもあったんじゃないんですか」

「おらあ酔ってるよ、おめえの見るとおり泥亀《どろがめ》のように酔ってる、……なにょう云やあがる、町人になるのはやめた、お紋を妾《めかけ》によこせ、それだけの前金を渡してある、……そんなちょぼ一があるか、若さまどころかあいつはぺてん師だ、これが酔わずにいられるかい」

「お祖父さん」お紋はとつぜん氷でも摑《つか》んだように身震いをした、「……お祖父さんはっきりして下さいな、今のはいったいなんのことなの、誰がぺてん師だっていうんですか、ちょっと起きてわかるように話してお呉んなさいな」

「云えというなら云おう、ああ云おうとも」藤七は両手を畳に突いてゆらゆらと半身を起こした、「……云うからびっくりしねえで聞け、お紋、おらあ蔦萬であいつに会った、なにが失礼なものか、あんな野郎はあいつぐれえが相応だ、おらあおめえにも云ったとおり、今日こそ侍をやめて、これから先の相談があるものと思っていた、あいつは始終そんなことを云っていたし、いかにもしおらしい口ぶりだったからよ、そればかりじゃあねえ、大小袴《はかま》をぬぐに就《つ》いては、おめえを女房に欲しい、そう云うとさえ思っていたんだ、違ってるかお紋」

お祖父さんと云って、お紋はかたく唇《くちびる》を噛《か》みしめた。藤七はぐらりと首を垂れ、片手をふところへ入れて、胸のあたりをさすりながら続けた。

「ところがあいつは、……あいつは、こう云った、自分はこんど出世することになった、どえれえ出世だそうだ、それで町人になるのはやめにした、いいか、槍《やり》を立てて歩ける身分になれば不足はないし、これからどんな出世でもできる、就いてはお紋を妾によこせ、……聞いてるのかお紋、妾だ、妾だぜ、それからこのおれも一生飼い殺しにして呉れるとよ」

「あんまりだお祖父さん、そんなこと、若さまがそんなことを」

「云ったんだ、そればかりじゃあねえ、おれが返辞に困っていると、いざを云うとでも思ったんだろう、これまで酒肴代として渡してある金はしめてこれこれになる、口では云わないがあれはその手付の積りなんだ、手付を受取った以上いなやは云わせない、五六日うちに迎えをやるから支度をして置け、……こうだお紋」

「よして、もうよして、お祖父さん」お紋は袂《たもと》でひしと面を掩《おお》い、はげしくかぶりを振りながら叫んだ、「……本当とは思えない、お祖父さんが云うのでなければ、あたしにはとても本当とは思えないわ、でもよくわかってよ、人間なんて、人間の心なんて、いざとなってみなければ知れないものね」

「おれがどんなに、どんなに、辛《つら》いか、おまえにそれがわかったらなあ……」老人はこう云うと再びそこへ俯向《うつむ》けに倒れ、腕の上へ顔を伏せてしまった、その腕はたちまち老人の眼から溢《あふ》れ出る涙のために、濡れていった。

「泣かないで、お祖父さん」お紋は片手を伸ばして藤七の背をしずかに撫でた、

「……あたしなんかなんでもなくってよ、それよりお祖父さんが可哀《かわい》そうだわ、あんなに気が合っていたんだのに、あんなに楽しそうに呑んだり話したりしていたのに、あたしなんかどうだって、お祖父さんをこんなめにあわせるなんて、それだけでもひどいわ、それだけでも、——お祖父さん」

## 九

「ここを立退《たちの》こう、お紋」藤七は呻《うめ》くような声で云った、「……このまま此処にいれば、どんな難題をふっかけて来るかも知れねえ、おれもそろそろ閑静な処《ところ》へひっこみたくなった、おまえだって処が変れば気が紛れるだろう、どっちにしても立退くほうがよかあないか」

「ええそうしましょう、誰《だれ》も顔を知らない処へいって、お祖父さんと二人っきりで静かに暮しましょう、そうすれば、こんな厭《いや》なこともすぐ忘れるわ、そして……」

こうしてその明くる日、藤七はどこかへ出ていったが、午《ひる》すぎに帰って来るとすぐ、「ゆく先が定《きま》ったから」とお紋をせきたてて家の中を片づけ始めた。これまでの帳場だった大茂の世話で、日暮里《にっぽり》に畑を持つ「植伴《うえはん》」という鉢物《はちもの》作りの家へ、住込みで話がきまったのである。二人はその翌日、近所の人たちへも行先は告げないで、藤七が荷車を曳《ひ》き、お紋が後を押して、風の冷たい薄ら日のなかを、引越していった。

移っていった先は道灌山《どうかんやま》の近くにあった、後ろは上野からの丘陵の起伏が延びているし、前は草原と田と雑木林がうちわたして、晴れた日には筑波《つくば》や日光の山々が鮮やかに見える。……植伴は庭樹《にわき》の畑もあるが、鉢に作る物を主にしていたので、そのための板小屋が五棟《むね》もあり、職人たちも十人からいた。藤七はその小頭《こがしら》という格で、別棟の住居を貰っておちついた。それは植木畑の中にあり、植伴の先代の隠居所だったという。六帖《じょう》に四帖半だけのごくざっとした建物だが、井戸がすぐ脇《わき》にあるし、まわりは広く、樹にとりまかれているし、徳右衛門町の裏長屋に比べると、まるでお屋敷へでも住むような気持だった。

「日暮里といえばおまえ、市中から銭を遣って、わざわざ旦那《だんな》方《がた》が遊山《ゆさん》に来るところだ、この家だってみな、まるで大店《おおだな》の寮といっても恥ずかしくはねえぜ」

藤七には珍しく、当分のあいだ諄《くど》いほどそう云い云いした。四五日ばかりはお紋もそう思ったが、少しするとだんだんこころぼそくなり、殊《こと》に昏《く》れ方には胸ぐるしいほどの淋《さび》しさにおそわれ始めた。本所にいれば物売りの声が次ぎつぎに来た、人の往き来も繁《しげ》くなり、子供の騒ぎや家々の厨《くりや》の音や、近所同志の高笑いや呼びあう声など、黄昏《たそがれ》のものかなしいなかにも、しみいるような懐《なつ》かしい賑《にぎ》やかさがあった。此処《ここ》にはそういうものがまるで無かった。……来る日も来る日も凩だった、筑波颪《おろし》という乾いた刺すような木枯しが、遠い野づらをわたり林をゆすり、凍《し》みた刈田や茶色になった草原をそよがせて、ひょうひょうと家の軒を吹きめぐった。植木畑はひまな季節なので、職人も常には二人ほどしかいず、それさえ外出がちで、家のまわりは毎《いっ》もひっそりしていたし、たまに話し声がすると思って見ると、三町も向うの田道をゆくもの詣《もう》での人だった。……お祖父さんのいない昏れ方など、しんとした家の中で行燈《あんどん》へ火を入れながら、お紋は茫然《ぼうぜん》と手を休めたまま、よく独りで泣いたものだ、もとの長屋の人々を想《おも》って、もうひとり、あまりにむごく裏切った人を想って。

雪と霜と、暴《あら》あらしい風と、荒涼と枯れた眺《なが》めのなかで、冬を越した。そして春となったが、お紋は笑うことの少ない沈みがちな娘になった。藤七はいたましげな眼で、脇のほうからそのようすを見やっては、溜息をついた。慰めようともし、明るくなるようにもしむけてみた。然しそんなことがなんの役にも立たないことは、老人にはよくわかっていたのだ。時が経《た》てば。それだけが頼みだった。——時はすべてのものを癒《い》やして呉《く》れる、どんなに深い悲しみも苦しみも、やがては忘れる時が来るだろう、ましてお紋は若いのだ、若さというものは、それだけでどんな痛手をも癒やすちからを持っているのだから。……仕事の動きだす季節になった。出入りの人も多くなり、畑でも板小屋でも、絶えず活気のある掛け声や罵《のの》り笑う声が聞えた。お紋も忙しくなった、客が来れば茶菓の接待をするし、職人たちの八つや弁当の世話から、縫い繕いなどまですすんでひきうけた。夜になると、彼等《かれら》はよく藤七の住居へ集まるようになり、もの日には酒肴《しゅこう》を持ち寄って、賑やかに飲み更《ふ》かすことも珍しくなくなった。そんなときには、お紋も片頰《かたほお》にえくぼをよらせて、楽しそうに燗《かん》をつけたり酌《しゃく》のまねをしたりする、起《た》ち居《い》や手もとが板についているから、しぜん彼等の眼について、若い者のなかには、心をかよわせるようなそぶりを示す者も出て来た。けれどもお紋が明るい顔をするのはそういうときだけで、ふだんは眉も曇り眼も暗く、はかばかしくは口もきかないふうな、沈んだようすにかえってしまう、したがって程を越えて馴《な》れ馴れしくする者もなく、夏になり秋を迎えた。

　このあたりは丘つづきに名所が多く、青雲寺の桜、諏訪《すわ》の台の雪見寺、道灌山の月と虫、六あみだ四番の興楽寺、また尾久《おぐ》から荒川堤への枯野など、四季それぞれの眺めに富むため、市中から遊山に来る人が絶えなかった。……秋も末になった或《あ》る日、植木畑の片隅《かたすみ》に作った菜畠《なばたけ》で、お紋が笊《ざる》を片手に菜を採っていると、すぐ脇の道を通りかかった三人づれの女たちが、びっくりするような声をあげて呼びかけた。

「まあお紋ちゃんじゃないの」

お紋もああと云いながら立った。その三人はお糸、お琴、およねといって、蔦萬にいたときいっしょに働いていた友だちであった。

十

三人は六阿弥陀《ろくあみだ》まわりに来たのだという。どんなに懐かしかったろう、問いかけも返辞もいっしょくたになり、手を握ったり、叩《たた》かれたり、華やいだ笑いごえをたてて、暫《しば》らくは語り飽かなかった。そのうちに、いちばん年嵩《としかさ》のお糸が、にわかに顔をひきしめて、「お紋ちゃん罪よ」と云いだした。

「いきなりなによ、なにが罪なの」

「あんな風に若さまを振るなんてあんまりだわ、あたし若さまの話を伺って泣かされてよ」

「若さま」お紋はふいに身を震わせた、「……あたしが若さまを振ったんですって」

「そうじゃないの、奥方になれないからって、事情があんな事情なら、そして若さまがあんなに真実な気持でいらっしゃるなら、お断りするにしても仕方があると思うわ、若さまは本当にお瘦《や》せになったことよお紋ちゃん」

「あんたはなんにも知らないのよ、若さまがどんな方か、どんなひどい方かということを、……痩せたのはあたしだわ」
「うそ、それはうそよ、うそだわお紋ちゃん、あたしすっかり伺ったのよ、若さまがお侍をやめて、町人になって、お紋ちゃんを貰《もら》うお積りだったことも、それがどうしても戸沢様の御家を継がなければならなくなったことも」
「戸沢様の跡継ぎですって」お紋にはわけのわからない言葉だった、「……それは誰のことなの、まさかあの方では」
「あの方だわ、能登守《のとのかみ》さまの本当のお子で、色いろなゆくたてから、どうしてもお世継ぎに直らなければならなくなったんでしょう、六万石のお大名ですもの、幾らあんなにうちこんでいらしったって、奥方と呼ばせることはできないわよ、正式にはよそから奥方を迎えなければならない、でもそれは表向きのことで、心から妻と呼ぶのはお紋ちゃんひとり、生涯《しょうがい》変るまいとまで仰《おっ》しゃったというわ」
「あの方が」お紋はさっと蒼《あお》くなった、そしてぶるぶるとおののきながら、こう呟いた、「……若さまが」
「あんたがいなくなってから、もしかして戻《もど》って来はしないか、ゆく先が知れはしないかって、若さまはよくお忍びで蔦萬へいらっしゃった、そしてあんたが戻りもせず居どころもわからないと聞くと、お気の毒なほどがっかりなすって、時には悪酔いをなさるほど召上って、あんたのことをみれんなほど恋しがっていらっしゃったわ、お琴さんだっておよんちゃんだって、みんな泣かされないことはなかったのよ」

　そんなことがあるだろうか、藤七の話とは表と裏ほど違う、もしそれが本当なら、お祖父《じい》さんがあんな悲しいことを云う筈《はず》がない。でも、若さまがお屋敷のお世継ぎになったということは聞かなかった、奥方にはできないが、本当の妻として生涯変るまいという言葉も。

「あんたが此処にいるって、若さまに申上げてもいいでしょう」別れるときお糸がそう云った、「どんなにおよろこびなさるか、見えるようだわ、そしてもういちど二人で、よくお話してごらんなさいよ、お礼はあとでたくさん頂くわ」

　然《しか》しお紋はまるで聞いていなかった。別れの挨拶《あいさつ》もうわのそらで、三人の遠ざかってゆく姿が野道のかなたへ見えなくなっても、喪心したようにそこへ棒立になっていた。そのうしろへ、藤七がそっと近づいて来た。すぐ向うの樹蔭《こかげ》で、植木に霜除《しもよ》けをしていた老人は、いまの話を残らず聞いてしまったのだ。

「お紋……」こう呼んだまま、藤七は孫娘の前にその頭を低く垂れた。

　お紋はびくっと身震いをしてふり返った。そして頭を垂れたお祖父さんの姿を見、その頬に涙の条《すじ》が光っているのを見た。なにを疑うことがあろう、お紋はすべてが事実だということを知った。

「お祖父さん、聞いていたのね」

「ああ、……そして、みんな本当なんだ」

「なぜ、なぜ、お祖父さん」お紋はひき絞るように叫んだ、「……なぜなのお祖父さん、あたし若さまが好きだったのよ、若さまの気持さえ本当なら、お部屋さまだってよかった、一生お側《そば》で暮せるならお端下《はした》にだって上ったわ、それなのにお祖父さんはあんなひどいことを云って、あんなひどいことを」

「堪忍《かんにん》してくんな、わかっていたんだ、若さまの気持もおまえの気持も、おれにはよくわかっていたんだ、辛《つら》かったんだ、おれだって辛かったんだお紋」

「わかっていたんなら、なぜ、お祖父さん」

「若さまはいまお糸さんの云うとおり仰しゃった、他《ほか》から奥方は貰うが、身も心もゆるす本当の妻はお紋ひとり、生涯変るまいと仰しゃったんだ」藤七は腰から手拭《てぬぐい》を取り、両の眼を押しぬぐいながらこう云った、「……だがお紋、おらあ考えた、本当の妻になって、生涯かわいがって貰えるおまえは、しあわせだろう、けれどもそれじゃあ奥方になって来る方が気の毒じゃあないか、お大名そだちだって人の心には変りはない筈だ、一生の良人《おっと》とたのむ人が自分には眼も向けず、同じ屋敷のなかでほかの者をかわいがっているとしたら、お紋、おまえがその人だったとしたら、どうだ、悲しくも辛くもねえか、平気で一生みていられるか」

お紋は血の出るほど唇《くちびる》を噛《か》みしめた。膝がしらが音のするほど震える、両手の拳《こぶし》を犇《ひし》と握りながら、彼女は大きく瞠《みひら》いた眼で、空の向うを見まもった。

「老いぼれてもおらあ江戸っ子だ、そんなむごい、不人情なことに眼をつむる訳にはいかねえ、人に泣きをみせてまで、自分の孫を仕合せにしたかあねえ、おらあ酔った、……しらふじゃあ舌が動くめえと思ったから、泥《どろ》のように酔って、死ぬ思いで、あんな作りごとを云ったんだ、……ああ云えばおまえにみれんも残るまい、いっときの嘆きで忘れて呉れると思ったから」

「わかったわお祖父さん」お紋は空洞《くうどう》を風がはしるような、うつろな声で云った。「……よくわかってよ、恨んだりして、あたしがいけなかったわ」

「そう云って呉れるか、本当にそう思って呉れるのかお紋」

「お祖父さんの孫じゃないの」お紋は眼をかえして老人を見、片頬にえくぼをよらせながら云った、「……あたしだって江戸っ子だわ」

そして笑おうとしたが、こみあげてくる涙を隠しようもなく、前垂《まえだれ》で面を掩《おお》いながら、声をあげて泣きだした。藤七は孫娘の肩へ手をまわして、かたくひき寄せた、どんな慰めの言葉があるだろう、胸も裂け眼も昏《くら》むおもいで、ただ老いの手にかたく抱き緊《し》めるばかりだった。

「また引越しましょう、お祖父さん」噎《むせ》びあげながらお紋が云った。「……さっきお糸さんが、此処にいることを若さまに教えると云ったわ、もしかしておいでになったら、あたしとても、……こんどはとても、だめよお祖父さん」

「そうしよう、こんどは知った者にも会わないような、どこか遠いところへな……」

　前の日から三日めの、風の吹く午後だった。道灌山のほうから馬を駆って来た一人の武士が、植伴の前へ馬をつなぐと、片手に鞭《むち》を持ったまま大股《おおまた》にはいって来た。塗《ぬり》笠《がさ》を冠《かぶ》っているので人品はわからないが、身装《みなり》や態度から、然るべき、身分の人だということは明らかだった。植伴は大名屋敷へも出入りがあるので、決して驚くほどの出来ごとではなかったが、主《あるじ》の伴吉《はんきち》がてばやく着物を直して出迎えた。

「この家に藤七と申す老人がいるか」その武士は笠を冠ったまま、こう訊《き》いた、「……お紋という孫娘のいる、本所から移って来た老人だ」

「へえ藤七はおりました、去年の冬から此処へ来ておりましたが、一昨日《おととい》その孫といっしょに出ましてございます」

「出たというと、用事ででも……」

かかっているか」

「ああ」武士は呻《うめ》くような声をあげた、「……それで、何処《どこ》へいったかゆきさきはわかっているか」

「さようでございます、目黒とか、荏原《えばら》とか申しておりましたが、はっきりしたことはおちついたら知らせると云うばかりで、とつぜんでもあり私どもでもなにがなにやら……」

「そうか」武士は溜息《ためいき》をつくように、低いこえでそうかと云い、ぞうさであったと、力のない足どりで出ていった。

繋《つな》いであった馬に乗り、鞭《むち》をあげて、道を二町あまり北へ向って駆けさせたが、刈田が終って、田端《たばた》の平地の見えるところまで来ると、武士は手綱《たづな》を絞って馬を停《と》めた。……葉の黄ばんだ雑木林と、枯れた草原のあいだを、道は北へと迂曲《うきょく》しながら消えてゆく、人の影もないうらさびれた眺望《ちょうぼう》を、さらにもの哀《がな》しくするように、林をそよがせ枯草をゆすって、ひょうひょうと野分《のわき》が吹きわたっていた。

「お紋……」口のなかでそっと囁《ささや》くように、その武士はこう呟《つぶや》いた、「……逢《あ》わなければよかった」

（「講談雑誌」昭和二十一年十二月号）

# 雨あがる

一

もういちど悲鳴のような声をあげて、それから女の喚《わめ》きだすのが聞えた。

――またあの女だ。

三沢伊兵衛《みさわいへえ》は寝ころんだまま、気づかわしそうにうす眼《め》をあけて妻を見た。おたよは縫い物を続けていた。古袷《ふるあわせ》を解いて張ったのを、単衣《ひとえ》に直しているのである。茶色に煤《すす》けた障子からの明りで、痩《や》せのめだつ頬《ほお》や、尖《とが》った肩つきや、針を持つ手指などが、窶《やつ》れた老女のようにいたいたしくみえる。だがきちんと結った豊かな髪と、鮮やかに赤い唇《くちびる》だけは、まだ娘のように若わかしい。子供を生まないためでもあろうが、結婚するまでの裕福な育ちが、七年間の苦しい生活を凌《しの》いで、そこにだけ辛《かろ》うじて残っているようでもあった。

外は雨が降っていた。梅雨はあけた筈《はず》なのに、もう十五日も降り続けで、今日もあがるけしきはない。こぬか雨だから降る音は聞えないけれども、夜も昼も絶え間のない雨垂れには気がめいるばかりだった。

「泥棒《どろぼう》がいるんだよ此処《ここ》には、泥棒が」女のあけすけな喚き声は高くなった、「ひとの炊《た》きかけの飯を盗みやがった、ちょっと洗い物をして来る間にさ、あたしゃちゃんと鍋《なべ》に印《しるし》を付けといたんだ」

伊兵衛はかたく眼をつむった。

——珍しいことではない。

街道筋の町はずれのこういう安宿では、こんな騒ぎがよく起こる。客の多くはごく貧しい人たちで、たいていが飴《あめ》売りとか、縁日商人とか、旅を渡る安旅芸人などだから、少し長く降りこめられでもすると、食う物にさえ事欠き、つい他人の物に手を出す、という者も稀《まれ》ではなかった。

——だが泥棒とはひどすぎる、泥棒とは。

伊兵衛は自分が云《い》われているかのように、恥ずかしさと済まないような気持とで、胸がどきどきし始めた。

女の叫びは高くなるばかりだが、ほかには誰《だれ》の声もしなかった。こちらの三帖《じょう》の小部屋からは見えないけれども、炉のあるその部屋には十人ばかりも滞在客がいる筈である。なかに子持ちの夫婦づれも二た組いて、小さいほうの子供は一日じゅう泣いたりぐずったりするのだが、今はその子さえ息をひそめているようであった。

女は日蔭《ひかげ》のしょうばいをする三十年増《どしま》で、ふだんから同宿者との折合いが悪かった。

誰も相手になる者がなく、みんなが彼女を避けていた。もちろん軽蔑《けいべつ》ではない。自分じぶんが生きることで手いっぱいな人たちには、職業によって他人を卑《いや》しめるような習慣も暇もなかった。かれらが女を避けるのは、彼女の立ち居があまりに乱暴で、棘《とげ》とげしくって、また仮借のない凄《すご》いような毒口をきくからであった。つまりいちもくおいているわけであるが、彼女はそうは思わないようすで、常にあからさまな敵意をかれらに示していた。

半月も降りこめられて、今みんなが飢えかけているのに、そんなしょうばいをしているためか、彼女だけは（乏しいながら）煮炊きを欠かさなかった。それは日頃《ひごろ》の敵《てき》愾心《がいしん》と自尊心を大いに満足させているようであった。

「あんまりだなあ、あれは」

伊兵衛はこう呟《つぶや》いて、女の叫びがますます高く、止め度もなく辛辣《しんらつ》になるのに堪《たま》りかねて、起きあがった。

「あれではひどい、もし本当にそれがそうだったとしても、あんなふうに人の心もちが痛むようなことを云うのはよくないと思うな」

独り言のように呟きながら、そっと妻の顔色をうかがった。彼は背丈も高いし、肩も胸も幅ひろく厚く、肉のひき緊《しま》ったいい軀《からだ》である。ふっくらとまるい顔はたいそう柔和で、尻下《しりさが》りの眼や小さな唇《くち》つきには、育ちの良い少年のような清潔さが感じられた。

「ええ、それはそうですけれど」

おたよは縫ったところを爪《つめ》でこきながら、良人《おっと》のほうは見ずに云った。

「みなさんももう少し親切にしてあげたらと思いますわ、あの方は除《の》け者にされてい
ると思って、淋《さび》しいので、ついあんなに気をお立てになるんですもの」

「それもあるでしょうが、それにはあの女の人がもう少しなんとか」

伊兵衛はぴくっとした。女がついに人の名をさしたのである。

「なんとか云わないか、え、そこにいる説教節の爺《じじ》い」

女の声はなにかを突刺すようだった。

「――しらばっくれたってだめだよ、あたしゃ盲じゃないんだ、おまえが盗んだぐら
いのことは初めっからわかってるんだ、いつかだって」

伊兵衛はとびあがった。

「いけません、あなた」

おたよが止めようとしたが、彼は襖《ふすま》をあけて出ていった。

そこは農家の炉の間に似た部屋で、片方が店先から裏へぬける土間になっている。

畳は六帖と八帖が鉤形《かぎがた》につながって敷かれ、上り端《はな》の板敷との間に大きな炉が切ってある。農家と違うのは天床《てんじょう》が低いのと、たいていの客がべつに部屋を取らず、そこでこみあって寝るし、鍋釜《なべかま》を借りてその炉で煮炊きもするため、それらに必要な道具類が並んでいることなどであった。

その女は炉端にいた。片手をふところに入れ、立膝《たてひざ》をして、蒼白《あおじろ》く不健康に痩せた顔をひきつらせ、ぎらぎらするような眼であたりを睨《にら》みまわし、そうして劈《つんざ》くような声で喚きたてる、——他の客たちはみな離れて、膝を抱えてうなだれたり、寝そべったり、子供をしっかり抱いたりして、じっと息をころしていた。それは嵐《あらし》の通過するのを辛抱づよく待っている喪家《そうか》の犬といった感じだった。

「失礼ですがもうやめて下さい」

伊兵衛は女の前へいって、やさしくなだめるように云った。

「此処にはそんな悪い人はいないと思うんです、みんな善《よ》い人たちで、それは貴女《あなた》も知っていらっしゃるでしょう」

「放《ほ》っといて下さい」女はそっぽを向いた、「——お武家さんには関わりのないことですよ、あたしゃ卑《いや》しい稼業《かぎょう》こそしていますがね、自分の物を盗まれて黙ってるほど弱い尻は持っちゃいないんですから」

「そうですとも、むろんそうですよ、しかしそれは私が償いますから、どうかそれで勘弁することにして下さい」

「なにもお武家さんにそんな心配をして頂くことはありませんよ、あたしゃ物が惜しくって云ってるんじゃないんですから」

「そうですとも、むろんですよ、しかし人間には間違いということもあるし、お互いにこうして同じ屋根の下にいることでもあるし、とにかくそこは、どうかひとつ、私がすぐになんとかして来ますから」

それだけ云うと、伊兵衛はなにやら忙しそうに立っていった。

「誓文は誓文、これはこれ」

宿の名を大きく書いた番傘《ばんがさ》をさして、外へ出るとすぐ彼はこう独り言を云い、擽《くすぐ》られでもするように微笑をうかべた。

「眼の前にこういう事が起こった以上、自分の良心だけ守るというわけにはいきませんからね、ええ、それは却《かえ》って良心に反する行為ですよ、いや」彼はふとまじめな顔になり、「――いや、なにもしないんだから行為とはいわないでしょう、無行為、ともいわないですね」

わけのわからないことを呟きながら、ひどくいそいそと、元気な足どりで、城下町のほうへ歩いていった。

## 二

彼が宿へ帰ったのは、四時間ほどのちのことであった。酒を飲んだのだろう、まっ赤な顔をしていたが、もっと驚いたことには、彼のあとから五六人の若者や小僧たちが、いろいろな物資を持ってついて来たことである。米屋は米の俵を、八百屋は一と籠《かご》の野菜を、魚屋は盤台二つに魚を、酒屋は五升入りの酒樽《さかだる》に味噌《みそ》醤油《しょうゆ》を、そして菓子屋のあとから大量の薪《まき》と炭など。

「これはまあどうなすったんです」

宿の主婦が出て来て眼をみはった。若者や小僧たちは担《かつ》ぎ込んだ物を上り端や土間へずらっと並べた。

「景気直しをしようと思いましてね」

伊兵衛は眼を細くして笑い、呆《あき》れている同宿者たちに向って云った。

「みなさん済みませんが手を貸して下さい、ながの雨の縁起直しにみんなでひと口やりましょう、少しばかりで恥ずかしいんですが、どうか手分けをして、私も飯ぐらい炊きますから、手料理ということでやろうじゃありませんか」

同宿者たちのあいだに、喜びとも苦しみとも判別のつかない、嘆息のような声が起こった。すぐには誰も動かなかった、だが伊兵衛が菓子を出してみせ、源さん（桶《おけ》のタガ直しをする）の子供が、その母親の膝からとびあがるのと共に、四五人いっしょに立ちあがって来た。

宿の中は急に活気で揺れあがった。なにかがわっと溢《あふ》れだしたようであった。宿の主人夫婦と中年の女中も仲間にはいって、魚や野菜がひろげられ、炉にも釜戸《かまど》にも火が焚《た》かれた。元気のいい叫びや笑い声が絶え間なしに起こり、女たちは必要もないのにきゃあきゃあ云ったり、人の背中を叩《たた》いたりした。

「旦那《だんな》はどうか坐《すわ》ってお呉《く》んなさい」

みんなは伊兵衛に云った。

「――こっちはわたし共でやりますから、頂いたうえにそんなことまでおさせ申しちゃあ済みません」

支度が出来たら呼ぶから、などと懇願するように云ったが、伊兵衛は一向に承知せず、ときどき妻のいる小部屋のほうをちらちら見やりながら、ぶきような動作でしきりに活躍した。

説教節の爺《じい》さんは少し中風ぎみであるが、特に責任を感じたというふうで、誰よりも熱心に奔走していた。

　どうやら用意がととのう頃には、黄昏《たそがれ》の濃くなった部屋に（主人の好意で）八間《はちけん》の灯《ひ》がともされ、行燈《あんどん》も三ところに出された。

「さあ男の人たちは旦那とごいっしょに坐って下さい、あとはもう運ぶだけだから」

　女たちはこう云ってせきたてた。

「――うちのにお燗番《かんばん》をさせちゃだめですよ、燗のつくまえに飲んじまいますからね」

　すると脇《わき》にいた女が、それではおまえさんの燗鍋はいつも温まるひまがないだろう、など云い、きゃあと笑い罵《ののし》りあった。

　伊兵衛は宿の主人夫婦と並んで坐った。男たちもそれぞれに席を取った。炉にかけた大きな鍋には、燗徳利が七八本も立っていて、膳《ぜん》が運ばれると、宿の女中がそれをみんなの膳に配った。

　そして賑《にぎ》やかな酒宴が始まった。

「どうです、こうずらりっと肴《さかな》が並んで、どっしりとこう猪口《ちょこ》を持ったかたちなんてえものは、豪勢なものじゃありませんか、公方様《くぼうさま》にでもなったような心もちですぜ」

「あんまり気取んなさんな、うしろへひっくり返ると危ねえから」

伊兵衛は尻下りの眼でかれらを眺《なが》めながら、いかにも嬉《うれ》しそうにぐいぐい飲んでいた。久しく飢えていたところで、みんな忽《たちま》ち酔い、ぼろ三味線が持ち出され、唄《うた》が始まり、踊りだす者も出て来た。

「まるで夢みてえだなあ」鏡研《と》ぎの武平という男がつくづくと云った、「――こんな事が年に一遍、いや三年に一遍でもいい、こういう楽しみがあるとわかっていたら、たいてえな苦労はがまんしていけるんだがなあ」

そして溜息《ためいき》をつくのが、がやがや騒ぎのなかからぽつんと聞えた。伊兵衛はちょっと眼をつむり、それからどこかを刺されでもしたように、ぎゅっと眉《まゆ》をしかめながら酒を呷《あお》った。

こういうところへあの女が帰って来た。いつもは夜半過ぎになるのに、客が取れなかったものかどうか、蒼ざめたような尖《とが》った顔で土間へ入って来て、このありさまを見るとあっけにとられ、濡《ぬ》れた髪を拭《ふ》こうとした手をそのまま、棒立ちになった。これを初めにみつけたのは源さんの女房《にょうぼう》である。子供がたびたび飴玉などを貰《もら》うので、なかでは女と親しくしていたが、そのときは酔って、昼間の出来事をつい忘れたとみえ、「おやおろくさんの姐《ねえ》さんお帰んなさい、いま三沢さんの旦那のおふるまいでこのとおりなんですよ、さあ姐さんも早くあがって」

こう云いかけたとき、説教節の爺さんがとびあがって叫んだ。

「おう帰ったな夜鷹《よたか》あま、あがって来い、飯を返してやるから此処へ来やあがれ」

中風ぎみで多少は舌がもつれるけれど、その声はすばらしく高く、眼はぎらぎらしていたし、軀《からだ》ぜんたいが震えた。みんなは黙った。唄も三味線もぴたりと止めて、一《いっ》斉《せい》に女のほうへ振向いた。

「人を盗人《ぬすつと》だなんてぬかしゃがって」爺さんは死にそうな声で続けた、「――てめえはなに様だ、よくもこの年寄のことを、さあ来やがれ、おらこのとおり食わずに取って置いたんだ、ざまあみやがれ、持ってけつかれ」

「まあ待って下さい、そう云わないで、まあとにかく」伊兵衛が立って爺さんをなだめた、「人には間違いということがありますからね、あの人も悲しいんですよ、人間はみんなお互いに悲しいんですから、もう勘弁して仲直りをしましょう」

彼はしどろもどろなことを云って、土間にいる女のほうへ呼びかけた。

「――貴女もどうぞ、なんでもないんですから、どうぞこっちへ来て坐って下さい、なにも有りませんけれど、みなさんと気持よくひと口やって下さい、すべてお互いなんですから」

「おいでなさいよ」

宿の主婦も口を添えた。

「――旦那があ仰《おっ》しゃるんだから、此処《ここ》へ来て御馳走《ごちそう》におなんなさいな」

続いてみんながすすめた。酒のきげんばかりでなく、この人たちは喜びや楽しみを独占することができないのである。夕ガ直しの源さんの女房が立ってゆき、手を取って女をつれて来た。彼女はつんとすました顔で坐り、義理で飲んでやるんだというふうに、黙って反りかえって盃《さかずき》を取った。

「さあ賑やかにやりましょう」伊兵衛は大きな声で云った、「――天が吃驚《びっくり》してこの雨をしまいこむように、さあひとつ、みんなで……」

そしてまた騒ぎが始まると、伊兵衛はようやく勇気が出たようすで、自分の前にある膳を持って立ち、妻のいる三帖《じょう》へ入っていった。

おたよは脚のちんばな小机に向って、手作りの帳面に日記を書いていた。ながい放浪の年月、それだけが楽しみのように、欠かさずつけて来た日記である。うす暗い行燈の光りを側《そば》へ寄せて、前踞《まえかが》みに机へ向っている妻の姿を見ると、伊兵衛は膳を置いてそこへ坐り、きちんと膝を揃《そろ》えておじぎをした。

「済みません、勘弁して下さい」

おたよは静かに振返った。唇には微笑をうかべているが、眼は明らかに怒っていた。

「賭《か》け試合をなさいましたのね」

「正直に云います、賭け試合をしました」

伊兵衛はまたおじぎをした。

「どうにもやりきれなかったもんだから、あんなことを聞くと悲しくって、どうしたって知らん顔をしてはいられませんからねえ、とにかくみんな困っているし、雨はやまないし、どんな気持かと思うと、もうじっとしていられなかったんです」

「賭け試合はもう決してなさらない約束でしたわ」

「そうです、もちろんです、しかしこれは自分の口腹のためじゃないんですからね、私は、ええ私もそれは少しは飲んだですけれども、少しよりは幾らか多いかもしれませんけれども、みんなあんなに喜んでいるんだし」

そしてもういちど彼はおじぎをした。

「――このとおりです、勘弁して下さい、もう決してしませんから、そしてどうかこれを、……勘弁する証拠に、ひと箸《はし》、ほんのひと箸でいいですから」

おたよは悲しそうに微笑しながら、筆を措《お》いて立ちあがった。

## 三

明くる朝まだ暗いうちに、伊兵衛は古い簑笠《みのかさ》を借り、釣《つ》り竿《ざお》と魚籠《びく》を持って宿を出た。城下町のほうへ三丁ばかりいったところに、間馬川という川があり、この近所での鮎《あゆ》の釣り場といわれていた。

彼も宿の主人に教えられて、二度ばかりでかけ、小さなのを五六尾あげたことがあるが、その朝はどうやら釣りが目的ではなく、宿から逃げだすためにでかけたようであった。

彼はへこたれて、しょげた顔で、ときどきさも堪《たま》らないというように首を振り、溜息をついた。橋を渡ってすぐ左へ、堤の上を二丁ばかりもゆくと、岸に灌木《かんぼく》の茂ったところがある。まえに来た場所であるが、そこでちょっと立停《たちどま》って、またふらふら歩きだし、堤を下りて松林の中へ入っていった。

「はあ、もう七年になるんだ、はあ」

林の中は松の若葉が匂《にお》っていた。笠へ大粒の雨垂れがぱらぱらと落ちた。

「おれは構わないとして、おたよは、どんな気持でいるか、ということだろう、それを、うまいようなことを云って、誓いをやぶって、賭け試合などして、……はあ、つづめたところ、自分が飲みたかったのでしょう、そうでしょう、舌なめずりをしてでかけたじゃないか、いそいそと嬉しそうに、ひやっ」

伊兵衛は首を縮め、ぎゅっと眼をつむった。

三沢の家は松平壱岐守《いきのかみ》に仕えて、代々二百五十石《こく》を取っていた。父は兵庫助《ひょうごのすけ》といい、彼はその一人息子で、幼い頃ひどく軀《からだ》が弱かったため、宗観寺という禅寺へ預けられた。住職の玄和という人にたいそう愛され、大きくなってからもずっと往来が絶えなかった。

軀と同じように性質も弱気で、ひっこみ思案の、泣いてばかりいる子だったが、和《お》尚《しょう》の巧みな教育のおかげだろう、十四五になるとすっかり変って、軀も健康になり、気質も明るく積極的になった。

——石中に火あり、打たずんば出《い》でず。

これが玄和の口癖であったが、伊兵衛はこの言葉を守り本尊のようにしていた。学問でも武芸でも、困難なところへぶつかるとこれをじっと考える。石の中に火がある、打たなければ出ない、どのように打つか、さあ、どう打ったら石中の火を発することができるか、さあ……こんなぐあいにくふうするのである。すると（万事とはいかないが）たいていのばあい打開の途《みち》がついた。

学問は朱子、陽明、老子にまで及び、武芸は刀法から、槍《やり》、薙刀《なぎなた》、弓、柔術、棒、馬術、水練とものにして、しかもみんな類のないところまで上達した。

では伊兵衛はぐんぐん出世したろうか。

否《いな》、まったく逆であった。彼はそのために主家を浪人しなければならなかった。

理由は二つあるようだ。一つは彼の腕前が桁外《けたはず》れになったこと、もう一つは彼の気質である。摘要すると、剣術でも柔術でも、極めて無作為であって無類に強い。二十一二歳の頃にはその道の師範ですら相手にならなくなったが、格別に珍奇な手法を弄《ろう》するわけではなく、ごく簡単に、まさかと思うほどあっけなく勝負がついてしまう。

――石中の火を打ち出す一点。

つまり彼がその「一点」をみいだしたとき、勝負が定《き》まるというのである。しかしそれがあまりにむぞうさであまりに単純明快であるため、当の相手は、ひっこみがつかなくなるし、観《み》ている人たちはしらけた気持になるし、彼自身はてれるという結果になった。

父の兵庫助が死に、彼は二十四歳で家督相続をした。同時に同じ家中《かちゅう》の呉松《くれまつ》氏から嫁を迎えたが、これがおたよであるが、間もなく母親も父のあとを追って亡《な》くなると、にわかに彼は居辛《いづら》いような気持に駆られだした。……玄和老のおかげでずいぶん積極的にはなったものの、本性までは変らないとみえ、自分の腕前が強くなるのと反比例して、性質はいよいよものやさしく、謙遜《けんそん》柔和になっていった。

勝って驕《おご》らないのは美徳かもしれないが、伊兵衛は勝つたびにてれたり済まながったりする。本気になって済まながり、てれるので、相手はますますひっこみがつかない。周囲の者もなんとなくさっぱりしないし、そこで彼自身は悪いことでもしたような気分になる。こういうことが重なってゆき、だんだんに気まずくなり、（直接には藩の師範たちの策動も少しはあったが）ついに自らいとまを願って退身した。

——これだけの心得《こころえ》があるのだ、いっそ誰も知らぬ土地へいって、新しく仕官するほうが双方のために安泰だろう。

おたよとも相談し、承諾を得て旅に出たのである。しかしいけなかった。機会はあったけれども、さて技倆《ぎりょう》だめしの試合をする、となるとふしぎにぐあいが悪い。その土地その藩の師範、または無敵と定評のある者を例のようにごく簡単に負かしてしまう。するとあまりのあっけなさにお座がしらけて、なんとなく感情がこじれたようになり、腕前は褒《ほ》められるが仕官のはなしは纏《まと》まらない、という結果になった。

——こんな筈《はず》はない、これだけの実力があるのにどこが悪いのだろう。

彼は反省もし熟慮もし悩みもした。二度か三度はうまくいったこともある、だがそうなるとまたべつの故障が起こった。自分に負けて職を失う相手が気の毒になるとか、相手に泣き言を云《い》われる（事実「どうか仕官を辞退して貰いたい、自分がいま失職すると妻子を路頭に迷わせなければならないから」と哀訴されたこともある）といったぐあいで、そうなると彼としては恐縮し閉口し、こちらからあやまって身を退《ひ》く、ということになるのであった。

　主家を去るときはかなりな旅費を持っていたが、三年めにはそれも無くなり、やむなく町道場などで賭け試合をするようになった。これは断然うまくいった。向うが応じて呉れさえすれば間違いなく勝つし、ときには莫大《ばくだい》な金になることもあった。しかしやがて妻に気づかれ、泣いて諫《いさ》められ、今後は絶対にしないという誓いをさせられたのである。

　云うまでもない、たちまち窮迫した。

　――わたくしも手内職くらい致しますから、どうかあせらずに時節をお待ちあそばせ。

　おたよはそう云い始めた。彼女は九百五十石の準老職の家に生れ、豊かにのびのびと育った。それが馴《な》れない放浪の旅の苦労で、軀も弱り、すっかり窶《やつ》れてしまった。伊兵衛はその姿を見るだけでも息が詰りそうになる。身もだえをしたいほど哀れになるので、内職などと聞くと震えあがって拒絶した。とんでもない、それだけはあやまって、代りに彼自身が一文あきないを考えた。

あきないといっても定《きま》ったものではない。弥次郎兵衛《やじろべえ》とか、跳び兎《うさぎ》とか、竹蜻蛉《たけとんぼ》、紙鉄砲、笛など、ごく単純な玩具を自分で作ったのや、季節と場所によっては小鮒《こぶな》や蟹《かに》、蛙《かえる》などという生き物を捕って、もっぱら小さな子供相手に売るのである。泊る宿もしだいに格が下って、いつかしらん木賃宿にも馴れた。もともと彼は子供が好きなので、そんなあきないも決して不愉快ではないし、安宿の客たちも（例外はあるが）純朴《じゅんぼく》で人情に篤《あつ》く、またお互いが落魄《らくはく》しているという共通の劬《いたわ》りもあって、いかにも気易《きやす》くつきあうことができた。

「それが身に付いてしまったのだ、なさけない、なさけないと思いませんか、伊兵衛うじ」

彼はべそをかき、溜息をした。気がつくと松林の中に立停ったままで、しきりに笠を雨垂れが叩《たた》いていた。

「もうそろそろ本気にならなければ、いくらなんでもおたよが可哀《かわい》そうじゃないか、おたよがどんな気持でいるか、ということを考えたら、そうでしょう、そうだろう伊兵衛」

彼はふと脇のほうへ振向いた。そっちのほうで人声がし始めたからである。見ると松林のすぐ向うの草原に、四五人の侍たちが集まってなにか話していた。簑笠を衣《き》て釣り竿を持って、こんな処《ところ》にぼんやり佇《たたず》んでいる恰好《かっこう》をみつかったら恥ずかしい。いそいで歩きだそうとしたが、そこでまた振返った。なにか険悪な声がしたと思ったら、侍たちがぎらりぎらりと刀を抜いたのである。

——ああいけない。

伊兵衛は吃驚《びっくり》した。そして、それが一人の若者を五人がとり巻いているのだとわかると、われ知らず釣り道具を投げだし、松林の中からそっちへ駆けだしていった。

「おやめなさい、やめて下さい」

彼はそう叫びながら手を振った。

四

こぬか雨のなかで、かれらはみな血相を変え、凄《すご》いほど昂奮《こうふん》し、殆《ほと》んど逆上していた。

「どうかやめて下さい、待って下さい」

伊兵衛は側へ駆け寄って、両方を手で押えるような恰好をして云った。

「怪我《けが》をしたら危ないですから、そんな物を振りまわすなんて、けんのんなことはやめて下さい、どうかみなさん」

「さがれ下郎《げろう》、やかましい」とり巻いているほうの一人が喚《わめ》いた、「よけいなさし出口をするとおのれから先に斬《き》ってしまうぞ」

「それはそうでしょうけれども、とにかく」

「まだ云うか、この下郎め」

「まあ危ない、そんな乱暴な、あっ」

逆上している一人が（脅《おど》かしだろうけれど）刀を振上げて向って来た。伊兵衛はどう躱《かわ》したものか、相手の利《き》き腕《うで》を摑《つか》み、かれらのまん中へ割って入りながら、「お願いします、わけは知りませんがやめて下さい、つまらないですから、どうか」

利き腕を摑まれた侍はじたばたするが、どうしても伊兵衛の手から遁《のが》れることができない。これを見て伴《つ》れの四人は怒って、

「下郎から先に片づけろ」

こう叫んで、これまた刀を閃《ひらめ》かして向って来た。伊兵衛は困って横へ避け、「よして下さい、そんな、ああ危ない、それだけはどうか、とにかく此処《よ》は、あっ」

手を振り、おじぎをし、懇願しながら、右に左に、跳んだり除けたり廻《まわ》りこんだり、なんともめまぐるしく活躍し、みるみるうちに五人の手から刀を奪い取り、それを両手でひと纏めにして、頭の上へ高くあげながら、「どうか許して下さい、失礼はお詫《わ》

びします、このとおりですから、どうかひとまず」などと云い云い逃げまわった。

これより少しまえ、松林とは反対側にある道へ、三人の侍が馬を乗りつけて来て、この場のようすを眺めていた。そうして、逃げまわる伊兵衛を五人の者が、「刀を返せ」とか「この無礼者」「待て下郎」などと喚きながら追いまわすのを見て、初めて馬を下り、そのなかの二人がこっちへ近寄って来た。

「鎮《しず》まれ、見苦しいぞ」

四十五六になる肥えた侍が、よく徹《とお》る重みのある声で制止した。

「はたし合いは法度《はっと》である、控えろ」

「御老職であるぞ」

もう一人がどなった。

「――みな鎮まれ、御老職のおいでであるぞ」

よほど威勢のある人とみえ、このひと言でみんなはっとし、すなおに争闘をやめた。御老職といわれたその中年の侍は、ぐっとかれらを睨《にら》みつけ、すぐに伊兵衛のほうへ来た。「何誰《どなた》かは知らないがよくお止め下すった、私は当藩の青山主膳と申す者、厚くお礼を申上げます」

「はあ、いやとんでもない」

もちろんさし上げていた刀は下ろしていたが、彼は例によって恐縮し、赤くなった。

「――却《かえ》って私こそ失礼なことを致しまして、みなさんをすっかり怒らせてしまいまして」

「血気にはやる馬鹿者《ばかもの》ども、さぞ御笑止でございましたろう、失礼ながらそこもとは」

「はあ、三沢伊兵衛と申しまして、浪人者でございまして、向うの川へ釣りにまいったのですが、こちらが危ないもようだったものですから、つい知らずその、こういうことに」

「当地に御滞在でいらっしゃるか」

「追分《おいわけ》の松葉屋という、いやとんでもない、どうかあれです、私のことなど決してお気になさらないように、ほんのなにしただけですから」

彼は刀をそこへ置き、おじぎをしながら後退した。

「――どうかお構いなく、妻が待っておりますし、借りた釣り竿も放りだしたままですし、失礼します」

そしていそいでそこを去った。

釣り竿も魚籠も元の処にあった。もう釣りをする気にもなれないので、それらを拾いあげると、がっかりしたような気持で帰途についた。

「はたし合いだなんて、危ないことをするものだ」

歩きながら彼は呟いた。

「親兄弟、妻子のいる者もあるだろうに、つまらない意地とか、武士の面目とかいうことでしょう、……しかし失敗だったですなあ、頭の上へ刀を五本、両手でさし上げて、あやまりながら逃げまわったというのは、われながらあさましい、しかもそれを見られたのだから、うっ」

伊兵衛は首を縮めて呻《うめ》いた。

宿へ帰ったが、する事がなかった。あきない用の玩具も余るほど作ってあるし、もっと作るにしても材料を買う銭が（宿賃があるので）心配だった。深酒をした翌日で、しきりに飲みたい誘惑もある、しようがないので、朝昼兼帯の食事をして寝てしまった。

眠りのなかで彼はすばらしい夢をみた。どこかの藩主が家来を大勢伴れて来て、ぜひとも召抱えたいというのである。

――また気まずいことになりますから。

と彼は辞退した。藩主はぜひぜひと譲らず、食禄《しょくろく》は千石だすと云った。千石となると話はべつである。彼は胸がどきどきし、いよいよ時節が来たかと思って、夢のような幸福な気分に満たされた。そのとき妻に起こされた。

「お客さまでございます」

三度めくらいに彼は眼をさました。そしてやっぱり夢だったかと、少なからずがっかりしたが、客は藩中の侍だと聞いて、こんどははっきりと眼がさめた。

「侍ですって、それは、いやすぐ出ます、ちょっと顔だけ洗って」

伊兵衛は裏へとびだしていった。

客はあの草原へ馬を乗りつけた一人で、「御老職であるぞ」と号令をかけた男だった。年は三十四五、名は牛尾大六というそうで、この安宿には閉口したらしく、土間に立ったまま用件を述べた。要約すると、今朝の礼に一盞《いっさん》献じたいし、また話したいこともあるから、青山主膳宅までぜひ来て貰《もら》いたい、というのであった。伊兵衛はわくわくした。

――正夢かもしれない。

前兆ということも軽蔑《けいべつ》はできない。よければ同道する、駕籠《かご》が待たしてあるからというので、待って貰って支度をした。

「どういう御用でございますか、どこでお知合いになった方ですか」

おたよは心配そうに訊《き》いた。彼は失望させたくなかったので、詳しいことは帰って話すと云い、古くはあるが紋付の衣服に袴《はかま》をつけて、久方ぶりに大小を差して、同宿者たちの訝《いぶか》しさと羨《うらや》ましげな眼に送られながら、牛尾大六と共に出ていった。

## 五

青山邸では酒肴《しゅこう》のもてなしを受けた。

相客はなく、主膳と二人だけで、林という若い家士が給仕をした。老職というがどのくらいの身分であるか、ずいぶん広大な構えだし、客間から見える中庭の樹石も、尋常よりは凝ったもののようであった。

主膳は朝の出来事には触れず、礼を述べるとすぐに伊兵衛の手腕を褒《ほ》めだした。

「実は道から拝見していたのだが、かれらも相当に腕自慢なのだが、まるで子供のようにあしらわれたのには一驚でした、失礼だが御流儀は」

「はあ、小野派と抜刀をやりました、しかしもちろんまだ未熟でして」

「無用な御謙遜は措《お》いて、それだけのお腕前をもちながら浪人しておられるには、なにか仔細《しさい》のあることと思うが、もし差支《さしつか》えなければお話し下さらぬか」

「それはもう、仔細というほどのことはなし、まるでお笑い草のようなものですが」

伊兵衛は身の上のあらましを話した。習慣として旧主家の名はそれとは云わない。ほのめかす程度で相手も納得するわけであるが、彼の話しぶりの謙譲さが、内容の不明確さを補ったとみえ、浪人した理由も、その後の任官がうまくいかなかったわけも、主膳にはおよそ理解がついたようであった。

「そういうことも有りそうですな、うむ、私などには奥ゆかしく思われる御性分が、他のばあいには却って邪魔になる、まわりあわせというか、運不運というか、宿命というか」主膳はなにやら云って頷《うなず》いて、「——では剣法のほかにも弓馬槍術《そうじゅつ》、やわらなども御《ご》堪能《たんのう》なわけですな」

「堪能などとはとんでもない、申上げたとおりまことに疎忽《そこつ》なものでございまして」

「いやわかりました、うちあけて云うとこんな早急にお招きしたのは、私のほうにも一つお願いがあるのです」

つまりもういちどここで腕を見せて貰いたい、実はそのために相手をする者を三人待たせてある、というのであった。そのときはもうかなり酒がはいっていた。主膳が意識的に飲ませたようでもあるが、伊兵衛はどちらかというと少し酔っているほうがいいので、むろん快活に承知した。

「よろしかったら唯今《ただいま》でも結構です」

「では御迷惑でもあろうが」

主膳が声をかけると牛尾大六が来た。次の間にいたらしい。あちらの用意をきいてまいれと云われ、さがっていったが、すぐに用意のできていることを復命した。

案内されたのは道場であった。この家に付いて建てられたもので、母屋《おもや》の廊下を二た曲りしたところに在り、小さいながらも造りも正式だし、控え部屋もあるもようだった。……主膳のあとから伊兵衛が入ってゆくと、その控えのほうからも三人、こちらと間を合わせるように出て来た。だがどうしたことか、その三人の中の一人は、伊兵衛の姿を見るとぎょっとし、伴れの者になにごとか云うと、そのまま控え部屋へ引返してしまった。

伊兵衛はべつに気にもとめず、隅《すみ》へいって袴の股立《ももだち》をしぼり、大六の持って来た木刀の中からよく選みもせずに一本取った。鉢巻《はちまき》も襷《たすき》もしないのである。向うでも一人が支度をし、やや長い木刀を持って、主膳になにか囁《ささや》いていた。二十七八になる小柄《こがら》な青年で、色の黒い精悍《せいかん》そうな顔に、白い歯が際立《きわだ》ってみえた。

やがて主膳の紹介で二人は相対した。青年は原田十兵衛というそうで、伊兵衛の構えを見ると、にやっと微笑した。腰の伸びた間のぬけたような構えが可笑《おか》しかったらしい。伊兵衛はそうとも知らず、眼を細くして頬笑《ほほえ》み返し、おまけにひょいとおじぎをしたので、原田青年は危うく失笑しそうになった。むろん失笑しはしない。辛《から》くもがまんしたが、大いに気は楽になったらしく、積極的に掛け声をあげて、頻《しき》りに闘志の旺《さか》んなところを示した。

伊兵衛の構えはずんべらぼうとしたものだった。まるっきり捉《つか》まえどころがない。逞《たく》しく厚い肩を少し前跼《まえかが》みにして、木刀を前へつき出して、尻下《しりさが》りの眼でものやさしげに相手を眺めている。うっかりすると睨《にら》めっこでも始めそうな恰好だった。

原田青年が鋭く叫び、非常な勢いで軀《からだ》ごと打ち込んだ。小柄な軀がつぶての飛ぶように見えた。が、伊兵衛はただ爪尖《つまさき》で立って、木刀をすっと頭上へ挙げただけである。原田青年はすっ飛んでいって道場の羽目板へ頭でもって突き当り、独りではね返って、ぶっ倒れて、だがすぐ半身を起こして、ちょっと考えて、「まいった」と叫んだ。

「どうも済みません」伊兵衛は恐縮そうにおじぎをした、「――失礼致しました」

次は鍋山《なべやま》又五郎という三十六七の男で、これはおそらく師範役であろう。静かな眼になみなみならぬ光りがあり、態度も沈着で、隙《すき》のないおちつきをみせていた。

「少し荒いかもしれません」鍋山は平静な声でそう云《い》った、「――どうかそのおつもりで」

「は、どうかなにぶん、よろしく」

伊兵衛は気軽くおじぎをし、まえと同じ構えで、まえと同じようにものやさしく相手を見た。鍋山は左の足をぐっと引いて半身になり、木刀の尖《さき》を床につくほど下げ、（地摺《じず》り青眼とでもいうのか）凄味《すごみ》のある構えで、じんわりと伊兵衛の眼に見いった。

こんどは少し暇がかかった。どちらも黙っているし、びくっとも動かない。ただ伊兵衛がずんべらぼうとしているのに、鍋山の五躰《ごたい》はしだいに精気が満ち、その眼光は殺気をさえ帯びてくるようであった。そうしてかなりの時間が経《た》つうちに、鍋山の木刀の尖は悠《ゆっ》くりと、眼に見えぬくらい緩慢な動きで、少しずつ、少しずつすり上り、いつかしら、やや低めの青眼に変った。

機は熟したようだ。緊張は頂点に達し、まさに火花が発するかと思えた。

そのとき伊兵衛の木刀が動いて、相手の木刀をひょいと叩《たた》いた。ごく軽く冗談のようにひょいと叩いたのであるが、相手の木刀は尖端《せんたん》を下に向けて落ち、ばきっといったふうな音をたてて床板に突立った。

「あ、これはどうも」伊兵衛はうろたえて頭に手をやり、「――どうもこれは、とんだことを致しました、大事な道場へ傷をつけてしまいまして、これはなんとも、どうも」

そして突立った木刀を抜いて、穴のあいた床板を済まなそうに撫《な》でた。

鍋山又五郎は惘然《もうぜん》と立ったままだった。

## 六

伊兵衛は日が昏《く》れてから宿へ帰った。

たいへん上機嫌《じょうきげん》で、酒に赤くなった顔をにこにこさせて、これは戴《いただ》いた土産だと、大きな菓子の折を妻に渡した。

「夕食を待っていて呉《く》れるだろうと思ったんだけれど、あまり熱心にすすめられるのでついおそくなってね、ええ」

彼は着替えをするあいだも、うきうきと話し続けた。

「――もっと早く、ほんのもう一刻《とき》もすれば帰れると思っていたんだが、たいへん御《ご》馳走《ちそう》になったりして、それに話もあったものですからねえ」

脱いだ物を片づけていたおたよは、着物の袂《たもと》から紙包をみつけて、不審そうに良人《おっと》を見た。その重みと手触りで、金だということがわかったからである。

「ああ忘れていた、すっかり忘れていましたよ、それは青山さんから貰いましてね、御前へあがるのに必要な支度をするようにって」

「御前と仰《おっ》しゃいますと」おたよは不安そうに訊《き》き返した、「――それにいま何誰《どなた》かとも仰しゃいましたけれど、わたくしにはなにがなにやらわかりませんわ」

「そうそう、そうですとも、少し酔ってるんですよ、ええ、済まないが水を一杯下さい」

伊兵衛は水を飲みながら話しだした。

こんどは調子が渋くなり、言葉づかいもずっとおちついてきた。夫婦のあいだではもう長いこと「仕官」の話は禁物のようになっていた。あまりにたび重なる失敗で、お互いが希望をもつことを避け、できるだけその問題に触れないようにしていたのである。初めは嬉《うれ》しまぎれと酔った勢いで、つい彼ははしゃいでしまったが、妻の顔色でようやく冷静にかえり、今日あった事をかい摘《つま》んで、いかにもさりげなく語った。

「ではお三方と試合をなさいましたのですか」

「いや二人ですよ、一人はなにか急に故障が出来たそうで、その道場までは来たんだが、……しかし本当はこの次の試合まで待たせたのかもしれませんね、改めて城中で正式にやることになったんですから」

おたよは用心ぶかく、諦《あきら》めた顔つきで頷いただけだった、それは、「あまり期待なさらないように」と云いたいのであるらしい。伊兵衛もむろんと云ったふうに、「どっちでもいいんだけれど、向うが折角そう云って呉れるんですからねえ、それに支度金でなにか買えばそれだけ儲《もう》かるし、いやいや、とんでもない、これは冗談ですよ」

こう云ってから、ちょっと意気ごんで、「——だがともかく青山という人は人物らしい、これまでの事もすっかり話しましたがねえ、その理解のして呉れ方がまるで違うんですよ、ええ、ほかの人間とは桁《けた》違いなんです、おまけに幸運というかどうか、ちょうど殿様の教育係を捜しているんだそうで、弓とか槍《やり》とか乗馬なども一流の者が欲しい、たいそう武芸に熱心な殿様なんだそうで、もちろんそれだからといって喜びやしませんが、ええ、しかしこんどはどうやら、まあ、なんとかこんどはという気がするんですよ」

「それではもう、お夕餉《ゆうげ》は召上らぬのでございますか」

おたよはさりげなく話をそらした。良人の気持にまきこまれまい、話だけで信用してはいけない。こう自分を抑えているようすが、伊兵衛にはいかにも哀れに思えるのであった。

翌日もやはり雨が降っていたが、彼は城下町までいって、出来合の裃《かみしも》や鼻紙袋や、扇子、足袋《たび》、履物などを買い、かなり金が余るので、妻のために釵《かんざし》を買った。

——おたよに物を買うなんて久方ぶりだなあ。

多少いい心もちになったが、道へ出て歩きだすと、例のどこか刺されでもしたような表情でぎゅっと眉《まゆ》をしかめた。

——冗談じゃない。

久方ぶりどころか、妻のために物を買うなどということは初めてである。結婚して八年半、彼女が実家から持って来た物は、すべて売ってしまった。松平家を退身するときには、まだ小さな道具類は持っていたが、それも放浪ちゅうに残らず売ってしまった。しかもこちらから買ってやった物は一つもないのである。彼はしょげて、溜息《ためいき》をついた。それから急に顔をあげ喧嘩《けんか》でも売るようなぐあいに、「だがこんどは正夢ですからね」こう呟《つぶや》いて天を睨《ね》めつけた、「——使いの来るすぐまえに前兆もあり、あらゆる条件が揃《そろ》ってるんだから、それにもうそろそろ、いくらなんでもそろそろ時節が来てもいい頃《ころ》だよ」

伊兵衛は元気に雨のなかを歩きだした。

それから五日めにとつぜん雨があがった。前の晩の夜半までそんなけぶりさえなく、無限のようにしとしとと降っていたのが、明けてみるとからっと晴れて、それこそぬけるような青空にきらきらと日が照っていた。

「あがったぞ、雨があがったぞ、天気になったぞ」

同宿者たちの一人ひとりが、空を見あげてはそう叫んだ。生活をとり戻《もど》した者の素《そ》朴《ぼく》なそして正に歓喜にわきたつような声であった。そして伊兵衛のところへも主膳から使者が来た。登城の支度で来い、というのである。

「すばらしい吉兆ですね、これは」

伊兵衛はにこにこしながらそう云いかけたが、妻の諦めた顔を見ると慌《あわ》てて、「私のほうはなんだけれども、みんな二十日以上も降りこめられていたんだからねえ、これでみんな救われますよ、ええ、あの喜びようをごらんなさい、私たちまで嬉しくなってしまうでしょう」

「わたくしも出立《しゅったつ》の支度をしておきますわ」

「そうですね、そう」彼はちょっと妻を見て、「――しかし今日というわけにはいかないですよ、帰りがおそくなるかもしれませんからね」

「足袋を先にお召しあそばせ」

おたよはやはりさりげなく話をそらした。

## 七

伊兵衛は午後おそく、日の傾く頃に帰って来た。

首尾は上々だったのだろう、こみあげてくる嬉しさを懸命に抑えているが、抑えても抑えてもこみあげてくるので、われながら始末に困るといったふうな、不安定な渋い顔をしていた。

「帰りに青山さんへ寄ったものだから」

彼はこう云って、大きな包をそこへ置いた。

「——祝いにどうしても一盞《いっさん》ということで、もちろん今日は辞退したけれども、寄らないのも失礼ですからねえ、これは殿様からの引出物です」

家紋を打った紙に包まれた包が二つ、おたよはどきっとしたようすであるが、すぐ平静にかえって、そっと押戴《おしいただ》いて隅《すみ》へ片づけた。

「今日はひとつ、飲ませて下さい」

伊兵衛は袴を脱ぎながら云った。

「はいかしこまりました」

おたよもその返辞だけは明るかった。

大体としてこういう安宿には風呂《ふろ》はない。彼は十町ばかり西の宿にある銭湯へいって来て、それからつつましい酒の膳《ぜん》に向った。おたよは給仕をしながら、同宿者の誰《だれ》それと誰それが出立したこと、誰それと誰それは明日立つこと、出立した人々の伝言や、お互いに泣き合ったことなどを、しみじみとした口ぶりで、珍しく多弁に語った。

「こういうお宿へ泊る方たちとは、ずいぶんたくさんお近づきになりましたけれど、みなさんやさしい善《よ》い方ばかりでしたわね、自分の暮しさえ満足でないのに、いつも他人のことを心配したり、他人の不幸に心から泣いたり、僅《わず》かな物を惜しみもなく分けたり、……ほかの世間の人たちとはまるで違って、哀《かな》しいほど思い遣《や》りの深い、温かな人たちばかりでしたわ」

「貧しい者はお互いが頼りですからね、自分の欲を張っては生きにくい、というわけだろうね」

「説教節のお爺《じい》さんはこう云っておいででした、もうお眼にはかかれませんが、どこへいってもお二人の御繁昌《ごはんじょう》を祈っております」おたよはそっと眼を伏せた、「——それから涙を拭《ふ》いて、このあいだのことは死ぬまで忘れません、あんなに有難《ありがた》い、嬉しいことは生れて来て初めてだった、世の中はいいものだということを、この年になって初めて知りましたって……わたくし胸が詰ってしまいました」

「もうよしましょう、私にはそういうおたよのほうがもっと哀しい、辛《つら》いですから」

伊兵衛はしぼんだ顔になり、それから急に浮きたつように云った。

「しかしもうこれもおしまいです、と云ってもいいと思うんだが、実は今日は食禄《しょくろく》の高までほぼ内定したんでねえ」

「――このまえにも、いちど」

「いや今日は違うんですよ、剣術もやったし、弓は五寸の的を二十八間まで延ばしたし、馬は木曾《きそ》産の黒《あお》で、まだ乗った者がないという悍馬《かんば》をこなしましたがね、それはそれとして話はべつなんです」

藩主は永井氏で信濃守《しなののかみ》篤明といい、まだ世継ぎをして間のない、二十そこそこの若さだったが、たいそう武芸に熱心であり、また大いに藩政改革をやろうという、新進気鋭の人であった。そして伊兵衛の技倆《ぎりょう》を見て、ぜひ当家に仕えるようにと云ったが、それは前任者を排して召抱えるのではなく、新たに人増しをするというのであった。

「それだからといって、絶対だとはむろん思いはしないけれども、とにかくこんどはね、そこまで疑うというのもねえ」

「それはそうでございますとも」おたよはそらすように頷いた。「――お代りをつけましょうか、お食事になさいますか」

「そうだね、そう、食事にしましょう」

久しぶりで充分に腕だめしをして、彼の全身は爽快《そうかい》な疲れと満足に溢《あふ》れていた。そのうえ仕官の望みは九分どおり確実である。これまでの例があるから、妻は信じようとしないし、できるだけそのことに触れたくないようであるが、伊兵衛としてはそれが哀れであり、どうかして（断言はせずに）少しでも安心させてやりたいと願わずにはいられなかった。

明くる日は同宿者のうちから三人出立していった。夕ガ直しの源さんの女房《にようぼう》は、背負った子供を揺りあげしながら、「もうお眼にかかれませんわねえ、どうかお二人ともお大事になすって下さいましよ、御出世をなさるようにお祈り申しておりますからねえ、ほんとにいろいろと御親切にして頂いて、お世話さまでございましたよう」

こう云って袖口《そでぐち》で涙を拭いた。

「みなさんが定《きま》って、もうお眼にかかれないと仰しゃるのね」おたよがあとで云った、「――これまでも定ったようにそう仰しゃいましたわ、どうしてまたいつか会いたいと仰しゃらないのでしょうか」

伊兵衛はさあねと云って、うろたえたように眼をそらした。

――あの人たちには今日しかない、自分自身の明日のことがわからない、今いっしょにいることは信じられるが、また会えるという望みは、もつことができないのである。

それは旅を渡るかれらに限ったことではない、人間はすべて、……こんなふうなしめっぽい感想がうかんだからであった。

夕方になると新たな客が五人来た。中に猿廻《さるまわ》しがいて、夕食のあとで猿に芸をさせてみせ、自分でも諸国の珍しい鄙唄《ひなうた》などうたった。同宿者たちは大いに喜んだが、猿廻しが頃合《ころあい》をみはからって、「みんなが少しお鳥目《ちょうもく》をはずんで呉れれば、これから猿に閨《ねや》ごとを踊らせてみせる」と云うと、かれらはみれんなくそこを離れて、居場所へ戻ってしまった。

その翌朝。食事を済ませると間もなく、おたよは荷物を片づけ始めた。

「今日はいいお日和《ひより》でございますわ」なにかを包みながら、独り言のように彼女はそう云った、「——少し雲があるくらいな日でも、あの峠はよく雨が降るそうですから、越すなら今日のような日がいいと云いますわ」

## 八

「そう、実に今日はよく晴れた」

伊兵衛は話をそらすように、低い庇越《ひさしご》しに空を見あげ、貧乏ゆすりをし、また空を見あげ、そして立ちあがった。

「おでかけなさいますの？」

「いやでかけやしない、ちょっとその」

彼は宿の外へ出て、おちつかない眼つきで城下町のほうを眺めやった。かなり苛々《いらいら》しているらしい、ふとそっちへ歩きだしそうにして、思い返して、短い太息《といき》をついた。そのときうしろで、いきなりテテンテテンと太鼓の音がした。あまり突然だったので、彼は吃驚《びっくり》して横へとび退《の》いた。

「お早うございい、今日円満大吉でございい」

猿廻しであった。どこかしら歪《ゆが》んだしなびたような軀《からだ》つきの、不自然に陽気なその猿廻しは、そんな挨拶《あいさつ》をして、猿を背中にとまらせ、太鼓を叩《たた》きながら、足早に城下町のほうへ去っていった。

「天気は申し分なしですがねえ」小部屋へ戻《もど》って、暫《しばら》くして伊兵衛がそう云《い》った、「ともかくまだ二日めだし、先方でもなんとか云って来るだろうしねえ、黙って立つというわけにもいかないと思うんだが」

「そうでございますわね、でもわたくし、支度だけはしておきますわ」

「それはそうですとも、どっちにしても此処《ここ》は出てゆくんだから……」

伊兵衛はどきりとして誇張していうと、かまきりのように首をあげた。馬の蹄《ひづめ》の音が、宿の前で停《とま》ったのである。おたよも聞きつけたのだろう、これもはっとしたようだったが、すぐわれに返って包み物を続けた。伊兵衛は立って衣紋《えもん》を直し、できるだけおちついた口ぶりで、「来たようだね」こう云いながら出ていった。

ちょうど土間へ牛尾大六が入って来るところだった。伊兵衛はどきどきする胸を抑え、できる限り平静を装い、やさしく微笑しながら上《あが》り端《はな》まで出迎えた。

「いや此処で失礼します」

牛尾大六は多少いまわしそうに、汚ならしい家の中を見まわして、このまえのときよりずっと切り口上で云った。

「主膳が申しますには、まことに稀《まれ》なる武芸者、その類のないお腕前といい高邁《こうまい》なる御志操といい、禄高《ろくだか》に拘《かかわ》らずぜひ御随身が願いたい、また藩侯におかれましても特に御熱心のように拝されまして」

「いやそんな、それは過分なお言葉です、私はそんな」

「そういうしだいで、当方としては既にお召抱えと決定しかかったのですが、そこに思わぬ故障が起こったのです」

伊兵衛は息をのみ、地面が揺れだすように感じて、ぐっと膝《ひざ》を摑《つか》んだ。

「故障といっても当方のことではなく、責任はそこもとから出たのですが」大六は冷やかに続けた、「――それは貴方《あなた》が賭《か》け試合をなすった、城下町のさる道場において金子《きんす》を賭けて試合をし、勝ってその金子を取ってゆかれた……、もちろん御記憶でございましょう」

伊兵衛は辛うじて頷《うなず》いた。そしていつか青山家の道場で、相手の三人のうちの一人が、彼を見るなり逃げだしたことを思いだした。

「慥《たし》かに覚えております、覚えておりますけれども」伊兵衛はおろおろと、「――それは実はまことに気の毒な者がおりまして、この宿にいた客なんですが」

「理由のいかんに拘らず、武士として賭け試合をするなどということは、不面目の第一であるし、それを訴え出た者がある以上、当方としては手を引かざるを得ません、残念ながらこの話は無かったものとお思い下さるように」

牛尾大六は白扇の上に紙包を載せ、それを伊兵衛の前に置きながら云った、「主膳が申しますには、些少《さしょう》ながらこれを旅費の足しにでもお受け下さるよう、とのことでございました」

「いやとんでもない、こんな」伊兵衛は泣くような顔で手を振った。「――こんな御心配はどうか、いろいろ戴《いただ》いていることでもあり、どうかこんな」

「いいえ有難《ありがた》く頂戴《ちょうだい》いたします」

こう云いながら、おたよが来て、良人《おっと》の脇《わき》に坐《すわ》った。伊兵衛は狼狽《ろうばい》したが、大六も驚いて、あやふやに頭を下げてなにか云おうとした。しかしおたよはその隙《すき》を与えなかった。いくらか昂奮《こうふん》はしているが、しっかりした調子で、はきはきと次のように云った。

「主人が賭け試合を致しましたのは悪うございました、わたくしもかねがねそれだけはやめて下さるようにと願っていたのでございます、けれどもそれが間違いだったということが、わたくしには初めてわかりました、主人も賭け試合が不面目だということぐらい知っていたと思います、知っていながらやむにやまれない、そうせずにいられないばあいがあるのです、わたくしようやくわかりました、主人の賭け試合で、大勢の人たちがどんなに喜んだか、どんなに救われた気持になったか」

「おやめなさいたよ、失礼ですから」

「はい、やめます、そして貴方にだけ申上げますわ」おたよは向き直り、声をふるわせて云った——、「これからは、貴方がお望みなさるときに、いつでも賭け試合をなすって下さい、そしてまわりの者みんな、貧しい、頼りのない、気の毒な方たちを喜ばせてあげて下さいまし」

彼女の言葉は嗚咽《おえつ》のために消えた。牛尾大六は辟易《へきえき》し、ぐあい悪そうに後退し、そこでなんとなくおじぎをして、ひらりと外へ去っていった。

時刻は中途半端《はんぱ》になったが、区切りをつけるという気持で、二人は間もなく宿を出立した。あの晩の米も余っていたが、主膳の呉《く》れた金も折半して宿の主人に預け、またなが雨のときや困っている客があったら、世話をしてやって呉れるようにと頼んで、……夫婦が草鞋《わらじ》を穿《は》いていると、あのおろくさんという女がやって来た。病的に痩《や》せて尖《とが》った顔を（あいそ笑いらしい）みじめにひきつらせながら、「御新造《ごしんぞ》さんこれ持ってって下さい」と、薬袋の古びたのを三帖《ちょう》そこへ出した、「——草鞋にくわれたとき付けるといいんですよ、煙草《たばこ》の灰なんですけどね、唾《つば》で練って付けるとよく効きますよ、……もっといいお餞別《せんべつ》をしたいんだけど、そう思うばかしでね、……つまらないもんだけど」

「いいえ嬉《うれ》しいわ、有難う」

おたよは親しい口ぶりで礼を云い、本当に嬉しそうに、それをふところへ入れた。

宿の人たちに追分の宿はずれまで送られ、そこから右へ曲って峠へ向った。伊兵衛はなかなか落胆からぬけられないらしい、おたよはしいて慰めようとは思わなかった。

——これだけ立派な腕をもちながらその力で出世することができない、なんという妙なまわりあわせでしょう、なんというおかしな世間なのでしょう。

彼女はそう思う一方、ふと微笑をさそわれるのであった。

——でもわたくし、このままでもようございますわ、他人を押除《おしの》けず他人の席を奪わず、貧しいけれど真実な方たちに混って、機会さえあればみんなに喜びや望みをお与えなさる、このままの貴方も御立派ですわ。

こう云いたい気持で、しかし口には出さず、ときどきそっと良人の顔をぬすみ見ながら、おたよは軽い足どりで歩いていった。

伊兵衛もしだいに気をとり直してゆくようだった、失望することには馴《な》れているし、感情の向きを変えることも（習慣で）うまくなっている。ただ妻のおもわくを考えて、そう急に機嫌を直すわけにはいかない、といったふうであった。

だがその遠慮さえつい忘れるときが来た。峠の上へ出て、幕でも切って落したように、眼の下にとつぜん隣国の山野がうちひらけ、爽《さわ》やかな風が吹きあげて来ると、彼はぱっと顔を輝かして、「やあやあ」と叫びだした。

「やあこれは、これはすばらしい、ごらんよあれを、なんて美しい眺《なが》めだろう」

「まあ本当に、本当にきれいですこと」

「どうです、軀《からだ》じゅうが勇みたちますね、ええ」

彼はまるい顔をにこにこと崩し、少年のように活《い》き活きとした光りでその眼をいっぱいにした。早くもその眺望《ちょうぼう》のなかに、新しい生活と新しい希望を空想し始めたとみえる。

「ねえ元気をだして下さい、元気になりましょう」

妻に向って熱心にそう云った。

「——あそこに見えるのは十万五千石の城下ですよ、土地は繁昌《はんじょう》で有名だし、なにしろ十万五千石ですからね、ひとつこんどこそ、と云ってもいいと思うんだが、元気をだしてゆきましょう」

「わたくし元気ですわ」

おたよは明るく笑って、劬《いたわ》るように良人を見上げながら、巧みに彼の口まねをした。

「と云ってもいいと思いますわ」


（「サンデー毎日」昭和二十六年七月一日号）

# かあちゃん

一

「ほんとだぜ、ちゃんと聞えるんだから、十四日と晦日《みそか》の晩には、毎月きまって、銭勘定をするんだから、まったくだぜ」

「おめえそれを聞いてるのか」

「聞くめえと思ったたって、壁ひとえだから、聞えてくるんだからしょうがねえ」

「今日は晦日だぜ」と軽子《かるこ》らしい若者が云《い》った、「すると今夜もやるわけか」

「やらなくってよ」と初めの若者が云った、「毎月きまってるんだから、もう二年ごしってもの、欠かしたことがねえんだから」

二間に五間ほどの、細長い土間に、飯台が三つずつ二た側に並び、奥のほうの二た側に五人、酒を飲んでいる客がある。土間のつき当りが板場《いたば》で、片方に三尺の出入口があり、その脇《わき》の腰掛に小女《こおんな》が三人、（眠そうな、腫《は》れぼったい顔で）腰掛けていて、客から注文があると、いかにもくたびれはてたという動作で、代る代る、酒や肴《さかな》をはこぶのであった。

食事を主とする店だろう。時刻は夜の十時ちかく、もうたてこむしおどきは過ぎて、この付近の飲む客だけが残っている、というようすであった。

　奥の五人からはなれて、入口に近い飯台の一つに、二十二三になる若者が一人、つきだしの塩辛を舐《な》めながら、気ぶっせいな手つきで、陰気に飲んでいた。……これは馴染《なじみ》ではなく、通りがかりにはいったふりの客らしい。洗いざらしためくら縞《じま》の長半纏《ながばんてん》に、よれよれの三尺をしめ、すり減った麻裏草履をはいている。月代《さかやき》も髭《ひげ》もぶしょうったらしく伸びたままだし、眼《め》がくぼみ、頬《ほお》のこけた顔には、無気力な、「どうでもいいや」とでもいいたげな、投げやりな色がうかんでいた。

　二人で飲んでいる軽子ふうの、若者たちの隣りの飯台に三人、中年者が二人と、瘦《や》せているのに頭の禿《は》げた老人がいて、こっちの若者の話に割りこんだ。

「伝公はまたかあちゃんの話だな」と頭の禿げた老人がいった、「またなにかあったのか」

「例の銭勘定の話よ」

「よせよせ」と印半纏の男が云った、「ひとの銭勘定を頭痛に病むな、仮におめえが、首を縊《くく》らなくちゃあならねえほどせっぱ詰ったって、一文の融通をしてくれる望みもありゃあしねえ、あの一家の吝嗇《りんしょく》はもうお厨子《ずし》にへえったようなもんだ」

「唐《から》の漢字をひねりゃがったな」ともう一人の若者が云った、「そのお厨子へへえったりんしょくってなあんでえ」

「お勝つぁんもまえにはあんなじゃあなかった」と頭の禿げた老人が云った、「涙もろくて気の好《い》い、よく人の面倒をみるかみさんだった、亭主《ていしゅ》に死なれ、女手で五人の子供をそだてながら、……そりゃ子供たちも遊ばせちゃおかなかったけれども、自分たちが粥《かゆ》を啜《すす》るようななかでも、困ってる者があれば決して見ちゃあいなかった、必ずなにかかにかしてやったもんだ」

「あれでもか、へっ」と印半纏の男が首を振った、「あのごうつくばりがかい、へっ」

「このごろのことじゃねえ、まえの話だ」と老人が云った。

お勝つぁんは口は達者だ、大屋でも町役でもぽんぽんやりこめる。相手が誰《だれ》であろうと、こうと思ったら負けるもんじゃなかった。けれども気の好いのと、他人のために尽すことでは、この界隈《かいわい》で知らない者はなかった、と老人は云った。へっ、と印半纏の男は肩をすくめ、まえのことを百万遍唱えたって、こんにちの申し訳にはなるまい、と云った。

「あそこじゃあ一家ぜんぶで稼《かせ》いでる」と印半纏の男は続けた、「長男の市太は大工、次郎は左官、三郎は、——三郎はこのあいだまでぼて振をしていたっけ、いまはなにをしているか知らねえが」

「魚河岸《うおがし》へいってるぜ」と隣りの飯台の若者が云った、「まだ十七だってえのに、あのあぶってのはたいした野郎だ、魚河岸で才取《さいとり》みてえなことをやってるぜ」

「それから娘のおさんよ」と印半纏の男は続けた、「これがまたかあちゃんと競争で、仕立物でも繕いでも、解きもの張物なんでもやってのける、おまけに末っ子の七公だ、あれはまだ六つか七つだろう、それでさえ道から折れ釘《くぎ》であれ真鍮《しんちゅう》であれ、一文にでもなるとみれば拾って来て、屑屋《くずや》だの古金屋なんぞに売りつける、一家六人そろったあの稼ぎぶりは、まるっきりきちげえ沙汰《ざた》だ」

それもいい、稼ぐのは結構だ。しかし貧乏人には貧乏人のつきあいがある、貧乏人同志は隣り近所が親類だ。お互いが頼りあい助けあわなければ、貧乏人はやってゆけはしない、そうだろう、と印半纏の男は云った。

「姐《ねえ》や、あとをつけてくんな」と端にいた中年者が燗徳利《かんどくり》を振り、それから向き直って云った、「太兵衛《たへえ》のときのことか」

「太兵衛のときのこった」と印半纏の男が頷《うなず》いた、「おふくろは長患《ながわずら》い、太兵衛は仕事場で足を挫《くじ》く、小さいのが三人、どうにもしようがねえ、惨澹《さんたん》たるもんだ」

また唐の地口《じぐち》か、と若者の一人が云った。

「そこで長屋じゅうが相談して、ちっとずつ銭を集めることになった」

「おめえが世話人だっけな」と端にいた中年者が云った。

「おれが世話人を押しつけられた、年の暮の、それこそ鐚《びた》一枚も惜しいときだったが、みんな気持よく出してくれた、ところがあのかあちゃん、——お勝つぁんは財布の紐《ひも》をしめた」

　小女が酒を持って来た。端にいた中年の男は印半纏の男に酌《しゃく》をした。印半纏の男はそれを飲み、自分の燗徳利を取って、相手に酌をしながら、「お勝つぁんが曰《いわ》く、皆さんは幾らずつですかというんだ」と続けた。幾ら幾らときまってはいない、できるだけ出しあってるんだ。そうですか、ではうちではこれだけ、と云って出してよこしたのが二十文だった。おれはむっとしたから「刷毛屋《はけや》の婆《ばあ》さんだって二十文出してくれた、お宅では一家そろって稼いでいるんだから、もうちっと色をつけてやってもらえまいか」となあ、するとかあちゃんは、「そうですか」と云った。それで不足ならよして下さい、「うちが一家そろって稼ぐのは、そうしなければ追っつかないことがあるからするんで、酒落《しゃれ》や道楽でやってるわけじゃないんだから」という挨拶《あいさつ》だ。

「おめえ怒ったっけな」と頭の禿げた老人がくすくす笑った、「けじめをくわされたうえに道理をつっ込まれたんだからな」

「怒れもしねえや」と印半纏の男が云った、「——癪《しゃく》に障《さわ》るから二十文たたっ返してやったら、長屋じゅうが相談して集めてるものをおまえさんの一存で突っ返していいのかい、ってさ、ひでえもんだ、おらあわれとわが身に憐愍《れんびん》をもよおしたぜ」

端にいる中年の男が笑い、頭の禿げた老人が笑った。

「まえにはあんなじゃなかった」と老人が笑いながら云った、「まえには自分たちの口をつめても、他人の面倒をみたもんだ」

「そうかもしれねえ、だがあの稼ぎぶりはきちげえ沙汰だぜ」

「まったくだ」と軽子らしい若者の一人が云った、「どうまちがってあんなに稼ぐかさ、おれが壁越しに聞くだけでも、相当溜《た》めこんでるようなあんばいだぜ」

「いまにこのまわりの一帯の長屋でも買い占めるつもりじゃあねえのか」と印半纏の男が云った、「女があのくらいの年で思いこむと、それこそ吃驚《びっくり》するようなことをやってのけるからな」

ちょうどそのとき、——

かれらからはなれて、独りで飲んでいた（見知らぬ）若い客が、小女を呼んで勘定をした。肴はつきだしの塩辛だけ、酒は一本。そしてその払いをすると、あとには文銭が一二枚しか残らなかったのを、小女は見た。若者はふところから手拭《てぬぐい》を出して頰《ほお》冠《かむ》りをし、それから、黙って出ていった。——こちらにいる五人は、その客がいたことにも気がつかなかったし、出ていったことも知らなかった。

二

お勝は銭勘定の手を止めて、前に並んでいる子供たちを眺《なが》めた。

「ちっとのま黙っていられないのかい、さぶ」とお勝は云った、「そう眼の前で饒舌《しゃべ》られたんじゃ勘定ができやしないよ」

「ざまあ、――」と次郎が低い声で云った。

「黙るよ」と三郎が云った、「兄貴が訊《き》くから返辞をしてたんだ、兄貴がつまらねえことを訊くから、……いいよ、黙るよ」

「おれ眠いよ」と七之助《しちのすけ》が云った、「おれのをさきにやってくんなよ、かあちゃん」

「あいよ」とお勝が云った、「七のをさきにしようね、すぐだよ」

お勝は勘定を続けた。

煤《すす》ぼけた四帖半《よじょうはん》に、行燈《あんどん》が一つ。切り貼《ば》りをした唐紙《からかみ》の隣りは六帖で、そこではいま十九になる娘のおさんが、四人分の寝床を敷いている。こちらの障子の次は勝手になっており、なにか物の煮える美味《うま》そうな匂《にお》いがながれて来る。――四帖半の壁にそって、古びて歪《ゆが》んだ鼠不入《ねずみいらず》が置かれ、その上の小さな仏壇には、燈明《とうみょう》がつけてあり、線香があがっている。親子六人が一本ずつあげたらしい、六本の線香が、もう三分の一ほどに小さくなって、しかしさかんに煙をあげていた。

「ばあさん」と三郎が六帖にいる姉に向って云った、「勝手をみなくってもいいのか、なにか焦《こ》げてるぜ」

「うどんのおつゆだ」と次郎がむっとした顔で云った、「おつゆが焦げるか」

「へえ、おつゆは焦げねえか」

お勝が「さぶ」と云った。

市太は欠伸《あくび》をした。彼は長男で二十歳になる、軀《からだ》は（大工という職に似あわしく）逞《たくま》しくひき緊《しま》っているが、角ばった肉の厚い顔は、暢《のん》びりとした感じで、紛れもなく総領の甚六《じんろく》であることを示している。次郎は十八だが、兄よりは老《ふ》けてみえた。おもながのきりっとした顔だちで、三郎と双生子《ふたご》かと思われるほどよく似ている。年も一つ違いなのだが、三郎がはしっこくて口達者なのに対し、次郎はむっつり屋で怒りっぽく、いつも「気にいらねえな」とでも云いたげな、ふきげんな渋い顔をしていた。

「寝床ができたわよ」と云いながら、おさんが出て来た、「眠ければ七ちゃんは寝たらどう」

「いやだ」と市太の膝《ひざ》によりかかったまま、七之助は頭を振った、「うどん喰《た》べてから寝るんだ」

　彼は末っ子で七歳になる。すぐ上の三郎と十年のひらきがあるが、あいだに三人、源四郎、五郎吉、六次というのがいて、それぞれ早死をしたのであった。

「おさん」とお勝が云った、「七の分だけうどんを温ためておやり、もう済むけれど、もたないかもしれないから」

　おさんは勝手へいった。

　彼女は厄年《やくどし》の十九になる。縹緻《きりよう》は父に似たそうで、（長男の市太と同様に）あまり見ばえはしないが、まるっこい愛嬌《あいきよう》のある眼鼻だちで、口かずの少ない割には、性分が明るく、笑い上戸《じようご》であった。

　お勝の脇には溜塗《ためぬり》の小箱があり、その中から出した紙包が五つ、膝の前にひろげてあった。そこにはおのおの小粒や銭がのっており、包んだ紙には、仮名文字で子供たちの名が書いてあるが「さん」としるした紙には、それに並べて「かあちゃん」と書いてあった。

「さあでたよ」とお勝が云った、「七は今月はよく稼いだね、ほら、これだけあるよ」

「それみんなかか」と七之助は起き直った、「みんなそれおらのか」

「そうだよ、みんなだよ」

「幾らだ」と七之助は母親を見た。お勝はその高を云った。七之助は感心したように「ふーん」といい、「ぶっきり（飴《あめ》）なら十万も買えるね」と云った。

「温たまってよ」と勝手でおさんが云った、「持っていきましょうか」

「ああ、持って来ておくれ」とお勝が答えた。

市太がまた欠伸をし、それにつられたように、三郎も大きな欠伸をした。おさんが（盆にのせて）うどんの親椀《おやわん》を持って来た。うどんは山盛りになっており、いい匂いのする湯気を立てていた。おさんは弟の脇に坐《すわ》り、「熱いから気をつけてね」と云って、盆を弟の胸のところで支えていてやった。七之助は親椀を盆の上に置いたまま、片手で椀のふちを押え、そうしてふうふうと湯気を吹きながら、歯をむきだして喰べた。

市太の腹の中で「ぐう」という音がした。誰も気がつかなかったが、まもなく三郎の腹の中でも「ぐうぐう」という音がし、三郎は舌打ちをして、「よせやい」と呟《つぶや》いた。――喰べ終った七之助は、姉に伴《つ》れられて六帖へゆきながら、「かあちゃん、起こしてね」と云った。お勝は次の勘定をしながら「あいよ」と答えた。

「きっとだよ」と七之助は念を押した、「あんちゃんはおれのこと押出しちゃうんだもの」

「おいおい、本当かい」と市太が云った。

「大丈夫だよ」とお勝が云った、「かあちゃんが寝るときにはきっと抱いて来てあげるよ」

七之助は納得して去った。

その月の分の勘定が終ると、お勝はまた溜塗の箱の中から五つの包を出した。それには一つ一つ金高が書いてあって、お勝はその月の分を暗算でそれに加え、「ふん」と頷いてから、「あたり箱は」と膝の左右を見た。おさんが「あら忘れてたわ」と云って、六帖のほうへ取りに立った。

「どうなった、かあちゃん」と次郎が訊いた。

「だいたい纏《まと》まったらしいね」とお勝が云った、「いまちゃんとやってみるけれど、だいたいこれで纏まったらしいよ」

おさんが硯箱《すずりばこ》を持って来た。

お勝が受取って、半分に割れた蓋《ふた》を取り、ふちの欠けた硯に水差の水を注ぐと、三郎がひきよせて墨を磨《す》った。墨は一寸くらいの歪んだ三角形に磨り減っており、力をいれて磨ると、砂でも混っているような音がした。

やがてお勝はちび筆を取り、五つの包紙へ金高を書き加えたのち、それをべつの反《ほ》故紙《ごがみ》の裏に写し取って、かなりひまどりながら総計を取った。「算盤《そろばん》があるといいんだけれど」とお勝は釵《かんざし》で頭を掻《か》きながら、「どうしても算盤が欲しいね」と口の中で呟いた。

　市太が欠伸をした。すると彼の腹の中でまた「ぐう」という音がした。

「さあできた」とお勝が筆を置いた、「これでどうやらまにあいそうだよ」

「幾らになった」と次郎が訊いた。

「初めに決めたのにちょっと足りないだけだよ」とお勝はその総計を告げた、「源さんはいつ出るんだっけね、あんちゃん」

「来月の十七日だ」と市太が答えた。

「それなら充分まにあうよ」とお勝が云った、「あしかけ三年だったけど、やる気になってやれば案外できるもんだね」

　そしてお勝は五つの紙包を見まもった。

　市太も、次郎も三郎も、おさんも、いっときしんと、その紙包をみつめた。母親の言葉とその紙包とが、かれらのなかに（共通の）感慨をよび起こしたようである。お勝は深い溜息《ためいき》をつき、「さあ、うどんにしようかね」と云って、それらの包を箱の中へおさめ、立ちあがって、戸納《とだな》の下段へしまった。

母と娘とで、勝手からうどんを運んで来た。うどんは鍋《なべ》のまま、食器はまちまちで、三郎がまず親椀へ手を出したが、お勝はその手をすばやく叩《たた》いて、「がつがつするんじゃないよ」と云《い》った。三郎は「痛えな」と云い、箸《はし》を取って、その尖《さき》を舐《な》めた。するとまたお勝がその手を叩いた。三郎は「がつがつするな」と母親の口まねをした。

次郎がさきに喰べ終り、次に三郎、そして市太という順で、喰べ終った者から、順次に六帖へ立ってゆき、やがておさんと母親の二人だけになった。

「珍しいわね」とおさんが箸を置きながら云った、「うどんが残るわよ、かあちゃん」

「明日《あした》の朝おじやにすればいいよ」とお勝が云った、「あと片づけはいいから、終ったんなら寝ておしまい」

片づけてから寝るわ、とおさんが云った。あたしがするから寝ておしまい、とお勝が云った。朝が早いんだから、そして済まないけれど今夜は七と寝てやっておくれ。だって、とおさんは立ちながら云った。寝てもいいけれどお乳へ吸いつくんだもの。押えてればいいんだよ、半分眠ってるんだからちょっと押えてればすぐ眠ってしまうよ。あら眠りながらよ、とおさんは自分の茶碗《ちゃわん》と箸を持って、勝手へゆきながら云った。足をはさむぐらいはいいけど、あたしお乳へ触られるのだけはいやなのよ、乳首を摘《つま》まれたり吸われたりすると、眠っていてもとびあがってしまうわ。じゃあいいよ、とお勝が云った。あとであたしのほうへ伴《つ》れてくるから早く寝ておくれ。――そしてお勝は箸を置き、長火鉢《ながひばち》の湯沸しを取って、茶碗に湯を注いだ。

娘が六帖へ去り、あと片づけを（手早く）済ませてから、お勝は行燈の片方に蔽《おお》いを掛けて、火鉢のそばへ坐り、仕立て物をひろげた。

「かあちゃん」と六帖で次郎の声がした、「かあちゃん、寝なくちゃだめだぜ」

「ああ」とお勝が云った、「いま寝るところだよ」

そして針を取りあげた。

## 三

お勝が幾らも針をはこばないうちに、唐紙をあけて、三郎が顔を出した。だめじゃねえか、と三郎は云った。寝なくっちゃだめだよ、かあちゃん、まいっちまうぜ。あいよ寝るよ、とお勝が云った。ここの区切りをつければいいんだから、おまえこそ起きて来たりしちゃあだめじゃないか。どうしたんだ、と云って次郎も顔を出し、すぐに、もっと唐紙をあけて、おさんも覗《のぞ》いた。次郎は怒ったような声で、「かあちゃん」と云った。うるさいね、とお勝が云い返した。これは山田屋さんから日限を切って頼まれたんだからね、もう少しやっとかなければまにあわないんだから、そんなにうるさくしないで寝ちまっておくれ。だって、と三郎が云いかけると、お勝が「うるさいったらうるさいよ」ときめつけるように云った。

次郎が母親を睨《にら》みつけて去り、三郎もなにかぶつぶつ云いながら引込んだ。おさんは出て来ようとしたが、お勝が怖い顔で見ると、これも六帖へ戻って、唐紙を閉めた。

家の中が静かになり、壁ひとえ隣りから、酔っているらしい男の声で、やや暫《しば》く、わけのわからない端唄《はうた》をうたうのが聞えて来た。お勝は縫いしろをきゅっとこきながら、「ああ飲んでばかりいて、軀《からだ》でもこわしたらどうするつもりだろう」と呟いた。

誓願寺の九つ（午前零時）が鳴り、やがて九つ半が鳴った。路次を出ると竪川《たてかわ》の河《か》岸《し》通りで、三つ目橋のほうから夜泣き蕎麦《そば》の声が聞えて来たが、それが聞えなくなると、お勝が居眠りを始めた。——生れつき健康そうな軀つきで、肩幅もがっちりしているし、いったいに肥えてはいるが、四十三歳という年よりは老けてみえるし、居眠りをしている顔には、深い疲労の色が（隠しようもなく）あらわれていた。

お勝は頭をがくりとさせて眼をさました。

縫いかけの物を膝に置き、両手でそっと眼を押えて、長い溜息をついた。そのとき、勝手口のほうでごとっという音が聞えた。お勝は長火鉢の火をみて、炭をつぎ足した。するとまた、勝手口で物音がし、路次のどぶ板のぎっときしむのが聞えた。——お勝はじっとそれを聞いていたが、やがてそっと立ちあがり、足音を忍ばせて障子のところまでいった。行燈は暗くしてあるけれども、影のうつらないように、壁へ軀をよせていると、まもなく雨戸のあく音がし、続いて、勝手のあげ蓋《ぶた》のきしむのが聞えた。

お勝は息をころしていた。

障子の向うで「はっ、はっ」と喘《あえ》ぐような荒い呼吸が聞えた。そこまで来て、ためらっているらしい。だがまもなく、障子がすっと五分ばかりあき、少しして二寸、さらに五寸というふうに、ひどくおずおずとあいてゆき、やがて一人の男が、用心ぶかく抜き足ではいって来た。

洗いざらした、めくら縞《じま》の長半纏《ながばんてん》の裾《すそ》を端折《はしょ》り、手拭《てぬぐい》で頬冠《ほおかむ》りをしていた。お勝は男がふるえているのを認めた。足ががくがくしているし、歯と歯の触れあう音まで聞えた。

「静かにしておくれ」とお勝が囁《ささや》いた。

男は「ううう」といって、とびあがりそうになった。

「大きな伜《せがれ》が三人いるんだから静かにしておくれ」とお勝が云った、「眼をさますといけないからね、わかったかい」

「静かにしろ」と男はひどく吃《ども》った、「騒ぐとためにならねえぞ」

「あたしは静かにするよ、騒ぎゃあしないから坐っておくれ」

「金を出せ」と男がふるえ声で云った。

「ああいいよ」とお勝が云った、「いま戸を閉めて来るから待っておくれ」

そしてお勝が勝手へゆこうとすると、男が仰天したようすで、うしろからお勝の肩をつかんだ。お勝はその手を叩いた。すると、六帖のほうで「痛え」と云う寝言が聞えた。二人は軀を固くし、息をのんで、ようすをうかがった。寝言は三郎の声らしかったが、六帖はもうしんとして、市太の鼾《いびき》が聞えるばかりだった。

「そらごらんな」とお勝が男に云った、「みんなが眼をさましたらどうするの、戸を閉めて来るあいだぐらい待てないのかい」

男はうしろへさがった。

お勝は雨戸を閉め、障子を閉めて戻り、長火鉢の脇《わき》へ坐った。男は立ったまま「金を出せ」と云った。金のあることを知って来たんだ、早くしろ。お金はあるよ、とお勝が云った、少しぐらいならあげるから、ともかくそこへ坐りなね。ふざけるな、と男が云った。舐めやがると承知しねえぞ。お金はあげるって云ってるじゃないか、取って食やあしないからお坐りよ。――男はためらい、それからしぶしぶ坐ったが、膝《ひざ》はまだ見えるほどふるえていた。お勝は気がついて、ああそうだ、おまえさんおなかがすいてるんだろうと云った。残りものだけれどうどんがあるから温ためてあげようね。よしてくれ、ごまかそうたってそうはいかねえぞ、と男が云った。ごまかすかどうか見ていればわかるよ、お勝はそういって立ち、勝手から鍋を持って来た。そして長火鉢の湯沸しをどけて、その鍋をかけた。

「早くしろ」と男が云った、「そんなもの食いたかあねえ、早く金を出せ」

「ひとこと聞くけれど、まだ若いのにどうしてこんなことをするんだい」

「食えねえからよ」と男は云った、「仕事をしようったって仕事もねえ、親きょうだいも親類も、頼りにする者もありゃあしねえ、食うことができねえからやるんだ」

「なんて世の中だろう、ほんとになんていう世の中だろうね」とお勝は太息《といき》をついた、「お上《かみ》には学問もできるし頭のいい偉い人がたくさんいるんだろうに、去年の御改革から、こっち、大商人のほかはどこもかしこも不景気になるばかりで、このままいったら貧乏人はみんな飢死をするよりしようがないようなありさまじゃないか」

「そんなことを聞きたかあねえ、出せといったら早く金を出したらどうだ」

わかったよ、とお勝は云って、坐ったまま向き直り、戸納をあけて、溜塗《ためぬり》の箱を出した。男は伸びあがってお勝の手もとを見た。お勝は幾らかの銭を反故紙に包んで、箱を片づけようとした。すると男が「箱ごとよこせ」と云って立ちあがった。

「そんなはした銭が欲しくってへえったんじゃあねえ、その箱ぐるみこっちへよこせ」

お勝は男を屹《きっ》と見た。

男はうわずった声で、「よこさねえか」と云った。お勝は箱を取って膝の上に置き、それを両手で押えながら「そうかい」と云った。あたしは三人の伜を呼び起こすこともできたんだよ、でもそうはしなかったし、いまだってそうしようとは思わない、またおまえさんがどうしても欲しいというんなら、これをそっくりあげてもいいよ、けれどもそのまえに、これがどんな金かってことを話すから聞いておくれ、とお勝は云った。

男は黙っていた。

「話といったって手間はかからない」とお勝は続けた、「うちの市太という長男は大工だけれど、仕事さきの友達で源さんという人がいたんだよ」

いまから三年まえ、源さんが金に困ってつい悪いことをした。嫁をもらって一年半、子供が生れかかっていた。それだけではない、ほかに運の悪いことが重なっていたが、どうしても入用な二両ばかりの金に、せっぱ詰って、仕事場の帳場の金箱から、二両とちょっと盗んでしまった。——だが、それはすぐ露顕したうえ、源さんは牢《ろう》へ入れられた。棟梁《とうりよう》という人が因業《いんごう》で、どうしてももらい下げようとしなかった。刑期は二年と六カ月、という重いものであった。

「あたしは伜からその話を聞いた」とお勝は云った、「あそこから出て来ても、源さんはもう元の職にはかえれない、あそこの飯を食ったということは、御府内にはすぐ弘《ひろ》まってしまう、同業の世界は狭いものだから、――と伜が云ったよ」

お勝は二た晩考えた。

そして子供たちを集めて云った。源さんという人はあたし知らない、あんちゃんのほかは誰も知らないが、きっとみんな気の毒だと思ったことだろう。それで相談するんだが、元の職にかえれないというから、牢を出て来たとき困らないように、源さんの仕事を拵《こしら》えといてやりたい。それも熟練を要することはだめだし、日銭のはいるしようばいがいい。あたしは「おでん燗酒《かんざけ》」の店がいいと思うが、みんなはどうか。いいけれども元手をどうする、と次郎が云った。あたしたちみんなで稼《かせ》ぐのさ、六人がそろって稼げば、二年六カ月のあいだにはそのくらいの元手は溜《た》まると思う。へっ、と七之助が云った。おらもか、――彼はまだ四つだった、そこでお勝が云った。

――七はこのあいだ迷子《まいご》の犬を拾って来て、おらの飯を半分やるから飼ってくれ、って云ったじゃあないか、七が飯を半分にする気になれば、それが七の稼ぎになるんだよ、犬じゃあない、人を助けるためにそういう気持にはなれないかい。

なれるさ、と七之助は云った。おら飯を半分にするよ。それで相談はまとまった。四歳の末っ子の発言が、うまくみんなの気持をまとめたようである。それから一家で稼いだ、食う物、着る物、小遣、そして長屋のつきあいまで詰めた。去年の春からは、七之助までが拾い屋のようなことを始めた。——近所の評判はしぜん悪くなる、「けちんぼ一家」と噂《うわさ》をされ、路次の出入りにも、子供たちなどが「やあいけちんぼ」などと悪口を云う。だがみんなよくがまんして、なにを云われても相手にならず、辛抱づよく稼ぎに稼いだ。

「こうして二年五カ月経《た》った」とお勝は云った、「——竪川の向う河岸で、緑町三丁目に空店《あきだな》があった、あたしたちはその家に手金を打ったし、しょうばいに必要な道具も、金さえ出せば、すぐまにあうようにしてある、そして、来月十七日には源さんが出て来るんだよ」

お勝はこう云って男の顔を見た。

## 四

「これはそういうお金なんだ」

とお勝は云った。

おまえさんがはいって来たとき、あたしは源さんのことを思いだした。根っからの泥棒《どろぼう》ならべつだけれど、このひどい不景気でひょっと魔がさしたのかもしれない。もしそうだったら話してみよう、そう思ったから騒ぎもせずに入れたのだ、とお勝は云った。

「あたしの云うことはこれだけだよ」

男は黙っていた。

「これがそのお金だよ」とお勝は溜塗の箱を膝からおろし、男のほうへ押しやりながら云った、「いまの話を聞いても、それでも持ってゆくというなら持っておいで」

そして長火鉢のほうへ向き直り、かけてある鍋の蓋《ふた》を取って、中のうどんを（焦《こ》げないように）搔《か》きまわした。

男が「あ」といってお勝のほうへ来た。

お勝は声を出そうとした。男は鼠不入《ねずみいらず》にのしかかって、ふっふっとなにかを吹いた。

「燈明《とうみよう》がね」と男はかすれた声で云った、「——燈心の先が落ちて、燃えだしたから」

「ああそうだ、有難う、消すのを忘れていたよ」とお勝が云った、「いまうどんをよそうから坐《すわ》っとくれ」

男は「なにいいんだ」と云《い》い、うなだれたまま、勝手のほうへゆこうとした。どうするの、とお勝が立ちながら訊《き》いた。男は「帰るんだよ」と云った。

「帰るって、帰るうちがあるのかい」

男は不決断に立停《たちどま》った。

「帰る処《ところ》があるのかい」とお勝が云った、「帰るあてもないのに、ただここを出ていってどうするつもりさ」

男は黙っていた。

お勝は男を静かに押しやり、「いいから坐ってうどんをお喰《た》べな、それから相談をしようじゃないの」と云った。こんなことも他生《たしょう》の縁のうちだろうからね、お坐りよ。そう云いながら勝手へいった。そして親椀《おやわん》と箸《はし》を持って来ると、男は頬冠りを取り、その手拭を鷲《わし》づかみにして、固くなって坐っていた。

お勝はうどんをよそってやった。男は固くなったまま喰べた。お勝は男の喰べるのを眺めていたが、ふと前掛で眼を拭《ふ》き、「なんていう世の中だろう、――」と呟《つぶや》いた。それから、その前掛で顔を掩《おお》って、嗚咽《おえつ》した。

男の眼からも涙がこぼれ落ちた。喰べていた手を膝におろし、深く頭を垂れて、そしてくっくと喉《のど》を詰らせた。

「今夜っからうちにいておくれ」とお勝は嗚咽しながら云った、「うちも狭いし、人数も多いけれど、まだ一人ぐらい割込めるし、飢死をしないくらいの喰べ物はあるよ、……仕事だって、三人の伜に捜させれば、なにかみつからないもんでもないからね」

「おばさん、――」と男は云った。

「あたしが頼むよ」とお勝が云った、「なんにも云わないで今夜からうちにいておくれ、お願いだよ」

男は持った物を下に置き、腕で顔を押えながら、声をころして泣きだした。

その夜、お勝が娘の寝床へはいってゆくと、おさんが眼をさまして「どうしたの」と訊いた。お勝は娘の耳へ口をよせて、笠間《かさま》から親類の者が来たのだ、と囁《ささや》いた。遠い親類だけれどね、「朝になったらひきあわせるよ」と云った。おさんはすぐに眠った。

明くる朝、――

お勝は彼を子供たちにひきあわせた。笠間の在に遠い親類がある。これまであまり縁がないから話さなかったけれど、そのうちの三男で名を勇吉といい、十七の年に江戸へ来て、錺屋《かざりや》に勤めていた。それが御改革からこっち仕事が少なくなり、いちど田舎へ帰ったが、田舎でもいいことはないので、うちを頼って出て来た。あたしは世話をしてあげたいが、みんなの気持はどうだろう、とお勝は訊いた。

「そんなこと断わるまでもねえさ」と次郎がぶすっと云った、「そうだろう、兄貴」

　市太は頷《うなず》いて、男に云った。

「おらあ市太っていうんだ、よろしく頼むよ」

「よろしく頼むぜ勇さん」と三郎が云った、「みんなおれのことをさぶだのあぶだのって呼んでるが、本当の名は三郎ってんだ。尤《もっと》もそう呼びたければさぶでもあぶでもいいぜ」

　三郎がむっとした顔で自分の名を告げると、七之助が「おらは七だ」と云い、それから姉を指さした。

「そしてね、この姉ちゃんはね」

「七ちゃん」とおさんがにらんだ。

「ばあさんてんだ」と三郎が云った、「ほんとだぜ勇さん、昔っからばあさんていうんだ。そう呼ばねえと機嫌《きげん》が悪いくらいだぜ」

「さぶ、——」とお勝がにらんだ、「お調子に乗ってみっともないじゃないか、まだ話があるんだから静かにしておくれ」

「ざまあ、——」と次郎が口の中で云った。

お勝は勇吉の仕事のことを話した。当人はなんでもすると云うし、こんなに不景気では職選びもできまい。どんな仕事でもいいから三人で捜してみておくれ、とお勝が云った。すると次郎が市太を見て「兄貴の帳場でおいまわしが要るって云ってやしなかったか」と云った。うんそうだ、そうだっけな、と市太が頷いた。ほんとかえ、とお勝が云った。そんならすぐに訊いてみておくれな。うん訊いてみよう、今日すぐに訊いてみるとしよう、市太が答えた。「みなさん、済みません」と男が頭を下げて、初めて云った、「どうかよろしくお願いします」

「よしてくれ勇さん」と三郎が云った、「おれたちはこのとおりがらっぱちなんだ、そんなよそゆきの口をきかれると擽《くすぐ》ったくていけねえ、頼むからてめえおれでやってくれよ」

「ふん」と次郎が云った、「さぶのやつが、初めてまともなことを云やあがった」

なにを、と三郎が振向くと、「さあ飯だよ」と云って、お勝が立ちあがった。

食事を済ませて男たちが（七之助も）出てゆき、おさんが仕立て物を届けにいったあと、お勝は男に銭を渡して「湯へいっといで」と云い、湯屋のあるところを教えた。男はおとなしくでかけようとして、「おばさん」とお勝を見た。

「さっきの、――笠間の親類ってのは、ほんとのことなのかい」

「そんなこと気にしなくってもいいよ」とお勝が云った、「おまえさんが笠間だっていうからそう云っただけさ、うちの子たちはあたしを信用してるからね、そんなこと決して気にするんじゃないよ」

そして、「さあ早くいっといで」とせき立てた。男は頷いて、出ていった。

市太の帳場にくちがあって翌日から男はでかけることになった。おいまわしというのは普《ふ》請場《しんば》の雑役で、骨の折れるわりに賃金はひどく安いが男はよろこんで働くと云った。

「――なにもかもうちの者と同じにするからね」とお勝が云った、「お客さま扱いはしないから、不足なことがあってもがまんしておくれよ」

お勝はそう念を押した。

困ったのは寝床の按配《あんばい》であったが、お勝とおさんが四帖半《よじょうはん》で共寝をし、七之助は市太と寝ることにきまった。そして新しい家族を一人加えた、新しい生活が始まった。――といっても、それは六人全部のことではない、「新しい生活」これまでと違う生活ということを実感しているのは、母親と娘と末っ子の三人であった。

母と娘は一人よけいに気を使わなければならないからで、特に朝食と弁当は娘の分担になっていたから、弁当のおかずには（おさんは）かなり苦心するようであった。

末っ子はすぐ男に馴染《なじ》んだ。男はあまり口かずの多いほうではないが、子供が好きな性分のようだし、話がうまかった。その話も一般のお伽《とぎ》ばなしではなく、自分で即興に作るらしい、ごく身近な出来事のなかで、子供の好みそうな筋を纏《まと》めて話すのだが、ときにはお勝やおさん、市太や次郎などでさえ、その話に聞き惚《ほ》れることがあった。

或《あ》る日、――みんながでかけて、母親と二人っきりで縫い物をしていたとき、おさんがふと母の顔を見て云った。

「ゆうべの勇さんの話、あんまり可哀《かわい》そうで、あたし涙が出てしようがなかったわ」

「あの子は哀れな話ばかりするよ」とお勝は云った、「もっと面白《おもしろ》いたねがありそうなもんじゃないか、あたしはああいう哀れっぽい話は嫌《きら》いだよ」

「あたしは好きだわ」とおさんは云った、「身につまされて、しいんと胸が熱くなってくるの、勇さんてきっと心持のやさしい人ね、そうじゃなければあんなにしんみりした話しかたなんかできないと思うわ」

「おまえ幾つだっけ」とお勝は娘を見た。

おさんは「あらいやだ」と云って、ちょっと赤くなり、羞《はじ》らいの表情をみせた、

「いやだわかあちゃん、十九じゃないの」

「十九ねえ」とお勝は糸を緊《し》めた、「悲しい話が好きだなんていう年頃《としごろ》だね、あたしなんぞは辛《つら》い苦しいおもいを、自分で飽き飽きするほど味わって来たんだから、せめて話だけでも楽しい面白いものが聞いていたいよ」

「あたしねえ」とおさんが云った。母親の言葉は耳にいらず、自分のおもいだけ追っているらしい。「あたしねえかあちゃん」と針を髪で撫《な》でながら云った、「勇さんの話、みんな自分のことじゃないかって思うの」

お勝は「どうしてさ」と訊いた。

「そんな気がするのよ」とおさんは云った、「そんな気がしたときあたし、自分でもびっくりしたんだけれど、もしそうじゃなければ、あんなふうに話すことはできないと思うわ」

「手がお留守だよ」とお勝が云った、「おまえこのごろすっかりお饒舌《しゃべ》りになったね、話をするなら手を休めずにおしなね」

娘は（こんどこそ）赤くなり、「あら、あたし手を休めやしないわよ」と云った。

——この子はお饒舌りになって、このごろすぐに顔を赤くする、とお勝は思った。これまでこんなことはなかったのにね、おかしな子だよ。

# 五

お勝の気づいたことを、同じように三郎が気づいた。彼はよく姉の顔を見てにやにや笑いをし「えへん」などとそら咳《ぜき》をしたりする。市太はもちろん感づかないし、次郎とくるとその弟のそぶりのほうが眼につくらしい。三郎を横眼で睨《にら》んだり、さも「へんな野郎だ」とでも云いたげにぐっと顔をしかめたりした。

男がいついてから六七日めの或る夜、――もう十二時ちかい時刻に、男がそっと四帖半へ出て来た。

みんなもう寝てしまって、お勝ひとりがそこで繕い物をしていた。お勝は不審そうに男を見た。男は脇《わき》に寝ているおさんを見た。娘は寝床の中であちら向きになり、かすかに寝息をたてて眠っていた。

「どうしたの」とお勝が囁き声で訊いた。

男は坐って「おばさん」と云った。

「どうしたのさ、寝衣《ねまき》なんかで風邪をひくじゃないの」とお勝が云った、「なにかあったのかい」

「云いにくいんだけど」と男が云った、「約束だから云うんだけれどね、おばさん、……おれのこと、みんなと同じようにしてくれないか」

「おや、同じようにしないことでもあるのかい」

「弁当のことなんだけれど」

「勇さん」とお勝が云った。お勝は針を休めて男を見た、「あたしは初めに断わった筈《はず》だよ、不足なこともあるだろうがこんな貧乏世帯《じょたい》だから」

「ちがうんだちがうんだ」と男は首を振って遮《さえぎ》った、「そうじゃないんだ、おばさん、おれは不足を云うんじゃあないんだ、おれだけ弁当が特別になってる、飯も多いしおかずも多い、仕事場で市ちゃんと喰べるからわかるんだけれど、おれの弁当はいつも市ちゃんより飯も多いしおかずも多いんだ」と男は云った、「おばさんは、——客扱いはしない、みんなと同じにするからって、云ってくれた、そういう約束だと思ってたけれど、弁当をあけるたびに、やっぱりおらあ他人なんだな、っていう気がして」

「ああ悪かった、堪忍《かんにん》しておくれ」とお勝が云った、「断わっとけばよかったけど、それは客扱いでもなく他人行儀でもない、勇さんが瘦《や》せていて元気がないからって、おさんが心配してやってることなんだよ」

男はぎょっとしたようにお勝を見た。まるで自分の眼で自分の幽霊を見でもしたような、驚きと戸惑いの眼つきであった。

「あたしは話を聞いたから、勇さんがどんなに苦労したか知ってるよ」とお勝は続けた、「痩せもするだろうし元気のないのもあたりまえだ、けれどもまだ二十四という若ざかりだからね、もう少し太るまで、勇さんの食を多くしたらって、おさんが云うもんだから、断わらずにやって悪かったけれど」

「おばさん」と云って男は頭を垂れた。

「もうちっと肉が付いたら同じようにするからね、それまでのことだから辛抱しておくれ」とお勝が云った、「――そうでなくっても、他人の飯には棘《とげ》があるって、よく世間で云うくらいだからね」

「よくわかった、おばさん、済まねえ」と男は腕で眼を掩《おお》った、「おらあ、……こんなおもいをしたのは、初めてだ」

「泣くのはごめんだよ」

「初めてだ、おらあ、……生みの親にもこんなにされたこたあなかった」

「なんだって」とお勝は眼をあげた、「生みの親がどうしたって、勇さん、それだけはあたしゃ聞き捨てがならないよ」

「だっておばさん」

「だってもくそもないよ、あたしは親を悪く云う人間は大嫌いだ」とお勝は云った、

「金持のことは知らないよ、金持なら子供にどんなことでもしてやれるだろう、貧乏人にはそんなまねはできやしない、喰《た》べたい物も喰べさせてやれないし着たい物も着せられない、遊びざかりの子を子守に出したり、骨もかたまらない子に蜆《しじみ》売りをさせたり、寺子屋へやる代りに走り使いにおいまわしたりするだろう、けれども親はやっぱり親だよ、――」とお勝は眼をうるませて云《い》った、「貧乏人だって親の気持に変りはありゃしない、もしできるなら、どんなことだってしてやりたい、できるなら、……身の皮を剝《は》いでも子になにかしてやりたいのが親の情だよ、それができない親の辛い気持を、おまえさんいちどでも察してあげたことがあるのかい」

「悪かった、おれが悪かったよ」

「大嫌いだ、あたしは」とお勝は声をふるわせた、「子として親を悪く云うような人間は大嫌いだよ」

そのとき唐紙をあけて、三郎が「かあちゃん」と云いながら顔を出した。

「もういいじゃねえか、勇さんがあやまってるじゃねえか、堪忍してやんなよ」

「すっこんでな」とお勝が云った、「おまえの知ったこっちゃないよ」

「そうだろうけど」と三郎が云った、「ばあさんまで泣かしちゃってるぜ、かあちゃん」

お勝は娘のほうへ振向いた。

いつのまにか、おさんは蒲団《ふとん》を頭までかぶっていて、そこからくっくっと、忍び泣きの声がもれていた。お勝は「いいよ」と頷き、また繕い物を取りあげた。

「おばさん」と男は頭を下げた。

「いいよ」とお勝が云った、「もう寝ておくれ」

「もう九つになるぜ」と三郎が云った、「かあちゃんも寝なくっちゃだめだよ」

「うるさいね、わかってるよ」とお勝が云った、「ひとのことはいいからさっさと寝ちまいな」

三郎が引込み、男も六帖へ去った。

二人がいってしまうと、お勝は前掛で眼を拭《ふ》いた。おさんの忍び泣きも、しばらくしてやみ、そして誓願寺の鐘が九つを打ちはじめた。

日が経《た》って、十四日の晩、——いつもの銭勘定のあとで、うどんが出るとみんなが歓声をあげた。

「おっ、肝をつぶした」と三郎が云った、「てんぷらがへえってるぜ、かあちゃん」

七之助も「わあ」といった。

「静かにしないかねみっともない」とお勝が云った、「今夜は御苦労祝いなんだよ、おかげで源さんのほうはすっかり纏まったからね、みんながよく辛抱してくれたし、ほんのまねごとだけれど少し奢《おご》ったんだよ」

「そりゃあよかった」と次郎が云った。

「うん」と市太が頷《うなず》いた、「そんならおれから、ひとこと礼を云わなくちゃならねえな」と彼はみんなの顔をゆっくり眺めまわし、おじぎをしながら云った、「みんな、有難うよ」

「それっきりかい」と三郎はうどんを吹き吹き云った、「自分の友達のことじゃねえか、礼なら礼でもうちっと云いようがありそうなもんだ」

「うるさいね」とお勝が遮った、「喰べるうちぐらい黙っていられないのかい」

「ざまあ、――」と次郎が口の中で云った。

三郎が「ざまあ」と口まねをし、お勝がにらみつけた。すると三郎が「あっ」といって膝《ひざ》を進めた。

「忘れてた、かあちゃん」と三郎は云った、「銭があがるんだ銭が」

「銭がどうしたって」

「こんど新吹きの一朱銀が出るんだってよ」と三郎はいきごんだ、「河岸《かし》（魚河岸）で聞いたんだ、まだ誰も知らねえらしいが、その銀が悪いんで銭があがるっていうんだ、九十四文か、ことによると九十台を割るかもしれねえって話なんだ、だから明日いって小粒をみんな銭に替えて来ようと思うんだが」

「呆《あき》れた野郎だ」と次郎がふきげんに云った、「やま師みてえなことを云やがる」

「ねえかあちゃん」と三郎は云った、「河岸の話は早えんだ、しかもまちげえなしなんだから、ここで銭に替えておけば相当な儲《もう》けになるんだから、いいだろうあんちゃん」

「うん」と市太が云った、「そうさな」

「いやだよ、あたしゃごめんだよ」とお勝が云った、「これはみんながまともに稼《かせ》いで溜《た》めた金だし、源さんに必要なだけは纏まってるんだからね、そんなやまを賭《か》けて、もし外れでもしたらどうするのさ」

「外れっこなんかねえんだってば」

「まっぴらだよ」とお勝は云った、「あたしは儲けるんならまともに稼いで儲ける、そんな人の小股《こまた》をすくうようなことをした金なんか、一文だって欲しかあないよ」

「さようでござんすか、へ」と三郎は空になった茶碗《ちゃわん》をおさんのほうへ出し、「ざまあ」と云って首をすくめた。

「ばあさん」と三郎は云った、「茶碗を出してるんだぜ、済まねえがこっちも見てくんな」

おさんは赤くなった。彼女は男のほうを見ていた。男が喰べ終りそうなので、（二杯めをつけようと）見ていたのである。彼女は赤くなり、「あらごめんなさい」と云って茶碗を受取った。

「そうらまた赤くなった」と三郎は云った、「まるで竜田山《たつたやま》の夕焼みてえだ」

「竜田やまだってやがら」と次郎が云った。

やまじゃいけねえのか。あたりめえよ。やまでいけなけりゃあなんだ。ありゃあ竜田川ってんだ、やまを云うんなら嵐山《あらしやま》だ。偉いよ、おめえは学者だよ、と三郎が云った。

「おれ眠くなった」と七之助が箸《はし》を置いた、「勇ちゃんのおじちゃん、また寝ながら話してくれるね」

「ああ」と男が頷いた。

「やっぱり違うわね」とおさんが母親に云った、「今夜はうどんがよく売れたわ」

お勝が「正直なものさ」と微笑した。

それから三日めの十七日は、放免されて来る源さんのために、一家が仕事を休んだ。市太と次郎が迎えにいったあと、お勝とおさんは家の中を片づけたり、祝いの酒肴《しゅこう》を用意したりした。——そのあいだに、三郎と男は七之助を伴《つ》れて、源さんの「新しい家」を見にいった。——そこは竪川を二つ目橋で渡り、三丁ばかり東へいった河岸っぷちで、路次の角といういい場所だった。お勝の気性が家主の気にいったそうで、古い建物に手をいれ、すぐにでも商売のできるように、造作が直してあった。三郎は男にその説明をしながら、「この造作は大屋持ちなんだぜ」といった。

「まったく」と彼は首を振った、「うちのかあちゃんときたひにゃ、——」

　男は黙って頷いた。

　市太たちは午後三時すぎに帰って来た。荷物を背負った源さんとそのかみさん、かみさんは女の子をおぶい、風呂《ふろ》敷包《しきづつみ》を抱えていた。市太と次郎も、それぞれ包を持ってやっていたが、どうやらそれが全家財らしい。お勝はかれらを戸口で停《と》めて、小皿《こざら》に盛った浄《きよ》めの塩を（かれらの頭から）ふりかけた。

「あんたが源さんですね」とお勝が云った、「ここでいっときますけどね、その敷居を跨《また》いだら、それであんたはきれいになるんですよ、いまの波の花でいやなことはすっかり消えたんだから、こっちへはいったら、これまでのことはすっかり忘れて、新しく生れ変った源さんになるんですよ」

　そして「さあはいって下さい」といった。

荷物はすぐ緑町のほうへ運ぶので、土間や上り框《がまち》に積んで置き、用意してあった膳《ぜん》の前へ、お勝が指図をしてみんなを坐《すわ》らせた。

源さんはほぼ二十四歳くらい。長い角ばった顔で、軀《からだ》も痩せているし、膚《はだ》の色も黒ずんでいた。三年ちかい牢屋《ろうや》ぐらしのためか、眉《まゆ》と眼《め》のくっついた陰気な顔だちが、いっそうしめっぽくくすんでみえた。——坐るとすぐに、おぶっていた女の子を抱いたかみさんは、まだ二十そこそこにしかみえない。軀もちんまりとまるく、顔もまるかった。少し赭《あか》い髪毛も性がよくないし、眼尻《めじり》が下って、どうみてもいい縹緻《きりょう》とはいえないが、ぜんたいにちまちまとした愛嬌《あいきょう》をもっていた。

「すげえぞ」と三郎がいった、「酒がつくんだな、かあちゃん」

「酒なんていわないでおくれ、ほんのかたちだけなんだから」

「それにしてもすげえや」と三郎は唇《くちびる》を舐《な》めた、「そうだとすると、おれは大きいのを貰《もら》うぜ」

並んでいる膳もまちまち、皿小鉢《こばち》もまちまち。盃《さかずき》らしいのは二つだけで、あとは湯呑《ゆのみ》だの子供茶碗だのを代用にしてあった。三郎はすばやく子供茶碗を取ったが、お勝の手もとを見て、お勝が燗徳利《かんどくり》を一本しか持っていないのを認めると、「まさかそれ一本きりじゃねえだろうな」と念を押した。

「きまってるじゃないか」とお勝がいった、「酒を飲むんじゃあない御祝儀《ごしゅうぎ》なんだからね」

「すると一本きりってわけか」

「念には及ばないよ」

「じゃあ小さいのにしよう」と三郎は茶碗を戻した、「ひとなめずつとなると、大きいのは損だ、大きいのは茶碗のまわりへくっついちゃうからな」

そして、市太の前にある盃へ手を伸ばした。お勝が「さぶ」といい、その手をぴしっと叩《たた》いた。

「痛え」と三郎が手を撫《な》でると、源さんのかみさんが笑いだし、次郎がこれより不機嫌《ふきげん》な顔はできない、とでもいいたそうに顔をしかめた。

「さ、ばあ……じゃない、おさん」とお勝がいった、「なんにもないが始めてもらおうかね、おまえ源さんからお酌《しゃく》をしておくれ」

六

鯖《さば》の塩焼、油揚と菜の煮びたし、豆腐の汁《しる》に、ほうれん草の浸し。そして、ひと啜《すす》りずつの酒という献立であった。

饒舌《しゃべ》るのは三郎ひとりで、みんなは殆《ほと》んど黙って喰《た》べた。市太がときどき源さんに話しかけたが、「以前の話はしないこと」とお勝が禁じたから、どうにも話の続けようがなかった。そのうえ源さんは黙りこんで、ものもろくに喰べず、うなだれて固くなっていたし、かみさんも（胸がいっぱいなのだろう）辞儀ばかりいって、――抱いた子にやしなってやるほかは、これもあまり箸《はし》を取ろうとはしなかった。

お勝はむりにすすめなかった。

「市ちゃん」としおどきをみて、お勝が市太に眼くばせをした、「いいね」

「うん」と市太が頷いた、「そうしよう」

お勝は立ってゆき、三つの紙包を持って来て坐った。

「源さん」とお勝はいった。「話は市から聞いたろうけれど、緑町三丁目にあんたたちの家を借りて、すぐにでもしょうばいのできるようにしてあります」

源さんはこくっと頭を下げた。

「これが一年分の店賃《たなちん》」とお勝は包の一つを出した、「これがしょうばい道具一式の代」と二つめの包をさし出し、「これを一丁目の丸金《まるがね》へ持ってゆけば、道具はひと纏《まと》めにして渡してくれますよ、――それから」とお勝は三つめの包を押しやった、「これはしょうばいにとりつくまでの雑用、三月分をみてあるから足りるだろうと思うけれど、もし足りないときはまたなんとかしますからね」

　源さんはまた低く頭を下げた。

「その金はあんたの物ですよ」とお勝はいった、「借りるんでも貰うでもない、正真正銘あんたたち二人の物、――あんたたちの悪いめぐりあわせと、三年間のお互いの辛抱がそのお金になったんですよ」

　源さんは「うっ」と喉《のど》を詰らせた。

「おめでとう、源さん、おかみさん」とお勝はいった、「どうかしょうばいに精を出して下さいよ」

　源さんが畳に手をついた、彼のかみさんも（子を抱いたまま）頭を下げた。次郎は膝をつかんで天床《てんじょう》を見あげ、三郎は立ちあがって四帖半《よじょうはん》へいった。市太は途方にくれたように、まばたきをしながら片膝をゆらゆらさせ、おさんは前掛で眼を拭《ふ》いていた。

　男は腕を組んで、折れるほど俯向《うつむ》き、眼をぎゅっとつむりながら、歯をくいしばった。

　――おめでとう、源さん。

　と男は心のなかでいった。

「へっ、おかしいな」と七之助がいった、「かあちゃん、あぶが泣いてるぜ」

「ばか、泣いてるか」と三郎が四帖半でいった。

「おふくろさん有難《ありがと》う」と源さんが手をついたままいった、「みなさん有難う」

「おばさん」と源さんのかみさんがいった。

お勝は彼女に頷いた。ああわかってるよ、もういいよ、という頷きかたであった。

そして市太のほうを見た。

「さあ、おつもりにしようかね、市ちゃん」とお勝がいった、「みんなで源さんたちを家まで送ってってあげな」

「うん」と市太がいった、「そうしよう」

みんなが立ちあがった。

四帖半で三郎が「こいつはおれが背負おうかな」といった。それは源さんの背負って来た（鼠不入《ねずみいらず》らしい）大きな荷物だった。おさんが女の子を抱き取り、七之助が「おれもゆくよ」といった。みんなで荷物や包の奪いあいをし、ごたごたと土間へおりた。

「おれ残るよ」と男が市太に囁《ささや》いた、「おばさんに話があるから」

「うん」と市太が頷いた。

お勝と男は、上り框でみんなを見送った。源さん夫婦は三度ふり返っておじぎをし、そして路次を出ていった。

男は四帖半へ戻って坐った。お勝があとから来て、「どうしたの」と見た。

「どうしようかと思って」と男がいった、「源さんたちもこれでおちついたし、ものにはきりっていうことがあるから」

お勝はそこへ坐った。

「きりっていうと、――」

「もう半月の余も世話になってるし」と男がいった、「いつまでいい気になってても」

「勇さん」とお勝が遮《さえぎ》った、「おまえさんうちにいるのがいやになったのかい」

「とんでもねえ、冗談じゃねえ」と男はむきな眼でお勝を見た、「そうじゃねえ、おらあいい気になってあんまり迷惑をかけてるから、どうにもみんなに悪くって」

「なにが悪いのさ、いておくれって頼んだのはあたしのほうじゃないか」

「それにしたって」

「勇さん」とお勝がいった、「おまえさん鉋《かんな》を持つようになったんだろう」

男は頷いた。

「市ちゃんがそいってくれたらしい、三日まえから削りをさせてもらうようになった」と男がいった、「この年ではむりかもしれねえが、おらあ精いっぱいやってみようと思う」

「つまりめどがついたんだろう」

男は頷いた。

「そんなら立派なもんじゃないか」とお勝がいった、「市の話では小棟梁《ことうりよう》っていう人が勇さんに眼をつけてる、ものになりそうだっていってるそうだし、こんなことといま云っちゃあいけないかもしれないけれど、ここで本気になってやれば、一人まえの職人になれるかもしれない、おまえさんにとっては大事なときじゃないのかい」

男は頭を垂れた。

「その大事なときにそんなことをいいだすなんて、それじゃあ、――世話らしい世話なんかできなかったけれど、それじゃあ、あたしたちの気持を踏みつけるようなもんだよ」

「おばさん」と男がいった、「おらあどういっていいかわからねえ、おらあ、源さんの家を見た、源さん夫婦とあの子供を見た、源さん一家があの家でおちつくんだと思い、それがどうしてそうなったかってことを考えた、はっきりはいえねえが、そのときおらあ思ったんだ、このうえおれまでが、みんなのお荷物になっちゃあ済まねえ、それじゃあ申し訳がねえって思ったんだ」男は腕で眼をこすり、喉を詰らせながら続けた、「――またおばさんに叱《しか》られるかもしれねえが、おらあこのうちの厄介《やっかい》になってから、初めて本当の親きょうだいと暮すような気持になれた、ほんとなんだ、叱られてもいい、おれにはおばさんが本当のおっ母さん、みんなが本当のきょうだいとしか思えない、ほんとなんだ、できることなら、おらあ一生このうちに置いてもらいたいんだ」男の声が嗚咽《おえつ》でとぎれた。男は嗚咽しながら、とぎれとぎれにいった、「でも、それじゃあ済まねえ、それじゃあ、あんまり申し訳がねえから」

お勝は（すばやく）指で眼を拭き、「勇さんも諄《くど》いね」と立ちあがった。

「あたしゃ諄いことは嫌いだよ」とお勝はいった、「他人は泣き寄り、……血肉を分けなくったって、縁があっていっしょに暮せば、親子きょうだいの情がうつるのはあたりまえだよ、勇さんが済まないからって出ていって、あたしたちが平気でいられると思うのかい」

「おばさん」と男が云った。

「もういいよ」とお勝がいった。

「おばさん」と男がいった、「それじゃあ、おれ、……ここにいてもいいだろうか」

お勝は前掛で顔を掩《おお》った。喉で「ぐっ」という音をさせ、はらでもたてたように、あらあらしく六帖のほうへ出ていった。

「勇ちゃん」と六帖からお勝がいった、「——片づけるから手伝っておくれ」

明くる朝、——

まだほの暗い食事の膳《ぜん》で、三郎がしきりにおさんの顔を見た。おさんのようすがいつもと違っていた、——おさんはゆうべ母親から、男との問答を聞いたのであった。男がここに居付くということ、男がみんなをどう思っているかということを。……おさんはうきうきしていた。絶えず男のほうへ眼をはしらせ、男と眼が合うと慌《あわ》てて、顔をそむけながら赤くなり、給仕するのを間違えた。

「ばあさん」と三郎がいった、「その茶碗《ちゃわん》を七にやってどうするんだ、それはおれんだぜ」

「あら、これさぶちゃんだったの」

「眼をさましてくれよ」と三郎がいった、「おめえ夢でもみてるんじゃねえのか、ばあさん」

「いっとくけどね」とお勝がいった、「いっとくけどね、さぶ、今日限りそのばあさんはやめておくれ、おさんはおまえたちの姉だし、まだ嫁入りまえなんだからね、ばあさんなんかじゃないんだから」

「へえ」と三郎がいった、「かあちゃんだって昨日ばあさんって云いかけたぜ」

「やかましいね、今日限りっていってるだろう」とお勝が云った、「みんなにも断わっとくよ、これからばあさんって云ったらきかないからね、わかったかい」

「うん」と市太がいった、「わかったよ」

　食事が終り、みんなでかける支度をした。

　おさんが一人びとりに弁当を渡し、上り框まで送って出た。外はようやく明るみを増して、路次にたちこめる朝靄《あさもや》が、薄く、真綿をひきのばしたようにみえた。

　男はいちばんあとから、四帖半を出ようとして、ふとお勝のほうへ振返った。

「なに」とお勝が男を見た、「どうしたの」

　男はかぶりを振った。

「ううん」と男は眼をしばしばさせた、「なんでもないんだ」

　そして、出てゆこうとして、もういちど振返って、「かあちゃん」と口の中でいった、それは殆《ほと》んど声にならなかったが、お勝はまさしくそれを聞きとめた。

「いってらっしゃい」とお勝はいった、「早く帰っといでよ」

　男は出ていった。


（「オール讀物」昭和三十年七月号）

# 将監《しょうげん》さまの細みち

# 一

夜の九時すぎ、――おひろが帰り支度をしていると、四人づれの客が駕籠《かご》で来て、あがった。四人とも酔っていたが、身装《みなり》も人柄《ひとがら》もよく、どこかの寄合の崩れといった恰好《かっこう》で、「この土地は初めてだから」よろしく頼むと云《い》った。

四月中旬の曇った晩で、空気も湿っぽく、夕方からずっと、いまにも降りだしそうな空もようであった。おひろは通いなので、そのまま帰ろうとすると、店を預かっているおまさが来て、「残っておくれ」と云った。

「一人はあたしが出るし、幾世《いくよ》と文弥《もんや》が二人を引受けるっていうの、お客もまわしでいいっていうんだけれど、女の数がそろわなければ帰るって、――済まないがたまのことだから、今夜は泊ってっておくれな」

おひろは返辞を渋った。すると、おまさの眼《め》がすぐに険しくなった。

「いやなの」とおまさが云った、「いやなら小花家《こはなや》さんの誰《だれ》かに助《す》けてもらうからね、いやなものを無理にとは云わないんだから」

「ええ」とおひろは頷《うなず》いた、「泊ります」

おまさは「はっきりしてよ」と云い、おひろはもういちど「泊ります」と答えた。そんならちょっと三河屋《みかわや》まで酒を云いにいって来て、それから支度を直して出てちょうだい、もう店も閉めていいわよ、そう云っておまさは奥へ去った。

——またいやみを云われるんだわ。

おひろは風呂敷包《ふろしきづつみ》を置いて、そう思いながら裏口から外へ出た。

赤坂田町《たまち》にあるその岡場所《おかばしょ》は、俗に「麦めし」と呼ばれていた。一ツ木の通りを隔てたうしろは小屋敷で、片方は溜池《ためいけ》の堀《ほり》に沿っており、堀のすぐ向うには、山王《さんのう》の森が黒ぐろと高く、こちらへのしかかってくるように見える。おひろは堀端の道へ出て、三丁目にある三河屋までゆき、酒の注文をして戻《もど》った。

——またいやみを云われるのよ。

暗い町を戻りながら、おひろは幾たびも溜息《ためいき》をついた。良人《おっと》の利助《りすけ》の尖《とが》った顔と、おまさの意地の悪い、嘲笑《ちょうしょう》するような顔が眼にうかび、まるで二人がなれあいで、両方から自分をいためつけているかのように思えた。

「五十年まえ、——」とおひろは首を振りながら呟《つぶや》いた、「五十年あと、——」

そして、その呟きとは無関係に、頭のなかで自分に云った。

——わかってるじゃないの。

そうだ、わかっていることだ。泊って帰れば、良人がいやみを云うのはわかってい
る。だが、泊るのを断われば、おまさは小花家から代りの女を呼ぶだろう。そうすれ
ばもう、自分が染井家で稼《かせ》げなくなるのもわかりきったことだ。
——どうしようもないじゃないの。
岡場所の女で「通い」というのはない。殆《ほと》んどないといってもいいだろう、おひろ
は特別な事情でそれが許されていた。去年の七月まで、おひろは京橋五郎兵衛《ごろべえ》町の
「増田屋」という料理茶屋に勤めていて、そこで客の源平と知りあった。彼女には病
気の良人と、政次《まさじ》といって四つになる子供があり、良人の医薬や生活をたててゆくた
めに、（どうしても）もう少し稼ぎを殖《ふ》やさなければならなくなっていた。それはど
うにもならぬほどさし迫っていたし、病夫と子供を抱えた、ほかに芸のない女には、
それをきりぬける手段は一つしかなかった。おひろは源平に相談した。彼は芝口二丁
目で駕籠屋をやっているかたわら、赤坂田町の岡場所に「染井家」という店を持って
おり、——それは友達のものを引受けたのだそうであるが、——店はおまさという女
に任せていた。
おひろはそれを聞いていて相談し、源平は承知した。
おひろは金は借りなかった。そういう金は軀《からだ》を縛られるし、嵩《かさ》むばかりで、ついに

はぬけられなくなることも、知っていたが、病夫や子供の世話をするためには、家から通わなければならなかった。源平はそれも承知して、田町の店へ伴《つ》れてゆき、おまさに事情を話してくれた。こうして、おひろは通いで稼ぐようになった。良人や近所の人には、「芝神明《しんめい》前の料理茶屋へ替った」と云い、午《ひる》に出て夜の九時か十時には帰る、という生活を、一年ちかくも続けて来た。

染井家には女が三人いた。店を預かっているおまさは二十二、文弥は二十一、幾世は十九で、おひろがいちばん年上の二十三であった。三人はおひろに親しまなかった。親しまなかったばかりでなく、反感をもっていた。敵意とまではいえないが、反感をもっていることは慥《たし》かである。理由の一つはもちろん「通い」ということだろうが、もう一つ、亭主《ていしゅ》と子供があることも、彼女たちの気にいらないようであった。――三人には三人の、不仕合せと、重荷があるに違いない。それならおひろの不仕合せにも、同情してくれていい筈《はず》だと思うのだが、そうではなく、三人ともおひろを白い眼で見るし、客の前などでも、意地の悪いことをしたり、云ったりした。――当然のことかもしれないが、三人にはおひろの不仕合せが、自分たちのよりも小さく、その荷が自分たちのものより軽いと思っているらしい。病人はいつも自分より軽症の者に嫉妬《しっと》を感ずるものだ。おひろは彼女たちの嫉視《しっし》と反感を、おとなしく黙って、うけながして来た。

——どうしようもないじゃないの。

おひろはいつも自分にそう云いきかす。染井家へ通いはじめてからずっと、自分の力に及ばないことは、つまり「どうしようもない」と納得するよりほかにしかたがなかったのである。

「五十年まえ、——」とおひろは無意識に呟いた、「そして、五十年あと、——」

気がつくと雨が降りだしていた。ぼんやり歩いていたおひろは、頬《ほお》に当る雨粒で気がつき、手拭《てぬぐい》を出してかぶろうとしたとき、「おそのさんじゃないか」とうしろから声をかけられた。おそのは染井家でのおひろの呼名であった。振返ってみると、平吉という三河屋の店の者で、右手に角樽《つのだる》を提げていた。

「これから届けにゆくところなんだが」と平吉は云った、「おめえまだこんなところにいたのかい、驚いたな、どうかしたのかい」

おひろはあいまいに首を振った。

「堀《ほり》っ端《ぱた》だぜ、へんな気を起こしちゃあいけねえ、大丈夫かい」

おひろは大丈夫よと笑い、「あんたも御苦労さまね」と云った。

「まったく御苦労さまさ」と平吉は云った、「こんなじぶんまでしょうばいをする酒屋なんてあるもんじゃねえ、へ、うちのごうつくばりめ、おらあもう逃げだしだ」

そして彼は小走りに追いぬいていった。

二

おひろは酒を飲まされてひどく酔った。

飲ませたのは客たちであるが、おまさが「このひと底なしよ」と云ったからで、「そんなことはない」とおひろが辞退すればするほど、客たちは面白《おもしろ》がり、四人が代る代る、休みなしに盃《さかずき》をさした。こんなところへ来る客は、殆んど酒などは飲まない。飲むにしても、一本か二本がおきまりであるが、その四人は十二時すぎるまで飲み続けた。——はじめのうち、おひろは用心して、盃の半分は盃洗《はいせん》へあけるようにしていたが、そのうちにおまさが「このひと御亭主と子供があるのよ」と、いつもの意地悪を云いだし、すると、客のほうでもそれが意地悪だということを察したらしく、一人が「そいつは有難《ありがた》い」と逆手に出た。

「そういうことならおれが願うとしよう」とその客が云った、「ひとのかみさんと寝れば、重ねておいて四つにされるか七両二分だ、おそのさんはおれがもらうぜ」

「そうはいかねえ」と他《ほか》の一人が云った、「そのひとは初めからおれにきまってるんだ、たって欲しいんなら七両二分出してもらおう」

他の二人も同じようなことを云いだした。明らかに、おまさに対する当てつけらしい。おひろは胸が熱くなり、それから飲みだした。

文弥と幾世は、泊りの客があったので、さきに部屋へ去り、おまさとおひろが、四人の相手をした。おまさはまったく飲めないたちだし、客たちがおひろにだけちやほやし始めたので、それならしょうばいをしてやれ、と思ったのだろう、自分で立ってどんどん酒を運んだ。――おひろはやがて泥酔《でいすい》して、わけがわからなくなり、客といっしょに部屋へはいるなり、嘔吐《おうと》した。客はいやな顔もせずに、窓をあけて吐かせてくれ、肩を撫《な》でながら「わるじいをして済まなかった」と詫《わ》びたり、水を持って来てくれたりした。

そのまま熟睡したらしい、眼がさめると、客が腹這《はらば》いになって、煙草《たばこ》をふかしていた。おひろはそちらへ向き直った。客は「いいよ」と云ってその手を押し返し、「気持はどうだ」と劬《いたわ》るようにおひろを見た。おひろは微笑しながら「さっぱりしました」と答えた。

「お世話をかけて、ごめんなさい」

「こっちが悪いんだ」と客が云った、「こっちも酔っていたもんだから、本当に飲めるんだと思ったんだ」

おひろははにかみ笑いをして、「盃に三つくらいしか飲んだことはないんです」と云った。客は煙管《きせる》を置いて、枕許《まくらもと》の水を飲み、おひろにも「飲むか」と訊《き》いて、湯呑《ゆのみ》に注《つ》いでくれた。おひろはまた胸が熱くなり、眼をそむけながら、その水を飲んだ。客は横になって「さっきの唄《うた》をもういちど聞かせてくれないか」と云いだした。

「さっきの唄ですって」とおひろは訊き返した、「あたし唄なんかうたったんですか」

「うたったさ、覚えていないのか」

「嘘《うそ》でしょ」とおひろは云った、「あたし唄なんて知りゃあしませんもの」

「唄っていっても子供の唄さ、——向う横町だったかな、いやそうじゃない、烏《からす》どこゆく、……でもないし」

「ここはどこのですか」

「うんそれだ、その唄だ」

「いやだ」とおひろは苦笑した、「そんな唄をうたったんですか、ばかだわ」

「済まないがもういちど頼む」

おひろは「いやですよ恥ずかしい」と首を振り、客は熱心にせがんだ。なにかわけでもあるようすで、「もういちどぜひ」とせがんで、きかなかった。おひろはやむなくうたった。すると客は「文句が少し違うね」と云った。あらそうですか。少し違うよ、はじめのところをうたってごらん。いやだわ恥ずかしい、と云ったが、おひろはまたうたった。

「こーこはどーこの細みちじゃ、将監《しょうげん》さまの細みちじゃ」

「そこだ」と客が云った、「おれたちのほうでは天神《てんじん》さまの細みちっていうぜ」

おひろはちょっと眉《まゆ》をひそめた。良人の利助が、子供を寝かしつけるときに、いまでもその唄をうたうことを思いだしたのである。

「ええ」とおひろは頭を振って云った、「ええ本当はそうなんです」

「間違えたのか」

「いいえ」とおひろは云った、「小さいじぶんの遊び友達がそううたい始めて、それからずっとそううたう癖がついてしまったんです、あたしたちの町内の隣りに、松平将監さまのお屋敷があったもんですから、それでその子がそううたおうって云いだしたんです」

「その友達はまだいるのか」

「さあ、――」とおひろは口ごもった、「あたし六年まえに引越したまま、元の町内へはいちどもいってみたことがありませんから」

客はなおなにか訊きたそうだったが、思い返したようすで、「寝ようかね」と寝返りをうち、「将監さまの細みちか、有難うよ」と云った。おひろは、二人の間へ風のはいらないように、掛け夜具を直しながら、「おやすみなさい」と云った。

このひと常《つね》さんと同い年ぐらいかしら、とおひろは思った。常吉《つねきち》さん、そうだ、常さんもお嫁さんをもらったって聞いたわ。あたしたちが引越したあと、二年ばかりしてもらったって。あたしは政次が生れたり、絶えず暮しに追われどおしで、ひとの事どころではなかった。常さんにおかみさんができたと聞いたときは、ちょっと淋《さび》しかったけれど、どんなお嫁さんかと考えたこともなかった。

——あのころはよかったわね。

とおひろは心のなかで呟いた。

夕方になると、「帰っておいで」と呼ばれるのが惜しくって、その一刻《とき》をできるだけ楽しもうとしたものだ。「向う横町のお稲荷《いなり》さん」は毬《まり》を突くときにうたい、「からすどこゆく薩摩《さつま》の山へ」はお手玉のときにうたった。常さんは男の子のくせにお手玉が上手で、あたしはよく口惜《くや》しがったことを覚えている。おきぬちゃん、おいとさん、きくちゃん、うちのひと、それから常さん。常さんの家は表通りの「八百惣《やおそう》」という八百屋で、一人っ子だった。間口五間の店の横に、大きな物置があり、野菜や果物や、漬物桶《つけものおけ》などが並んでいて、中へはいるとむっとするような匂《にお》いがした。常さんはあたしを伴《つ》れてはいってては、枇杷《びわ》だの、蜜柑《みかん》だの、梨《なし》だのを出して、ふところや袂《たもと》に、いっぱい呉《く》れたものだ。

ああ、とおひろは溜息をついた。

——もう一生、あのじぶんに帰ることはできないのね。

おひろは頭を振り、眼をつむった。眼をつむると胸がせつなくなり、涙があふれてきた。あのころへ帰るどころか、こんなに身を堕《おと》してしまって、いつ足を洗えるかどうかもわからないいじゃないの。ああ、いったいこれからどうなるのかしら、とおひろは心のなかで呟き、そっと指で眼を拭《ふ》いた。

客の軽い寝息が聞え始めた。

三

おひろの家は木挽町《こびきちょう》七丁目にある。三十間堀《さんじっけんぼり》のほうから路地をはいると、長屋の三軒めで、前に井戸があり、その脇《わき》に梨の木があった。大きな梨の木で、季節が来ると、柔らかい葉といっしょに白い花がみごとに咲き、散りはじめると井戸のまわりがまっ白になる。——今年はもう花も散り終っていて、ゆうべの雨に濡《ぬ》れた若葉が、眼にしみるほどきれいに見えた。

帰って来たおひろを見ると、井戸端にいた女房《にょうぼう》たちが声をあげ、「まあちゃん、おっ母さんが帰って来たよ」と呼んだ。見ると政次が、梨の木の下に、一人でぽつんと立っていて、すぐにこっちへ駆けて来た。おひろは女房たちに礼を述べ、子供の手をひいて、家へはいった。政次は誰も遊んでくれないことを訴え、お土産をねだった。おひろは途中で買って来た菓子を出し、「もうお午《ひる》だから」と、一つだけ与えて、あとは鼠不入《ねずみいらず》へしまった。

寝床は敷いたままで、良人はいなかった。政次は（口止めをされているらしく）小さな声で「しょうぎ、——」と云《い》った。五丁目にある将棋の会所へいったのであろう、おひろは暢気《のんき》なものだと思いながら、いきなりいやみを云われずに済んだので、ほっとした。——政次は上《あが》り端《はな》の二帖《じょう》で、菓子を喰《た》べながら、毀《こわ》れた玩具《おもちゃ》を出して遊びはじめ、おひろは着替えをしてから、勝手へおりた。

午の支度をしながら、おひろはゆうべの客のことを思った。

朝になってから顔だけはよく見たが、処《ところ》も、名も、職業も知らずじまいであった。お互い同志では「松葉町」とか「二丁目」などというふうに、町の名で呼びあっていたし、年配や身装《みなり》や、話のようすでは、みんな一軒の店を持っている人らしかった。

おひろに当った客はいちばん若く、年は二十六七だったが、それでもどこかしらおちついた、おうようなところがあり、職人やお店者《たなもの》とは感じが違っていた。

「きっと常さんと同い年ぐらいよ」とおひろは菜を洗いながら呟《つぶや》いた、「――でも、もう来てくれる人じゃないわね」

それからくすっと笑った。

常吉の家は「八百惣」というのだが、町内ではみな「大八百屋《おおやおや》」と呼んでいた。良人《おっと》の利助は常吉とよく喧嘩《けんか》をし、利助のほうがいつも負ける。利助は頑丈《がんじょう》な軀《からだ》つきだし、常吉は瘦《や》せてきゃしゃに見えるのに、喧嘩ではいつも常吉が勝った。すると、負けた利助は逃げだして、遠くのほうから、「おーやおやおや」とからかうのであった。

「――ここまで来てみやがれ、へっ、なんでえ、おーやおやおやおや」

常吉はそれをいちばんいやがっていた。

おひろはそのことを思いだして、くすくす笑いながら、「そうだわ」と呟いた。利助が逃げだして、遠くからそうどなるのを聞くと、可哀《かわい》そうでもあるし可笑《おか》しかった。おひろはどっちかというと常吉のほうが好きであったが、表通りの子と裏長屋の子では、どうしても隔てがあり、喧嘩にでもなると、裏店の子は必ず裏店の子に付いた。

かったわ」

「そうだわ」とおひろは呟いた、「うちのひとはあのじぶんから、本当に弱虫だったんだわ、口ではいばったり強がったりしていても、いざとなると弱虫で、いくじがなかったわ」

それが可哀そうで、いつも利助の味方になり、利助を庇《かば》ってやった。

「いまでも同じことだわ」おひろは洗った菜の水を切り、庖丁《ほうちょう》で刻みながら、「おんなしことよ」と呟いた。「いくじなしは性分だったのよ、どうにもなりゃしないわ」

飯は残っていた。煮物をして、汁《しる》を作りながら、おひろは「父ちゃんを呼んで来ておくれ」と政次に云った。

帰って来た利助は、ぶすっとふくれ顔をしていた、単衣物《ひとえもの》の上に半纏《はんてん》をひっかけていて、それがいかにも病人らしくみえる。しかし、あしかけ三年も寝ていたにしては、軀に肉も付いてきたし、膚《はだ》の艶《つや》もよかった。

「ゆうべはごめんなさい」とおひろは軽い口ぶりで云った、「寄合が二た組もあって、それがどっちもおそかったし、一と組は夜明けちかくまで飲んでたもんだから、どうしても帰ることができなかったのよ」

「おめえ喰《た》べねえのか」と利助が云った。

「お客に悪じいをされて、少し飲んだものだから胸が重いの、あたしはあとにするわ」

「ふつか酔いか」と利助が云った、「結構な御身分だ」

おひろは良人の顔を見た。

——なんですって。

危なく口まで出かかったが、おひろはがまんした。利助は眼を伏せたまま、さも不味《まず》そうに喰べていた。眉の太い、唇《くちびる》の厚い、情の強《こわ》そうな顔つきが、そうしていると卑屈で、ずいぶん小意地が悪くみえる。おひろは怒るよりも、急に軀から精がぬけてゆくような気持になり、「どうにもなりゃあしないわ」と心のなかで太息《といき》をついた。

——どうせ五十年まえ、五十年あとじゃないの、おんなしこったわ。

利助はなおぼそぼそと云った。かみさんに働かせて、男が寝ているというのも辛《つら》いものだ。そっちは稼いでいるからいいと思うだろうが、寝ている身になれば、それがどんなに辛いかわからない、ときには、軀なんぞどうなってもいいから稼ぎに出よう、できなければいっそ死んでしまってやろう、と思うことさえある、「こういう気持は、丈夫な者にはわかるまい」本当は死んじまいたくなることがあるんだ、などと云った。

幾十たびとなく聞かされたぐちである。違うのはすっかり馴《な》れたもので、その口ぶりに実感らしいものが出てきたことであった。

――死んじまいたいのはこっちのほうだわ。

おひろはそう思いながら、うんざりした気持を勘づかれないように、「もう少しの辛抱よ」と云って、膳《ぜん》の上を片づけはじめた。

「もう少しの辛抱よ」とおひろは云った、「もうそんなによくなったんだし、すっかり治ればまたあんたに稼いでもらわなくちゃならないんだから、くよくよしないで」

云いかけて「はい」とおひろは振向いた。戸口で誰か呼ぶ声がしたのである。茶を飲んでいた利助が、「吉さんか」と訊いた。

「指物《さしもの》職の利助さんはこのうちか」

と戸口の声が云った。聞き慣れない声なので、おひろは「はい」と答え、良人を見て、前掛を外しながら二帖へ出ていった。――木綿縞《もめんじま》の単衣に角帯をしめ、尻端《しりはし》折《よ》りをして、紺股引《ももひき》に麻裏をはいた男が、片手をふところに入れたまま、戸口に立っていた。

おひろはどきっとした。三十二三になるその男の、眼つきを見ただけで「岡っ引だ」と直感し、良人がなにかやったな、と思ったのである。はたして男は「金六町の藤川屋《ふじかわや》の者だ」と云い、ふところの十手をちょっと覗《のぞ》かせた。

おひろは膝《ひざ》ががくがくするのを感じた。

# 四

男は土間へはいって、「おまえがかみさんか」と訊《き》いた。おひろは坐《すわ》って、「はい」と頷《うなず》きながら、うしろへ振返った。

「うちのひとはいま病気で寝ているんですけれど」

「そうじゃねえ」と男は首を振った、「おまえさんにちょっと訊きてえことがあって来たんだ、おひろさんっていうんだね」

「ええ、あたしがおひろです」

「掛けさしてもらうぜ」

男はあがり框《がまち》に腰を掛けた。

——うちのひとではない。

良人ではないと知ってほっとしながら、おひろは「ちょっと」と云って立とうとした。すると、男は手を振った。

「茶はいらねえ」と男が云った、「すぐ帰るから、ちょっとそこへ坐ってくれ」

おひろは坐った。六帖はしんとしていた。利助と政次の、息をひそめているようすが、こっちからよくわかった。

「御亭主《ごていしゅ》が病気なんだね」

「ええ、――」とおひろは頷いた、「もうあしかけ三年になるんです」

「そのあいだどうしてた」

「あたしが、稼《かせ》いでいました」

「茶屋奉公だってね」

おひろは「ええ」と頷きながら、男の横顔を見た。井戸のまわりで、子供たちの遊んでいる声がし、男はそっちを見ているようであった。

「茶屋奉公か」と男は云って、静かにおひろを見た、「茶屋はどこだ」

おひろは「神明前です」と答えた。

「芝の神明だね」と男は云った、「なんという店だ」

「どうしてそんなことを訊くんですか」とおひろが反問した、「あたしになにか不審なことでもあるんですか」

「怒るこたあねえ、店の名を訊いてるだけだ」と男は云った、「それとも、店の名を訊かれちゃあ、ぐあいの悪いことでもあるのか」

おひろは男の顔を見た。男の顔は静かで、なにも読みとることができず、六帖はまだひっそりとして、物音も聞えなかった。

「神明前の」とおひろは答えた、「――岸八っていう料理茶屋です」

「そこじゃあねえ」と男は首を振った、「おらあ岸八へいって訊いて来たんだ、おまえさんのことは誰も知らなかったぜ」

「それはあの、店では名前を、変えてるもんですから」

「おそのってか、――」と男が云った。

おひろはぴくっとし、とびだしそうな眼で男を見た。

「おめえは赤坂田町の岡場所《おかばしょ》で稼いでる」と男は云った、「田町の染井家という店で、おそのという名で軀を売ってるんだ、そうじゃあねえか」

おひろは口をあいた。

そのとき六帖で（がちゃっと）膳《ぜん》や皿小鉢《さらこばち》の鳴る音がし、利助がこっちへとびだして来た。男は立ちあがり、利助は「聞いたぞ」と喚《わめ》いた。喚きながらおひろの頰《ほお》を殴り、髪の毛をつかんでひき倒した。おひろは足をちぢめ、利助はのしかかってまた殴った。平手で、頭や横顔や肩を殴り、殴りながら叫んだ。

「聞いたぞ、このあま、聞いたぞ」と利助は叫んだ、「亭主のおれを騙《だま》しやがって、売女《ばいた》なんぞをしていやがったのか、このあま、このあま」と彼は殴りつけた、「よくもおれの面《つら》へ泥《どろ》を塗りやがったな」

おひろは声もあげず、身を除《よ》けようともしなかった。両手で顔を掩《おお》い、足をちぢめたまま、じっと身を固くして、殴られていた。六帖で政次が泣きだし、戸口の外へ長屋の人たちが集まって来た。男は「たかるな」とかれらにどなった、「近所づきあいだろう、見ねえふりがしてやれねえのか」そして手を振り、人だかりが散ると、振返って、「もうよせ」と云った。

「殴るのはよせ」と男は利助を制止した、「けがでもさせたらどうするんだ、いいかげんにしろ」

利助は殴るのをやめ、「だって親分――」と喘《あえ》いだ。

「殴ることあねえ」と男が云った、「病人のおめえと、子供のために稼いでるんだろう、泥棒《どろぼう》や人殺しをしたわけじゃあねえんだから、そういきまくには及ばねえ」

「それにしたって、このあま、――」

利助はおひろから離れて、辻褄《つじつま》の合わないことを、喘ぎ喘ぎどなりたてた。おひろは倒れたまま身動きもせずに、「五十年まえ、――五十年あと、……」と心のなかで呟いていた。六帖では政次が泣き続けていて、男がおひろに呼びかけた。

「おらあこんな騒ぎを起こそうとは思わなかった」と男は云った、「おまえさんのことをさした者があるんで、役目柄《がら》いちおう実否を慥《たし》かめに来たんだ、それだけの話だ」

「じゃあ」と利助が訊いた、「べつにお手当になるんじゃあねえんですか」

「そんな大袈裟《おおげさ》な話じゃあねえ」と男が云った、「おらあただ実否を慥かめに来ただけだ、おかみさん、済まなかったな」

おひろは黙っていた。

「病人や子供を抱えてたいへんだろうが、ああいうところはなるべく早く足を洗うほうがいいぜ、尤《もっと》も、こんなことは当人のおまえさんのほうで、とっくに承知だろうがね」と男は云った、「――おひろさんっていったけな、ひとこと云っておくが、湯屋なんぞで人とやりあったりしねえほうがいい、世間にゃあうるせえのがいるからな、じゃあ、ごめんよ」

そして男は出ていった。

利助は六帖へゆき、泣いている子供をだましにかかった。おひろは静かに起きあがって、着物や帯を直し、髪の毛へ手をやった。元結は切れなかったが、根が崩れて、手をやると髷《まげ》がばらばらになった。――おひろは黙って六帖へゆき鏡台の前に坐った。その安物の鏡台は毀《こわ》れているし、鏡はなかった。おひろは抽出《ひきだし》をあけ、櫛《くし》を出して髪を直しはじめた。

「卑怯者《ひきょうもの》、――」とおひろは乾いた声で、良人のほうは見ずに、低く静かに云った、「あんた知ってたのね」

利助は沈黙し、それからまた子供をあやしだした。妻の云ったことが聞えなかったか、またはその意味がわからなかった、というようすである。おひろの手がふるえた。彼女には、沈黙した瞬間の良人の表情が、はっきりと眼に見えるようであった。

――あのひとは知っていた、あたしがどこで働いているか、ちゃんと勘づいていたんだ、ちゃんと。

とおひろは心のなかで思った。

――殴るときの、殴りかたでわかった、あれは本当に怒った殴りかたじゃない、ていさいで殴っただけだ、卑怯者。

利助は子供に話しかけ、「舟を見にゆくか」などと云っていた。おひろはざっと髪をまとめて、立ちあがった。

五

「どうするんだ」と利助が云った、「どこへいくんだ」

おひろは黙って下駄《げた》をはいた。利助は立って来て呼びかけ、「二人で話そう、よく相談をしよう」と云《い》った。おひろは返辞もせず、良人のほうを見もせずに出ていった。

路地を出た向うの河岸《かし》っぷちに、「土庄《つちしょう》」といって、砂や壁土や砂利を売っている店がある。主人は庄兵衛《しょうべえ》といって、五十二三になる気の好《い》い男だが、妻のお幸は二十一か二で、親と娘ほど年が違っていた。庄兵衛は女房運が悪くて、お幸は三人めの妻であり、いっしょになってから、まだ一年そこそこにしかならなかった。

――さしたのはお幸だ。

とおひろは思った。藤川屋の男は「湯屋などで口諍《くちあらそ》いをするな」と云ったが、半月ばかりまえ、五丁目の松葉湯でそんなことがあった。おひろの使っている湯が、お幸にはねかかったそうで、いきなり叫びだし、あんまりひどく云うのでやり返した。みっともないからいいかげんにやめたし、そのまま忘れていたのであるが、「湯屋などで」と云われて、すぐにお幸だと直感した。

「土庄」は店と住居が並んでおり、住居のほうは格子《こうし》づくりになっている。おひろは格子をあけて声をかけた。三度目に返辞が聞え、（食事でもしていたのだろう）口をもぐもぐさせながら、お幸が出て来た。お幸はこっちを見て立停《たちどま》り、ごくっと、口の中のものをのみこんだ。

「お幸さん、あんた――」と云っておひろはつかえた。云いたいことがいっぺんにこみあげてきて、なにをどう云っていいかわからなくなり、喉《のど》が塞《ふさ》がったようになった。「あんた」とおひろは吃《ども》り、嚇《かっ》とのぼせた、「あたしが岡場所へ出ていることが、あんたにどんな関係があるの」

お幸の顔が硬《こわ》ばった。

「あんたはこういうお宅におさまって、着たいものを着、喰べたいものを喰べ、寄席《よせ》だろうが芝居だろうが、なんだって好き勝手に暮してるじゃないの」とおひろは云った。「――あたしは岡場所で働いてるよ、この躯を売って稼いでるよ、そうしなければ親子三人が食っていけないからだ、食っていけないということがどんなことか、おまえさん知ってるかい」

「大きな声だわね」とお幸が云った、「あんたそれを自慢しにでも来たの」

「おまえさんになんの関係があるかっていうんだ、贅沢三昧《ぜいたくざんまい》に暮しているおまえさんが、なんのためにあたしをさしたりするんだ、あたしが岡場所で働いていることが、おまえさんの迷惑にでもなるっていうのかい」

「そんなことあたしは知らないよ、あたしの知ったこっちゃないわ」とお幸は嘲《あざけ》るように云った、「そんな云いがかりをつけられる覚えはないことよ、帰ってちょうだい」

そのとき「おひろ」とどなりながら、利助が駆けこんで来た。

「おひろ」と彼はどなった、「よさねえか、ばかなまねもいいかげんにしろ」

「あんたは黙っててちょうだい」

「帰れ」と利助は妻の肩をつかんだ、「これ以上おれに恥をかかせてえのか」

おひろはふるえ、唇《くちびる》を噛《か》んだ。お幸は冷やかに見ていて、利助はお幸にあやまった。

「どうも済みません」お騒がせして済みません、気が立ってるもんですから、「どうか勘弁してやっておくんなさい」そう詫《わ》びながら、一と言ごとにおじぎをした。

「陽気がおかしいからね」とお幸は云った、「間違いのないうちに伴《つ》れてってちょうだい」

利助はまたあやまり、おじぎをした。おひろはふるえてい、お幸はつんと衿《えり》を直し、片手で髪に触りながら、奥へ去った。利助はそのうしろへ、「どうか勘弁してやっておくんなさい」と繰り返してあやまり、「さあ帰ろう」とおひろに云った。

――このひとはなにか不義理をしている。

とおひろは外へ出ながら思った。きっと銭でも借りているんだ、きっとそうよ、でもなければあんなふうにあやまる筈《はず》はない。あんなにぺこぺこあやまる筈はないわ、ああ、どうしよう、どうしたらいいだろう、とおひろは心のなかで呟《つぶや》いた。

「どうするんだ」と利助が云った、「うちへ帰るんだろう」

おひろは黙って、汐留橋《しおどめばし》のほうへ歩きだした。利助が「おい」といって、手をつかもうとした。おひろはそれを払いのけた。

「頼むよ、おれが悪いんだから」と利助は追いすがって云った、「おれも考えたことがあるんだ、それについて相談してえんだから、なあ、ひとまずうちへ帰ってくれ、頼むから」

「往来の人が見るじゃないの」とおひろが云った、「あたしは買い物をして帰るんだから、あんたひと足さきに帰っててちょうだい」

買い物なんかあとでいい、とにかくいちど帰ってくれ、と利助が云った。うるさくしないでよ、とおひろはきつい声で云った。往来の人にみっともないじゃないの、すぐに帰るからいいって政次をみていてちょうだいな。いいよ、そんなら帰ってるよ、と云いながら、利助は不安そうに妻を見た。

「おめえ、――大丈夫だろうな」

おひろには良人の問いの意味がわかった。

「ええ」とおひろは頷《うなず》いた、「大丈夫よ」

汐留橋を渡って右へ曲った。利助がどの辺で戻《もど》っていったか、はっきりした記憶はなかった。馬力とゆきちがい、駕籠《かご》に追い越され、人混みの辻を通りぬけた。

「五十年まえ、——」とおひろは呟いた、「そして五十年あと、……おんなしこったわ」

うちへ帰る気にはなれなかった。

おひろは（長い習慣で）赤坂のほうへ向って歩きながら、突然ぎゅっと顔を歪《ゆが》めたり、身ぶるいをして、肩を竦《すく》めたりした。お幸とやりあったことが恥ずかしい、あまりに恥ずかしい、「いっそ殺してやりたい」と思ったり、そんなふうにどなりこんだりした自分を、激しく責めたりした。

——堀端《ほりばた》だぜ、大丈夫か。

という声が、頭のどこかで聞えた。

——へんな気を起こすんじゃねえぜ。

そうだ、とおひろは頷き、「三河屋の若い衆だったわ」と呟いた。

「死ねやしないわ、死ぬもんですか」とおひろは歩きながら自分に云った、「このままでは死にきれない、どうしたって死にきれやしないわ」

田町へ来たと気がついたとき、おひろは立停って、「どうしようか」と思い、暫《しばら》く溜池の水面を眺めていた。それから、「今日は休むと断わって帰ろう」と呟いて、二丁目の角を曲っていった。

# 六

まだ時刻が早いので、「染井家」は表を半ば閉めてあった。おひろがはいってゆくと、とっつきの三帖《じょう》に、文弥《もんや》が化粧をしていて、「あらよかった、お客よ」と云った。

「あたし断わりに来たの」とおひろが云った、「躯《からだ》の調子が悪いもんだから、休ませてもらおうと思って」

文弥は鏡に向き直って「そう」と化粧を続けた。

「そんならそう云っとくけれど」と文弥は云った、「お客はあんたをお名指しよ」

おひろはけげんそうに文弥を見た。

「ついいましがた、あんたをお名指しで来て、待っているっていうから待たしてあるんだけれど」

「あたしにって、――誰《だれ》かしら」

「休むんなら断わるか、よければ代りにあたしが出てもいいわ」

「ゆうべの人じゃないの」

文弥は首を振った。ゆうべの人はよく知らない、自分はまわしだったし、今朝は眠っていて送りださなかったし、「顔だってよく覚えていないもの」自分にはわからない、と云った。聞いているうちにおひろは「ゆうべの客だ」と直感した。

「いいわ」とおひろは下駄《げた》をぬいだ、「ちょっといってあたしが断わって来るわ」

文弥は（鏡の中から）じろっと見、「そんな恰好《かっこう》でいいの」と云った、「断わるんならあたしが出てもいいのよ」

だが、おひろはあいまいな返辞をしただけで、いつも自分の使う四帖半へいった。襖《ふすま》をあけると、行燈《あんどん》のそばに客が坐《すわ》っていた。窓は雨戸を閉めたままで、行燈に火はいれてあるが、外からはいって来た眼には、暗くて、すぐには部屋の中がよく見えなかった。

「いらっしゃい」とおひろは挨拶《あいさつ》しながら客を見た、「ずいぶんお早いのね」

そして絶句した。ゆうべの客ではない、年頃《としごろ》は似ているが、今朝おくり出した客でないことは、すぐにわかった。客は振向いて、じっとこちらを見まもり、かすれたような声でおひろの名を呼んだ。

「やっぱりそうだった」と客は云った、「わからないかい、ひろちゃん、おれだよ」

おひろの胸で波がうち、息が止った。吸いこんだまま止った息を、そろそろ吐きだしながら、眼の前に虹《にじ》のようなものがちらちら舞うのを、おひろは感じた。

「ひろちゃん」と客が云った。

おひろは向き直って逃げだそうとし、客はとびあがって腕をつかんだ。おひろが振放そうとすると、客は両手で肩を抱え、「待ってくれ、話があるんだ」と云った。「ごしょうよ、常さん」とおひろは顔をそむけ、苦しそうに喘《あえ》ぎながら云った、「放して、あたしに恥をかかさないで」

「いや放さない、おれは捜していたんだ、二年ものあいだ捜していたんだ」

「ごしょうよ」とおひろが云った、「あたし死んじまうわ」

客はしっかりとおひろを抱え、「坐ってくれ、頼むから坐ってくれ」と云って、むりやりにそこへ坐らせた。おひろは袂《たもと》で顔を掩《おお》い、軀を固くして坐った。

「友達に教えられたんだ、ゆうべ来た友達が教えてくれたんだ」と客は云った。客もあがっているようすで、云うことがしどろもどろだった、「二年まえからみんなに頼んであったんだ、ゆうべは同業の寄合があって、おれはまっすぐに帰ったが、四人はこっちへ崩れて来た、ひろちゃんに当ったのは八百勝《やおかつ》っていうんだが、それがここから帰りに寄って、知らせてくれたんだ」

おひろは身動きもしなかった。客の云うことを聞きながら、「罰《ばち》だ、罰だ、――」と心のなかで呟いていた。なにが罰なのかむろんわからない、ただしぜんと、そんな言葉がうかんだのであった。――頭の中でいろいろな記憶が廻《まわ》りだし、「このひと常さんだわ」とおひろは思った。大八百屋《おおやおや》の常さんだわ、どういうわけだろう、どうして常さんなんぞが、こんなところへ来たのかしら、どうしてかしら、とおひろは思った。

客は話していた。自分もいちど嫁をもらったが、病身で、三年まえに死なれた。それからずっと独身でいる。おひろを捜しだして、事情が許せば、おひろといっしょになりたかったからだ。自分は初めからおひろが好きで、おひろを嫁にもらうつもりでいた。利助はいくじなしのくせに猾《ずる》いから先手を打っておひろを掠《さら》っていった。自分は利助がおひろを欲しがっていることを勘づいて、うまく先まわりをしたのだ。自分は利助がどんな人間かということを知っていたし、おひろを仕合せにしてやれるかどうかも、およそ察しがついていた。そして「このとおりだ」と客は声をつまらせ、ごくっと、喉《のど》でなにかをのみこむような音をさせた。

「あいつ、あの利助のちくしょう」と客は云った、「ひろちゃんをこんなめにあわせやがって、……おれは」

するとおひろが泣きだした。

顔を掩っていた袂を、ばたっと落し、坐って壁のほうを見たまま、手放しで、う、う、と子供のように、声をひそめて泣きだした。客はすり寄って、「ひろちゃん」と云った。

「もういい、利助と別れてくれ」と客は続けた、「ここまでやれば充分だ、充分すぎるくらいだ、おれが金を出すから、それを利助に遣《や》って別れてくれ」

おひろは泣いていて、あふれ出る涙が、頬から膝《ひざ》の上へぽとぽとと落ちた。

利助の親は房州の木更津《きさらづ》だったろう、と客が云った。木更津で漁師をしている親類がある筈だ、利助は病気だというから、そこへ帰ればいい。金は十両遣る、十両遣れば利助はうんというに違いない。利助はそういう男だ、子供は付けてやってもいいし、おまえが望むならおれが引取ろう。おれには子がないから、引取って二人で育ててもいい、「ひろちゃんの子ならよろこんで育てるぜ」と客は云った。

おひろは泣いていて、客の話は殆《ほと》んど聞かなかった。けれども意味はわかった。聞いているとは思わなかったのに、客の云ったことは始めから終りまで残らずあたまにはいり、茫然《ぼうぜん》と、手放しで泣きながら、心のなかで頷いたり、かぶりを振ったりした。

「あたしはもうだめよ」とおひろはひしゃげたような声で云った、「あたしはもういない人間よ、ここにいるのはあたしじゃあないの」

「いや、おれにはひろちゃんだ」

「あたしこの店へ来たとき思ったの」とおひろは云った、「——五十年まえには、あたしはこの世に生れてはいなかった、そして、五十年あとには、死んでしまって、もうこの世にはいない、……あたしってものは、つまりはいないのも同然じゃないの、苦しいおもいも辛《つら》いおもいも、僅《わず》かそのあいだのことだ、たいしたことないじゃないのって、思ったのよ」

## 七

客の顔が歪《ゆが》み、「ひろちゃん」という声がふるえた。おひろは泣きじゃくりながら、客に笑いかけた。

「可笑《おか》しいでしょ」とおひろは云《い》った、「お寺さまの云うようなことで、可笑しいわね、――でも本当なのよ、それからずっと、辛いことや苦しいことがあるたんびに、あたしそのことを自分に云いきかせて来たのよ」

客は口の中で、「ちくしょう」と呟いた、「あの利助のちくしょう」と呟き、衝動のようにおひろの手をつかんだ。おひろは拒まなかった。客につかまれたまま、おひろの手はぐったりと、力がぬけていた。

「もうたくさんだ、ひろちゃんは苦労するだけ苦労した、もうきりをつけよう」と客が云った、「仕甲斐《しがい》のある苦労ならいくらしてもいいが、相手が利助では砂地へ水を撒《ま》くようなものだ、おまえの云うとおり、五十年さきには死んでしまうものなら、生きているいまを生きなければならない、生きているうち仕合せに生きることを考えよう」

「あたしもうだめよ」とおひろは云った、「こんなに軀も汚れちゃったし、それに子供まであるんですもの」

「だからその子はおれが引取る、おれたちの子にして育てるんだよ」と客はおひろの手を強く握りしめた、「おれは二年ものあいだ捜してたんだ、本気なんだ、――ひろちゃん、あいつと別れてくれ、軀が汚れてるっていうけれども、そんなものは百日も養生すればきれいになってしまう、そんなことにこだわることはないよ」

「二年も、――」とおひろはぼんやりと訊いた、「二年も捜してくれたんですって」

「友達だの知合だの、みんなに頼んでだ」

「どうしてわかったの」

「将監《しょうげん》さまの細みちだよ」と客が云った、「覚えてるだろう、あんな文句はよそじゃあうたやあしない、こころぼそい頼りだが、ほかに手だてがなかったからね」

おひろはぼんやりと客の顔を眺《なが》め、それから、両手で静かに顔を押えた。

客はまた「利助と別れてくれ」と云った。利助は木更津へ帰ればいい、そのほうが病気にもいいだろうし、もしも漁師に株のようなものがあるなら、十両で暮しのみちも立つだろう。金はいつでも用意するから、「帰ったらすぐにはなしをつけてくれ」よければおれがいってもいい、と客は云った。

――そうよ、あのひとは木更津に親類があるわ。

とおひろは思った。そうよ、あたしもうたくさん、疲れて疲れてくたくただわ。そして藤川屋の男が（ふところから）十手を覗《のぞ》かせたことや、「土庄《つちしょう》」のお幸のせせら笑いや、髪へ手をやりながら、奥へ去るときの気取った恰好《かっこう》や、良人《おっと》が卑屈にぺこぺこあやまった姿などを思いうかべ、ぞっとしながら首を振った。

――木更津から親類だっていう人が、幾たびか来たわ。

あのひとは木更津へ帰ればいいのよ、とおひろは思った。そうよ、あのひと十両も貰《もら》えるんだもの、あたしもうすっかり草臥《くたび》れた。十両なんてお金を見れば、あのひとよろこんで別れるわ、顔が見えるようだわ、とおひろは心のなかで自分に云った。

「わかったね」と客が云っていた、「帰ったらあいつとはなしをつけるんだよ」

「ええ」とおひろは頷《うなず》いた、「わかりました」

「やれるだろうね、もしやれないんなら、おれがはなしにいってもいいんだぜ」

「大丈夫です、あたしがはなしをつけます」とおひろは云った、「あたしだってそのくらいのことはできます」

「それでいい、それさえきまりがついたらあとのことはおれが引受ける」と客は力んだ口ぶりで云った、「なにもかもおれに任せて、おれのするとおりにしていればいいんだ、決してひけめを感じたり、いやな思いをするようなことはさせやしない、わかったな」

おひろは「ええ」と頷いた。

客の痩《や》せた顔に血がのぼり、眼が活《い》き活きとかがやきを帯びた。おひろは初めて見るように、客の顔を見まもった。痩せたおもながな顔で、鼻が高く、眼つきや口もとに、きかない気持があらわれている。膚《はだ》の色は白いほうで鬚《ひげ》の剃《そ》りあとが青く、髪の毛は羨《うらや》ましいほど黒い。渋い縞紬《しまつむぎ》の袷《あわせ》に角帯をしめているが、その着物や帯を取替えたら、あのころの常吉そのままに見えるだろう。おひろは「ええ」と眼を伏せ、「仰《おっ》しゃるとおりにします」と低い声で云った。

「よし、これできまった、おれはうちで待っている」と客は云った、「子供のことはおまえの望みどおりにしよう、おれは金の用意をして、うちで待っているよ」

客はさきに帰った。別れて出てゆくとき、客はおひろの眼をじっとみつめて、囁《ささや》くように、「待っているよ」と云った。おひろは唇《くちびる》で微笑しながら、客の眼に頷き返した。

おひろはひと足おくれて、店を出た。もうおまさと幾世《いくよ》も銭湯から帰っており、じろじろとさぐるような眼で、こっちを見た。おそらく文弥《もんや》がぬすみ聞きでもして、それを二人に告げ口したのに違いない。おひろはその眼を背中に感じながら、黙って店から出ていった。

——そうきめよう、常さんの云うとおりにしよう。

溜池のふちを歩いてゆきながら、おひろは繰り返して思った。常さんは本気だと云った。二年ものあいだ捜していてくれたのだ。迷うことはない。考えるのもあとのことだ。いまは常さんの云うとおりにしよう。もうそうしても不人情ではない筈《はず》だ、「もう不人情だなんて云われることはないわ」とおひろは呟《つぶや》いた。

歩いているうちに、だんだんと肚《はら》がきまり、決心がついた。おひろは芝口二丁目の駕籠屋《かごや》へ寄り、主人の源平に会って、「店をやめる」ことを告げた。わけは話さなかったが、源平もなにも訊こうとはせず、「それはよかった、できればそのほうがいい」といって頷いた。

魚屋と八百屋で、晩の買い物をして、帰ってゆくと、路地の角で政次が遊んでいた。父ちゃんはと訊くと、「寝ている」と答えたまま、独りで遊び続けていた。——おひろはうちへはいり、勝手へいって、買って来た物をひろげた。

「おめえか、——」と六帖《じょう》で利助が云った、「帰ったのか」

おひろは「ええ」といった。

「おそかったじゃねえか、買い物にどこまでいったんだ」

おひろは答えなかった。利助の咳《せ》きこむ声が聞え、おひろは水を使いはじめた。利助の咳が（半分は）うそだということを、もうかなりまえからおひろは知っていた。

「おれの云うのが聞えねえのか」と利助が咳をしながら云った、「薬を煎《せん》じるのも忘れて、どこへいってたんだ、薬を煎じるんじゃあねえのか」

おひろは「いまやります」と答えた。

八

その日ほど、夜になるのを待ちかねたことはなかった。政次と銭湯へゆき、玩具《おもちゃ》を買ってやり、夕食の支度にも、必要以上の手間をかけた。おひろの態度でなにか感じたものか、利助は黙って、じっとこちらのようすをうかがっているようであった。

夕食の膳《ぜん》に向ったとき、利助は「今日ちょっと大鋸町《おおがちょう》の親方のところへいって来た」と、独り言のように云った。おひろは「そう」といったきり相手にならず、彼もあとを続けようとはしなかった。そして、食事が終って、おひろが勝手で洗い物をしていると、ふらっとうしろへ来て、「おまえのいないあいだに親方のところへいって来た」と云い、それから「あとで話したいことがあるんだ」と云った。

おひろは黙って茶碗《ちゃわん》を洗っていたが、やがて、「あたしも話があります」と云った。はっきりと、おちついた声で、自分でも意外なほど、きっぱりした調子だった。利助はなにも云わずに、六帖へ戻《もど》っていった。

——大丈夫だ、これなら大丈夫だ、負けやしない、決して負けやしないから。

おひろは殆んど微笑しながらそう思った。

あと片づけが済むと、おひろは行燈《あんどん》を明るくして繕い物をひろげた。子供が寝たら、自分のほうから先に、話しだすつもりでいた。

しかしそのまえに、利助のほうが口を切った。彼は自分の寝床へ子供を入れるとすぐに、「親方が仕事を呉《く》れるっていうんだ」と云いだした。おひろは針を動かしながら、「子供が寝てからにして下さい」と云った。話ならあたしのほうで先に聞いてもらいたいことがあるんです。うん、と利助は頷き、「たいてえわかってる」と云った。わかってるからおれが先に云いたいんだ。おまえに話をきりだされたら、おれには何も云えなくなる。それがわかってるから、おれを先にしてもらいたいんだ、と利助は云った。

おひろは黙って縫い続け、利助は低い声で話しだした。

「おまえは今日、おれが知ってた、って云ったな」と彼は云った、「藤川屋の者が帰ったあとで、髪を直しながらそう云った、低い声だったが、おれにははっきり聞えた」

そのときおれは、いきなりこの胸へ、鑿《のみ》でも突込まれたような気がした、大袈裟《おおげさ》じゃあない、胸のここが抉《えぐ》られるように痛かった。いまでも、胸のここにその痛みが残ってる。正直に云う、おまえは信用しないかもしれないが、今夜はすっかり云ってしまう。おれは知らなかった、あのときまで、藤川屋の男が云うまでは本当に知らなかった。本当だ、と彼は云った。

おひろは黙って針を動かしていた。壁ひとえ隣りの、片方では、三四人よって酒を飲んでいるらしい。皿小鉢《さらこばち》の音や、話したり笑ったりする声が、かなり賑《にぎ》やかに聞えて来る。片方は独り者の「こね屋」で、これは遊びにでかけたのか寝てしまったのか、もうひっそりとして、物音もしなかった。

――いくらでも云うがいいわ、どんなに泣き言を並べたって負けやしないから。どんなことがあったって負けやしないから、とおひろは思った。

「だが、藤川屋の男が云うのを聞いたとき、そしておまえに殴りかかったとき、おれは、自分が勘づいていた、ということに気がついた」

うすうす勘づいていた。むろんはっきり岡場所《おかばしょ》だということはわからない、わかる筈がないし、わかることが恐ろしかった。おまえのようすや稼《かせ》ぎ高《だか》で、普通の茶屋勤めではない、なにか隠して働いている。そう察していながら、それをつきとめることが怖かった。長いあいだぶらぶらしていて、気持にも軀《からだ》にも張りがなくなっていたのだろう。正直に云うが、それとはっきりわかることが怖かった、本当に「恐ろしかったんだ」と云って、利助はちょっと口をつぐんだ。

「おまえを殴りながら、おれはてめえを殴ってるんだな、って思った」と利助は続けた、「おれは自分で自分を殴ってたんだ、殴りながら、おれは自分で自分に、死んじまえと云ってた、死んじまえ、死んじまえって、云ってたんだ」

彼はそこで言葉を切り、子供の寝息をうかがっていて、やがて静かに起き直った。そして、子供の肩を掛け蒲団《ぶとん》でくるみ、自分はその脇《わき》に坐《すわ》って、頭を垂れた。

「夫婦になってあしかけ六年、その半分は病気で、おまえ一人に苦労をさせた、それも、岡場所なんぞで稼がなければならないほど、……おれは生れて初めて、てめえがどんな人間かっていうことに気がついた、おらあ本当に死んじまいたかったぜ」

利助は喉《のど》を詰らせ、頭を垂れたまま、両手で、寝衣《ねまき》の膝《ひざ》をぎゅっと掴《つか》んだ。利助は言葉を続け、おひろは（自分の軀から）力がぬけてゆくのを感じた。良人の言葉に動かされたのではなく、それとはまったくべつに、常吉との距離が、しだいに大きくなるような、こころぼそく頼りない気分になっていった。

――常さん、あたしをつかまえていてちょうだい、大丈夫、負けやしないから、あたしをしっかりつかまえていて。

これも正直に云ってしまうが、おれはもう起きてもいいんだ、と利助は云っていた。起きてもいいし、楽な仕事ならぼつぼつ始めてもいいって、医者から云われたんだ。それを、軀がなまになっているし、おまえが稼いでくれるから、もう一日もう一日と、てめえでごまかしながら怠けていた。

「けれども今日、あのことがあってから考えた」と利助は云った、「いっそ死んじまいてえが、死んだってこれまでの償いにはならない、性根を入れ替えてやってみよう、――本当にやれるか、やってみる、……こう思って、おまえの留守に大鋸町へいったんだ」

おひろの手が動かなくなり、その眼が、ぼうと焦点をなくした。

「あたしに頼まないでね」とおひろは呟くように云った、「あたしはもういや、すっかり疲れちゃってるの、どうかもうなんにも頼まないでちょうだい」

聞くだけ聞いてくれ、と利助は云った。親方はいい顔はしなかった、おれはこれが一生のわかれめだ、と思ってねばった。それで親方が仕事をくれることになった。仕事とはいえない、取引き先の木場《きば》の番人だ。夫婦者で住込みの者が欲しい、という店がある。食い扶持《ぶち》にしかならないが、軀が使えるようになるまで、やってみる気があるなら世話をしよう、と云われたんだ。

「いいじゃないの」とおひろが喘《あえ》いだ、「住むうちがあって、食い扶持が、もらえるんなら」そしてさらに、まるで溺《おぼ》れかかってでもいるように、喘ぎ喘ぎ云った、「食って寝てゆけるんなら、番人だってなんだって、いいじゃないの」

「おひろ、おめえ、そう云ってくれるか」

ああ、とおひろは膝の上のものを投げ、激しく首を振って「ああ」と呻《うめ》いた。

――常さん、あたしをつかまえて。

心のなかでそう叫びながら、おひろはそこへ俯伏《うつぶ》せになった。

九

利助はおろおろし、立って来ておひろの背へ手をかけ、「いま云ったことは本当か」

と声をふるわせた。おひろは彼の手を（背中で）よけ、うう、と喉で息を詰らせた。

「おらあやってみせる」と利助はふるえながら云った、「番人だって三月か半年すれば、軀もしゃっきりするだろうし、そのあいだに鑿《のみ》や鉋《かんな》の手ならしもできる、軀が使えるようになったらやるぜ、こんどこそおらあやってみせるぜ」

おひろは畳へ俯伏せになったまま、ぐらぐらと頭をゆすった。利助は「おらあきっとやるぜ」と云って泣きだし、その泣き声が、おひろを雁字《がんじ》搦《がら》みにした。

――うれしいわ、常さん、あんた二年もあたしを捜してくれたのね、うれしいわ。あたし忘れないわ、とおひろは頭をぐらぐらさせながら思った。それで充分よ、あんなところまで訪ねて来て、おかみさんにしてくれるって云ったわね。常さんがそんなに思っていてくれたって、いうことだけで、本望だわ。

――それだけで本望だわ、このうえ夫婦別れをして、常さんといっしょになるなんて、できることでもないし、するとしたら罰《ばち》が当るわ。

そうよ、とおひろは思った。常さんの云うことを承知したのは、「できない」ということがわかっていたからだわ。できるもんですか、あたしがこのひとと夫婦になり、子を生んで、岡場所でまで稼いだってことは、消えやしない。常さんといっしょになったとしても、一生それがつきまとって離れやしないのよ。常さんもあたしも、一生それで苦しいおもいをするわ、そうでしょ、常さん、とおひろは思った。――このひとが昔から弱虫だったこと、知ってるわね、このひと、いつも常さんに負けてばかりいたわ、喧嘩《けんか》をするたびに負けて、泣きながら逃げて、遠くのほうから云うじゃないの、おーやおやおやって。

おひろは喉を詰らせた。そのときの利助の、涙でぐしゃぐしゃになった顔や、遠くから泣き泣きからかう声が、まざまざと思いうかび、そうして、こみあげてくる笑いをけんめいに抑えた。

「云ってくれ、おひろ」と利助が泣き声で云った、「おれの云うことはこれだけだ、こんどはおめえの話を聞こう」

おひろは頭を振って、「もういいの」と乾いた声で云った。

「話してくれ。おれはなんでも聞くぜ」

「もういいの」とおひろは云った、「あんたがそういう気持になってくれれば、云うことはないの、――あとは早く引越したいだけよ」

「本当に話すことはねえのか」

子供がぐずぐず泣きだし、おひろは立っていって、そっと子供の脇へ添寝をした。

「早く此処《ここ》を引越したいだけよ」とおひろは云った、「その木場へは、いつゆけるの」

「親方に頼めばすぐにでもゆける筈だ」と利助が云った、「おひろ、……おめえ、おれと別れるつもりじゃあなかったのか」

おひろは黙っていて、それから「ばかなことを云わないでよ」と云った。

「思いとまってくれたんだな」と利助が云った、「ともかく、いますぐ別れるっていうんじゃねえんだな」

「大きな声をしないで、政がねかかってるところじゃないの」

「有難《ありがて》え、おらあやるぜ」と利助は声をころして云った、「おめえがいてさえくれれば、おらあきっとやってみせる、きっとだ」

おひろは政次の背をそっと（指さきで）叩《たた》きながら、低い声でうたいだした。常さん、この唄《うた》はもう一生うたわないことよ、今夜っきりよ、と心のなかで呼びかけながら、囁《ささや》くように、うたいだした。

——ここはどこの細みちじゃ
将監《しょうげん》さまの細みちじゃ
ちょっと通して下しゃんせ……。

（「小説新潮」昭和三十一年六月号）

# 鶴《つる》は帰りぬ

一

そうよ、なにも隠すことなんかありゃあしない、あたしあの子が好きだったよ。名まえは実《じつ》。あの人は実があるとか、不実だとかいうときの「実」という字だって。呼びにくい名だから、みんなすぐに覚えちまった。初めて来たのは六年まえ、いや七年になるかしら、あの子は十七で、徳さんていう人の提灯持《ちょうちんも》ちをしていた。そう、日ぎりの早飛脚は夜なかに走ることもある、そういうとき、提灯を持って先に立つ役で、またそのあいだに仕事の手順も覚えるというわけさ。

あたしは初めのうち、気ぶっせいで陰気な子だと思った。そのじぶんはまだ子供こどもしていて、卵なりの顔や、はっきりしすぎた眼鼻《めはな》だちが、つんとした、よりつきにくい感じだったたし、ひどく口が重くって、ろくさまものも云《い》わないというふうだったからね。いまだってよく知らない者は「気どってる」なんて云うけれど、それはあの顔だちと、あんまり口をきかないためにそう思えるだけで、芯《しん》はごくすなおな、そう、どっちかというと臆病《おくびょう》なくらいはにかみやなんだ。

あたしはいちど、あの子をものにしようとしたことがある。なにさ、もちろん酔ってるよ、そのときだって酔ったあげくのことさ、本陣にお座敷があって、うんと飲んで、ふらふらになっていた、その勢いであの子の寝床へ、もぐりこんだのさ。あたしは二十三、なにか度外れなことがやってみたい年ごろなんだろう、いきなりもぐりこんで、手足で絡《から》みついてやった。とび起きるか、声でもだすかと思ったら、あの子は身動きもしないでじっとしている。軀《からだ》をまっすぐに伸ばして、石のように固くなって、そしてがたがたふるえてるのさ。

こっちは酔ってるから、これはものになるって思って手をやった。なにさ、ばかだね、そんなことはしまいまで聞いてから云うもんだ。

あたしは手をやった、そうするとあの子は、「おっ母さん」て云った。ふるえているものだから、がちがちと歯がなったっけ。おそろしさのあまりおっ母さんて云ったんだろう、いまでもその声と、歯の鳴る音がはっきり耳に残ってる。

まが悪いのなんのって、あたしは、酔いもさめちゃって、あやまったりなだめたり、すかしたりして、そうそうに逃げだしちまったさ。実さんて人はそんな子だったよ。

二

実が相田屋の店へはいろうとすると、軒先にいた番頭の和吉が、「いらっしゃいまし」と、けいきのいい声をあげておじぎをし、すぐに気がついて、まが悪そうに笑った。

「お一人ですか」

実はうなずいて店へはいっていった。

宵《よい》の八時ごろで、帳場には主人の文造がおり、酒や肴《さかな》をはこぶ女中たちが、忙しそうにたちはたらいていて、その一人が、はいって来た実に声をかけ、すると他の女中たちや、帳場にいる文造も声をかけた。

実は担《かつ》いでいた張籠《はりご》をおろし、鉢巻《はちまき》をとって半纏《はんてん》の肩腰をはたき、それから広い上《あが》り端《はな》へ腰をかけて、草鞋《わらじ》の緒を解きかかった。——挟箱《はさみばこ》の形に似た張籠は黒の溜塗《ためぬり》で、片方に「島十」と赤く太い字で書いてあり、担ぐための三尺の棒の先には、小さな鈴が付いている。その鈴が、飛脚であることを知らせるのであった。

下女のお市が洗足《すすぎ》の盥《たらい》を持って来て、訝《いぶか》しそうに訊《き》いた、「こんどはお一人ですか」

実は「うん」といった。

足を洗っていると、おせきが出て来た。この相田屋に十年ちかくもいる妓《おんな》で、年は三十になるが、唄《うた》がうまいのと、酔いぶりが面白《おもしろ》いのとで、いまもお座敷ではにんきがあった。おせきはもう飲んでいるらしく、眼のふちがぼっと染まってい、声もはしやいでいた。

「いらっしゃい」とおせきは実の肩を押えていった、「どうしたの、一人」

「こんどは早《はや》じゃないんだ」と実はぶっきら棒に答えた。

「じゃあ泊るのね」

実は「さあ」といった。

「おしのは嫁にいったのよ」とおせきが云った、「急に話がきまって、七日まえに暇をとったの、あんたに会ってからいきたいって、べそをかいてたぞ、こら」

背中を押されてのめりそうになり、「危ねえな」と云って、実はおせきの手から肩をかわした。

飲み食いだけの客には、別棟《べつむね》になった座敷がある。おせきはそこをぬけて来たのだろう、おろくという若い妓《こ》が呼びに来、おせきは実に、「あとで遊びにゆくよ」と、云って、おろくといっしょに去った。実はいつも二階の七番に泊る。小部屋だがいちばん端にあるので、短い時間に熟睡するには静かでよかった。風呂《ふろ》からあがって来ると、おみよという女中が食膳《しょくぜん》をそろえていて、「食事を少し待ってくれ」と云った。

「おせきさんがすぐに来るそうですから、それまで待っていて下さいって云ってました」

実は坐《すわ》って、濡《ぬ》れ手拭《てぬぐい》で髪を撫《な》で、おみよは茶と菓子の盆を彼の前に置いた。

「しのちゃんお嫁にいったんですよ」とおみよは茶を注《つ》ぎながら云った、「向うは鳴《なる》海《み》の瀬戸物屋で、お婿《むこ》さんはびっこなんですって、恥ずかしいから遊びに来てくれとは云えないって、あんなに賑《にぎ》やかな人が、すっかりしぼんでましたわ」

実は菓子をつまみ、茶を啜《すす》りながら、三尺の床間を見た。着彩の色のすっかり褪《さ》めた山水の軸が掛けてあり、その下に木彫の大黒の像が置いてあった。

「しのちゃんの代りに、あたしが番になりたいんだけれど」とおみよが云った、「——実さんからそう云ってくれると、番になれるんだけれど」

「置物が変ったな」と実は呟《つぶや》いた。

「ねえ、そうしてくれない、実さん」

「うん」と実が気のない調子で云った、「おれはどっちだっていいよ」

「頼りないの」とおみよはながしめに睨《にら》み、立ちあがってから、振向いて訊いた。

「何刻《なんどき》に起こしに来ましょうか」

「起こさなくってもいいよ」

「お泊りになるんですか」

実は「うん」といった。

おみよが去ると、実は横になって肱枕《ひじまくら》をした。彼は浮かない顔をして、ぼんやり食膳を眺《なが》めた。かなり空腹ではあるが、それほど疲れているわけでもないし、べつに気懸りなこともないのに、なんとなく鬱陶《うっとう》しいような、けだるい気分にとらわれていた。――九月になったばかりで、まだ火をいれるには早いが、晩秋の爽《さわ》やかな夜気が、壁のあたりから忍びよってくるように思われ、裏座敷から聞えて来る三味線の音も、半月まえとは違って、しんと、冴《さ》えてひびくように感じられた。

階段に足音がしたので、実が起き直ると、おせきが乱暴にはいって来、うしろの障子をあけたまま、膳の脇《わき》へ坐って云った。

「感心に待ってたわね、躾《しつけ》がよろしい、褒《ほ》めてやるぞ」

実が立とうとした。

「どこへゆくの」とおせきが訊いた。

実は障子を見て云った、「閉めるんだ」

「そうやっといて」とおせきは手で顔をあおぎながら云った、「いまお酒が来るんだから、今夜はあんたも飲むのよ」

実は坐り直して「いいきげんだな」と云った。

おせきは酔って赤くなった顔を、しきりに手であおぎながら話しだし、まもなく、障子のかげで声がして、若い女中が酒肴《しゆこう》の盆を持ってはいって来た。

「このひとおとわちゃん」とおせきが実にいった、「こんど来たひとで、あんたの番になるの、おとわちゃん、江戸の島十という飛脚屋の実さんよ」

おとわは手をついて挨拶《あいさつ》した。

実はどきりとした。おとわの顔を見たとたんに、知っている、と直感したのである。古くから知っていて、久方ぶりに会った、ずいぶん久しぶりに、めぐり会った、という感じがし、同時におとわのほうでも、明らかにどきっとしたことが、その眼にあらわれた。——知った相手ではない、初めて会うのだ、ということはすぐにわかった。けれども、さいしょのどきっとした感動は強く心に残って、眼の合うたびに、胸の奥がきりきりするようであった。おせきはそんなことまでは気づかなかったろう、だが、実のようすで安心したらしく、盃《さかずき》に一つ酌《しゃく》をすると、座敷があるからといって立ちあがった。

「おとわちゃんはまだ馴《な》れないんだから困らせないで」とおせきがいった、「あたしの大事な妹なんだから、番にしたのは実さんを見込んだからだってこと、忘れるんじゃないぞ」

「わかったよ」と実がいった。

「おとわちゃん、起こしに来る刻を聞いとくのよ」

そう云っておせきは出ていったが、階段の途中までいったかと思うと、引返して来て障子をあけ、そこから覗《のぞ》いていった。

「今夜は酔うまで飲むのよ、おとわちゃんも合《あい》をしなさい、わかったわね」

そして、障子を閉め、いいきげんに鼻唄をうたいながら去っていった。実は心ぼそいような、胸のおどるような気持で、黙って一つ飲み、それからおとわを見た。

「飲めるのか」

おとわは微笑して首を振り、「でも頂きます」と手を出した。

実は盃を渡し、酌をしてやった。おとわは一と口なめて、その盃を膳の上に置き、新しい盃を取って実に渡した。――おとわはごく平凡な顔だちで、口が少し大きく、ものをいうと前歯にみそっ歯のあるのが見えた。それを気にしているためか、それとも単にそういう癖なのか、人を見るときには唇《くちびる》を一文字にひき緊《し》めるが、すると唇の両端が上へきれあがって、顔ぜんたいにあどけない表情がひろがるのであった。

「おせきさんは忘れたんだ」と実がぶきように云った、「今夜は泊るんだから、起こしに来なくってもいいんだよ」

おとわは眼でうなずいた。

## 三

実も口の重いほうだが、おとわも同じらしく、ただもう酌をすることにかかっており、実のほうでも話題がないから、しぜんに酌をされるだけ飲むというぐあいで、たちまち酔ってゆくのがわかった。

「床間の置物が変ったね」と実がいった。

おとわは振向いて、「そうですか」といい、暫《しばら》く眺めていて、「大黒さまですね」と独り言のように呟いた。

「まえには青銅《からがね》の鶴《つる》があったんだ」と実が云った、「おれがここで泊りだしてから、ずっとそうだった、もう五年くらいこの部屋で泊るが、あの掛軸も置物も変ったためしがないんだ、掛軸は元のままなんだが、どうして置物だけを変えたのかな」

「さあ」と首をかしげて、それからおとわはちらっと実を見た、「もう五年もいらっしゃるんですか」

「初めから数えると七年めだ」

おとわはうなずいていった、「あたし今日でやっと五日めですわ」

それでまた話がとぎれた。

燗徳利《かんどくり》の二本めがからになり、おとわは代りを取りに立った。実はそうとは知らず、独りになるとくすくす笑いだして「ざまあねえや」と呟いた。若い男と女が差向いでいて、床間の掛軸や置物のほかに、話すことはねえのか、ねえらしいな、ねえらしい、これが生れつきだ、と彼は呟いた。

おとわが酒を持って戻《もど》って来た。

「もうだめだ」と実が見て云った、「酒はもうだめだ、すっかり酔っちまった」

「でもおせき姐《ねえ》さんが」

「いやだめだ」と彼は首を振った、「眼がちらくらするようだ、飯にしよう」

おとわは「はい」といって、では温かい御飯を持って来ようと、立ちかけたが、実はそれを止めて「茶漬《ちゃづけ》がいい」といった。腹はくちかったが、茶漬を一杯だけ喰《た》べると、すぐに、寝かしてくれといって、手洗いに立った。

横になってから、おとわがなにかいった。なにか用はないか、と訊いたのだろう。彼はそれに答えたと思ったが、おとわの出てゆくのも知らずに眠ってしまった。どのくらい眠ったものか、夢うつつに呼び起こす声を聞きながら、夜具をゆすられるまで、眼がさめなかった。

――起きなくちゃいけない、時刻だ。

そう思ってようやく眼をあけると、すぐそこにおとわの顔があった。暗くしてある行燈《あんどん》の光りで、微笑しているおとわの顔が眼の前にあり、微笑したままでそっと囁《ささや》いた。

「八つ半（午前三時）になります」

「ああ」と実がいった、「八つ半、——いや、朝まで寝るんだ」

「さっき起こせって仰《おっ》しゃっていましたわ」

「おれがか」といって、彼は片手をおとわのほうへ伸ばした。「酔ってたんだな」

これという考えもなく、ほとんど本能的に手を伸ばし、おとわはその手を握った。握ったとたんに、いちど放そうとし、すぐにまた、そっと握り直した。

実はめまいのような衝動におそわれ、半身を起こしておとわを抱いた。どうしてそんなことができたのか、自分でもわからない。彼はまったく夢中だったが、悪いという気持は微塵《みじん》もなかったし、極めて自然にそうなった。おとわも拒もうとはしなかった。彼女のからだは彼の両腕のなかでやわらかに力を失い、彼の手のままにしんなりとたわんだ。

彼はおとわの背骨が、自分の手の下でおどろくほど柔軟にたわみ、からだぜんたいがこちらへ溶けこむように感じた。彼は耳のそばでおとわの激しいあえぎを聞きながら、自分のぶきようさに狼狽《ろうばい》した。おとわのからだは少しも動かず、激しい呼吸だけが生きているようであった。そうしてまもなく、その切迫した喘《あえ》ぎを聞きながら、彼の意識は昏《くら》んだ。

明けがた、——実は眼をさますと、はね起きてあたりを見わたした。もちろんおとわはいなかった。おとわが去ったのを彼は覚えている、彼女はなにも云わなかった。彼女はひとことものをいわず、静かに、影のように去ってゆき、彼は包まれるような疲れと、あまい移り香のなかに残されたのだ。

「たいへんなことをした」と彼は口の中でいった、「どうしよう」

ひとことものをいわず、黙って、影のように去っていったおとわの姿が思いだされ、彼の胸の奥がきりきりとなった。

「だめだ」と、暫く思い耽《ふけ》っていたのち、彼は力なく首を振った、「とても顔は合わせられない、とても、——立つことにしよう」

いまのうちに出てゆこうと彼は思った。

酔いはすっかりさめ、のどが渇《かわ》いていた。実はおちつかない動作で身支度をし、張《はり》籠《ご》を持って階下へおりた。店にはまだ懸明りや行燈がついており、武助というもう一人の番頭が、いま着いた客に洗足《すすぎ》を出していた。客は実の知っている男で、江戸旅籠《はたご》町《ちょう》の「紀梅」という、やはり飛脚屋の友次郎であった。実は宿賃を紙に包んで帳場に置き、上り端へいって武助に声をかけた。

足拵《あしごしら》えをしながら、実は武助に向って、「おとわという女中に借りたものがあるが、大坂からの戻りに寄ると伝えてくれ」と頼み、勘定は帳場に置いてあると云《い》った。――友次郎は声をかけただけで、話しかけはしなかった。実の口の重いこと、あまりなかまづきあいをしないことは、よく知られていたからである。

外はまだほの暗く、空気は冷えていた。街筋には疎《まば》らに人や馬の往来が見え、炊《かし》ぎの煙がたなびいていた。

「おれは本気だったぜ」

棒の先で鈴が鳴り、彼は眼を据《す》えて自分に云った、「出来ごころや浮気《うわき》じゃなかった、これっぽっちの混りっけもない、しぜんななりゆきだった」

「おとわもそうだった」と、暫く歩いてから、また彼は呟いた、「ちっとも騒がなかったし、驚きも、いやがりもしなかった、そうだろう、そうじゃなかったか、ちっとでもいやがったか、――おとわも同じ気持だったんだ、そうでなくって、あんなにしぜんなりゆきはありゃあしない、たしかだ、おとわも同じ気持だったんだ」

惣門《そうもん》のところで彼は立停《たちどま》った。惣門では番士が竹箒《たけぼうき》を持って、橋の上を掃いており、堀《ほり》の水はすっかり明るくなっていた。

「引返そうか、引返して逢《あ》ってゆこうか」と彼は堀の水を眺めながら呟いた、「いや、帰りのほうがいい、宿の者にもぐあいが悪い、帰りに寄ったとき話すとしよう」

実は思いきったように橋を渡っていった。

# 四

あの子って云うのがどうしておかしいのさ、十七の年から知っていて、月に幾たびとなく顔を見ているんだもの、あたしにはいまでもあの子というよりほかに、云いようはありゃしないよ、あたしはあの子が自慢なんだ、飛脚をしていれば読み書きのできるのは、あたりまえだろうけれど、実さんはそれ以上によくものを知ってる。たとえばほら、お客なんかが「さような事を船中にて申さぬものに候《そうろう》」って云うでしょ。あれがどんな故事から出たものか、云っている当人がたいてい知りゃあしない。それを実さんは知ってた、あれは謡《うたい》の「舟弁慶《ふなべんけい》」にある文句で、本当は「さようなことをば船中にては申さぬことにて候」って云うんだってさ。

それからまた、「なんとかがなんとかして、いまだこれあらざるなり」だとか、「なんとかがどうとかして、せざるべけんや」なんて云う四角な字も読めるんだ。こんなこと人に云うんじゃないよ、あの子は秘し隠しに隠してるし、およそ、知ったかぶりの嫌《きら》いな子なんだから。

あのとおり口べたで、あいそっけがなくて人と話もろくにしない。はたの者にはひどく気むずかしい我儘者《わがままもの》のようにみえるだろうけれども、本当は思いやりの深い、よく気のつくやさしい性分なんだ。

何年かまえ、あたしが軀《からだ》をこわして八十日ばかり寝たことがあった。そのとき実さんは、往《い》きにも帰りにもみまいによってくれる、なにかしら手土産を持ってね。あの調子だからあんまり口はききゃあしない、土産物を置いて、黙って四半刻《しはんとき》ばかり坐《すわ》っていて、それから「じゃあまた、――」なんて云って、立ってゆくのさ。

七日ぎりという早飛脚のときでも、顔を見せないということはなかった。こんなことを数えたらきりがない、それにたいてい忘れちゃってるけどさ。あの子はそんなふうな、じつのこもった、情愛の深いところがあるんだ。

ただ一つ心配なのは、まだあの子はつまずいたことがない、今年の竹のようにすうっと、まっすぐに育ったままで、軀も心も無傷だということなんだ。そんなことで一生が送れるもんじゃない、年がいってからのつまずきはこたえるからね。え、ああわかったよ、もう一つ飲んだらゆくよ。あ、ちょっと、お客はだれとだれさ。

## 五

大坂からの帰りに、実《じつ》が相田屋へ着いたのは、夜の九時ころであった。実はすぐにおとわが出て来るものと思った。飛脚の扱いはほかの客と違っていて、早《はや》のときなどは、二刻とか一刻半とか、時間をきめて眠り、時間どおりに立ってゆく。食事もそのときによって、寝るまえに喰《た》べたり、起きてから喰べたりするし、雑用の世話も多い。

しかも、すべてがきちんと時間どおりに、はこばなければならないので、女中も番をきめて、一切の面倒を一人でみるようになっていた。——それで当然、おとわが出て来ると思ったのだがそうではなく、洗足《すすぎ》は下女が取り、部屋へとおしたのはおみよ、風呂《ふろ》を知らせて来たのはお松であった。

実はおちつかない不安そうな顔つきで、風呂へはいり、風呂場で髭《ひげ》を剃《そ》った。「どうしたんだ」と彼は剃り残った髭を指でさぐりながら呟《つぶや》いた、「病気で寝てでもいるのか、それとも、もうここからいなくなってしまったんだろうか」

部屋へ戻ると、お松が食膳《しょくぜん》の支度をしていた。実の顔がもっと不安そうになり、お松が話しかけるのを遮《さえぎ》って、おとわはどうしたのかと、さりげない口ぶりで訊《き》いた。

「あ、それで思いだした」とお松は立ちあがりながら云った、「おせき姐《ねえ》さんがうかがうから、御膳をあがるのは少し待って下さいって、そのあいだ飲んでいてもらうようにって云ってましたから、いまお酒を持ってまいります」

実は剃刀《かみそり》をしまいながら、胸ぐるしいような気分におそわれ、もういちどおとわのことを訊こうとしたが、訊くことができなかった。お松が出てゆくと、隣りの六帖《じょう》に客がはいった。

「なにかあったんだな」と彼は呟いた、「このまえのことでなにかあったんだ、あの晩のことが宿の者にわかって、おとわが出されでもしたんじゃないか」

実は深い息をし、立ちあがって張籠《はりご》を置き直した。

「風呂なんかいいや」と隣りで客の云うのが聞えた、「酒を飲むから支度をしてくれ、なにかうまい物を拵《こしら》えてな、それから酌人《しゃくにん》を二人ばかり呼んでくれ」

おつねという女中の声で、断わるのが聞えた。こちらは泊り客だけで、遊ぶのなら裏の別座敷へいってくれ、というのである。

「飲むだけならいいのか」と客がせっかちらしくきいた、「面倒くせえ、そんなら酌人はいらねえからここへ持って来てくれ」

実が坐ると、すぐに障子があき、酒の盆を持って、おとわがはいってきた、実は胸の奥がきりきりとなり、軀がふっと浮くように感じた。

おとわは盆を置いて挨拶《あいさつ》をし、それから、膳を寄せて、燗徳利《かんどくり》をその上へ置いた。挨拶をする声も低かったし、いちどちらっと実を見たきり、あとは俯向《うつむ》いたまま眼をあげず、まるで酔ってでもいるように、顔を赤らめていた。――実も赤くなり、すっかりあがって、眼のやり場もないというふうであった。おとわが燗徳利を持ち、実は盃《さかずき》を取ったが、すぐにまた置きながら、おせきの来るまで待とう、と云った。

「姐さんはいらっしゃいません」とおとわがうつむいたままで云った。

実は不審そうに云った、「だって、待っていろということづてがあったんだよ」

「でも、いらっしゃいませんの」とおとわが低い声で云った、「うかがえないからよろしくって、云っていました」

実はうなずいて盃を取った。おとわが酌をし、彼は飲んだ。どちらも気があがっているようで、ついすると酒をこぼし、そのたびに慌《あわ》てておとわが拭《ふ》いた。一本の酒が半ばになったとき、実が思いきったように顔をあげて、おとわを見た。

「このまえは、――」と云いかけて、あとが続かなくなり、彼はみじめに吃《ども》った、「このあいだは悪かった」

おとわはいそいで「いいえ」と首を振り、あとを聞くのが怖《おそ》ろしいとでもいうように、燗徳利を両手でつかんで、身を固くした。

「じつは」と彼が云った、「話が、——相談があるんだが」

するとおとわが「あの」とべつのことを訊いた、「友次郎さんという人をご存じですか」

「友次郎って」と彼が訊き返した、「紀梅の飛脚をしている男か」

おとわはうなずいた。

「知っている」と彼が云った、「顔を見れば挨拶をするぐらいのものだが、あいつがどうかしたのか」

「いいえ、ただ、——」とおとわは口ごもった、「ただ訊いてみただけです」

「あいつは口の多いやつだ」

「そうですか」とおとわが口の中で云った。

実は黙って飲んだ。話の腰を折られたのと、おとわがその話に触れられたくないようすなので、あとを続けることができなかったのである。彼は酒を一本でやめて、飯にした。隣りの客は独り言をいいながら飲んでいた。裏のほうには遊びの客が幾組かあるらしく、賑《にぎ》やかに三味線や唄《うた》の声がし、女中もそちらがいそがしいのだろう、隣りの客にゆっくり酌に坐る者もないようであった。

「客扱いの悪いうちだ」と隣りで独り言を云うのが聞えた、「金の有りそうな客のところばかりへばり付いて、こっちはほっぽり放しじゃあねえか、おらあそろそろ肚《はら》が立ってきそうだ」

その客が手を鳴らした。

「肚を立てちゃあいけねえと医者がいった」と、またその客がいった、「肚を立てると肝の臓が悪くなるからってよ、おれが肝の臓が悪くなるというのが、ここのうちの者にはわからねえのかな」

実は食事を済ませ、おとわが膳を片づけて去った。実が手洗いから戻って来ると、おとわが夜具を敷いており、隣りでおつねと客のやりあっているのが聞えた。

「肝が悪くなるって」とおつねが訊いていた、「虫でも起こるんですか」

「それは疳《かん》だ」と客がいい返した、「子供じゃあるめえし、この年で疳の虫が起こる道理があるかい、わからねえな、肝の臓だ」

おつねが「ああそうですか」といった。夜具を敷き終ったおとわが、口を手で押えて忍び笑いをし、実はそれをしおに、話したいことがあるんだが、といいだした。するとおとわは、急にまた軀を固くし、ええとうなずきながら、「でもそれは、この次にうかがいますわ」と囁《ささや》くようにいった。

「じゃあ次にしよう」と彼もうなずいた、「——怒ってるんじゃないだろうな」

おとわはかぶりを振った。

「じゃあこの次に」と彼は念を押すようにいった、「きっとだよ」

「ええ」とおとわはうなずいた。

六

次の上りで、実が相田屋へ来たのは、午《ひる》ちょっと過ぎたじぶんであった。こんどはおとわがすぐに出て来た。実はまた気があがってい、おとわも赤い顔で、まともに彼が見られないようであった。

「こんどは十日ぎりの早《はや》で、すぐに立たなければならないんだ」と彼は云った、「いや、草鞋《わらじ》はぬがない、午飯を喰《た》べて、ひと休みするだけなんだ」そして彼は声をひそめて、すばやく云った、「話は帰りにするよ」

おとわは黙ってうなずいた。

実は四日めに戻って来た。宵《よい》の七時ころで、おとわが洗足《すすぎ》を取り、部屋へ案内した。その夜は客がいっぱいで、隣りにも二人伴《づ》れが酒を飲んでおり、酔った声でなにか云いあっているのが聞えた。——実が風呂から出て、支度をしてある食膳の脇《わき》に坐ると、まもなくおせきが来て障子をあけた。

「お疲れさま」とおせきが廊下に立ったままで云った、「あたしは坐っちゃあいられないの、おとわちゃんがすぐ来るわ」

実は手拭《てぬぐい》で衿首《えりくび》を拭《ふ》きながら、まぶしそうな眼つきでおせきを見た。

「実さん、話は明日《あした》にしてちょうだい」とおせきが云った、「明日おとわちゃんが出られるようにするから、外で逢《あ》ってゆっくり話すといいわ、もちろん、あんたに暇があればだけれど」

「暇はある」と彼が答えた、「そのために一日分だけ詰めて来たんだ」

「いいわ、じゃあ高岩の弁天様で待つことにしましょう、知ってるわね」

実は首を振った。

「鉄炮場《てつぽうば》の上《かみ》よ」とおせきが云った、「新町で訊けばわかるわ、川っぷちの静かなところで、あんまり人も来ないから、話すにはちょうどいいと思うの、そこで待っていてちょうだい」

時刻は朝の十時、とおせきが云った。実は「わかった」とうなずいた。おせきはじっと彼の眼をみつめ、ふと微笑しながら、声をひそめて云った。

「しっかりやるのよ」

実は赤くなって、眼をそむけた。

おせきが去り、おとわが来た。待ち合せのことは聞いているのだろうが、おとわはそんなけぶりはみせなかったし、実もなにも云《い》わなかった。二人はこのまえよりもっと固くなり、実はそれをほぐすために、せかせかと盃をかさねた。

「あの竿池《さおいけ》はおめえ、底が泥《どろ》だぜ」と隣りでいっているのが聞えた、「おらあ砂地だとばかり思ってたんだが、じつは泥よ」

「そうかなあ、へええ」と伴れが答えた、「あの池がね、まさか泥とは、気がつかなかったなあ」

「うん、泥なんだ」と先の男がいった、「おらあてっきり砂地だと思ってたんだ、ところがおめえ、じつは底は泥なんだ」

実はふいに盃を置いた。その動作が突然だったので、おとわはびくっと身を反らせた。実は立ちあがって、片づけてある物をひろげ、腰掛の中から紙包を取出すと、膳の前へ戻って坐りながら、おとわの前へそれを置いた。

「つまらねえ物だが」と彼がてれたように云った、「気にいったら取っといてくれ」

おとわは包んである紙をひらいてみた。すると小さな桐《きり》の箱があらわれ、その蓋《ふた》に「古梅園」と書いた、短冊《たんざく》形の紙が斜めにはってあった。その字が読めたのだろうか、おとわは珍しく、いかにも嬉《うれ》しそうに微笑し、それを両手で持って胸へ押しつけた。

「古梅園の紅《べに》ね、うれしいわ」

実はてれた顔になり、「なに、つまらねえ」などと云いながら盃を持った。二本めの酒が終っても、口のほぐれるほど酔うけしきがなかったし、明日という約束があるので、実は飯にした。

「あの竿池がね、知らなかったなあ」と隣りではまだ話していた、「あの池の底が泥だとはさ、そいつはまったく気がつかなかったよ」

「泥なんだ、うん」ともう一人が云った、「どうしたって砂地としきゃ思えねえが、あれで底は泥なんだから」

実が寝てからも、その話は続いていた。竿池の底が砂地でなくて泥だ、ということが、二人のあいだで限りもなく繰り返され、実はこちらで、それを聞きながら眠ったようであった。

明くる朝、彼はおそく相田屋を立った。——九時まえだろうか、教えられたとおり新町で人に訊いて、約束の場所へいった。そこは田圃《たんぼ》のまん中で、萱生川《すごうがわ》に面しており、対岸には樹《き》の茂った小高い丘があった。高岩弁天は小さな社《やしろ》で、松林に囲まれており、そこから川の岸までは、草の伸びた空地がひろがっていた。

古びた社殿をひとまわりしてから、実は空地のほうへ出てゆき、川の見えるところで、草の上へ張籠《はりご》をおろし、自分もその脇へ腰をおろした。彼は両手で膝《ひざ》を抱え、眼を細めながら、対岸の松の茂っている丘を眺めやった。おとわの来るまで、実はその恰好《かっこう》のまま動かずにいた。――おとわは静かに来た。草履をはいているので、足音は聞えなかったし、そばへ近よっても、すぐには声がかけられなかった。

「おそくなってごめんなさい」とようやくおとわがいった。

実はその声で初めて気づき、振返って、「ああ」といった。おとわは小さな風呂敷《ふろしき》包《づつみ》を抱えてい、硬《こわ》ばった顔で微笑した。実はまわりを見まわして、草の茂っている処《ところ》を指さした。

「なにか敷こうか」

「いいえ」とおとわはかぶりを振り、そこへ横坐りになりながら云った、「おせき姐《ねえ》さんに、お使いを頼まれて来ましたの」

「長くはいられないんだな」

「ええ、いいえ」とおとわはまたかぶりを振った、「姐さんがうまく云って下さるそうですから」

実はうなずいて、そのまま黙り込んだ。おとわは包を片手で膝の上に抱え、片手を伸ばして、草を摘み取った。

「あかまんまだわ」とおとわは口の中で呟《つぶや》いた。

「おれは来年の秋に店を出す」と実がやがて口をきった、「いまいる島十というのは、伯父がやっているんだ、店は浅草の森田町にあるんだが、その伯父の世話で、来年の秋には店を出すことになっているんだ」

おとわはそっとうなずいた。実はそこで話を区切り、うつ向いて、草をむしりながら、暫《しばら》くのあいだ云いよどんでいた。

「あの晩は」と実が云いだした、「あの初めての晩、おれは本気だったんだぜ」

おとわが身を固くした。

「はいって来たおめえを見たとき、おれは古くから知っていたような、古い馴染《なじみ》のような気がして、どきっとした、その、どきっとした気持は、初めて会ったんだとわかってからも消えなかったし、いまでもこの胸の奥に残ってる」と彼は俯向《うつむ》いたままで云った、「——夜なかにあんな、むりなことをしたのは悪かった、けれども、決して出来ごころや、浮気《うわき》じゃあなかった、おれは本気だったんだ」

おとわが「ええ」と云った。よくわかっているという意味が、かなりはっきり感じられるこわ音であった。

「おれは一人だ」と実はまた暫くまをおいて続けた、「ふた親もなしきょうだいもない、近い親類は島十の伯父一家だけだし、それも来年の秋に店を出せば、そううるさくつきあうこともない、だから、しょうばいのほかのことで、苦労するようなことはないと思うんだが、おめえ、嫁に来てもらえねえだろうか」

実は頸《くび》から赤くなり、耳のところまで赤くなった。

「ええ」とおとわが云った、「あたし、そのつもりでした」

実はこっくりとうなずき、夢中で草をむしりながら、次に云う言葉を捜していた。そして、やがておとわのほうを見て訊いた。

「おめえ、うちのほうはどうなんだ」

「なんにも心配はありません」

「おれはなんとでもするぜ」と実は熱心に云った、「おれには親きょうだいがないんだから、そっちの事情によっては仕送りもしようし、おれに出来ることで必要なことなら、なんとでもするから話してみてくれ」

「そんな心配はないんです」とおとわが云った、「あたしも身一つなんですから」

「本当だな、隠してるんじゃないだろうな」

おとわが実に振向いた、「どうしてそんなことを仰《おっ》しゃるの」

「初めになにもかもはっきりしておきたいんだ」

「あたしのほうははっきりしています」とおとわが云った、「あなたが来いと仰しゃれば、その日すぐにでも、いっしょにゆけます」

実はうなずいた。もう話すことはない、彼はなにかほかに云っておくことがあるかと、暫く考えていて、それから云った。

「来年の秋までだけれど、いいな」

「ええ」とおとわが云った、「二年でも三年でも、——」

実は頭を垂れた。それは無言の礼のようにみえ、そのまま二人は黙ってしまった。どちらも話すことが胸にいっぱいで、しかも、どう話したらいいかわからないというようすであった。おとわはさっき摘み取った草の花を、ぼんやりと眺めていて、それからかなり長く経《た》ってから、ぽつんと云った。

「こういう草、江戸のほうにもあるかしら」

実は眼をあげて見た、「あるよ、江戸ではあかまんまっていうんだ」

「こっちでもそうよ、小さいじぶん、これでよくおまんまごとをして遊んだわ」

「江戸には花の白いのもある、それはしろまんまっていうんだ」と実が云った、「おれもよくおまんまごとのなかまに入れられて、むりやり旦那《だんな》にされて困ったことがある」

「こわい旦那さまだったでしょうね」

「かみさん連中のほうがこわかったぜ」

「そうかしら」

短い沈黙ののちに、おとわがくくと含み笑いを始めた。さも可笑《おか》しそうで、なかなか笑いが止らず、実はどうしたのかと、けげんそうな眼つきで振向いた。

「ごめんなさい」とおとわが指で眼を押えながらいった、「あたしたち、ほかに話すことがないのかしらって思ったら、急に可笑しくなってしまって、——」

「まったくだ」と実は苦笑した、「おまんまごとの話をする場合じゃなかった」

おとわは笑い続け、実もそれにさそわれたように、笑いながら張籠へ手をやった。

「そろそろでかけよう」と彼は云った、「おれはこのとおり、話の継ぎ穂ということもわからねえ人間だ、頼むよ」

「ええ」とおとわはうなずき、それから口の中で囁《ささや》くように云った、「——あたしこそ」

七

冗談いっちゃいけないよ、あの子が女にちょっかいを出さないのは、女嫌《おんなぎら》いなんてきざなもんじゃない、浮気がいやで、本当の愛情が欲しいからなんだ。

あの子は七つの年に父親に死なれ、母親といっしょに伯父さんに引取られた。伯父さんは母親の兄さんで、そう、「島十」はその人の店なのさ。伯父さんはあの子を不憫《ふびん》がって、じつの子よりも可愛《かわい》がったそうだけど、伯母という人はたいそうしっかり者だそうだし、五人も子供があるから、どうしたって実さんだけ別扱いにはできやしない。

おまけに、あの子が十一になると、母親も亡《な》くなってしまい、こんどは伯母という人がはっきり口をきくようになった。あの子は子守りから薪割《まきわ》り、拭《ふ》き掃除から洗濯《せんたく》までさせられたらしい。いっそ、他人のうちならいい、年季奉公ならべつだけれど、伯父甥《おい》の仲でいて、奉公人同様に追いまわされるのは辛《つら》いよ、考えてみるだけだって辛いもんだ。

それでもあのとおり、実さんはまっすぐに育った。いじけたところやひがんだところはこれっぽっちもないし、そんな苦労をしたとは思えないほど、うぶで生一本《きいっぽん》じゃないの。

ただね、あの子はしんみな愛情というものを知らない。伯父さんのうちでした苦労は、かえってあの子の生れついた性分をよくしたといえるようだけれど、しんみの本当の愛情だけは足りなかった。

あたしにはそれがわかるんだ、あれだけ女たちに云いよられても、決して手を出さなかったのはそのためだと思う。あの子だって男だから、まさか女を知らないわけじゃないだろう、遊びぐらいしたことはあるに相違ないさ。でも据膳《すえぜん》においそれと箸《はし》を出すような、けちなまねはしなかった。そんな摘《つま》み食《ぐ》いや浮気なんかに決して用はない、あの子の欲しいのは、本当の愛情なんだよ。

いいえ、わからない。それは知らないよ、ことによるともうみつけたかもしれない、そういう相手をみつけたとすれば、あの子はきっと、どうどうとやる。人にうしろ指をさされるようなことは決して、しやあしないよ。いいともさ、あたしは賭《か》けてみせるよ。

## 八

年が暮れ、年が明けた。実《じつ》とおとわの仲は誰《だれ》にも気づかれなかったし、変ったことも起こらなかった。二月になったばかりのある日、実は夜の十時すぎになって、相田屋へ着いたことがある。彼は洗足《すすぎ》をしながら、おとわに云った。

「十日ぎりの早《はや》だが、詰めて来たから明日は四時でいいよ」

「御膳はあがりますか」

「酒を少し飲もう」と実が云った。

風呂はもう汚れていたので、おとわが湯を取り、実はざっとほこりをながすだけで済ませた。裏は例によって、三味線や唄《うた》の声で賑《にぎ》やかだったが、こちらは泊り客も少ないとみえ、どの部屋もひっそりとしていた。おとわが酒の支度をして来ると、実はそこへ反物を出していて、おとわに渡した。それまでに着物地を二反、羽折地《はおりじ》を二反貰《もら》っているので、おとわは受取りながら当惑したような顔をした。

「どうしたんだ」と実が訊《き》いた、「気にいらないのか」

おとわは微笑しながら首を振った、「そうじゃないんです、こんなにいただくと、人にみつかったとき困ると思って、――あたしこれまでいただいた分だけでも、隠すのに苦労しているんですよ」

実は腑《ふ》におちない顔つきで、黙っておとわをみつめた、その視線に気づいたのであろう、おとわは反物をそこへ置き、燗徳利《かんどくり》をとって、酌《しゃく》をしながらいった。

「あなたが、来いと仰しゃるまで、あたしたちのことは誰にも知られたくないんです」

実は納得がいかなそうに訊いた、「知られてはぐあいの悪いことでもあるのか」

「いいえ」とおとわはかぶりを振り、羞んで、眼を伏せながらいった、「二人のことは二人だけで大事にしていたいんです、縁もない人たちになにか云《い》われたりすると、あたしたちだけの大事なものが、よごれてしまうような気がするんです」

実はうなずき、もういちどうなずいて云った、「わかった、じゃあこれは持って帰ろう」

「いいえ、それでは荷になるでしょうし、せっかく持って来て下すったんですからいただきますわ、でも、どうぞこれからはこういう心配はなさらないで下さい」

実は「うん」とうなずいた。

その夜、実は始めて酒を三本飲み、初めて酔った。自分でもわかるほど機嫌《きげん》よく酔い、ひどく心がはずんだ。二人のことは二人だけで大切にしてゆこう、というおとわの言葉がよほど胸にしみたらしい、おとわを見る彼の眼は、うるんで、熱を帯び、口では云えない感動をあらわすかのように、幾たびも深い太息《といき》をもらした。

夜具を敷いてもらって横になったのは、もう十二時を過ぎたころで、別座敷の絃歌《げんか》の声も聞えなくなっていた。酔いざめの水を枕許《まくらもと》に置き、行燈《あんどん》を暗くして、おとわは出てゆこうとした。おやすみなさい、というおとわの声を聞いて、実も「おやすみ」と答えながら、枕の上からおとわを見た。おとわはほほえんでみせた。自然にうかんだものではなく、彼に向ってほほえみかけるという感じだった。

実はおとわのほうへ手を伸ばした。おとわはそっとかぶりを振り、彼は手を引込めようとした。するとおとわが膝《ひざ》ですりよって、彼の手を握った。おそれるように、そっと握った手はふるえていて、それが実の気持を激しく唆《そそ》った。

実は起きあがって抱こうとし、おとわはそれを拒んだ。両手で実の腕をはらいのけ、おびえたように身をずらせ、実が戸惑った顔で腕をおろすと、こんどはおとわが彼の膝へうつぶしてしまった。彼はおとわの背へ手を置いた。

おとわの軀《からだ》は石のように固く、そしてはっはっと、苦しそうに荒い息をしながら、軀ぜんたいでふるえていた。

彼は眼をつむった。このぶきようなあらそいは、自分がもう一と押しするだけで片がつく。それはわかっているけれども、石のように固くなったおとわの軀と、軀ぜんたいでふるえているのを知ると、彼にはそれ以上どうすることもできなかった。

「悪かった」と彼が囁《ささや》いた、「ごめんよ」

「ごめんなさい」とおとわがふるえながら囁き返した。実はうなずいて云った。「寝るから、いっておやすみ」

「ごめんなさい」ともういちどおとわがささやいた、「怒らないでね」

「あやまるのはおれのほうだ、さあ、いっておやすみ」

彼はおとわの背中をそっと押した。

初めて逢《あ》ったときに契《ちぎ》ったことが、まるで現実のことではなかったように、その後は二人とも臆病《おくびょう》になり、日の経《た》つにしたがって、どちらも相手に遠慮ぶかくなった。惹《ひ》かれる気持はしだいに強くなるのに、手が触れてもびくっとし、顔が赤くなるというふうである。

こうして二月も過ぎ、三月になったが、このあいだに二度、いやなことを耳にした。いちどは、「紀梅」の友次郎にからかわれたのである。駿河《するが》の江尻《えじり》の宿で、午《ひる》の弁当をいっしょに喰《た》べたのだが、そのとき友次郎はにやにや笑いながら、「いいのができたようだな」とあごをしゃくった。実は黙っていた。

「おめえほどの堅物でも、かなわねえことがあるんだな」と友次郎はいった、「しかし、気をつけたほうがいいぜ、海道筋には尻尾《しっぽ》の裂けたような狐《きつね》が出るからな」

実が静かに振向いた、「狐がどうしたって」

「忘れずに眉毛《まゆげ》を濡《ぬ》らしとけっていうことさ」

実はきっとした声で云った、「——狐たあ、だれのことだ」

友次郎は実の怒った眼にたじろいだ。

「だれだったって、おれは、ただ」

「だれが狐だっていうんだ」と実はひそめた声でたたみかけた、「そんなことを云う以上、相手がだれだかわかってるんだろう、云ってみろ、どこのだれなんだ」

「そう怒るなよ、こんなことでそうむきになるやつがあるかい」と友次郎が云った、「おめえにはうっかり冗談も云えねえんだから」

「いまのは冗談か」

「冗談だよ」と友次郎が苦笑した、「しかしさ、そう怒るところをみると、なにかあることはたしからしいな」

実はふきげんにそっぽを向いた。

「おめえ、語るにおちたぜ」と友次郎は巧者に話をそらした。

二度めは相田屋で泊った晩。隣りに客が二人はいって、酒を飲みながら女の話を始めたが、そのなかで、おとわのことに触れるのを聞いた。かれらは女中や妓《おんな》たちのことを無遠慮にしなさだめしたうえ、もっともいろごとに脆《もろ》いのは、「おとわのような女だ」と云いだした。

「そいつは眼ちがいだな」と一人の客は反対した、「あんな沈んだような愁《うれ》い顔《がお》の、あいそもろくさまいえないような女が、いろごとに脆いなんていうことはないよ」

「じゃあためしてみるさ」ともう一人がいった、「見かけのいろっぽい女より、ああいうしんとしたじみな女のほうが、かえってそのことにかけては達者なんだ、やってみろよ、黙ってつかまえれば文句なしだぜ」

## 九

実はいやな気持になった。初めておとわと逢ったときの、明けがたの出来事を思いだしたからである。

――黙ってつかまえれば文句なしだ。

かたちはそのとおりである。そうなるまえに、お互いの気持が深く通じあったことはたしかだが、そうなったかたちはその客の言葉どおりであった。

「ばかな」と実は強く首を振った、「それだから、どうだっていうんだ、おとわが相手構わずそんなことをするとでも思うのか」

「おい」とまた彼は自分に云った、「おめえやきもちをやいてるらしいな、しっかりしろ」

四月にはいったある日、――実が昏《く》れがたに相田屋へ着くと、おみよが出て来て洗足《すすぎ》をとった。彼はべつに気にもとめず、部屋へとおり、風呂《ふろ》へいった。しかし、食膳を持って来たのもおみよだったので、おとわはどうしたのか、と訊いてみた、「おとわちゃんでなくって、お気の毒さま」とおみよはながし眼《め》に彼を見た、「たまに一度ぐらいあたしだっていいでしょ、それとも、どうしてもおとわちゃんじゃなければいけないんですか」

「いいさ」と彼は云った、「おれはただ、どうしたのかと訊いただけだ」

「すなおね」とおみよが笑った、「あの人、弟が病気だってうちへ帰ったのよ」

実は眼を細めておみよを見た。

「病気じゃない、けがだわ」とおみよが云った、「木から落ちたっていったかしら、お午《ひる》まえに妹さんが迎えに来て、いっしょにでかけていったの、おそくとも明日《あした》は帰るでしょ」

「――妹や、弟が、あるのか」

「五人きょうだいよ、知らないの」とおみよは云った、「おっ母さんにおとわちゃん、その下に妹二人と、弟が二人いるんだって、あの人も考えてみればたいへんだわ」

実は眼をそらしながら訊いた、「うちはここから遠いのか」

「大平川の手前を北へのぼった、台仙寺《だいせんじ》っていうところですって、たしかその庄屋《しょうや》さまの地内にいるって聞きましたよ」おみよは笑いながら云った、「みまいにいってあげるんでしょ」

「飯にしよう」

彼は立ってゆき、濡れ手拭《てぬぐい》を掛けて戻《もど》ると、すすまない手つきで箸をとった。

「その、――」と彼は茶碗《ちゃわん》を受取りながら、さりげない調子で訊いた、「その、おふくろさんと四人きょうだいの世帯《しょたい》を、全部ひとりで背負ってるのか」

「へんな噂《うわさ》もあるけれど」とおみよが云った、「そんなこともないでしょ、おっ母さんや上の妹さんは賃仕事をしているらしいし、下の子たちだって使い走りぐらいするでしょ、おとわちゃんひとりでなんて、とても背負いきれるもんじゃありませんよ」

「へんな噂があるって」

「やっかんで云うんでしょうけれどね、その庄屋さまがあの人に首ったけで、月づき貢《みつ》いでいるとかなんとか、うるさいことを云う人があるんですよ」とおみよが云った、「むろんあたしなんか、おとわちゃんをそんな人だとは決して思やしませんけどね」

実は黙って、一杯だけ喰べて、箸を置いた。

「あら、もうあがらないんですか」

「お茶をくれ」と実が云った。

明くる朝、実は四時に相田屋を立った。そうして、それっきり、彼は相田屋へ姿をみせなくなった。

実は泊る宿場を変えて、その城下町は素通りをするようにした。予定が狂って、その城下で泊るときは、相田屋のある伝馬町《てんまちょう》を避け、六地蔵町の、千ぐさ屋というのに宿を取った。――こうして四十日あまり経った。その年は五月になっても晴れ続きで、から梅雨になるらしいといわれていたが、下旬に近いある夜、千ぐさ屋に泊っている実のところへ、とつぜんおせきがあらわれた。

そのときは早《はや》ではなかった。宵《よい》の九時ごろに宿を取り、風呂をあびたり食事をしたりして、横になるとほどなく、階段をあがる足音がし、「八番だろう、わかってるよ」というおせきの声が聞えた。荒い足音とその声とで、それがおせきであり、酔っているということはすぐわかった。八番ということは、階段口の脇《わき》にある彼の部屋のことである。実はすばやく起きあがって、寝衣《ねまき》の衿《えり》をかき合せた。

おせきは黙って、乱暴に障子をあけた。実は手を伸ばして、行燈を明るくした。おせきはじっと彼を睨《にら》んでいて、それから階段のところへゆき、大きな声で女中を呼んだ。

「もとちゃんお酒をちょうだい、肴《さかな》なんかいらないから、大きいのを三本ばかり持って来てよ、冷《ひや》でもいいから早くね」

そして、戻って来て部屋へはいり、障子を閉めてぺたっと坐《すわ》った。相当に酔っているのだろう、いつもとは違って顔色が蒼《あお》く、軀が不安定にぐらぐら揺れた。

「悪いいたずらをするやつがあるもんだ」とおせきは云った、「それでも取りっ放しじゃなかったからまだしもだけれど、——おひやはないの、実さん」

「持って来させよう」

「それには及ばないよ、これから飲むんだから」と云って、おせきは頭をがくっとさせた、「——おまえさんの泊る七番にあった鶴《つる》が、かえって来たのを知ってるかい」

実はその意味がすぐにはわからなかった。

「青銅《からがね》の鶴だよ、忘れたのかい」とおせきが云った、「縮緬屋《ちりめんや》の重兵衛《じゅうべえ》っていう客が持ってっちゃったんだ、このあいだ返して来たんで、またあの床間に置いてあるよ、——なぜこんなことを話すかわかるかい」

実は黙っていた。女中があがって来、声をかけて障子をあけた。

「お燗《かん》のついたのだけ持って来ました」と女中は燗徳利をのせた盆をそこへ置いた、「あとはついたらすぐに持って来ます」

「盃《さかずき》なんかじゃだめよ」とおせきが乱暴に云った、「湯呑《ゆのみ》と、それからおひやをちょうだい」

もともという女中が戻って来るまで、おせきは黙って、ぐったりと頭を垂れていた。もとが来ると手を振って追いたて、まず水差の口からじかに、喉《のど》を鳴らして水を飲んだ。

「さあ、——」とおせきは燗徳利を取りながら云った、「云いたいことを聞こうじゃないの、いったいどういうわけなのさ」

実は腕組みをし、低い声で話しだした。

「聞えないよ」とおせきが遮《さえぎ》った、「もっとちゃんと、はっきりした声でいってちょうだい」

「おれは台仙寺へいったんだ」と彼は声を少し高めて続けた、「そして、みんな聞いたんだ、あれには母親があり、妹と弟が四人いて、そうして庄屋の持ち家に住んでるし、庄屋の世話になっている」

「おまけに庄屋が、おとわちゃんを妾《めかけ》に欲しがっている、っていうんだろう」

実は首を振った、「妾じゃあない後妻だ、庄屋は五年まえかみさんに死なれて、そのあとへおとわを欲しがっているということだ」

おせきは「へえ」と云い、湯吞に注《つ》いだ酒を呷《あお》った。

# 十

「へえ、そうかい」とおせきが云った、「あの子は実さんといっ
「それだけのことであの子から逃げたのかい」

「初めにおれは訊《き》いたんだ、嫁に来てもらうつもりだから訊いたんだ」と彼は吃《ども》りながら云った、「おれにできる限りのことはする、なにか困るような事情はないか、親きょうだいはどうだ、おれには親もきょうだいもないから、場合によったら引取ってもいいって、念を押して訊いたんだ、——おとわは、なんにもないって云った、自分も一人ぼっちで、親きょうだいはない、身ひとつだからいつでもゆける、決してそんな心配はいらないって云ったんだ」

おせきは黙って二杯めを飲んだ。

「——どうしてそんなことを云ったんだろう」とおせきは首をかしげながら呟《つぶや》いた、「おかしな子だね、どうしてだろう」

「あいつは来る気はなかったんだ、それが台仙寺へいってみてわかった、これだけの事情があって、そこからぬけることはできゃあしない、おれといっしょになる気はなかったんだ」

「どうしてじかに話してみなかったの」とおせきが云った、「あの子は実さんといっ

しょになるって云ったんでしょ」

「本当にその気なら嘘《うそ》はつかないはずだ」

おせきは三杯めを飲んだ。

「あの子はね、実さん」とおせきは低い声で云った、「おとわちゃんは、庄屋へ後妻にゆくことになったんだよ」

実は黙っていた。

「あたしにはわかる、あの子はなに一つ云わない、悲しいようなそぶりもみせやしないけれど、どんなにあんたを想《おも》っていたか、あんたが来なくなってどんなに悲しがっていたか、あたしには切ないほどわかるんだ」とおせきがのど声で云った、「あの子のうちはもとはよかった、田地も三十町歩くらいあったし、ほかに山も持っていたそうよ、あの子は読み書きもできるし、お茶や花もやり、琴も弾けるんだ、それを、父親という人が道楽者で、すっかり遣いはたしたうえ、四十まえの若さで卒中で死んだ、残ったのは借金ばかりで、おまけに去年の秋ぐちには自火を出して、家屋敷がすっかり灰になっちまった、——庄屋があの子を後妻に欲しいと云いだしたのは、そのときのことだっていうわ、でもあの子はそれをいやがって、相田屋へ奉公に来たのよ、もしも、……あの子がもしも後妻にゆくつもりだったら、女中奉公になんぞ来るわけがないじゃないの、そうじゃないの、実さん」

「おとわちゃんが後妻にゆく気になったのは」とおせきは続けた、「その気になったのは実さんのためよ、あんたが来なくなり、もう望みがないと思ったからよ、あたしにはそれがちゃんとわかるんだ、可哀《かわい》そうだとは思わないの、実さん」

実はうつ向いて、腕組みをして、黙っていた。

「可哀そうとは思わないの」とおせきが繰り返した、「この月いっぱいで、おとわちゃんはいってしまうのよ、それでもいいの」

実は黙っていて、やがていった、「おれにはもう、いうことはないよ」

「それっきり、――」とおせきが云《い》った。

実は黙ってうなずいた。

「じゃあ、あたしから頼むわ、いちどだけおとわちゃんと逢《あ》ってちょうだい」とおせきがいった、「場所は高岩弁天、このまえのところよ、明日《あした》の朝七時にあの人を待たしとくわ」

実は「いやだ」と云った。

「あたしが頼んでもだめなの」

実は暫《しばら》くしておせきを見、「床間の鶴は返ったかもしれないが、――」しかしそこ

で彼は首を振った、自分の言葉をうち消すように首を振り、そして低い声で続けた、

「おせきさんには済まないが、おれはいやだ、おれは逢わない」

おせきは黙って実の顔を見てい、それから燗徳利を取ったが、酒はもう湯呑の半分もなかった。

「もとのやつ、あとを持って来ないつもりだな」とおせきは呟いてその酒を飲み、実に向って「そうかい」といった、「それならそれでいいよ、あたしはおまえさんをみそくなっていたようだ、おまえさんにはじつがある、ほかの男たちとは違って、しんそこ情のある人だと思っていた、人にもそう云って自慢してたんだ、ばからしい、そんならそれでいいよ」

おせきは立ちあがった。

「お邪魔さま、御馳走《ごちそう》さまとは云わないよ」とおせきは云った、「この酒の代は下で払ってゆくからね、あたしに学があれば云ってやりたいことがあるんだけれど、――ああくやしい」

おせきはよろめきながら出ていった。

障子はあけたままで、階段をおりてゆき、女中たちになにかどなるのが聞えた。実は組んでいた腕をとき、立ちあがって障子を閉めた。そして、行燈《あんどん》を暗くしていると、

また階段をどたどたと乱暴に登って来て、おせきが障子をあけた。

「いうまいと思ったけれど」とおせきはよろよろしながらいった、「どうしてもいわずにはいられないからいってしまう、実さん、おまえ初めてあの子と逢ったときのことを覚えているかい」

実は片膝《かたひざ》をついたままうなずいた。

「けれども知らないだろう」とおせきが云った、「あのときおとわちゃんの下の物が、よごれていたのを、知らないだろう」

実は訝《いぶか》しそうな眼をした。

「あたしはこの眼で見たんだ」とおせきが云った、「女の一生で初めての、それもたった一度しきゃないよごれなんだ、どういうことだか、わかるかい」

実の立てていた片膝がゆっくりとおり、彼は無表情に壁のほうを見た。

「おまえさんは来なさんな」とおせきは調子を変えて云った、「あたしはあの子をやるよ、明日の朝の七時、おとわちゃんを高岩の弁天様へやるよ、おまえさんは来なさんな」

おせきは障子を静かに閉めて去った。

明くる朝の七時まえ、——実は高岩弁天の境内にいた。もう陽《ひ》はかなり高く、松林の向う、萱生川《すごうがわ》の流れの上で、二羽の鵜《う》が水にもぐったり、舞い立ったりしていた。実は脇に張籠《はりご》を置き、松の幹によりかかって、その鵜のすることをぼんやり眺めていた。

「もう刻限だ」と彼は呟いた、「来やあしねえさ」

だがまもなく、人のけはいがするように思い、振向くと、おとわがさっさっとした足どりで、こっちへ来るのが見えた。おとわは硬《こわ》ばった顔つきで、さっさっと、まっすぐにこちらへ来、実のそばへ来ると微笑した。

「また待って頂いたのね、ごめんなさい」

「ひと眼、逢いたかったんだ」と実はぎごちなく云った、「それに、訊きたいこともあったんで、それがもしなんなら」

「ええ、姐《ねえ》さんから聞きました」とおとわがうなずいた、「親きょうだいのことで嘘をついたって、怒ってらっしゃることは聞きました、でもあたし、……嘘は云わなかったんですよ」

「嘘じゃなかったたって」

「ええ、あのときは本当だったんです、あのときのあたしの気持には親もきょうだいもなかったんです、あなたといっしょになれるんなら、親きょうだいは棄《す》ててもいいと思ったんです」と云っておとわは微笑した、「――嘘をついたのでも隠したのでもなく、あたし本当の気持でそう云ったんです」

実は息を止めておとわを見た、おとわは微笑していた。実は止めた息をごく静かに吐き、それにつれて頭を垂れた。それから、頭を垂れたままで、「おれは」と云いかけたが、おとわがそれを遮《さえぎ》った。

「いまは違います」と彼女は云った、「いまのあたしには親きょうだいがあるし、義理も背負ってしまいました、いまはもう勝手なまねはできませんの、――どうしてかということは姐さんからお聞きになったと思います」

「金のことならおれが」と実が云いかけた。

「いいえ」とおとわは強くかぶりを振って遮った、「お金や義理もありますけれど、あたしの気持がもう、そういうものからぬけだせなくなったんです、ごめんなさい、こんなこと云ってはいけないんでしょうけれど、嘘をついたと思われたままでは、どうしても気が済まなかったものですから」

「悪かった」

「いいえあやまってはいや、あやまってもらうことなんかありませんわ、ただわかって下さりさえすればいいんです」

実はほとんど聞きとれないほどの声で、「おれが悪かったよ」といった。

「ではあたし帰ります」とおとわは彼からはなれた、「用をそのままにして来ましたから、これであたし失礼します」

実は頭を垂れたままでいた。

「さようなら」と云って、おとわは歩きだし、もういちど明るい声で云った、「さようなら」

実は身動きもしなかった。

## 十一

帰って来て、あの人は初めて泣いた。まだ寝ていたあたしのところへ来て、身もだえをして泣いたよ。それまでは泣くどころか、悲しそうな顔つきさえみせなかったのにね。

あたしは起きて話を聞いた。あの子はすっかり話したよ、あたしは聞いていて眼がさめた。まるで水でもあびたあとのようにさっぱりして、ふつか酔いもきれいにさめちまった。

それからあたしは云ってやった、「おとわちゃんいっておやり」ってさ、二人はいっしょになるのが本当だ、これからすぐに追っかけておいで、ってさ。あの子は泣きながらかぶりを振った。本当にもうだめなのよ、姐さん、いまになってはどうにもならないってこと、姐さんにもわかるでしょって泣きながら云った。それであたしは立ちあがって、鏡筥《かがみばこ》をあけて、鏡の下に入れておいた物を出して、あの子の前へ置いてやった。あかまんまさ、あの子が実さんと初めて弁天さまで逢って、帰ったときに持って来たんだ。あの子にはなんの気持もなかったんだろう。そこへ置いていったのを見て、あたしはそっと拾いあげた。二人が初めて逢引《あいびき》をして、おまんまごとの話をしたっていうのを聞いたら、自分の小さいころを思いだしたんだね、なつかしいような、切ないような気分になって、この中へしまって置いたのさ。あの子はびっくりしたような眼で、あたしの顔を見あげた。あたしはいってやった、「あのときのあかまんまだよ、忘れたのかい」って。

あの子はぽかんと口をあけた、そこでまた、あたしは云ってやった、「あとのことはどうにでもなる、そのままでいいから追っかけておいで」って、「それであんたの一生がきまるんだよ」ってさ。え、ああ知ってるよ、お客の呼んでいることは知ってるよ、これだけ飲んだらゆくから待たしといて。大丈夫だってばさ、うるさいね。うん、――あの子は、おとわちゃんはとびだしていった、ひと言「姐さん」と云ったきり、それこそ面《おもて》もふらずという恰好《かっこう》でとびだしていったよ。いまでもそう思う、あのときあたしは、人の一生のきまるところを見たんだってね。

もちろん、うまくいってるさ、実さんが店を出してから、もうそこそこ一年になるだろう、ああ、そうだよ、いまやって来る福さんていうのが、実さんの店の人さ。それではひとつ、今夜の稼《かせ》ぎにかかろうかね。

（「週刊朝日別冊」昭和三十二年六月）

# あだこ

一

曾我十兵衛《そがじゅうべえ》はいきなり小林半三郎を殴りつけた。

そのとき半三郎は酒を飲んでいて、十兵衛が玄関で案内を乞《こ》う声を聞いた。誰《だれ》もいないのだから出てゆく者はない。十兵衛は高い声で三度呼び、それから玄関の脇《わき》の折戸をあけて、庭へはいって来たのだ。

――津軽から帰ったんだな。

半三郎はそう思いながら、あぐらをかいたまま飲んでいた。庭へはいって来た十兵衛は、縁先に立ってこちらを睨《にら》んだ。長い旅のあとで、肉付きのいい角張った顔が逞《たくま》しく日にやけており、その大きな眼《め》には怒りがあらわれていた。

「やあ」と半三郎が声をかけた、「帰って来たのか」

すると十兵衛は沓脱《くつぬぎ》から縁側へあがり、刀を右手に持って座敷へはいって来た。大《おお》股《また》に近よって来る足つきで、彼が察したよりもひどく怒っていることを、半三郎は認めた。十兵衛は膳《ぜん》の前に立って、上から半三郎を見おろした。

「こんなざまか」と十兵衛が云《い》った、「こんなざまだったのか」

そして刀を左手に持ち替えると、右手をあげて半三郎を殴った。平手打ちであるが、高い音がし、半三郎の顔がぐらっと揺れた。

「そんなことをしてなんになる」と半三郎は持っている盃《さかずき》を庇《かば》いながら云った、「酒がこぼれるばかりだぜ」

十兵衛の荒い息が聞えた。かなり強い平手打ちだったが、半三郎は少しも痛いとは感じなかった。十兵衛の荒い呼吸はそのまま怒りの大きさを示すようであったが、これまた半三郎には少しの感動をも与えなかった。

十兵衛は坐《すわ》って刀を置いた。半三郎は盃を呷《あお》って、さしだしたが、十兵衛は眼もくれずに云った。

「どうする気だ」

半三郎は答えなかった。

「おれは昨日帰った、秋田と三枝《さえぐさ》と安部《あべ》が来て、三人で夕飯を喰《た》べた」と十兵衛は云った、「そのときすっかり聞いたが、おれはすぐには信じられなかった」

「おれの気持は話してある筈《はず》だ」

「それは二年まえのことだ、二年まえ、あのことがあったときに聞いたんだ」と十兵衛は云い返した、「去年おれが国目付《くにめつけ》を命ぜられて津軽へ立つまえ、二人だけで話した、もういい、このへんできまりをつけてくれ、これ以上はみぐるしいぞとおれは云った、そのとき小林はおれもそう思うと云った、おれもそう思うと云ったことを覚えているぞ」

「いまでも同じだ」と半三郎は高い空を風が渡るような声で云った、「自分がみぐるしくないなんて思ったことはいちどもないよ」

彼はそう答えたのだ。やけでも、自嘲《じちよう》でもなく、自分の気持を正直に述べたのである。

十兵衛は小林の家柄《いえがら》を考えろと云った。それも当然出てくる言葉なのだ、小林の家は祖父の代までは百石《こく》あまりの小普請《こぶしん》にすぎなかった。それを父の半兵衛の代で、二百二十石余の書院番にまで仕上げた。父は酒も煙草《たばこ》ものまず、勤勉と倹約で一生を押しとおした。九年まえに母が病死したとき、父はまだ四十二歳だったから、後添《のちぞえ》の縁談がずいぶんあった。しかし父は首を振った。

――半三郎がもう十七歳で、四、五年すれば嫁をとらなければならない。いま自分が後添を貰《もら》えば、家の中が複雑にもなるし家計の上からもそれだけのゆとりはない。

父の半兵衛はそう云った。そして、それから一年ほど経《た》って金森《かなもり》のみすずと半三郎との、婚約をまとめたのだ。金森主膳《しゆぜん》は八百石の書院番、すなわち父の上役であり、みすずはそのとき十三歳であった。この縁組は小林家の将来を固めるものであり、そこまで小林の家格を仕上げたのは、勤勉と倹約で一生を押しとおした父のたまものであった。十兵衛はそのことを云ったのだ。

曾我十兵衛は二百五十石の使番《つかいばん》で、去年の六月、国目付として津軽へ赴任した。国目付というのは幕府から外様《とざま》諸侯の国許《くにもと》へ派遣される監察官で、定員は二名または三名、任期は半年から一年の交代である。十兵衛は出立《しゅったつ》するまえに訪ねて来て、一刻《いっとき》あまりも半三郎に意見をし、自分が帰って来るときまでにしっかり立ち直ってくれ、と云っていった。ところが、帰ってみると立ち直るどころか、事情はさらに悪くなっていた。半三郎は出仕もせず、酒を飲んだり遊び歩いたりするばかりで、家計は窮迫し、家扶《かふ》も家士《かし》も、下男小者も出ていってしまった。借財は嵩《かさ》むだけ嵩み、いままでは友人たちも匙《さじ》を投げてしまった。十兵衛はそれを聞いたのだ、共通の友達である秋田源《げん》右衛門《えもん》、三枝小市郎、安部右京らから聞いて、かっとなって押しかけて来たのだ。

「お父上のここまで仕上げた御苦労が、このままでは水の泡《あわ》になってしまうぞ」と十兵衛はひらき直った、「あんなことがそれほど重大なのか」

「父は三年まえに死んでいるよ」

「そんなことは聞くまでもない」

「父は小林の家名をあげようと望み、その望みを達して死んだ、ほぼ望みを達し、将来のみとおしもつけて、満足して死んだんだ、——たとえおれが小林の家を潰《つぶ》すとしても、それは死んだ父とは関係のないことだ」

「それほどあのことが重大なのか」

半三郎は残り少ない酒を手酌《てじゃく》で飲んだ。脇に一升徳利《どくり》が二つあり、膳の上とそのまわりに、燗《かん》徳利が五本並んでいた。骨になった魚の皿《さら》、甘煮《うまに》の鉢《はち》、空になった汁椀《しるわん》や八寸など、飲みちらし、喰べちらしたあとが、いかにもさむざむとした感じにみえる。半三郎は手酌で飲み、十兵衛はそれを睨みつけていた。

「それは人によるね」と半三郎がゆっくりと云った、「他《ほか》の千万人にとっては些細《ささい》なことでも、或《あ》る一人にとっては一生を左右するような場合がある」

「たかが女一人のことでもか」

「人にちょっとからかわれてもだ」と半三郎は低い声で云った。「藤井又五郎はちょっとからかわれただけで沼田内記を斬《き》り、切腹のうえ家名断絶になった。ばかなやつだ、あのときおれたちは彼をばかなやつだと云った。しかしおれはいま、そうは思わない、あれは藤井にとってそれだけの価《あたい》があったんだ、藤井にとってはね」

「この場合もそう思えと云うのか」

半三郎はゆっくりと首を振った、「おれに肚《はら》を立てたり、殴ったりするのはよせということさ、一杯つきあわないか」

十兵衛は黙って立ちあがった。

二

半三郎は寝ころんでいた。

「十一月か」と彼は呟《つぶや》いた、「あれから百五十日も経ったんだな、うん、あのときは饒舌《しゃべ》りすぎた、まだ洒落《しゃれ》っけがあったんだ、どうして十兵衛に云うだけ云わせておかなかったのかな、云っても云わなくても同じことじゃないか、ばかな話だ」

彼はくすっと笑った。すると胃のあたりで病的な空腹感が起こり、耐えがたいほどの渇《かわ》きにおそわれた。

「怒ったっけな、十兵衛は」彼は飢や渇きをごまかすように呟いた。「あいつのあんな眼つきは初めて見た、殴りかたも本気だった、――しかも彼は彼で悔むことはないさ、ここへ乗込んで来て、するだけの意見はしたんだから、そうさ、友達の責任ははたしたんだ、いいじゃないか、もうまもなくけりはつく、そう長いことじゃないよ」

半三郎は薄い夜着を掛け、古畳の上にじかに寝ころんで、枕《まくら》をしていた。

庭に面したその十帖《じょう》は荒れはてていた。畳替えもしないし、障子や襖《ふすま》の張替えもしない。もちろん、掃除などは一年ちかくもやらないうえに、使った物、出した物がそのまま放《ほう》りだしてある。——座敷の中は黴《かび》臭く、埃《ほこり》臭く、おまけに物の饐《す》えたような匂《にお》いが充満しているため、十一月だというのに、庭に面した障子はあけておくよりしかたがなかった。庭はかなり広い。もとは小さな池があり、小さな築山《つきやま》があり、若木の杉林《すぎばやし》や植込があった。みんな父が自分で丹精したものなのだが、いまはまったく手入れをしないから見られたものではない。杉林はいうまでもなく、植込はみな勝手なほうへ枝を伸ばしているし、池は干あがって塵芥《ちりあくた》が溜《た》まっているし、築山は去年の霜と雪で一部が崩れ、皮の剝《は》げた傷痕《きずあと》のように赭土《あかつち》の肌《はだ》が見えていた。芝生だったところは雑草に蔽《おお》われてしまい、その雑草は二尺にも三尺にも伸びたまま、いちめんに茶色に枯れていた。

「八重葎《やえむぐら》か」と半三郎はけだるそうに呟いた、「——葎の門というところだな」

彼は静かに眼をほそめた。

いちめんに庭を蔽っている、その高い枯草が動き、その蔭《かげ》でなにかが動いているようである。彼はなんの気もなく、ぼんやりとそれを眺《なが》めていたのだが、その動いていたものがひょいと立ちあがり、こっちを見ておじぎをしたのであった。半三郎はほそめた眼で、まだぼんやりと眺めていた。

「あんまり草ぼうぼうですからね」とそのものは云った、「見るだけでもかっちくちいですから、いまちょっと抜いているところなんです」

声は女であった。半三郎は相手が女だと気づいて、寝ころんだまま眼の焦点を合わせた。

黒っぽい木綿の布子《ぬのこ》に、色の褪《さ》めた帯をしめている。背丈はあまり高くない。髪はひっ詰めに結っており、顔は栗《くり》の皮のように黒い。ひどく色の黒い女だな、と半三郎は思った。いま田舎から出て来たという感じで、しかし声はきれいだったし、その黒い顔はこちらに向って、隔てのない微笑を見せていた。

「おまえ誰《だれ》だ」と半三郎が訊《き》いた。

相手には聞えなかったらしい。それとも聞えたが答えたくなかったものか、もっとはっきり頰笑《ほほえ》んで、枯草のほうへ手を振った。

「二日もあればきれいになります」と彼女は云った、「このくらいなもの、わがやればなんでもごいへおん」

そしてまた枯草を抜きはじめた。

どこから来たなに者だ、どうするつもりだ。半三郎はそう訊きたかったが、面倒でもあり気力もなかったので、また眼をつむってしまった。たしかに、彼はなにもかも面倒であり、起きあがる気力もなかったのだ。記憶が慥《たし》かなら、彼はもう六日も食事をしていない。ときどき水を飲むだけで、夜も昼もなく寝ころんでいた。

――餓死をした死躰《したい》は、きれいだろうか、それとも醜悪だろうか。

半三郎はそんなことを考えていた。皮と骨だけになるのだから、たぶん醜悪ということはないだろう。幾日ぐらいかかるのかな、とも彼は考えた。十日か、半月か、おそらく三十日とはかかるまい。三十日は長すぎる、そうはかかるまい。そんなことを思い返しているうちに、半三郎は眠ってしまった。そしてその見知らぬ女に起こされたのだ。

「もしもし、旦那《だんな》さま」と呼ぶ声がした、「もう午《ひる》ですから御膳の支度をしましょう」

半三郎は夢をみていた。喰《た》べ物の夢をみていて、その夢の中から、力ずくで引き出されるように、ゆっくりと眼をさました。するとすぐそこに、あの見知らぬ女が膝《ひざ》をついて、黒い笑顔でこちらを見ていた。

「午の御膳にしましょう」と彼女は云った。少女のようにうぶな、きれいな声であった。「お米やなにかはどこにあるんですか」

半三郎は舌で唇《くちびる》を舐《な》め、それからいちど声を出してみたあとで、おもむろに云った、

「そんな物はないよ」

「お米はないんですか」

半三郎は頷いた。

「では」彼女が訊いた、「どこかから仕出しでも取るんですか」

半三郎は首を左右に振った。見知らぬ女の黒い顔に、びっくりしたような表情がうかび、へえ、という大きな太息《といき》がもれた。

「いまお台所を見て来たんですよ」と彼女は云った、「お釜《かま》も鍋《なべ》も錆《さ》びてるしお櫃《ひつ》は乾いてはしゃいでるし、埃《ほこり》だらけでごみだらけで、空き屋敷みたようでした、御家来もお端下《はした》もいないんですか」

半三郎は頷いた。

「じゃあ、まんま、――御飯はどうなさるんですか、仕出し屋から取るんでなければ、わが、あたしがお米やなにか買って来て、御膳の支度をしますけれど」

「いらない」と半三郎が云った、「なにもいらない、放っといてくれ」

そして彼は眼をつむり、ふと気がついて、いったいおまえは誰だと訊こうとしたが、そこにはもう女はいなかった。彼は頭をあげて座敷の中を眺めまわし、女がどこにもいないのを認めると、寝返りをうって眼をつむった。こんどは夢もみずに眠りこんだが、やがてまた女の声で呼び起こされた。

「起きて下さい旦那さま」と彼女は耳のそばで云《い》った、「まんま、——御膳ができましたから起きて下さい、旦那さま」

半三郎は眼をあけた、「なんだ、おまえまだいたのか」

「御膳ができました」と云って、彼女は微笑した。黒い顔の中で、きれいな白い歯が見えた、「塩引と菜っ葉の汁《しる》だけですけれど、どうか起きてめしあがって下さい」

炊《た》きたての飯のあまいかおりと、魚を焼いた脂《あぶら》っこい匂いとが、彼をひっ摑《つか》み、抵抗しがたい力で彼を絞めあげた。彼はめまいにおそわれたような気持で、なにを考える暇もなく起きあがった。

三

半三郎は一杯喰《た》べただけで、茶碗《ちゃわん》と箸《はし》を置いた。六日も絶食したあとだから、いまはこれでやめるほうがいいと思ったのだ。

「もっとめしあがったらいいがすべおん」と女が云った、「お口に合わないんですか」

「いや、うまかった」と彼は云った、「あとはまた晩にしよう、ここを片づけたらおまえ食事にするがいい」

だが半三郎は急に眼をあげて、不審そうに相手を見た、「――へんなことを訊くが、いったいこの米や魚はどうしたんだ」

「はい」と彼女はにこやかに答えた、「お米は米屋さんで借り、魚は魚銀さんで借り、醤油《しょうゆ》や味噌《みそ》や砂糖や塩や酒は、伊賀屋《いがや》さんで借りました。八《や》百久《おきゅう》さんからも野菜物をいろいろ借りましたから、晩の御膳には煮物に香の物もさしあげます」

半三郎は黙っていて、それからおそるおそる訊いた、「それは本当か」

「はい」と彼女はこっくりをした。

「信じられない」と彼は云った、「どの店も借が溜まっていて、もう半年以上まえからよりつかなかったんだ」

「そでしてすと」と彼女はにこにこしながら云った。「どこでもそんなことを云っていました、ずいぶんたくさん貸が溜まったままだって、米屋の主人は赤くなって、怒っていました」

半三郎はさぐるように訊いた、「それで、――どうやって借りたんだ」

「わだば云ったです」彼女はちょっと眼を伏せた、「あたしそう云ったんです、小林さまのお屋敷へこんど来たあだこですって、――わだば、あたしこのお屋敷で、使って頂くつもりでしたから」

「おまえが、どうするって」

「お願い申します」あだこと名のる女は手をついておじぎをした、「あたしほかにゆくところがないんです、どんなことでもしますからどうぞこのお屋敷に置いてやって下さい」

「だめだ」と彼は云った、「給銀をやれないばかりでなく喰べさせることさえできない、自分ひとりでさえ食えなくなって、六日も水ばかり飲んでいたんだ」

「お給銀なんぞ一文もいりません、喰べる物はあたしが都合します」とあだこは眼をあげて云った、「わだば今日はじめてだから、ちっとしか借りませんでした、それでも旦那さまとあたしだけなら五十日や六十日はやってゆけます」

「五十日、だって」

「はい」とあだこはこっくりをした、「米は精《しら》げたのが一斗、ほかに俵で一俵借りました。醬油も一と樽《たる》、塩は五升、味噌も冬だから味は変らないと思って、これも一と樽、お酒はわからないので一升だけにしましたが、めしあがるんでしたらまた借ります、魚銀からは塩引の鮭《さけ》を二尾と干物《ひもの》を十枚、干物は風に当てれば十日は大丈夫だって云いました、それから八百久では青物のほかに漬菜《つけな》と沢庵《たくあん》を一と樽ずつに」

半三郎は手をあげて遮《さえぎ》った、「ちょっと待て、ちょっと待ってくれ、その、おまえ本当にそれだけ借りて来たのか」

「はい」とあだこは頷いた。

「米屋や伊賀屋などが、本当にそれだけ貸したのか」

「はい」とあだこが答えた、「旦那さまがよこねまり、——寝ていらっしゃるうちに、みんな運んで来てくれました、わだば、いえあたしそのあいだにお釜や鍋の錆をおとしたり、お台所を掃除したりしていたんです」

半三郎は庭のほうを見、それからあだこを見て、また庭のほうへ眼をやった。

「あたし、置いて頂けないでしょうか」とあだこが云った、「俵の米はあたしが搗《つ》きます、物置に米搗き臼《うす》がありますから米を搗くくらいなんでもありません、縫い張りでも洗濯《せんたく》でも掃除でも、なんでもやりますから」

半三郎は暫《しばら》く黙っていて、それからようやく云った、「それほどいたいというのならいてもいいが、おれはなんにもしてやれないぞ」

「置いて下さいますか」

「長くは続かないぞ」

「わいおもれじゃ」とあだこはにこにこと云った、「まあ嬉《うれ》しい、これでやっと安心しました、いっしょけんめ働きますから、どうぞお頼み申します」

半三郎は眼をそむけて云った、「いって食事にするがいい」

彼は坐《すわ》ったまま、長いこと庭のほうを眺めていた。塀《へい》の向うは松平相模守《まつだいらさがみのかみ》の中屋敷で、大きな榎《えのき》が五本並んでおり、その裸になった枝に雀《すずめ》が群れていて、ときどきぱっと飛び立ってはまたべつの枝にとまり、すると散り残った枯葉が舞い落ちるのであった。

「そうだ」とやがて彼は呟いた、「十兵衛のしごとだ、曾我十兵衛がよこしたにちがいない、そうでなくってこんなことがある筈《はず》はない」

彼の唇《くちびる》に歪《ゆが》んだ微笑がうかんだ。

「そのくらいのことだと思ってるんだな」と彼は挑《いど》むように云った、「まあやってみろ、いいだろう、辛抱くらべだ」

あだこはよく働いた。

五日もすると家の中はきれいになり、風呂《ふろ》もはいれるようになった。半三郎の世話もよくする、毎日きちんと月代《さかやき》を剃《そ》ってやり、髪を結い、髭《ひげ》を剃らせる。風呂も毎日たてていれるし、手爪先《てつまさき》のことまで面倒をみる。寝ころんでいると起こして、躯《からだ》に毒だから少しそとを歩いて来い、などとも云った。——彼女はこれらのことを手ばしこく、また極めてしぜんにやった。半三郎の世話をするにも、決して押しつけがましいところはなく、いやだと云えばむりにすすめるようなことはなかった。食い物の味はまちまちで、からすぎたり甘すぎたりするが、二十日ほど経《た》つうちには馴《な》れたのか、それとも半三郎の好みがわかったのか、そういうむらも感じられなくなった。

あだこは針も上手であった。よごれたまま押込んで置いた彼の衣類を出して、次つぎに解いて洗い張りをし、巧みに仕立て直した。単衣《ひとえ》を袷《あわせ》にしたり、袷を羽折《はおり》にしたり、脆《もろ》くなったところはうまく継いだりはいだりした。半三郎が退屈しているなとみると、そういう繕《つくろ》い物《もの》などを持ってそばへ来て、針を動かしながら話をする。彼は無関心に聞いているが、言葉の妙な訛《なま》りと、話の可笑《おか》しさについふきだすようなこともあった。

「あだこは妙な言葉を使うな」と或《あ》るとき彼が云った、「そのそうだべおん、というのはどういう意味だ」

「まあ恥ずかしい」あだこは両手で顔を隠し、だが、すぐにしゃんとして答えた、「それは、そうでしょうということでございます」

「ほかにもいろいろ云うようだが、どこの言葉なんだ」

「はい」とあだこは答えた、「津軽です」

半三郎は静かに眼をそむけた。

# 四

思ったとおりだ、と半三郎は心の中で云った。十兵衛は津軽へ国目付にいって来た、そのとき伴《つ》れて来たものだろう、そしてここへ入りこませたのだ。

——米屋も酒屋も十兵衛が払った、あだこが十兵衛から金を預かって来て、それで支払っているに相違ない。

半三郎はそう推察した。さもなければ、あれだけ借が溜《た》まっているのに、商人たちが貸す道理がないだろう。これでわかった、底は見えたぞと彼は思った。十兵衛がどれだけねばるかみてやろう、というふうな、皮肉な考えにとらわれながら、あだこに対してはふしぎに反感もおこらず、困らせてやろうなどという気にならなかった。

十二月中旬の或る夜——、あだこは彼のそばに坐って、縫い物をしながら話していた。そこは半三郎の居間の六帖《じょう》で、彼は机に肱《ひじ》をつき、ときどき火桶《ひおけ》に手をかざしながら、彼女の話すのを聞いていた。昏《く》れがたから降りだした雨が、さっきまで静かに庇《ひさし》を打っていた。その音がいつかしら聞えなくなり、戸外《そと》はしんとしずまりかえっていた。

「そのお庭の奥に鼬《いたち》の夫婦が棲《す》んでいたんです」とあだこは続けていた、「もう三十年の余も棲んでいて、夫婦だけでずっとくらしていたんですって」

「どこの庭だって」と彼が訊いた。

「唐内坂《からないざか》の御殿ですわ」

「からない坂、——」と彼はあだこを見た、「聞かない名だがどこにあるんだ」

「まあ、聞いていらっしゃらなかったんですね」とあだこはにらんだ、「津軽の弘前《ひろさき》です。弘前の殿さまのお別荘が唐内坂にあるんですわ、口では云えないほど景色のいいところで、唐の国にもないだろうというので、からない坂って名を付けたのですって」

「わかった」と彼は頷《うなず》いた、「しかしその別殿の庭でなくっても、鼬ならこの江戸にもいるよ」

「夫婦の鼬がですか」

「それはわからないが、仔《こ》を生むんだから夫婦もいるんだろう」

「でもその鼬は三十年の余も、夫婦で仲よくくらしていたんです」

「ふん」彼は火桶へ手をかざした、「そんなことがどうしてわかるんだ」

「それはおどさまが、父がずっと見ていたからです」とあだこは針を留めて云った、「子供のじぶんから見ていて、三十年の余も経って、そうすると、夫婦ともすっかりとしよりになってしまったんですって」

「鼬もとしよりになるんだな」

「そでしてす」あだこは続けた、「すっかりとしよりになったもんで、男の鼬は頭が禿《は》げてしまうし、女の鼬は髪が白髪《しらが》になってしまったんですって」

半三郎はあだこを見た、「あだこの父親はその御殿にいたのか」

「はい」と彼女は答えた、「じいさまの代からお庭番をしていました」

「すると、侍だったのか」

「だあ、いいえお侍ではなく、植木の世話をしていたんです」

半三郎はそこで急に眼をあげた、「いまおまえは、鼬がとしよりになったからどうしたとか云ったな」

「また聞いていらっしゃらなかった」

「としよりになってどうしたんだ」

「ですからさ」とあだこが云った、「男の鼬は頭が禿げてしまうし、女の鼬は白髪になってしまったんですよ」

「なるほど」と彼は云った。

半三郎はじっと坐っていて、立ちあがり、寝間へはいるとうしろ手に襖《ふすま》を閉めた。

あだこは、おやすみになるのですか、と訊《き》いた。返辞はなくて、へんな笑い声が聞えて来た。くうくうといったふうな、鶏が雛《ひな》を呼ぶような声だったが、しだいに高くなり、笑っているのだとわかったときには、喉《のど》からほとばしり出るような声になっていた。あだこは吃驚《びっくり》して立ってゆき、どうしたのかと、声をかけて襖をあけた。半三郎はのべてある夜具の上にあぐらをかき、腹を押えて笑っていた。

「どうなすったんですか」とあだこは気をわるくしたように云った、「あたしがなにかへんな言葉でも使ったんですか」

「あっちへいってくれ」と彼は笑いながら手を振った、「なんでもない、心配はない、あっちへいってそこを閉めてくれ」

あだこは云われるとおりにした。寝間が静かになったので、あだこが縫い物をとりあげると、こんどは寝間からいきなり、声いっぱいに笑いだすのが聞えた。

「禿げ頭の鼬」と笑いながら叫ぶのが聞えた、「女鼬《うめ》は白髪、——ああ」

そして笑い続けに笑い、しまいには苦しそうに呻きながら笑った。

「おかしな旦那《だんな》さまだ」とあだこは針を動かしながら呟き、それからそっと微笑した、「でも初めて笑う声を聞いた、むずかしい顔ばかりしていらしったが、あんなふうに笑うようになればしめたものだ」

これで少しは変るかもしれない。あだこはそう期待したらしいが、半三郎のようすには変化がなかった。毎朝、あだこは彼を呼び起こし、洗面をさせる。食事のあとで月代を剃り、髪を結い直し、着替えをさせる。午前ちゅうか午後か、日に一度は歩きに出してやる。夕方になると風呂をたてて入れ、背中をながしてやり、晩飯のときには彼が望めば酒をつける。飲むにしても燗徳利《かんどくり》に二本がせいぜいで、あだこにはそれが不審であった。

「どうしてもっとめしあがらないんですか」と訊いたことがあった、「伊賀屋さんの話では、毎日ずいぶんめしあがったように聞きましたけれど」

半三郎はあいまいに首を振った、「あんまり好きじゃあないんだ」

返辞はそれだけであった。

こうして同じような日が経ってゆき、その年が暮れた。正月に安部右京から使いがあり、友達が集まるから来るように、という口上だったが、半三郎は使いの者にも会わず、あだこに断わらせた。それは五日のことであったが、午《ひる》すぎから雪になり半三郎は十帖の座敷の障子をあけて、雪を眺めながら、あだこの酌《しゃく》で珍しくゆっくり飲んだ。

「どうしてお友達のところへいらっしゃらないんですか」あだこが彼の顔色をみて云

った、「せっかくお迎えがあったのですし、お独りでめしあがってもうまくはございませんでしょう」

半三郎は庭を見たままで云った、「あれは十兵衛のさしがねだ、——曾我十兵衛、あだこは知っているだろう」

「わたくしがですか」

「隠すことはない、土堤《どて》三番町の曾我十兵衛だ、知っているんだろう」

「そういう方は存じません」とあだこが云った、声は低く、少しふるえているようであった、「でも、知っていることもあります」

「なにを知っている」

「金森さまのことです」

「十兵衛に聞いたんだ」

「そういう方は存じません」とあだこは云った、その声は湿って、もっとふるえを帯びてきた、「わたくし伊賀屋の御主人に聞いたんです、お名まえは存じませんが、金森のお嬢さまは五年の余も許婚《いいなずけ》でいたのに、旦那さまを措《お》いてよその人と逃げてしまった、そのために旦那さまがこんなになってしまったのですって」

「その話はやめろ」

「いちどだけ云《い》わせて下さい」とあだこは云った、「あたしくやしいんです、そのふしだらなお嬢さんは好きな人と夫婦になって、いまでも立派にやっていらっしゃるというのに、旦那さまのほうはこんなになっていらっしゃる、このままでは一生がめちゃめちゃになってしまいます、旦那さまをこんなめにあわせたのに、そのお嬢さまのほうは仕合せでいる、などということがあっていいものでしょうか」

半三郎はまだ庭を見たままで云った、「あだこはその娘が、不幸であればいいと思うのか」

「あたしただくやしいだけです」

「みすずが仕合せでいるのはいいことなんだ」と彼は穏やかな声で云った、「おれとの婚約は親同志できめたことだ、みすずにはあとで好きな相手ができ、尋常な手段では望みが遂げられないとみて、その相手と出奔した、これはふしだらな気持だけでできることではない、金森は八百石の旗本だ、家の名聞、親の怒り、世間の評、これらをすべて賭《か》けなければならない、みすずはその全部を賭けたのだ、これは勇気のいることなんだ」

あだこは手で顔を掩《おお》った。

「金森さんはここへ来て、事実を話し、両手をついて詫《わ》びた」と彼はゆっくり続けた、

「自分はあれが可愛《かわい》い、と金森さんはうちあけて云った、本来なら成敗するところだが自分にはできない、ならぬところであろうが堪忍《かんにん》してもらいたい、その代りいかなる償いでもしよう、と云った」

## 五

うしろであだこの啜《すす》り泣くような声がし、半三郎は庭の雪を見ていた。

「おれにどうすることができる」と彼は囁《ささや》くように云った、「金森老のゆき届いた正直な詫びに対して、怒ることができるか、なにか云うことでもあるか、――おれは丁寧に礼を返してその斟酌《しんしゃく》には及ばない、忘れて下すってよろしいと答えただけだ」

酒を注《つ》ごうとしたが、酒はもう無くなっていた。半三郎は空になった銚子《ちょうし》を出して、「つけて来てくれ」と云った。あだこは受取って立ってゆき、まもなく戻《もど》って来た。半三郎は手まねで、酌《しゃく》は自分でするという意味を示し、あだこは火桶の脇《わき》へさがって坐った。

「おれは少年のころ、こういう経験をした」と彼は手酌で一つ飲んでから云った、「――九つか十くらいのときだったろう、場所は半蔵門の堀端《ほりばた》で、おれは一人だった、前後のことは記憶にないが、おれは一人で堀端にいた、季節は夏の終りごろだったと思う、風が吹いていて、おれは風が向うから吹いて来て、そして吹き去ってゆくのを感じていた、そのうちにふと、いま自分に触れていった風には、二度と触れることはできない、ということを考えた、どんな方法をもちいても、いちど自分を吹き去っていった風にはもう二度と触れることはできない――そう思ったとき、おれは胸を押しつぶされるような息苦しさ、自分だけが深い井戸の底にいるような、まっ暗な怖《おそ》ろしさに圧倒された」

半三郎は静かに一つ飲んだ、「おれはみすずが好きだった、逢《あ》うおりは年に幾たびと限られたようなものだし、二人だけで話したことなどは数えるほどしかなかった、それでもおれはみすずが好きで、いつか妻に迎えることができると信じ、心からそれをたのしみにしていた」

無感動な口ぶりで話し続けながら、半三郎は頭の中で、みすずと自分のあいだにあったことを思い返していた。それはみすずの部屋で、ただいちどだけあったことだ。みすずは着ている物をすっかりぬぎ、素裸になって、自分のからだを彼にみせた。彼はばかのように茫然《ぼうぜん》としていた。彼女が着物をぬぎはじめたときから、なにをするのか見当もつかず、彼女がすっかり裸になったときも、どういう意味なのかわからずに茫然としていた。彼女はまだ十五歳とちょっとで、いつもは子供っぽい少女としか思えなかったのであるが、素裸になったからだはおどろくほど女らしく、殆《ほと》んど成熟しているようにみえた。みすずは頭部が小さく、手足もしなやかに細く、胴もほっそりとくびれていた。しかし胸のふくらみの豊かさと、腰部《ようぶ》から太腿《ふともも》へかけての肉付きは、そこだけがべつの存在であるかのように、たくましい厚みとまるみと、そうして重たそうな緊張をみせていた。

――あたしきれいじゃなくって、

みすずは彼の顔色をうかがいながらそう云った。きれいだ、と彼は答えた。いやらしい気持や、不徳義な感情は少しもなかった。

そんな気持を感ずる余地もないほど、彼は圧倒されおどろいていたのだ。

――あなたのために大事にして来たのよ、よく見てちょうだい、あなたのためにきれいにし、大事にして来たのよ。

彼女は大胆に自分のからだをみせた。前に向き、うしろに向き、横を向き、そしてさまざまな、奔放な姿勢をつくってみせた。そうだ、彼はよく覚えている、みすずはそうしながら、絶えず彼の顔色をうかがっていた。彼の顔にあらわれる反応をさぐろうとするように、また、その期待のために自分で昂奮《こうふん》しながら。そうだ、それから彼女は近よって来て、両手をひろげながらあまえた声で云ったのだ。

——抱いてちょうだい。

彼はなにもしなかった、できなかったのだ。圧倒され眩惑《げんわく》されていただけでなく、そういう場合にどうすべきかということを知らなかったからだ。みすずは彼よりもはるかに能動的であった。次に起こることを充分にたのしもうとするような、きらきらした眼でみつめながら、自分の欲することをさせようとして彼をみちびいた。もちろんたいしたことではない、少しばかり早熟な、少女らしい好奇心にかられただけのことであろうが、そこでも彼はばかのように狼狽《ろうばい》し、ぶきようにしりごみをするばかりだった。

みすずは彼を放し、彼からはなれて、訝《いぶか》しそうな、さぐるような眼つきで彼を見まもった。それから、ぬぎすてた物を順にゆっくりと着ていった。

それだけのことなのだ。みすずは十五歳とちょっとで、自分のからだの美しさを、許婚である彼に誇りたかったのであろう。ほんの僅《わず》かだけ、昂奮にかられて好奇心を起こした。それ以上の意味はなかったに相違ないが、半三郎にとっては異常な出来事であり、心の深部に、ぬぐい去ることのできない、強烈な印象を与えられた。

「おれはあの娘が好きだったから」と彼は話し続けていた、「あの娘が仕合せであることはうれしい、これは本心だ、しかしそれと同時に、あの娘が自分から去ってしまったこと、この世では決して、自分の妻にすることができないと思うと、――ちょうど少年のころ、堀端で夏の終りの風に吹かれていたときのように、この胸がつぶれるような、なにもかもむなしいという感じにおそわれてしまう」

「なにもかもむなしい」と彼はあざけるように云った、「おそらくおれは、十四くらいの泣き虫の女の子か、六十くらいのぐちっぽい老いぼれのようにみえるだろう、だがどうしようもない、この世にあることはすべてがむなしいと思うこの気持は、自分でもどうすることもできないんだ」

あだこは涙を拭《ふ》いた。すると黒い顔が斑《まだら》になり、眼のまわりに白い輪のようなものがあらわれた。あだこは自分の手を見て、指が汚れているのに気づくと、吃驚《びっくり》したように立ちあがり顔をそむけながら奥へ去った。

半三郎はそんなことには気づかず、盃《さかずき》を持ったまま、降りしきる雪を眺めていた。

それから五、六日して、あだこはお針を習いにゆきたい、と云いだした。縫い物は上手じゃあないか、と半三郎が云うと、自分のは田舎流だから、江戸ふうの仕立てかたが習いたいのだ、と云った。半三郎はあだこの顔を見て、なにか云いそうにしたが、思い直したように頷《うなず》いて、好きなようにしろと云った。

――おまえを雇っているのは曾我だ。

半三郎はそう云おうとしたのだ。

――おれは主人ではない、給銀も十兵衛が出しているのだろう、十兵衛に訊《き》くがいい。

だが彼は口ではなにも云わなかった。

あだこはお針の稽古《けいこ》にかよいだした。朝の食事を済ませるとでかけてゆき、午飯を作りに帰って、また夕食のまえまで稽古にゆく。家事のほうも手を抜くようなことはないし、夜は夜で十二時ころまで縫い物をした。はじめのうち半三郎は無関心だったが、彼女の熱心さにだんだんと注意をひかれ、或《あ》る夜ふと訊いてみた。

「ずいぶん精をだすじゃないか」

「お針はどんなにうまくなってもこれでいいということはないんですって」とあだこは答えた、「それにわだば、――わたくしこんなに不《ぶ》縹緻《きりょう》ですから、せめてお針ぐらい上手にならなければ、お嫁に貰《もら》ってもらえませんわ」

## 六

半三郎はあだこをまじまじと見た。

「嫁にゆくときは津軽へ帰るのか」

「いいえ、津軽へは帰りません」

「田舎はいやなんだな」

「津軽はいいところですわ、山も野も川もきれいで、あんなにきれいなところはどこにもありませんわ」とあだこは針を動かしながら云った、「でもわたくしには、帰るうちがないんですの」

半三郎は少しまをおいて訊いた。「両親やきょうだいはいないのか」

「おります」とあだこは低い声で答えた、「父も母もいますし、弟が二人あります、けれどもいまの父が継《まま》で、あたしがいてはうちがまるくいかないんです」

「それで、江戸へ出て来たのか」

「弟たちは男だから心配ありません、上が十七、下も十五になりますから」とあだこは云った、「それに弟たちはなんでもないんです、うちがうまくいかないのはあたしだけのことなんです」

半三郎はさりげなく訊いた、「継の父と気が合わなかったんだな」

「そう云えばいちばん無事なんです」

あだこの手が動かなくなった。半三郎が見ると、あだこの唇《くちびる》がふるえ、眼にいっぱい涙が溜《た》まっていた。

「あたしも云ってしまいます」とあだこは衝動的に云った、「叔父は、継の父は、亡《な》くなった父のおんちゃ、父の弟で、母より年が七つも下でした、叔父は温和《おとな》しい、いい人ですし、あたしも弟たちも好きでした、お庭番の仕事もよくできるし、本当に静かないい人だったんですけれど、母は七つも年上ですし、勝ち気な性分だもんですから」

あだこの眼から涙がこぼれ、声があわれにふるえた。激しい感情、たとえば憎悪《ぞうお》と悲嘆といったようなものが、心の中でせめぎあい、どちらをも抑制することができない、というふうに半三郎には受取れた。

「いいえ、これ以上は云えません」とあだこは首を振った、「あたしがうちにいてはいけなかったんです、あたしがいなければ母はおちつけるし、きっとうちの中もうまくいっていると思います」

年が七つも下の良人《おっと》を持った母、同じ家にいる年頃《としごろ》の娘。そして娘は家出をしなければならなかった。半三郎にはおよそ事情がわかるように思えた。その母は親であるよりも、もっと多く女であったのだろう。そして娘もまた女としての敏感さで、そのことに気づいたのだ。

「えらいな」と彼は云った、「よく思いきって出た、あだこはえらいよ」

あだこは泣き笑いをしながら、両手の指で眼を拭いた。そのとき半三郎の表情が急に変り、口をなかばあけて、訝しそうにあだこの顔をみつめた。

「実の親子でいてもこんなことがあるのかと、情けなくって、あたしずいぶん悲しゅうございました」と彼女は眼を拭きながら云った、「でもいまはもう悲しくはありません、もうすっかりあずましごすてす」

「ちょっと」と彼が云った、「おまえ眼のまわりをどうしたんだ、眼のまわりが」

あだこはひゃあといった、妙な声をあげて両手で顔を掩《おお》い、「ごっぺかえした」と云いながら、慌《あわ》てて奥へ逃げていった。半三郎にはわけがわからず、ごっぺかえしたとはどういうことだ、と考えた。あだこの眼のまわりが黒く斑《まだら》になっていたが鍋《なべ》でもひっくり返して、鍋墨でも付いたのか、などと考えていた。

二月になり、その月も終りかかった或る日、台所で人の呼ぶ声がした。あだこはお針の稽古にゆき、半三郎は居間で寝ころんでいた。

「米を持って来たが旦那《だんな》は留守かね」と台所でどなるのが聞えた、「旦那はいらっしゃらねえのかね」

半三郎は寝ころんだままどなり返した、「おれに用でもあるのか」

「米屋の市兵衛です、ちょっとおめにかかりてえんですが」

「あだこはいない」と彼はどなった、「米はそこへ置いてってくれ」

「旦那に話があるんです、済まねえがちょっとここまで来てくんなさい」と市兵衛が喚《わめ》き返した、「それとも私のほうでそっちへ伺いましょうか」

無礼なことを云うやつだ、と半三郎は思った。市兵衛は米屋の主人で、これまでに幾たびか会ったことがある。むろん父の死後で、彼が札差《ふださし》から金を借りつくしたあとの出入りであるし、市兵衛の店にも相当な借が溜まっているわけだが、仮にもこっちは旗本、相手は商人にすぎない。そんな無礼な口をきいていい筈《はず》はないので、彼は返辞をしなかった。すると台所で物音がし、やがてこっちへ来る人の足音がした。半三郎は寝ころんだままじっとしており、足音は襖《ふすま》の向うで停《とま》った。

「失礼します、旦那はこちらですか」

半三郎は黙っていた。静かに襖をあける音がし、半三郎はじっとしていた。すると襖がしまり、襖の向うから声が聞えた。市兵衛はこっちへははいらなかったのだ。襖をあけ、半三郎の寝ころんだ姿を見て、すぐに襖をしめたのである。

「面と向っちゃあ云えなくなりそうだ、ここで云いますからそのままで聞いておくんなさい」と市兵衛が云った、「伊賀屋や八百久はながいお出入りだそうだが、私は御《ご》贔負《ひいき》になって幾年にもならねえ、だからはっきり云いますが、今日持って来た米が最後で、これからは御免を蒙《こうむ》りますからそう思って下さい」

「そんなことはあだこに云え」

「旦那に云いたいから私が来たんだ」と市兵衛の突っかかるような声が聞えた、「旦那は歴《れっき》とした旗本でいらっしゃる、男でお侍で旗本で、拝見したところ軀《からだ》もお達者なようだ、きざな云いようだが、いわば四民の上に立つ御身分でいて、寝ころんだまま弱いあきんどの物を飲みつぶし食いつぶし、おまけに下女に賃仕事までさせておいでなさる」

「待て」と彼は遮《さえぎ》った、「きさまは唯《ただ》で持って来るように云うが、代銀は曾我が払っている筈だ、おれは知っているぞ」

「曾我さんですって」

「土堤《どて》三番町の曾我十兵衛だ」と寝ころんだまま彼は云った、「あだこをよこしたのも曾我だし、曾我が代銀を払うからこそきさまたちも米味噌《みそ》を持って来るんだ、そうでなくって、それまで帳面を止めていたきさまたちが、急にまた物を持ちこむわけがあるか」

　市兵衛は沈黙した。半三郎はざまをみろと思いながら、ゆっくりと寝返りをうった。

「持って来たくなければよせ」と彼は作り欠伸《あくび》をした、「今日の米も持って帰れ、それで文句はないだろう」

　襖の向うはひっそりしていた。半三郎は肱枕《ひじまくら》の首をあげた。襖の向うには人のけはいもない、帰ったのかと思っていると、やがて洟《はな》をかむ音が聞え、ついで咳《せき》をするのが聞えた。

「米は持って来ます」とかすれた声で市兵衛が云った。

「なに、二人くらいの米代は高が知れてます、米は持って来ますが、思い違いがあるといけねえから、いや、旦那が思い違いをしているようだから、これまでのゆくたてをざっと申上げておきましょう」

## 七

　半三郎は居間の机に片肱をつき、火の消えた火桶《ひおけ》へ片手をかけたまま、ときどき口の中でなにか呟《つぶや》いたり、意味もなく首をかしげたり、また急に頭を振ったりした。

——市兵衛が去ってから二刻《ふたとき》以上になるだろう、窓の障子にさしている陽《ひ》もうすづき、傾いていた。

　市兵衛の話は彼をおどろかした。

　かれらは曾我十兵衛とは関係なしに、あ、だ、こ、のために貸す気になったのだという。

初めの日、あだこが米屋へいって、まず店のまわりの掃除をした。空き俵を集め、それを丹念にはたいて、残り米をきれいにおとした、俵十二枚から二合以上の米が出たという。それから俵をきちんと重ね、縄《なわ》は縄、桟俵《さんだわら》は桟俵とわけて纏《まと》め、藁屑《わらくず》を掃き集め、そして地面にこぼれている米を拾った。そういう米粒だけで五合もあり、それを市兵衛に渡してから初めて、小林だが米を貸してくれ、と云《い》いだしたのだそうである。

市兵衛は彼女のすることを見ていて、それが単純なきげんとりではなく、なにかのっぴきならぬ理由があるのだと思い、わけを訊いてみた。そこであだこは話したのだ。半三郎が聞いた話と同じ内容であるが、――なお、これまで五たび奉公をしたこと。五たびともいやなめにあってとびだしたこと。そのため請《う》け人《にん》宿の世話になれないことなどを語り、こんどは武家であるし、貧乏で小者も下男もいないが、旦那は悪い人ではないらしいし、この屋敷なら勤まると思う。もうほかにゆくところもなし、自分が働いても必ず代銀は払うから、どうか米を貸してもらいたい、とあだこは云った。津軽の訛《なま》りが、彼女の誠実さをいっそう際立《きわだ》てるようで、市兵衛はこころよく承知したのだと云った。

あだこは伊賀屋でも、魚銀でも同じようにした。店のまわりを片づけ、空き樽《だる》の中で薦《こも》を剝《は》ぐものは剝ぎ、縄や薦はそれぞれに集め、物置の中をきれいにし、空き樽を積み直し、塩の叺《かます》をふるったり、徳利を洗ったりした。魚銀でもそのとおりだったが、捨てるつもりでどけておいた魚の尾頭や臓物などの、臭くて汚ないような物の中から、あら煮として売れるような部分をよりわけて、皿《さら》に盛ってみせたそうで、主人の銀太はおどろいたということである。

あだこは決して誠実を売ったのではない、すべては自分が小林の家にいたいためであり、そのために労をいとわなかっただけであった。彼女は小林の家にいついてからも、三軒の店へ代る代るまわって、初めの日と同じように掃除をし、片づけ物をした。動作がきびきびしているし、人の気づかないところに気がつき、しかも手を抜くということがなかった。——半三郎はまったく知らなかったが、——あだこは十二月いっぱい、休みなしにそれを続けたということだ。そうして正月になり、七草が過ぎてから、お針の稽古を始めるから掃除にまわれなくなった、と断わりに来た。市兵衛たちはまえからそのつもりで、もう掃除などに来なくともいいと、たびたび云っていたのだそうで、それはそのほうがよかろうと承知した。

市兵衛はそこで話の調子を変えたのだ。あだこはお針の稽古にゆくのではなく、市ケ谷田町の大きな仕立屋へ、針子としてかよっているのだという。針子として手間賃を稼《かせ》ぎ、家でも賃縫いをしている。そして稼いだものを米屋、魚銀、伊賀屋へ少しずつではあるが返銀として入れているというのだ。

――旦那はその賃縫いを見ている、毎晩十二時ころまで縫い物をしているのを、旦那は自分の眼で見ている筈だ、と市兵衛は云った。針子のほうも不審だと思うならいってみるがいい、田町の火消し屋敷のすぐ脇《わき》で、大きな仕立屋だからすぐにわかる、いって訊いてみるがいい、と市兵衛は云ったのだ。

市兵衛は伊賀屋と魚銀とで話しあった。このままではおいそさんが可哀《かわい》そうだ、いっそ貸すのはやめにして、おいそさんのことは三人で引受けよう。そう相談がきまったので、市兵衛が代表で話に来た。しかし旦那の云うことを聞くと、曾我とかいう人がうしろにいる、代銀はその人から出ている、と思いこんでいるようだ。本当にそう思いこんでいたのなら話も違ってくる、自分は考え直した。自分はこれからも米を持って来ようし、伊賀屋にも魚銀にもわけを話す。おそらくどっちも反対はしないだろう、これまでどおりに品を持って来ることになるだろう。

――だがそれは旦那のためではない、と市兵衛ははっきり云った。決して旦那のためではない、おいそさんに持って来るのだから、そこをよく覚えておいて下さい。

襖の向うから、市兵衛はそれだけのことを云い、云い終るとすぐに去っていった。

半三郎はじっと横になったまま、市兵衛の去ってゆくもの音を聞いていたが、やがて起きあがると、立って洗面にゆき、戻って来るなり机に凭《もた》れて、考えこんだのであった。

## 八

あだこが帰ったとき、半三郎はいなかった。彼女は風呂《ふろ》を焚《た》きつけ、夕餉《ゆうげ》の支度をした。小さい声で、津軽訛りの唄《うた》を無心にうたいながら、風呂の焚き口をみたり、いそいで煮物のかげんをみに走ったりした。——食事の支度が殆《ほと》んどできたとき、半三郎が帰って来た。変ったようすもなく、風呂にはいり、食事をした。あだこは手まめにあと片づけをし、風呂にはいり、それから、いつものとおり縫い物をひろげた。

そこは半三郎の居間であるが、火をべつに使うのはむだだからといって、初めからあだこはそこへ縫い物を持って来た。いま考えると、自分もこころぼそかったし、彼の退屈をまぎらしてやるつもりもあったのだろう。その夜も針を動かしはじめると、やわらかな声で、国のことを話しだした。半三郎は机の前に坐《すわ》り、片手で火桶のふちを撫《な》でながら、半刻ばかり黙って聞いていたが、話のきれめで、静かに眼をあげながら云った。

「さっき曾我のところへいって来た」

あだこの針を持つ手が動かなくなった。

「曾我十兵衛、あだこは知っている筈だ」

あだこの頭が少しずつさがった。

「これまでは知らないと云っていたが、あだこは知っている、そうだろう」

「はい」とあだこは口の中で答えた。

「正直に話してごらん」と彼は云った、「十兵衛とはどんなかかわりがあるんだ」

彼女は囁《ささや》くような声で答えた、「わだば、あたしは、わたくしが、このお屋敷のあだこになってからです」

「名まえも本当はあだこじゃないだろう」

「名はいそです」と彼女は云った、「あだこというのは国の言葉で、子守りとか下女のことをいうんです」

半三郎はちょっと黙ってから云った、「――ではあだこと呼んでは悪かったんだな」

「よごす、いいえ、悪くなんかありません」彼女はかぶりを振った、「これからもあだこって呼んで下すって結構です」

「十兵衛のことを聞こう」

「十二月のはじめころでした、旦那さまが歩きにいらしったあとで、曾我さまが訪ねてみえ、縁先でいろいろお話をうかがいました、どうしても座敷へあがって下さらないので、縁先でお話をうかがったのです」
「そのとき金森のことを聞いたんだな」
「はい」とあだこは低く頷《うなず》いた、「伊賀屋から聞いたと云いましたが、本当はそのとき曾我さまからうかがったのです、わたくしも自分のことをすっかり申上げ、曾我さまはお金を置いてゆこうとなさいました」
「おまえは受取らなかったそうだ」
「お金は役に立たないと思ったからです」
半三郎は訝《いぶか》しそうにあだこを見た、「どうして金が役に立たない」
「あればあるで遣ってしまうし、遣いぐせが残るだけですから」とあだこは云った、「旦那さまが勤める気になって下さらない限り、お金は却《かえ》って邪魔だと思いました」
「おれは勤めることにした、今日、十兵衛に頼んできたんだ、進物番《しんもつばん》に空いている席があるそうで、四、五日うちには出仕できるようになると思う」
あだこは吃驚《びっくり》したように顔をあげた、「わたくしがなにかよけいなことでもしたのでしょうか」

「そんな心配はするな」と彼は首を振った、「それよりもあだこが、どうやって江戸へ来、どうして、おれの家へはいったのか、その話を聞かせてもらおう」

「縫い物をしながらでもいいでしょうか、あたしなにかしながらでないと、うまく話ができないんです」

彼は頷いた。あだこは再び針を動かしながら、ゆっくりと話しだした。

家を出るまでのことはもう話した。なんの当てもなく、頼るさきもなかったが、幸い木を買いに来て仙台《せんだい》へ帰る商人に会いその老人に伴《つ》れられて仙台まで出た。老人はあだこが江戸へゆきたいと聞いて、知人の海産物商にひきあわせてくれ、そこの船で石巻《いしのまき》から江戸へ出、その海産物商の江戸橋に近い店で奉公することになった。しかし九十日ほどいたが、店の若い者たちがいやらしくからかうし、手代の一人は寝間へ忍んで来たりするので、支配人の妻女に告げて暇をもらった。そのとき、妻女の口ききで請け人宿の世話になり、一年ばかりのあいだに四カ所も奉公をしたが、どこも長くはいられなかった。三軒は商店、一軒は料理茶屋であったが、どこでも店の若い者にいやなことをされる。一軒では主人が、それも五十幾つかになり、孫のある人が、力ずくでいうことをきかせようとした。それでそこをとびだしたので、請け人宿の世話になれなくなったが、武家ならばそんなみだらなこともないだろうし、わけをよく話せば、請け宿がなくとも使ってくれるかもしれない。そう思って、この麹町《こうじまち》一帯を歩きまわった。

その日は平河天神の社殿の床下で寝た。その夜はこころぼそさのあまりよく眠れず、こんなふうに歩きまわっても、雇ってくれる家はみつかるまい。いっそ請け人宿へ戻って詫《わ》び、もういちど、宿の世話になろうか、などと思ったりした。

「でもそこが、あたしの運のいいところだったんですね、次の朝になって、念のためにもういちどと思ってまわっているうちに、このお屋敷にゆきあうことができたんです」

「どうして——」と彼が訊《き》いた、「どうしてこの家に見当をつけたんだ」

「——聞いたんです」とあだこは云いにくそうに答えた、「あたしの前を、どこかの小僧さんが、もう一人の小さい小僧さんを伴れて歩いていました、御用聞きにゆくお屋敷を教えていたのでしょう、それがこのお屋敷の前へ来ると、ここはだめだって教えてるんです」

「ずいぶんいいことを云ったろうな」

「いろいろなことを聞きました、そして奉公人が誰《だれ》もいない、御主人が一人きりだというので、ここよりほかにはないときめてしまったんです」

半三郎は黙って頷いた。やさしく、まじめな顔で頷き、静かにあだこを見た。

「これで全部です」とあだこは云った。

半三郎は彼女を見まもっていて、それから微笑しながら云った、「顔を洗っておいで、また眼のまわりが斑《まだら》になってる」

あだこはひゃあと声をあげ、両手で顔を掩《おお》った。

「男除《おとこよ》けだな」と彼は含み笑いをした、「なにを塗っていたんだ」

「釜戸《かまど》の煤《すす》です」

「おれも信用できなかったのか」

「そんなことはありません」とあだこは力をこめて云った、「三度めの料理茶屋で思いついてから癖になって、こうしないと気が安まらなくなってしまったんです」

「だがもういいだろう、洗っておいで」

「はい」とあだこは立ちかけたが、そこで気遣わしそうに彼を見た、「あのう、もし気が向かないのなら、むりにお勤めなさらなくっても、あたしがなんとかやってゆきますから」

「もういい」と彼は微笑しながら手を振った、「顔を洗っておいで」

# 九

役に戻《もど》れたのは十兵衛の奔走のためだ。彼の本家である曾《そ》我《が》伊《い》予守正順《よのかみまさのり》は、六千五百石の書院番頭であったし、金森主膳の口添えもあったらしいが、三月にはいるとまもなく、書院番にあがり、そこから進物番へ出仕することになった。

だが出仕するまでに、十兵衛はじめ、秋田、安部、三枝たちの助力を得なければならなかった。登城のための衣類のこと、上役や先任の同役に対する進物のこと、また、家扶《かふ》はともかく供をする小者二人は必要なことなど、かなりな金額のすべてを四人の友達にまかなってもらうほかに、しようがなかったのだ。――四人はこころよくやってくれた。半三郎が立ち直るためなら安いものだ、などと云い、初出仕の日には、夕方から小林へ来て、祝いの酒宴をひらいてくれた。

酒も肴《さかな》も自分たちの持ちよりで、盃《さかずき》を取るとまず、みんなであだこに礼を云った。半三郎が立ち直ったのはあだこのおかげだ、というのである。あだこは恥ずかしがって逃げようとし、みんなはむりにひき止めて盃を持たせた。そのとき十兵衛は気がついたのだ。いちど会っただけであるが、釜戸の煤を塗っていないあだこの顔が、見ちがえるほどきれいになり、美しくさえなっていることに驚き、それを不審そうに半三郎に紏《ただ》した。

半三郎はわけを話したが、話しているうちにとつぜん笑いだし、笑いだすと止らなくなって、しまいには苦しさのあまり畳へ手をついて喘《あえ》いだ。

「いや、心配するな、なんでもない」と彼は俯向《うつむ》いたまま四人に云った、「釜戸の煤となんのかかわりがあるかわからないが、ひょっと夫婦鼬《めおといたち》のことを思いだしたんだ」

「なんだ、夫婦鼬とは」そう訊いたのは安部右京だった。

「その」と彼は俯向いたままで、用心ぶかく云った、「あだこの話なんだが、津軽の藩主の別墅《べっしょ》に鼬がいて、それが夫婦で三十年の余もいっしょに棲《す》んでいるんだが、う、その、どっちも年をとりすぎたので、男の鼬のほうは」

半三郎はまっ赤になり、喉《のど》を詰らせながらだめだと云った。

「だめだ、おれはだめだ」と彼は立ちながら云った、「あだこに聞いてくれ」

そして、彼はまた笑いの発作におそわれ、笑いながら自分の居間へ逃げていった。

半三郎は居間で仰向きに寝ころび、笑いのしずまるのを待ちながら、そうだ、と自分に頷いた。釜戸の煤で顔を黒く塗ったということが、女鼬《めいたち》の頭の毛が白くなった、という話を連想させたのだ。おそらくそうだろう、と思っていると、十帖《じょう》の客間から、四人の笑いだすのが聞えて来た。——初めは秋田源右衛門、次に三枝小市郎、そして安部右京も、十兵衛までも笑いだし、やむかとみるとすぐにまた笑いだした。

「おい、よせ」と三枝のどなる声がした。「もう云うな安部、殴るぞ」

そして笑い声の一つは縁側へ、一つは玄関へと別れ、はなればなれになって、片方がしずまると片方が笑いだし、こっちがしずまったとみると、次には三ところでいっしょに、笑いころげるのが聞えた。

「そうだ」と半三郎は眼をつむって、そっと自分に囁いた、「たとえおれが眼をつむり、耳を塞《ふさ》いでも、あそこで四人の笑っていることは事実だ、十兵衛がい、小市郎がい、右京がい、源右衛門がい、そしてあだこがいる、かれらは現実にそこにいるし、みんなおれのために心配し、奔走し、助力してくれた、これからも必要なときは心配し助力してくれるだろう、おい半三郎、これでもすべてがむなしいか」

彼は眼をつむったまま微笑した。

あの日、庭の枯草の茂みから、あだこがこっちへ頰笑《ほほえ》みかけた。

あれが事の始まりだった、自分は亡《ほろ》びるのを待っていたし、あだこは身の置きどころに窮していた。どっちもいちばん悪い条件のときに会い、そして、あだこの生きようとする力が勝ったのだ。

「おまえが勝ったのだ、あだこ」と彼は囁き声で云った、「おれではない、もしおれが勝つとすればこれからだ」

襖がそっとあいて、あだこが覗《のぞ》いた。

「旦那《だんな》さま」とあだこは当惑したように呼びかけた、「ちょっといらしって下さい、あたしどうしていいかわかりませんわ、お客さま方はあんなことでなぜ、あんなにばか笑いをなさるのでしょうか」

「はいっておいで」と彼は起き直りながら云った、「おまえに話すことがあるんだ」

「でもお客さま方が」

「いいよ」と彼は片手を伸ばした、「あの笑いはなかなか止らない、おれも初めのときはそうだったろう」

あだこは忍び笑いをした、「お居間へ逃げていらっしゃいました」

「かれらにも笑わしておこう」と彼は片手を伸ばしたままで云った。

「ここへ来てお坐り、二人だけで話すことがあるんだ、おいで」

あだこは赤くなり、そっと襖を閉めて、眼を伏せながらすり寄った。向うではまたひと際《きわ》高く、笑い崩れる四人の苦しげな声が聞えた。


（「小説倶楽部」昭和三十三年二月号）

# もののけ

一

因幡《いなば》ノくに法美《ほうみ》ノ郡《こおり》の郡司《ぐんじ》、粟田《あわた》ノ安形《やすかた》はこの三日というもの食がすすまなかった。朝餉《あさげ》は焼いた干魚を一尾に、乾《ほ》した猪《いのしし》の肉、汁《しる》を三椀《わん》に、めしを五杯、食後に乾酪《かんらく》三片。夕餉には汁が三椀に焼いた鮮魚を二尾、乾した鹿《しか》の肉をもどして焙《あぶ》ったもの五片、芋入りのめし六杯にむぎなわを三杯、食後の乾酪が五片で、ほかには間食として無花果《いちじく》を十五と、胡桃《くるみ》を三十、焙った芋などという程度であった。

「なさけない」と安形はげっぷうをしながら嘆いた、「こんなことでこの軀《からだ》の健康を保つことができるだろうか、みろ、こんなに瘦《や》せてしまったぞ」

彼は脂肪でくくれたまるい大きな腹を、平手で叩《たた》きながら、またげっぷうをし、顔のあぶら汗を押しぬぐった。

「国司ノ庁から権介《ごんのすけ》どのがまいって、京の検非違使《けびいし》が人をつかわされたと聞いてからのことだ」と安形は息をついた、「どなたか高貴の方が流罪《るざい》にでもなられるのか、それともこのおれの人材が認められて、都へ召されるのかと思ったが、そうではなかった、そんなまともなことではなく、つかみ峠のもののけを退治に来られるとのことだ」

彼は顔から頸《くび》、頸から胸と汗を拭《ふ》き、自分のまるく固く大きく張りきった腹を眺《なが》め、そうして急に狼狽《ろうばい》して、両手で腹をたくしあげ、あちらこちらを撫《な》でまわしたうえ、ようやく指先で臍《へそ》をさぐり当てると、いかにも安心したように微笑し、深い溜息《ためいき》をつきながら首を振った。

「おどろいた」と安形は呟《つぶや》いた、「なくなっちまったかと思った」

対屋《たいのや》のほうで酔った唄声《うたごえ》と、踊りでもおどるらしく、拭縁《ぬぐいえん》を踏み鳴らす音が聞えた。

「あのとおりだ、お聞きのとおりまたやっていますよ、ええ」と安形は云《い》った、「あれが京から来た検非違使の者たちです、矢筈《やはず》ノ景友《かげとも》という判官《ほうがん》をかしらに、三人の看督長《かどのおさ》、火長《かちょう》に兵十人という人数が、昨日まいって以来あのありさまです」

「この私はもと藤家の庄司《しょうじ》であった」安形は続けた、「いまは国司の直轄《ちょっかつ》で郡司になっているから、接待の費用はもちろん国税でまかなうことになる、私のはらがいたむわけではない、この私は半銭の損をするわけでもないからどっちでもよろしい」彼はふと咳《せき》をし、頸のうしろを掻《か》きながら、ぶつぶつと呟いた、「そんなことは云うまでもない、貢米《こうまい》の中からおれのくすねる分が減るのはわかっている、どっちでもいいなどと云っているような場合ではないさ、おれにはこんなことになるだろうという予感があった、国司ノ庁からあの権介どのが知らせに来たとき、ふとそういう予感がして食欲がなくなったのだ、うん、しんていを云えばそのとおりさ」

安形はとつぜん笑った、「へ、へ」と笑って手をこすり合せ、「そんなことを心配するな」と自分の心中の声に向って、一種のめくばせをした。

「なにしろ検非違使の一行を接待するんだからな」と彼は云った、「百姓や漁夫どもを威《おど》すにはいい口実じゃないか、これで今年の秋は思うさましぼりあげてくれる、例年の倍以上はくすねてみせるぞ」

「だが、それは個人の問題だ」安形はその肥えた顔に、義憤の表情をそっくりつくりだそうとつとめながら云った、「国家万民の立場から考えてみれば、こんなばかげた浪費はない、相手はたかがつかみ峠のもののけ、年に五人か十人の愚民どもをとり殺すだけで、ほかにこれというほどのわるさをするわけでもなし、うっちゃっておいてもべつに帝《みかど》の御威光を損ずるなどということでもない、それにもかかわらず十五人という多勢で、京からはるばるとやって来て、あのとおり、――農民漁夫たちの血と汗をしぼりあげた税金で、昨日からぶっ続けにあの騒ぎだ、これでは民百姓《たみ》があまりに可哀《かわい》そうではないか」

安形はそこで首を捻《ひね》った、「――そうだ、これは管轄ちがいでもある、これは検非の庁で扱う事件ではない、検非の庁には検非の庁の職掌がある、こんな因幡ノくにのもののけなんぞを退治するのは、国司の役目か、もし京から来るとすれば兵部省《ひょうぶしょう》、……それとも兵衛府《ひょうえふ》かなにか、そんなような役柄《やくがら》があった筈《はず》で、検非違使の管轄外であることは慥《たし》かだ、紛れもない、これはもののけ退治という名目で、かれらは官費の遊《ゆ》山旅《さんたび》としゃれたのに相違ない、うん、要するに官界の紊乱《ぶんらん》、中央官吏どもの恥を知らぬ汚職沙《ざ》汰《た》だ」

「だいぶ御憤慨のようだが」と妻戸の向うで云う者があった、「はいってもいいかね」

安形は眸子《ひとみ》を凝らしてそちらを見た。するとそこに、検非違使の判官、矢筈ノ景友のくつろいだ姿を発見した。安形は奇妙な叫び声をあげ、自分の肥えた巨大な軀を自分で持ちあげ、信じられないほど敏速に敷物からすべりおりると、ひいひい声で召使を呼び、判官のために敷物を直させた。

「お呼び下さればまかり出ましたものを」と安形は低頭して云った、「暑中は午睡をとりますのが年来の癖になりまして、ついうとうとしておりました、なにか粗相がございましたら御勘弁を願いとうございます」

「坐《すわ》ったまま午睡とは達人だな」景友はにこりともしなかった、「しかも寝言で、官界の風紀がどうとか云っていたようだが」

「いかなる高貴の方であられようとも」と安形は汗をたらしながら答えた、「寝言ばかりは自分でもどう致しようもないかと存じます」

景友は歯を見せて、「おまえは田舎に置くには惜しい男だ」と云った。

「だがまあ、楽にしろ」と景友は衿《えり》を左右にひらいて、片手を振った、「おれはつかみ峠のもののけを退治に来た、院の特旨でおれが選ばれたのだ、院とはどなたをさすかもちろん承知であろうな」

「それはむろん国司ノ庁の属官と致しまして、院がどなたであらせられるかぐらい存ぜぬことには」

景友は手を振った、「もうよし、おまえの話しぶりを聞いていると舌長《したなが》ノ三位《さんみ》を思いだしていけない、――舌長ノ三位とはたれびとの渾名《あだな》か知っているか」

「それはもう国司ノ庁の属官である以上は」

「要談にかかろう」と景友が遮《さえぎ》った、「つかみ峠のもののけについて、詳しい仔細《しさい》を話してくれ、但《ただ》し誇張や作り話はいけない、国司ノ庁の属官などにこだわらず、事実をあるがままに話すのだ、あるがままだぞ」

「あるがまま」と復唱し、ながれる汗を押しぬぐって、安形は自分自身に問いかけた、

「この人は信じてくれるだろうかしらん」

「さあ始めてくれ」


「ええ、——まず峠の故事でございますが」と云いかけてから、安形は念を押すように改めて反問した、「あるがままにですな」

景友は黙って待っていた。

二

朝の強い日光のさしこむ対屋の廂《ひさし》で、景友は三人の看督長《かどのおさ》を前に坐っていた。一人は井汲《いくみ》ノ酒男《さかお》、次は斗米《とめ》ノ護《まもる》、三番目は単に「鉾《ほこ》」と呼ばれていた。姓名はあるのだろうが、検非ノ庁の「鉾」といえば、都の隅《すみ》ずみまで知らぬ者はない、と自分で云っていた。――景友は三人を順に眺めやり、がっかりしたような、うんざりしたような表情で溜息《ためいき》をついた。

「こいつらを伴《つ》れて来たのは間違いだったかもしれない」と景友は呟いた、「しかしどうしようがあるか、伴れて来てしまった以上、ためすだけはためすよりしようがないじゃないか」

そして彼は三人に呼びかけた。

「おれは昨夜《ゆうべ》、ここの郡司に詳しいことを聞いて来た、その仔細を話すからよく聞いておけ」と景友は云った、「——まずつかみ峠というのは、ここから南へ五里ほどいった山中で、つづら折りの峠道の頂上にある、伝えるところによると神代《かみよ》の昔、あしはらしこの命《みこと》とあめのひぼこの命が、その谷を自分のものにしようとして摑《つか》みあいの喧嘩《けんか》をした、そのために谷があっちへ曲りこっちへ曲りして、いまのようにつづら折りになったのだという」
「そのころは谷が軟らかだったのですな」と斗米ノ護が訊《き》いた、「というのは、つまり谷の地面のことですが」
「もののけはその峠の頂上に出る」と景友は続けた、「出はじめてから四五十年になるそうだが、正体はまったくわからない、幾たびとなく腕自慢の者が退治にでかけた、遠国から噂《うわさ》を聞いてやって来た武士もいる、しかし、二人以上そろってゆくともののけは出ないし、一人でゆけば必ずとり殺されてしまう」
「その」と鉾が訊いた、「そのときどっちが勝ったのですか」
「どっちが勝ったかって」景友は鉾に眼を向けた、「勝った者など一人もいはせぬ、みんなもののけにとり殺されてしまうのだ」
「摑みあいをしてですか」
「なんで摑みあいをするんだ」

「その」と鉾が云った、「あしはらのなんとかの命とあめのなんとかいう命と」

「そんな話はもう済んだ、きさまおれの云うことを聞いていなかったのか」

「うかがっていました」と鉾は云い返した、「うかがっていましたが、命と命がつかみあいをして谷がめちゃめちゃに曲った、というだけで、どっちの命が勝ったかということはまだうかがってはおらないのですが」

「そんなことは気にするな、そんなことはもののけとは関係がないんだ」

「しかし順序としましていちおう」

「さよう、順序として私も」と護も云った、「掴みあいをしたために谷がへし曲って、峠道がつづら折りになったという理由が知りたいと思います」

「検非違使の庁の官吏と致しましては」と井汲ノ酒男が云った、「どんな場合にも事件を正確にしらべ、まいないなどに左右されることなく、理非曲直、是否善悪を明白にとり糺《ただ》すことが心得の第一となっておる筈です」

「黙れ、ちょっと黙れ」景友は低い声でそっと云った、「おちついてよく聞くんだ、いいか、われわれがここへ来たのは、つかみ峠のもののけを退治するためだ、そうだろう」

　三人は頷《うなず》いた。

「したがって」と景友は続けた、「どっちの命が勝ったか負けたか、どうして谷がひん曲ったかなどということは考える必要はない、それはずっと昔も昔、神代のことだと伝えられるだけなんだから」

「それにしてもです」と鉾が云いかけた。

「だ、ま、れ」と景友が囁《ささや》き声で遮《さえぎ》った、「きさまが一番手を勤めるんだ、そんなむだ口を叩《たた》く暇に、よく話を聞いておかぬととんだことになるぞ」

「私が」と鉾は唾《つば》をのんだ、「どうしてですか」

「鉾はまっ先に進むものだからだ」

「はあ、さようですか、判官どのはそういうお考えですか」と鉾は云った、「私ども三人、酒男と護とこの私は、少年のころからいっしょに育ち、生死とも三人いっしょと誓ったあいだがらです」

「そういうあいだがらです」と酒男と護が同時に云い、あとを護一人が云った、「弓矢八幡《はちまん》もきこしめし、しろしめしたまえ、われら三人は生死をともにすると誓った仲です」

「それを判官どのは」と鉾が続けようとした。

「やかましい」景友はがまんを切らして叫んだ、「やかましい、きさまたちがどんな誓いをしようが、もののけ退治は一人でなければだめなんだ、二人でいっても出ては来ない、出て来ないものが退治できるか」

　三人は互いに顔を見合せた。

「もういちど云うからよく聞け」と景友は続けた、「もののけは一人でゆかなければ出て来ないし、一人でいった者は、どんなに勇猛を誇る者でもとり殺されてしまった、しかもふしぎなことには、喉《のど》のところに小さな傷があるだけで、軀は骨と皮ばかりになっている、血も肉もすっかりなくなって、骨へ皮が貼《は》りついたようなありさまとなり、人がようすをみにゆくと、ああたのしかった、——と云ってにっこり笑うそうだ」

　三人はまた顔を見交わした。

「かすかな細い声で」と景友はなお続けた、「ああたのしかった、この世に生れて来たかいがあった、そう云って息をひきとるということだ」

「怖がらないのですか」と酒男が訊いた。

「ちっとも」と景友が首を振った、「死顔も微笑を湛《たた》えて、いかにも極楽往生というふうにみえるそうだ」

「それは本当のもののけだ」と護が二人の友に云った、「こんな味気ない、くそ面白《おもしろ》くもない世の中に、生れて来たかいがあったなどと云わせるのは尋常ではない、それこそ嘘《うそ》いつわりのないもののけだぞ」

「こうなると勇気りんりんだな」と鉾が腕をさすった、「しかし鉾という渾名のために、おれが一番手を勤めるという不公平は避けなければなるまい、ほん物のもののけとなれば、討取った者の名誉もひときわだからな、おれは渾名を利用して名誉を独占しようとは思わないぞ」

「おまえの謙遜《けんそん》なことはわかってる」と井汲ノ酒男が云った、「これまでもその奥ゆかしい謙遜さで、おれや護をよく泣かせてくれたものだ、が、このたびはわたくし事ではない、おまえが一番手として天下に名をあげるという、一世一代の機会を邪魔しようとは思わない、そうだろう護」

「いや待て」と鉾が云った、「おれは鉾ではなく本名があるのだから、友情としておれは」

「そんなことにこだわるな」と護が云った。

「くじ引きだ」と景友が絶叫した、「友情も謙遜もくそくらえ、くじ引きだ」

三

「こういうしだいで、このおれがいまこうして坂道を登っているわけだ」と斗米《とめ》ノ護《まもる》は独り言を云った、「世間ではあんな場合によくくじ引きで事をきめる、くじ引きがいちばん公平だと思っている、迷信だ、とんでもない迷信だ」

「なんですかねえ」と案内の男が振向いた、「なにか仰《おっ》しゃいましたですかねえ」

「仰しゃらない、気にするな」と護は片手を振った、「くじはもっとも不公平なものだ、なぜと云え、くじにはくじ運の強いやつとくじ運の弱い者がある、その証拠はこのおれと鉾《ほこ》だ、あいつはくじとなれば必ず勝つし、おれはくじとなれば必ず負ける、もしも木と石を水へ投げこんで、どっちが浮くかを賭《か》けるとしたらどうだ、石のほうへ賭ける者がいるだろうか、え、どうだ」

「さようですねえ」と案内の男が振返って、汗を拭《ふ》きながら答えた、「この曲りが下七番ですからねえ、あと八番九番と曲れば、こぼれ坂にかかるという順ですよねえ」

「気にするな」と護は手を振り、ゆっくりと坂道を登りながら続けた、「――くじ引きが公平だなどというのは、その石に賭けるのと同様、まったく無条理でばかげたことだ、現の証拠、初めに指名された鉾が二番手にきまり、このおれが一番手としてこのとおり、このつづら折りの坂を登っているじゃないか」

「そう仰しゃりますすな」と案内の男が振向きもせずに云った、「人間はさまざまなものでしてねえ、そんなふうなことならこの世にみれんはない、もののけにとり殺されるほうが安楽だなどと云《い》ってねえ、わざわざつかみ峠へ登ってゆく者さえありますからねえ」

「もののけ」と云って、護はぎょっとしたように立停《たちどま》った、「忘れていた、そうだ、おれはもののけ退治にゆくところだ、京からこの因幡ノくにまではるばる来て、くじ引きをして、いまこうしてこの坂道を登っているのは、ほかのことではない、つかみ峠のもののけを退治するためだ、はあ、これはえらいことになった」

「そのとおりですよねえ」と案内の男は登り続けながら云った、「もののけと云っても、そんなにたのしくとり殺してくれるなら、生きていて苦患《くげん》をみるより、死ぬほうがましかもしれませんですよねえ」

「ふむ」と護は汗のたれ落ちるのも気づかずに考えこんだ、「――ふむ、ふむ」

案内の者は大きな声で饒舌《しゃべ》りながら、ゆっくり坂道を登っていた。斗米ノ護はそのうしろ姿を見やって下唇《したくちびる》を嚙《か》み、無意識に顔の汗をぬぐった。

「もののけは一人でゆかなければ出ない」と護は呟《つぶや》いた、「ということは、一人でゆけば誰彼《だれかれ》の差はないということだろう、だとあってみればなにもこのおれがゆかなければならない、という理由はないじゃないか、たとえば、向うへゆくあの案内の者はどうだ、あの男は年も四十を越している、多少うすのろのようにもみえるし、これ以上生きていなければならないというわけもあるまい」

斗米ノ護の顔が明るくなった。

「おれはまだ二十三であり、検非違使で看督長《かどのおさ》まで出世した」と云って彼は自分の赤い狩衣《かりぎぬ》の袖《そで》を左右にひろげて見た、「これから大史《だいし》にも廷尉《ていい》にも、判官《ほうがん》にも出世する望みがあるし、喰《た》べたいものでまだ喰べることのできない物が山ほどある、そうだ、廷尉判官にはならなくとも、喰べたい物を喰べたいという、この一つの目的だけでも死ぬことはできない」

「そうだ」と彼の表情はさらに明るくなった、「それに反してあの案内の者はどうだ、四十年も生きていればこの世の事はおよそ経験してしまったろう、おそらく子だくさんで生活も苦しく、このさき生きていてもさしたる希望はないに違いない、だとあってみれば、なにもむりに生きている必要はないじゃないか、ねえ」

彼は案内の者の口ぐせをまねし、元気な足どりで坂道を登りだした。

「あの男を峠へやろう」と彼は歩きながら自分にいった、「そうして、もののけがあの男をとり殺すのを見ていて、好機があったらとびだせばいい、にんげん看督長ともなるとこのくらいの知恵ははたらかせるものだ」

「さようです、ねえ」と案内の者は云っていた、「こんな田舎にも善人ばかりはおりませんん、都のことは知らないですけれども、ねえ、考えてみると田舎のほうが悪性な人間が多いのじゃないかと思うのですが、ねえ」

「峠はまだ遠いか」

「わたくしの名ですか」と案内の者が反問した、「へへ、名なんぞはないも同然でございますよ、道傍《みちばた》のおんばこのほうがましなような人間ですから、ねえ」

「耳が遠いらしいな」と護は呟いた、「うすのろのうえに耳も遠いらしい、こういう男をむだに生かしておくという法があるだろうか」

案内の者は立停り、汗を拭きながら、前方の曲り角を指さした。

「あの角を曲るとこぼれ坂です」と案内の者は云った、「その坂を登りきるとすぐ峠の頂上ですから、ねえ、わたくしはここで帰らしてもらいます」

「ちょっと待て」護は腰の銭嚢《ぜにぶくろ》の中から、幾らかの銭を出して与えた、「取っておけ、これからしてもらいたいことがあるんだ」

案内の者は掌《てのひら》の上の銭を、不満そうに見、不満そうに護の顔を見た。

「それをやるから、おまえ先に峠へいってくれ」と護は云った、「おれは蔭《かげ》に身をひそめて、もののけが出て来たらすぐにとびだしてゆく、つまりおまえを囮《おとり》にしてものののけをさそいだす、退治るのはおれ、おまえは囮、こういう仕組なんだ」

案内の者はもっと不満そうな眼で、掌上の銭と護の顔とを交互に見比べていた。

「欲の深いやつだ」護は口の中でぶつぶつ云い、さらに幾枚かの銭を加えた、「これでどうだ」

「案内の駄《だ》賃《ちん》ですか、ねえ」と案内の者は銭をしっかり握りしめた、「都の人はいつも金を持っていらっしゃる、おらが銭という物を持ったのは、生れてからこれで三度めですよ、田舎者はうすのろで、まがぬけていて知恵がねえですから、ねえ、一生ばかばかりみてくらすですよ、まったく哀れなもんですよ、ねえ」

「さあ、いってくれ」と護が促した、「おれがちゃんと控えているからな、決して間違いのないようにするから」

「それだらまあこれで」と案内の者はゆっくりと踵《きびす》を返した、「死《し》骸《がい》は明日みんなで引取りに来ますから、ねえ」

「どうするんだ、これ、待て待て」

護は案内の者を捉《つか》まえようとしたが、その手は空を掴《つか》んだだけで、案内の者は若い鼬《いたち》のようにすばやく、二十四五間も坂下のほうへ逃げのびていた。

# 四

護の下唇がだらっと垂れ下った。案内の者の動作は、――予想もしなかったが、あまりにすばやく、信じられないほど敏速で、殆《ほと》んど眼にもとまらないくらいだった。

「悪く思わないで下さいよ、ねええ」と案内の者が向うから叫んだ、「判官さまによく云われて来たので、おまえさまの云うことをきくわけにはいかねえのです、死骸のことは引受けましたですから、気をおとさずにしっかりやって下さいましよ、ねええ」

「あれがうすのろか、護」と護は自分に問いかけた、「あれが耳の遠いうすのろか、――銭をあんなに呉《く》れてやって、きさまあいそ笑いまでしたぞ」

案内の者は坂道をおりてゆき、まもなく曲り角を曲って見えなくなった。

「どうしよう」と彼は呟いた、「このままゆくか、それとも、なにも出なかったと云って帰るか」彼は考えてみて首を振った、「判官はそんな手に乗るような人間じゃあない、あいつはこれで出世するつもりだ、院の仰《おお》せつけなどというが、じつは自分から願い出たのだ、伴《とも》ノ蔵人《くろうど》が出世をしたから、是が非でも自分も出世をするつもりなんだ、――そんなら自分でやればいい、自分の出世のためなんだから自分でやるのが当然じゃないか、そうじゃないだろうか天下の諸君、われわれのような下っ端《したっぱ》の小吏員に死の危険を冒させて、うまくゆけば自分が出世をするなどという、こんな不当な、人道を無視したことがゆるされていいだろうか」

ねえと云いかけて、彼はいまいましそうに口の脇《わき》をつねった。そのとき脇のほう、――どっちからとははっきりは云えない、ただ脇のほうというより云いようがないが、――一人の極めて美しい、十六七歳になる娘があらわれ、不審そうに護のようすをみつめた。

「もし、あなた」と娘は呼びかけた、「道にでもお迷いになったのでございますか」

護は一歩さがった。

――こいつもののけだな。

そう思ったので、一歩さがりながら太刀《たち》の柄《つか》に手をかけた。娘も逃げ腰になり、それでもなお護のようすを見まもりながら、もし道に迷ったのなら戻《もど》るがよい、この先にはもののけの出るところがあって、不案内な人には危険だから、と注意をした。

「どうぞお戻りなさいまし」と娘は繰り返した、「お屋敷の姫さま以外には、この峠を無事に越せる人はありません、遠国から来られた強い武士たちでさえ、一人として生き帰った者はないのですから」

「屋敷の姫」と護は訊《き》き返した、「――それはこの辺に住んでおられるのか」

「はい、そこをはいったところにお屋敷がございます」

「もののけの出るという、つかみ峠のこんな近くに、どうしてまたそのような人が住んでおられるのだ」

娘は可笑《おか》しそうに、袖で口を押えながら含み笑いをした。たいそうあどけなく、また愛らしい笑いかたであった。

「あなたも疑ぐっていらっしゃいますのね」と娘は云った、「お屋敷の姫さまがもののけではないかって、そうでございましょ」

「私も――ですって」

「ええあなたもですわ」と云って娘はまた愛らしく笑った、「よその土地から来た方はみなさまそうお思いになりますの、そしてこの土地の人たちはもののけを恐れて、誰もここへは近よりませんわ、ですからお人嫌《ひとぎら》いの姫さまには、ここがどこよりお気に召しているんですの」

「姫がお人嫌いですって」と護が訊いた、「いったいそれはどういう方の姫ぎみですか」

「あら、お聞きになりませんでしたの、粟田《あわた》ノ郡司さまの一の姫でいらっしゃいますわ」

「郡司の館《やかた》には泊ったが、姫の話は聞かなかったな」

「そうかもしれません、郡司さまは一日じゅう喰《た》べることにかかっていて、ほかのことはなに一つ頭にないのですから」と云って娘は声をひそめた、「――わたくし姫さまの侍女で糸野ちすじと申しますの、どうぞよろしく」

斗米ノ護は一揖《いちゆう》し、自分の名を告げた。

「なるほど」と彼は云った、「郡司の館には二日いたが、朝から晩まで喰べどおしに喰べていましたな、しかし私も、食事は人間のたのしみの中で最上至高なものだと思うのです、まず毛物や鳥や魚を見てごらんなさい、かれらはただ腹を肥やすため、飢えないためにだけ喰べる、かたちよく切るとか刻むとか、焼くとか煮るとか、焙《あぶ》るなどということを決してしない、もちろん味をととのえるとか、食器を選ぶなどということもしないしまたできもしない、人間と鳥けものの違いはこの点だけではっきり区別ができる、要約すれば、食物に対して深い関心を持つ者こそ、もっとも人間らしい人間だといえるでしょう」

「では姫さまのお屋敷へいらっしゃいませよ」とちすじがあいそよく云った、「郡司さまに似て姫さまもお口が奢《おご》っていらっしゃいますから、腕のいい料理人もおりますし、諸国から取り寄せた珍味がたくさんございますわ」
「しかし私はつかみ峠へゆかなければならないのだ」
「つかみ峠ですって、まあ」ちすじは身ぶるいをした、「いけませんわそんなこと、だっていまわたくしが申したとおり、あそこにはもののけがいて」
「本当のことを云おう」と護は声をひそめた、「私は京の検非違使《けびいし》の者で、そのもののけを退治るために来たのだ」
「いけません、いいえいけません」ちすじはおろおろした、「あなたがどんなにお強くとも、あのもののけを退治ることなんかできません、あなたはとり殺されてしまいます」
「しかし、姫は峠を越せると云ったでしょう」
「姫さまはべつです」と云って、ちすじは指の爪《つめ》を噛《か》み、それから急に護を見た、「——そうだわ、姫さまはお一人でも平気で峠をお越しになる、それにはなにか特別なまじないとか、護符といったような物があるのかもしれません、そうじゃないでしょうか」
「私にはわからないな」
「きっとそうよ、——さあゆきましょう」

「どこへです」

「もちろんお屋敷よ」と云ってちすじは手をさしのべた、「姫さまに会って、特別なまじないとか護符などがあるなら、それを教えてもらってからいらっしゃればいいでしょ」

「それは、もしそうできるなら」

「さあまいりましょう」ちすじは彼の手を取った、「都からいらしったと聞けば、姫さまもきっとおよろこびになり、たくさんおふるまいをなさるにちがいありません、今夜はゆっくりお泊りになって、それから峠の話をなさいまし、はい、ここが御門でございます」

五

「鉾《ほこ》」は心の中で思った。

――この娘は十六歳にちがいない。

女についての勘なら、誰にも負けないし決して狂いはない、このあばら骨の二枚めあたりの擽《くすぐ》ったくなるような感じは、十五歳でもなく十七歳でもない、十七歳ならもっと下のほうへ感じる筈《はず》だし、十五歳ならぜんぜんこんな感じは起こらないだろう。

「ここを曲りますの」と娘が云《い》った、「向うに見えるのがお屋敷の御門ですわ」

「なるほど」と云って鉾は顎《あご》を撫《な》で、それから誘惑的な眼《め》つきで娘を見た、「――この樹蔭《こかげ》でちょっと休んでいきませんか」

「もうすぐですもの、お屋敷へいって汗をながしてからになさいましな」

「いや、このままでは汗臭い、ちょっと風を入れて汗を乾かしてからにしよう」

鉾は道傍の岩に腰をおろし、赤い狩衣と白衣の衿《えり》をくつろげ、顔から胸、腹と汗を拭《ふ》き、布袴《ぬのばかま》の裾《すそ》の紐《ひも》を解いてたくしあげ、みごとな毛脛《けずね》をあらわしながら、横眼ですばやく娘の表情を見た。

――へっへ、やっぱり十六だ。

娘は逞《たくま》しい毛脛を見ると、一瞬間、吸い寄せられるような眼つきをし、すぐに赤くなって眼をそむけた。十五歳なら、よっぽどませていない限りあんな眼つきはしないし、十七歳ならあんなに早く眼をそらしはしない。へっへ、これはまさに十六さ、と彼は心の中で揉《も》み手をした。

「わたくしたちお止め申しましたのよ」と娘は自分の話を続けた、「お姫さまもやめるようにって、これまで誰ひとり助かった人はないんですから、それは検非の庁の方ならお強いには相違ないでしょうけれど、相手がもののけで変幻自在ですから、断念なさるほうがいいでしょうと、繰り返しお止め申したんですの」

「あいつは融通のきかない男でしたよ」と鉾は云った、「おおまくらい（大食漢）でね、もう朝から晩まで腹をへらしどおしで、喰べ物のことばかり考えたり話したりしているんです、どこのなにそれが美味《うま》いというと、遠近の頓着《とんじゃく》なしにとんでゆくし、男のくせに自分で庖丁《ほうちょう》を持ったりする、というわけです」

「わたくしたちの御忠告を聞いて下さればよかったのに」

「それはどうですかね」と鉾は首を片方へかしげた、「私が死骸を引取ったのですが、もちろん案内の者や郡司の家の子たちを伴《つ》れて来たんですが、まだ息がありましてね、姿は骸骨のようになっていて、血も肉もすっからかんでしたが、それでも私が呼び起こすと、かすうかな声で――ああ美味かった、もう腹がいっぱいだ、って云うんです」

「まあ――」と娘が云った。

「それからさらに、おれは七たび生きてもこんな美味い物は食えないだろう、生れて来てよかった、もう死んでも心残りはない、と云ってそのまま絶息しましたよ」

「それはどういう意味でしょうか」

「もののけにたばかられたんでしょうな」と鉾は軽侮するように鼻柱へ皺《しわ》をよせた、

「自分が血肉を吸い取られているのに、なにか天下の珍味でも喰べているように思ったんでしょう、そうだとすれば、あれほど喰べ物に執着していたのだから、たとえたばかられたにしても、本人にとっては満足だったと思うのです」
「わたくしにはそうは思えませんわ」と娘はかぶりを振った、「お役目だからしかたがないかもしれませんけれど、そんな死にかたをなさるなんてあんまりお可哀《かわい》そうです」
「私はあの男が羨《うらや》ましい」と鉾は云った、「あなたのような美しい人に、これほど哀れがってもらえるなら、私だってよろこんでもののけ退治にでかけますよ」
「いけません、それだけはいけません」娘は恐ろしそうに遮った、「あなたはお約束なさいましたわ、お屋敷で一と晩お泊りになって、もののけは出なかったと云って帰るって、ちゃんとお約束なすったではございませんか」
「もちろん約束はしました」
「それに」と娘はなお云った、「退治の役を仰せつけられたのは矢筈ノ判官という方で、あなた方はお供をしていらしっただけ、そうでございましょう」
「判官はくえない人間です」と鉾は云った、「こんどの役目だって自分から願い出たんでしてね、あなたはご存じないだろうが、——ときにあなたはなんという名前ですか」

「糸野ちすじと申します」

「失礼ですがお年は、十六くらいですか」

「あら、よくおわかりになりますのね」と云って娘は彼をじっとにらんだ、「きっと都ではたくさん女の方たちをお泣かせなすったのでございましょう」

「えへん」と鉾は咳《せき》をした、「京では私は、鉾と呼ばれています」

「鉾ですって」

「鉾です」と彼は云った、「形と使い方をお考えになればわかるでしょう、鉾は尖《さき》するどく、柄《え》は太く固く、取ってしごけば昼夜を問わず、なんどきたりとも役に立つという」

「わかりました」とちすじが遮った、「ではその鉾で退治にいらっしゃるおつもりでしたのね」

やまが育ちの十六ではまだわからないかな、と鉾は心の中で思った。

「その退治の件ですが」と鉾は話を戻した、「京の東ノ洞院《とういん》に三位《さんみ》なにがし、——名は云わぬほうがいいでしょう、三位なにがしという中納言《ちゅうなごん》がいて、それに一人の姫がある、判官はその娘が欲しさにこの退治を願い出たのだ、それなら、いまあなたが云うとおり自分で退治するがいい、三位なにがしの姫を貰《もら》って左衛門佐《さえもんのすけ》にでも出世をするつもりだろうが、それは判官自身の問題で、こっちには関係のないことなんだから」

「そうよ、そうですとも、判官さまが御自分でなされればいいのよ」とちすじが云った、「さあまいりましょう、お屋敷にはわたくしなどよりきれいな侍女たちがたくさんいますわ、お好きな者を選《よ》り取り見取り、ゆっくり骨休みをなさいまし」

「あなたのような美しい人が」鉾は岩から腰をあげた、「ほかにもたくさんいるっていうんですか」

「ほら、ごらんなさいまし」とちすじが一揖した、「もうお屋敷へまいりました、あそこに侍女たちがお迎え申していますわ」

「これはどうだ」と鉾は仰天し、わくわくしながら手をこすり合せた、「いま立ちあがったと思ったらもう屋敷の中にいる、おまけにあの大勢の美女たち、——見てくれ、このきらびやかな広間と、あの眼のさめるような美しい娘たち、この世ながらの極楽か竜宮《りゅうぐう》か、夢ならばさめなさめなと云うところだ、ほっほっほ」

# 六

「どうも食がすすまない、まるで食いたいという気持が起こらない」栗田《あわた》ノ安形《やすかた》はかち栗《ぐり》を剥《む》いては喰べ剥いては喰べ、皮や渋皮をそこらへ吐きちらしたり投げやったりしながら、伽羅《きやら》ノ工人《たくみ》のまわりを歩きまわっていた、「あの斗米《とめ》ノなにがしとやら申す大食漢が――どうぞあの男が成仏しますように、いや、あの男には驚いた、おれも若いころにはずいぶん底なしに喰べたものだが、あんな大食漢は見たことも聞いたこともない、あれではもののけにとり殺されずとも、やがて食い死にに死んだに違いない、もしもあの男があと十日もここにいたらと思うと、それだけでもおれは胃の腑《ふ》がいっぱいになって、――おい、誰かあるか」

　瘦《や》せた若い家来がひょろひょろとあらわれた。

「乾《ほ》した無花果《いちじく》を持ってまいれ」と安形はどなった、「籠《かご》へ入れてまいれよ」

「郡司の殿」と伽羅ノ工人が云った、「そのように歩きまわったりどなられたりしては、気が散ってとんと仕事になりません、どうかお静かになすって下さいまし」

　若いけれどもひどく瘦せた家来はひょろひょろと去り、郡司安形はかち栗の渋皮をぺっと、唇《くちびる》のあいだから吹きとばした。

「大きな口をきくな」と安形は肥大して垂れさがった腹を両手でたくしあげた、「きさまこのおれに命令する気か」

「私はあなたのために申上げるのです、この木像を仕上げる期間は十日でしょう」

「期間は十日、今日は六日めだ、それがどうかしたか、――これ、誰かあるか」と安形は足踏みをして喚《わめ》いた、「申しつけた物をどうした、乾し無花果はどうした」

安形のちから足のために家が震動し、伽羅ノ工人は慌《あわ》てて木像を支えた。それは十七八の少年の等身像で、装束《しょうぞく》は細長、黄柳色の地に白で亀甲《きっこう》を浮かしたもの、内衣は白、奴袴《ぬばかま》は薄紫の地にやはり白で雪輪が散らしてある。髪は大元結《おおもとゆい》で背にすべらし、眉《まゆ》はもも眉。おもながのふっくりした顔だちが、いまにも口をきくかと思われるほど、浮き浮きとした美しい出来であった。

「なんという乱暴なことを」と伽羅ノ工人は怒った、「もしこれが倒れでもしたら、塗り直すのに十日もかかりますぞ」

「きさまおれを威《おど》す気か」

瘦せてはいるがまだ若い家来がひょろひょろと来て、乾し無花果の入ったあけびの籠を安形に渡し、またひょろひょろと去っていったが、その姿が遣戸《やりど》の向うへ隠れようとするとき、彼の哀れな溜息《ためいき》と、独り言を云うのが聞えた。それは「ああ」と長く引っ張った消え消えの溜息であり「た、べ、た、い、なあ」という哀切な言葉であった。

「私はもうがまんできない」と伽羅ノ工人は立ちあがった、「あなたは付きに付いてどなりたてる、おまけにいつもぼりぼりぱりぱりなにかしら喰べどおしに喰べながら、その食い太った達磨岩《だるまいわ》のような軀《からだ》で歩きまわっている、やれ食がすすまない」彼は郡司の口まねをし、身ぶりをまねた、「喰べたいという気持が起こらない、へん、そうかと思うといまの御家来、若いのに痩せ細ったいまの御家来、これも朝から晩まで哀アれな声で、た、べ、た、い、なあーと云いずくめだ、へん」彼は絵具だらけの手を左右に振った、「肥え太ってるのも喰べ物、痩せさらばえたのも喰べ物、一日じゅう喰べ物のことばかり聞かされる、――こんな環境の中で芸術的な昂奮《こうふん》が持続するわけはない、私はもう御免を蒙《こうむ》ります」

「まあまあ、まあまあ」と安形は籠の中の無花果を喰べながら工人をなだめた、「まあまあ、そう怒らずに、とにかくこれは検非違使の庁の仕事なのだから」

「いやもうたくさんです、こんな大きな木像を、極彩色で、しかも代価は銭一と袋」工人は掌でなにかの重さを計るような手まねをした、「いくら郡司の殿の仰《おお》せでも、こんなばかげた仕事はまっぴらです」

「銭一と袋だって」安形はとぼけて眼をみはった、「このおれが、そんなことを云ったか、いや、それはなにかの聞き違いだ」

「いまも申すとおり、これは検非違使の庁の命令で、云ってみれば内裏《だいり》から仰せつけられたのも同然、お受けをした身にとっては名誉この上もなく、代価などという卑《いや》しいことは問題にもならぬ筈だ」

「聞き違いですと」

「みなさんお聞きになりましたか」と伽羅ノ工人は一礼して云った、「郡司の殿のあの肥え太った巨軀《きよく》をよく見て、そうしていまの言葉を覚えていて下さい、この木像の代価として、郡司の殿は検非の判官から砂金十両を受取っているのです、砂金十両ですぞ、それはもちろん、検非の判官は判官で検非の庁の公金をもっとくすねているに違いない、それはもう疑いのないことでしょう、だがそれは私には関係がない、私は郡司の殿から木像の製作を頼まれた、郡司の殿は砂金十両という代価を受取ったのに、製作者である私には銭一と袋だと偽り、こんどは名誉の問題にすりかえて半銭も代価は出さないという、これでもなお辛抱すべきでしょうか」

「どうやら怒ったようだな」安形は脇《わき》へ向いてほくほくした、「木像はもう仕上ったも同様だ、へっへ、こういう手合は名誉でごまかすか、さもなければ怒らせればいい、さあ、もっと怒れ、もっと怒れ」

「いや辛抱はできない」と工人は続けて云った、「こういう卑劣に屈するのは芸術をけがすことになる、私は芸術的良心にしたがってやめます、失礼しました」

「これ待て、なにをするのだ」

「私はこの仕事をやめるのです」と云って工人は木像を担《かつ》ぎあげた、「どうかそこをどいて下さい」

「それはならぬ、断じてならんぞ」安形は籠を下に置き、肥大した腹をたくしあげながら叫んだ、「そのほうはこの郡司の屋形を使い、おれの弁当を喰べた、したがってその木像の所有権はこのおれにある、下へ置こうぞ」

「そんな理屈があるか」と工人は云い返した、「いかに郡司の殿でもそんなむたいな理屈がとおるものではない、これは私の作った木像です、私を通して下さい」

「ならぬならぬ、それを置いてゆかぬ限りここは通さぬ」と云って安形は絶叫した、「ものども出てまいれ、世にもすさまじい強盗《がんどう》じゃ、これ、——そこを動くまいぞ」

伽羅ノ工人は巧みに逃げだし、そこへ五六人の家来たちが駆けつけて来、安形は足踏みをしながら叫んだ。

「あいつを捉《つか》まえろ、あいつを捉まえて木像を取り返して来い、いそげ、いそげ、いそげ」

## 七

井汲《いくみ》ノ酒男《さかお》はいい機嫌《きげん》に酔っていた。まわりには糸野ちすじをはじめ、十五六人の美しい侍女たちがい並んで、代る代る酒男に給仕していた。

「これはいい酒だ、おれは生れてこのかたこんな美味《うま》い酒を飲んだことはない」彼はそう云ってから、糸野ちすじに眼くばせをし、身を乗り出して囁《ささや》いた、「――あれは、どなたの姫でしたかな」

ちすじは御簾《みす》の内へ眼をやった。垂れてある御簾をとおして、白地に秋の千草の模様を染めた几帳《きちょう》が見え、幾人かの侍女が、その几帳のまわりに坐《すわ》っているのが見えた。

「国の司《つかさ》、因幡守頼遠《いなばのかみよりとお》さまの姫ぎみです」とちすじが囁き返した、「お年は十七、それはそれは譬《たと》えようもなくお美しい」

酒男は手をあげて遮《さえぎ》った、「それはもう国司の姫ならお美しいに相違あるまいが、――どうしていつまであんなところにいらっしゃるんですか」

「もちろん御接待のためですわ」

「御接待、私のためにですか」

「お招き申したのですから、姫ぎみが御接待にお坐りあそばすのは、あなたへの礼儀でございます」
「それが困るんだ」酒男はもっと声をひそめた、「身分が違うからここへ出ていただくわけにもゆかず、と云ってあそこに頑張《がんば》っておられ、いや、御接待にお坐りあそばされていては、せっかくの御馳走《ごちそう》も喉《のど》をとおらぬ、どうかひとつここは御退座を願って、無礼講ということにしていただけまいか」
「でもわたくしどものようなおかめやおたふくばかりでは」
「とんでもない」酒男は額の前で手を左右に振った、「ちすじどのはじめ、これにおられるおなご衆たちほど、粒ぞろいの美人は、都でもめったに見られるものではない」
「まあお口のうまいこと」とちすじが媚《こ》びた眼つきでにらみながら云った、「それが本当なら、このまえいらしった斗米《とめ》ノ護《まもる》さまや鉾《ほこ》さまも、そう仰《おっ》しゃる筈《はず》ではございませんか」
「いやいや、あの二人はだめだ、護はもう食いけ一方、鉾は女好きだが、色香をめでるなどというゆとりはない、女とさえみれば老若《ろうにゃく》美醜に頓着《とんじゃく》なく、ただもう鉾を押っ取って、めったむしょうに数をこなすだけが能、――であったが、いや待って下さいよ」

酒男は大盃《たいはい》でぐっと呷《あお》った、「そういえば先日、死骸《しがい》を引取りにまいったとき、いまわの際《きわ》に鉾がいじらしいことを申したよ、さよう、ああ本望だ、おれは天人のような美女たち百人と寝て、この世のものとも思えないたのしみを味わった、これで死ねれば極楽だ、——こう申したが、あれは、あなた方のことではなかったかな」

「もしもそうなら、いまも御無事でいらしったでしょう」とちすじが云《い》った、「わたくしたちは云うまでもなく、姫ぎみまでがおとめ申しましたのに、役目だからと仰しやっていさましく峠へ登ってゆかれました」

「あの男が、いさましくですって」

「わたくしたちがもう少し美しくて、あの方のお眼にとまるような者が一人でもおりましたら、恐ろしい役目のことなどもお忘れになったかと存じますけれど」

「こんなきれいな方たちを措《お》いて、あの鉾がもののけ退治にでかけたとすると」酒男は膝《ひざ》を叩《たた》いて、高笑いをした、「——や、わかった、こなたたちあの男を振ったな」

「振るとは、なにをでございます」

「このことよ」と云って、酒男は曲げた肱《ひじ》でぐっとなにかを突くまねをした、「あの男が云い寄ったのを、こなたたちは片端からこうやって、振って振って振りぬいたな、そうであろう」

「まあ」とちすじは袖《そで》で顔を掩《おお》った。

　酒男はばかげた声で高笑いをし、他の侍女たちはみな「まあ」と云って、一人残らず袖で顔を掩った。それらの嬌声《きょうせい》や動作は、すべてが集約的にちすじと同一で、殆《ほと》んど同じ糸で操られている人形、といったふうな感じにみえた。

「あいつはいつもそれでしくじる」と酒男は笑いやんで云った、「あいつは自分の鉾の逞《たくま》しさだけが自慢で、幾つ数をこなすかということばかり考えている、色のしょけ、恋のてくだ、などというたのしみはまったく縁がない、味もそっけもなしのただそれだけ、これではいろごとではなく毛物の嚙《か》みあいで、どんな女でもたまったものではない、都には人が多く、変ったもの好みをする女たちもいないではないが、あの男に眼をくれるような者はないし、たまにいい仲になっても命が大事、たちまち逃げだしてしまうというわけよ」

「斗米ノ護も似たようなものだ」と酒男は大盃を飲み干して続けた、「美味を求め、珍味を喰べ飽きるところに人間の人間らしさがあり、尊さがあるのだ、などと口では云いながら、金も暇もない悲しさには、せいぜい芋粥《いもがゆ》か臭くなった乾魚の品さだめ、うまいまずいにかかわらず、腹の裂けるほど食えば満悦といったあんばいだ」

「まあま、井汲さまのお口の悪いこと」

「唐の国のなんとやら申す聖人も云っていることだが、色情と食欲にうつつをぬかすやつは人間として下の下だよ」と酒男はいきまいた、「そこへゆくと酒は神仙《しんせん》に通ずる、唐でも本朝でも、天下に名をなし偉大な業績を残す者はみな酒を飲む、一口に云っても酒飲みのことを酒仙というくらいではないか」

「あなたも酒仙のお一人ですのね」

酒男は額の前で手を左右に振った、「とてもとても、おれなんぞは及びもつかない、まだほんの初心に過ぎないが、――お」彼は御簾の内を見て口をすぼめた、「姫ぎみはもう御退座とみえるな」

「はい」とちすじが答えた、「井汲さまが無礼講にと仰しゃいましたから」

「それはかたじけない、そうだとすると、まずくつろがせていただくかな」酒男は狩《かり》衣《ぎぬ》をぬぎ、布袴《ぬのばかま》をぬいで、大あぐらをかいた、「やれやれ、これでようやく人間らしくなった、いや肴《さかな》はそのまま、こんなにうまい酒に肴などは無用、それは見ているだけのものよ、さあどしどし注《つ》いでもらおうか」

侍女たちが代る代る酌《しゃく》をし、彼はいい機嫌に飲み続けた。

「なんといううまさ、なんという酔いごこちだ」と酒男はおらび叫んだ、「これはこの世のものではない、これこそ天上の神の酒だ、おれはこの酒を飲みつくしたら、その場で死んでも本望だぞ」

「さあ、――」と自分が叫ぶのを酒男は感じながら、ひょろひょろと立ちあがった、

「さあひとつ、さかなにひと踊り踊ってみせよう」

「まあうれしい」とちすじが云った、「みなさん場所をあけましょう」

侍女たちはうしろへさがり、酒男は扇をさっとひらいた。

「はあ、いがやがや」と彼はうたいながら踊りだした、「ろがやがや、はがやがや、にがやがや、いがろがはがにがや、にがや――」

八

矢筈《やはず》ノ景友《かげとも》は弓をしらべていた。

「これはおれの将来を左右する問題だ」と彼は独り言を云った、「紀ノ基助は高御門《たかみかど》の院司になったし、鳴滝《なるたき》ノ綱《つな》は市司《いちのつかさ》というらまい座に坐った、これは東西の市日ごとに、商人どもからたっぷりうまい汁《しる》が吸える、彼はその金で大蔵卿《おおくらきよう》にとりいるつもりだ」

「また、毛野《けの》ノ正敦《まさあつ》は近衛府《このえふ》の将監《しようげん》に任命された」と景友は続けた、「みんな金か人の手蔓《てづる》か、恥知らずな阿諛《あゆ》へつらいでとりついたのだ、おれはそれを貶《けな》しはしない、

やむを得ないことなんだ、いかに頭がよく才能があっても、家柄《いえがら》か金がなければ世に出られない、こんなことでいいのか、などと喚《わめ》き叫んだところで、犬も驚きはしないという世の中だ」

景友は伸びあがって斜面の下を見た。

そこはつかみ峠から五十歩ほど下に当る。急な斜面には松林が繁《しげ》っており、谷は濃い霧に掩われていた。案内の者に木像を背負わせて、ここへ来たのは早朝丑《うし》ノ下《げ》刻《こく》、峠道のまん中に木像を立てさせてから案内の者は帰らせ、彼は一人で、この斜面の中腹に身をひそめたのであった。

「まだ暗すぎる」と彼は下を覗《のぞ》きながら呟《つぶや》いた、「それにこの霧だ、木像はここからも見えない、どうか霧が晴れてからにしてくれればいいが」

景友はまた松の木蔭《こかげ》へ戻った。

「おれには基助のような豪族の父もなし、綱や正敦ほど卑屈にもなれない、だからこの因幡のもののけの話を聞いたとき、すぐにとびついたのだ」彼は胡簶《やなぐい》の中の矢をしらべながら云った、「来てみるとたいした変化《へんげ》ではなさそうだが、京では大江山の鬼の再来でもあるようなひどい騒ぎで、退治の役を願い出るなり、おれの名は都の隅《すみ》ずみまで拡《ひろ》がったし、出立《しゅったつ》のときには藤《とう》ノ大納言卿まで送りに出てみえられた」

「たいした変化ではないって」と景友は自分の言葉に反問した、「現にあの三人、護と鋅と酒男がとり殺されたではないか、かれらは頭もよくなかったし、それぞれに大きな弱点を持っていた、しかし検非違使の看督長《かどのおさ》としては腕も立ち胆力もあり、たいした変化ではないようなものに、たやすく殺される男たちではなかった、それは慥《たし》かなことだ」

景友は松の木蔭から伸びあがって、下の峠道を眺めやった。谷の対岸にそば立つ山の、いちばん高い三角形の峰のところが、真珠色に明るくなり、谷を閉じこめていた濃い霧の動きだすのが見えた。

「慥かなことだって」とまた景友は自分に訊《き》き返した、「——いや、まだわからない、おれがあの三人を供に選んだのは、三人がそれぞれ弱点を持っていたからだ、人はその弱点によって身を亡《ほろ》ぼすことが多い、したがってもののけが、どんなぐあいに惑わしかけるかということも、三人それぞれの死にかたで判別できる筈だ、おれはそう思った、ところが、大ぐらいの護も、女に眼のない鋅も、臨終にはそれぞれ満足し、もうこれで死んでも本望だと、よろこんでいたということだ」

景友はまた峠道を見た。霧はかなり薄くなり、谷から吹きあげる微風に揺られて、濃淡の条《しま》を描きながら、極めて静かに、峠の下の方へと動いていた。

「かれらは遊山《ゆさん》に来たのではない」と景友は自分の考えを検討するように呟いた、「目的はごくはっきりしていたし、もののけ退治には危険が伴うということも、はっきり知っていた筈だ、にもかかわらず、二人ともあっさりとやられてしまい、刀を抜いたようすさえもない、そこでおれは考えたのだ、――これは人間では抵抗できないに違いない、おれ自身にだって弱点はある、たとえば出世をしたいという欲だ、もちろんおれに限ったことではないし、自分で弱点だと気づいていればもう弱点ではないだろうが、それでもなお出世欲を捨てるわけにはいかないとなると、これは相当な弱点かもしれない、ということをつきつめると、どんな人間にも抵抗できない誘惑がある、特にこのもののけには人間ではかなわないものがある、と思った」

「これまでの思案は当っている」景友は峠道を見おろしながら続けた、「井汲ノ酒男も同じような死にかたをした、おそらくは酒だろうが、三人の中では剛胆な彼まで、天上の神の美酒を味わった、もう死んでも思い残すことはない、と云ったという、――彼は彼の人間的弱点で捉まったわけだ、もちろん、おれが美少年の木像を作らせたのは、もののけの裏をかく計画であるが、慥かではない、もののけがこれにひっかかるという比率は十対一ぐらいかもしれない、だが十対一にもせよ、人間では抵抗できない誘惑、という前提からすればためしてみる値打はあるだろう」

「や、霧が晴れる」彼は峠道を覗《のぞ》いた、「木像が見えてきたぞ」

対岸の三角形の峰の脇《わき》に、輝かしい金色《こんじき》の雲があらわれ、峠道がかなりはっきりと眺められた。木像はその道のまん中に立っている、極彩色のその美少年像は、金色の雲の放つ光りの中で、殆んど生きている人間のように見えた。

「さあ根くらべだ」景友は弓と胡簶をいつでも取れるように置き直した、「もしこの手がだめならどうしようもない、誰がいってもだめだということは、伝説だけではなくあの三人が証明した、おれだけはなどという、無根拠なうぬぼれはおれはもってはいない、や、待てよ」

景友はすばやく松の木蔭へ身をひそめた。

道の上へ美しい姫があらわれた。道の片方は断崖《だんがい》、こちらは山続きであるが、ひところ大きくへこんで、笹《ささ》と松の茂った平地がある。たぶんそこから出て来たのであろう、白絹の掻取《かいどり》姿で、年は十七八、細おもての凄《すご》いような美貌《びぼう》に、したたるばかりな媚《こび》をたたえていた。

「いま屋形《やかた》の庭で、侍女たちと蹴鞠《けまり》をしておりましたの」と姫は云った、「するとあなたのお姿をおみかけしましたので、失礼ですけれどお呼びとめ申しました」

木像はもちろんなにも云わなかった。

「なぜなら、あなたは道を間違えていらっしゃるからです」と姫は云った、「この道をもう少しお登りになると、つかみ峠の頂上で、そこには恐ろしいもののけがいます、——なにか仰《おっ》しゃいまして」

木像は立っているだけであった。

「ふしぎだ」とこちらの斜面の上で、景友が首をかしげていた、「聞くところによると、妖怪変化《ようかいへんげ》は、めざす相手にしか姿は見えぬという、脇の者には決して姿は見えないというが、それではあの娘は人間か、いやいやそんな筈はない、この峠にもののけの出ることは都までも聞えているし、たとえ噂《うわさ》を聞かぬにしても、どこぞの姫君ともみえるあのような乙女が、こんなところへ独りで来る道理はない、あれはもののけに相違ないぞ」

道の上では姫が、木像の美少年を恍惚《うっとり》とした眼で眺め、全身に羞《は》じらいのしなをみせながら、熱心に話し続けていた。

「ええ、国司の娘ですけれど、わたくし軀《からだ》が弱いものですから、ここに山荘を造って住んでいますの」と姫は云った、「いいえ、男などは一人もおりません、気づまりですからとしよりも置かず、若い侍女たちだけを相手に暢《のん》びりくらしていますの、はい、軀もこのごろはすっかり丈夫になりましたから、来年の春になったら両親の許《もと》へ帰ろうかと思いますの」

「ふしぎだ、じつにふしぎだ」と景友は斜面の上でまた呟いた、「どうしても化性《けしょう》の物には見えない、美しい顔も、手足も、衣裳《いしょう》の模様まではっきり見える、これはゆまってはならぬぞ」

だが彼はゆだんなく、弓を取り、二本の矢を持ち添えて、いつでも射かけられるように、用意をととのえた。

「あなたのまえにも、京の検非違使から三人みえました」と姫は続けていた、「侍女が知らせて来ましたので、屋形へお招き申し、どうぞ思いとまるようにと、代る代るおとめしたのです、それをおききにならなかったため、お三人とも命をなくされてしまいました、あのとき侍女たちの云うことをきいて下すったらと思うと、わたくしいまでもくち惜しゅうございますわ」

姫は袖で眼をぬぐい、木像の美少年をそっと見あげて、におやかに微笑した。

「涙などごらんにいれて恥ずかしゅうございますわ、ごめんあそばせ、ね」と姫は媚びた声で云った、「屋形の庭からあなたのお姿を見て、自分でお呼びとめにまいりましたのは、侍女たちではおとめできなかったからですの、こんなことを申上げては、慢心しているとおぼしめすでしょうか」

姫は両手で自分の胸を抱いた。

「ああもう」と姫は声をふるわせた、「どうおぼしめそうと構いません、わたくし本当のことを申しますわ、ええ、わたくしあなたのお姿を一と眼見たとき、胸のここが焼けるように熱くなって、どうしてもお声をかけずにはいられなかったのでございます、いいえ、おさげすみになっても構いません、わたくし生れて初めてこんなおもいを知ったのですし、嘘《うそ》いつわりのない本心を申上げるのですもの、さげすまれても恥ずかしいとは思いませんわ」

姫は胸を抱いたまま身もだえをした。

「わたくしがこんなに申上げても、あなたはお言葉ひとつかけては下さいませんのね」姫の声には嬌《なま》めかしく怨《うら》めしげな調子があらわれた、「お口もきかず、わたくしのほうを見ても下さらない、ねえ、どうなさいましたの、そんなにわたくしがお嫌《きら》いなのですか」

斜面の上では景友が「お」と口の中で叫んだ。姫の態度が変ったのである。それまでは優雅に、嫋々《じょうじょう》としてみえたのが、なにか気にいらないことがあって怒りだしたらしい。木像のまわりをまわりながら、両手を握り緊《し》めたり、あらあらしく袖を振ったりした。

「都にいらしったのですから」と姫は激しい口ぶりで云った、「それはもう美しい方や賢い愛らしい方たちと、たくさんいいおもいをなすったでしょう、ここは都ではございませんし、わたくしはこのとおり美しくも愛らしくもございません、けれどもあなたを想《おも》うこの心は、あなたがお愛しになったどんな方にも負けはしません、お願いですわ、あなた」

姫は木像の前にひざまずき、胸の上で両手の指をひしと握り合せた。

「わたくしのこの胸の炎をしずめて下さい」と姫は哀訴した、「さもなければわたくし死んでしまいます、いいえ、女がいったんこうと思いこんだ以上、ただこのままでは死ねませんわ、死ぬまえにたったいちど、あなたのお手で抱いて下さいまし、あなたのお肌《はだ》に触れるだけでいいのです、あなたのお口から一と言、やさしいお言葉をかけて下さればいいのです、どうぞあなた、たったいちどだけこの願いをかなえて下さいまし」

だが木像の美少年は微動もしなかった。すずしげな眼も、濃い眉《まゆ》も、乙女のように赤くひき緊《しま》った唇《くちびる》も、非情そのもののように、なんの表情もあらわれなかった。

「ようございます」姫は立ちあがった、「あなたがそんなに情けを知らないお方なら、もうお願いは致しません、その代りわたくしにも女の意地というものがございます、命までもと思いこんだからにはこのままあなたを放しはしません、自分の力であなたをひきとめ、あなたをわたくしのものにしてみせます」

斜面の上では、景友がまた低く叫んだ。姫の髪の毛が逆立ち、大きく片手を振ったと思うと、銀の糸のような物を木像に投げかけたのである。

「正にもののけだ」と景友は呟いた、「この眼に狂いがなければ――」

彼は弓に一の矢をつがえた。

姫は怒りと呪《のろ》いの言葉を叫びながら、左右の手を振り、銀色の糸を次つぎと木像の美少年に投げかけた。紛れはない、いまだ。景友は松の木蔭から踏み出した。矢頃《やごろ》は五十から六十歩であろう、彼は弦《つる》をひきしぼった。

「おちつけよ」と彼は呟いた、「二の矢を外すとしくじるぞ」

呼吸を計り、覘《ねら》いをさだめた。第一矢は弓を放れて空《くう》を切り、姫の胸へ突き刺さった。姫は絶叫してよろめき、片膝《かたひざ》を地に突いた。景友は二の矢を射た。二の矢も胸へ突き刺さり、姫は仰向けに倒れてもがいた。搔取《かいどり》の衣裳が乱れ、髪の毛の元結が切れた。

「苦しや、なに者だ」姫は半身起きあがり、立とうとしてまた腰をおとした、「なに者がこんな、非道なことを」

黒髪が顔にふりかかり、歯をくいしばって、姫はするどい苦悶《くもん》の呻《うめ》きをもらした。矢筈ノ景友は弓を投げ、太刀を抜きながら道へおりて来た。姫は屹《きつ》と振返った。

「これは」と姫は叫んだ、「――こなたのしたことか」

「おれは検非違使の判官景友という者だ」と彼は太刀を構えて云《い》った、「この峠に棲《す》んで何十百年、とり殺した人間の数は知れまい、だがもはや運の尽きだぞもののけ、せめてみほとけの救いでも願うがよい」

「苦しや、人間はこれほど無慈悲なものか」

「おのれこそ、数知れぬほど人をとり殺していながら、なにが無慈悲だ」

「わたしは無慈悲に殺しはしなかった」と姫は声をふり絞って云った、「わたしの手にかかった人間は、みな、たのしむだけたのしみ、満足し、よろこんで死んでいった」

　景友は太刀を振りあげた。

「あの男たちは」と姫は続けた、「この世では得られないたのしさやよろこびを、充分に味わった、臨終にも微笑をし、これで死んでも本望だと云った」

「それはただあやかし惑わされたにすぎない」

「では飢えこごえて、失望や不満にさいなまれ、老いさらばうまで生きるほうがいいと仰しゃるか、いやいや」姫はかぶりを振った、「あの男たちはそうは思うまい、あなたがもしあの男たちのようであったら、どちらを選ぶかは明白なことだ、あなたもやはり、この世ならぬたのしみに酔い、よろこび満足して死んだことであろう」

「ああ苦しや」と姫はすぐに続けた、「わたしの手にかけた者は、極楽にある思いをして死んだのに、人間であるあなたは、わたしをおとしにかけたうえ、このように無慈悲な殺しかたをなさる、人には憐《あわ》れみや情けはないのか、あなたの心は痛まないのか」

「やれ、景友」と彼は自分に云った、「これが惑わしの始まりだぞ」

「あなたの心は痛まないのか」

姫が身を起こしたとき、景友は太刀でさっと、その胸を刺しとおした。

姫は「あ」と叫んで前のめりに倒れた。景友は太刀を構えて見まもった。倒れた姫の軀《からだ》のまわりに、黒い煙のようなものが舞いあがり、景友はうしろへとびのいた。

「あなたの心は痛む」と黒い煙の中から声が聞えた、「あなたの心は一生、いやしがたく痛むだろう」

やがて黒い煙は消えてゆき、すると姫の姿もなくなっていた。景友は「や」と口をあき、眼をみはって、用心ぶかくあたりを眺めまわした。そして、いままで姫の倒れていたところに、一疋《ぴき》の蜘蛛《くも》が死んでいるのを発見した。それはこれまでに見たこともない大きさで、およそ人の拳《こぶし》くらいあり、二カ所に傷のあるのが認められた。「慥《たし》かに、おれはもののけを退治した」と云って景友は溜息《ためいき》をついた、「だがはたして、これを持っていって人が信用するだろうか、——まずみなさん、あなた方はこれを信用なさいますか」

木像の美少年は無表情に立っていた。

（「オール讀物」昭和三十四年十月号）

# おごそかな渇き

「あのおたねの岩屋の泉は」と村長の島田幾造がいった、「千年か、もっとまえかに、弘法大師《こうぼうだいし》が錫杖《しやくじよう》でもって岩を突いて、水よ湧《わ》けといったそうだ、三度も錫杖を突いていったそうだが、水は一滴も湧き出なかった、——そのころこの村は水不足で、両方の村と水争いの絶え間がなかったそうだ、死人もずいぶん出たらしい、そこへ道元禅《どうげんぜん》師《じ》が来て、数珠《じゆず》をひと揉《も》みしたら、それだけで水が噴きだしたということだ」

## 祝　宴

十月七日、この島田村長の屋敷では、男子出生の祝宴が催されていた。宗教の盛んな土地で、真宗《しんしゆう》の家系と禅宗の家系とは、歴史的に根深い反目と敵意とが続いていた。島田家は代々永平寺《えいへいじ》の信者であるが、他の多くの家は真言《しんごん》宗、一向《いつこう》宗の信徒が圧倒的で、冠婚葬祭には特に、相互の往来や交渉はなく、村長である島田家の祝宴にも、参会者は同じ宗旨《しゆうし》の十二、三人しか列席していなかった。——何百年となく続いた屋敷で、太く反った棟柱《むなばしら》が、天床《てんじよう》のない屋根裏にがっしり据《す》わっているし、ひと抱えもありそうな大黒柱や、食器箪笥《たんす》や、広い板の間など、年代を磨《みが》きこんだ人のちからとで、チョコレート色に光ってみえた。

「村長は口がうめえさ」客の中の竹中啓吉が土地訛《なま》りの強い言葉で云《い》った、「だがな、――このうちは隠れキリシタンなんだ、永平寺は世間をごまかすためさ、本当は何百年もまえからキリシタンだったのさ」

「まさか」と相手は声をひそめて云った、「隠れキリシタンなんて、よくは知らねえが、九州かどっかの話じゃあねえのかい」

「日本全国だ」と竹中はめし茶碗《ぢやわん》で濁酒《どぶろく》を飲み、味噌漬《みそづけ》の山牛蒡《やまごぼう》をぽりぽり噛《か》みながら云った、「秋田だか青森のどっかだかには、キリストの墓まであるってことだからな、こんなところに隠れキリシタンがいたってふしぎはねえさ」

　ここは福井県大野郡山品村というところで、山ひとつ南へ越すと岐阜県になる。山品村は涸沢《からさわ》をはさんだ谷合《たにあい》の村であり、日の出がおそく日没が早い。涸沢の左右にある細長い田畑のほか、両方の山腹に段々畑と棚田《たなだ》があって、南側にある岩屋の泉は冷たいため、棚田へは涸沢の僅《わず》かな水を、汲《く》みあげるよりほかはなかった。

　ひとくちに云えば貧困農村で、副産物の木炭、涸沢にのぼって来る季節の川魚の焼干し、屋根を葺《ふ》くための茅萱《ちがや》、そして僅かな繭《まゆ》などで生活を支えてきた。けれども電化製品のために木炭はさっぱり、屋根もスレート葺き、化繊の発達で繭も思わしくなくなるというわけで、村はいま莫大《ばくだい》な借金を背負っていた。

「あの岩屋の泉は」とまだ村長は云っていた、「いま京都大学で分析してもらっているが、優秀なミネラル・ウオーターだということに間違えはねえらしい、まだはっきり証拠の出るとこまではいっていねえらしいが、これが本当にミネラル・ウオーターだとすると、道元禅師には先見の明があったのだし、おらたちの村もこれで立直れるだ」

　村民ぜんぶが、ふところ手をして食ってゆける、というようなことを、島田村長は云った。

「フランスにルルドってえ岩屋があるだ」と竹中が濁酒を啜《すす》りながら云った、「そこにマリアさまが姿をあらわしたってんでな、その季節になると世界じゅうから信者が集まって来るんだとよ、そうして躄も立つし、腰の萎《な》えた人間も立つんだとさ、めくらも聾者もみんな治っちまうっていうことだ」

「おめえひどく詳しいんだな」と相手の男は土地訛りで反問した、「そんなことをどこで覚えたんだね」

「詳しくなんかねえさ、そんなことはどこにでもある話だ」と竹中は首を振りながら答えた、「道元禅師の岩屋のことを聞いてっから思いだしたんだ」

「おめえは物識《ものし》りだからな」

ミネラル・ウオーターとはどんな物か知らないだろうが、と村長はまだ話し続けていた。本間《ほんけん》の床の間には、大きな白紙に島田麻太という、新生児の名が貼《は》ってあった。

「あれを見ろよ」と竹中啓吉が云った、「――さっき村長は麻太《あさた》って披露《ひろう》した、嘘《うそ》だ、――姉娘は江梨《えり》といったろう、あれはエリヤだし、こんどの麻太はマタイだ」

「それはなんのことだえ」と相手は訛りの強い土地の言葉で云った、「エリヤとかマタイとか、おらにゃあちんぷんかんぷんだ」

「隠居さんが蒙世《もうぜ》っていう俳号を持ってるが、あれはモーゼのことさ、死んだ女隠居はこのうちへ来てから満里《まり》と名を変えたそうだが、これは紛れもなくマリアさ」

「やっぱりおらにゃあちんぷんかんぷんだ」と相手は首を振って云った、「エリヤだとかマタイだとかって、いってえそれはなんのこったね」

「みんな聖書に出てくる名めえさ」

「聖書ってなあなんだ」

「毛唐《けとう》のお経みてえなもんさ」

「なんみょうほうれんげきょうかえ」

「まあそんなもんさ」竹中啓吉はうんざりしたように首を振った、「まあそんなものさ、酒がねえようだぜ」

「なんだかよくわかんねえが」と相手の男が云った、「そうすると、おめえも、そんな毛唐のなんみょうれんぎょうに詳しいとすると、おめえも隠れキリシタンだかえ」

「なんでおれが隠れるんだ」竹中は酔った顔で、あぐらの片膝《かたひざ》を叩《たた》いた、「隠れるってのは江戸幕府の目付がやかましかったからで、いまはおめえ、ちょっとした都市へゆけば、どこにだってチャーチの二つや三つはあるじゃねえか」

「おめえに学のあるのはわかってるが、その、チャーチとかなんとかいうのと、隠れキリシタンとはどういう関係があるだかい」

向うの席から力士のように大きくて、逞《たくま》しい軀《からだ》つきの男が立って来、二人の前に坐《すわ》ると、白髪《しらが》まじりの頬髭《ほおひげ》を掻《か》きながら、めし茶碗を突きだして、そっちの徳利にあるほうの酒を呉《く》れ、と云った。

「だめだ」と竹中啓吉が答えた、「これはおれが村長のところへ祝いに持って来たもんだ」

「今夜は村長んとこの祝いだろうが」と男はやり返した、「だとすれば、その酒はおらたち祝い客のもんじゃあねえか」

「それが油屋の親方の悪い癖だ」と竹中と話していた男が云った、「祝いの酒はみんなの持寄りだし、あとでこの家の者が集めてみんなに給仕をするだ、ちゃんとわかってるだくせに」

「そんなこたわかってら、おらが云いてえのは」と油屋の親方は眼をぎろりと動かした、がま蛙《がえる》が虫を捜すような眼つきだった、「よそ者がもぐり込んで来て、宗旨もよくわからねえのに、こんな上座《かみざ》に坐って大きなつらをされちゃあ、おれみてえな地着きの者にゃあ肚《はら》がいえねえ、おめえ」と油屋の親方は太い指でまっすぐに竹中啓吉の顔を指さした、「おめえ、いってえ、なんの宗旨だ」

「おれは案内されたんでここへ坐っただけだ」と竹中は答えた、「それから——おれはなに宗でもないし、神や仏を信じたこともない」

「要するにヤソだな」

「どう思おうとおめえの勝手だ、いってえなにが気にいらねえのかえ」

「神も仏も信じねえって」油屋の親方が黄色い大きな歯を剝《む》きだしてせせら笑った、「いくらアメちゃんに負けたって、人間が人間であることには変りはあんめえが、え、アメちゃんに負けてっからもう十五年も経《た》ってるだ」

「十六年だ」と竹中の相手をしていた男が、右隣りの席の老人に振り向いて云った、「——なあ、栃《とち》ノ木のじいさま」

声をかけられた老人は、皺《しわ》だらけの陽《ひ》にやけた顔を右手で撫《な》で、口の中でなにかぶつぶつと呟《つぶや》いただけであった。

村長はまだミネラル・ウオーターのことを話していた。

「十五年か十六年かなんて」と油屋の親方はまたせせら笑った、「こんなおめえ原子力時代に、一年や二年のちげえなんてくそくれえだ、なんの宗旨ももってねえなんて、おめえそれでも人間だかえ」

「無宗旨というのも宗旨だと思うな」と竹中啓吉が云った、「おまえさんは禅宗だそうだが、いったい禅宗とはどういうもんだね」

「禅宗は禅宗さ」

「真宗も真宗さ、おんなじ釈迦《しやか》の説教から出たのに、この土地ではお互いがかたきどうしのように、いがみあっている、宗旨をもつのがいいなら、そんなことはねえんじゃあねえのかい」

「その濁った酒のほうでいいからな、福」と油屋の親方はめし茶碗を差出した、「一杯ついでくれ」

竹中の話し相手だった福さんは、待っていたようにびんぼう徳利から酒をついでやった。

「しゃれたようなことを聞いたが」と親方は酒をぐいと飲んでから云った、「おめえはよそ者だからわからねえかしれねえが、宗旨の違《ちげ》えで隣りづきあいもしねえってのはな、大根《でえこん》が大根であり、人蔘《にんじん》が人蔘だっていうこった、いいか、大根は大根、人蔘は、それ人蔘だろうが、宗旨の違えもそのとおり、禅宗は禅宗、真宗は真宗よ、おめえはしょっちゅういがみあっているように思ってるらしい、そうかもしれねえが、宗旨の違いがあればこそ、あいつは真宗きちげえの誰《だれ》それだとか、あれは禅寺によく奉公してる誰それだかってことがわかる、それがおめえ無宗旨だとしたら、どうだえ、まるっきり見分けがつくめえじゃあねえか」

「へえー、そういうものかね」竹中は笑いをこらえながら、酒を啜って頭をさげた、「まいったよ、油屋の親方の云うとおりらしい、おれは宗旨ってえものがねえから、つまるところ村八分ってえわけだな」

「わかりゃあいいんだ、わかりゃあな」と親方はいいきげんで頷《うなず》いた、「——神や仏を信じねえ人間なんてのは人間じゃあねえ、そんなやつはその、なんだあ、石っころや焼けぼっくいみてえに、てんからえてえの知れねえもんだ」

竹中啓吉が冷笑をうかべて、なにか云い反《かえ》そうとしたとき、この家の女中がはいって来て、竹中になにか耳うちをした。

「おれの知ったこっちゃあね」と竹中啓吉は云った、「そんなことは駐在に云えばいいって云ってくれ」

そう云ってから彼は急に振り向き、女中に向かってきき返した、「ゆき倒れだって」

そして竹中啓吉はよろめきながら立ちあがった。

## 初めに飢があった

### 一

「おかしいな、空腹だという感じが少しもなくなった」と松山隆二《まつやまりゆうじ》は呟《つぶや》いた、「腹がへっているような感じはまったくない、ただ眼がちょっとおかしなぐあいだ」

彼は立停《たちどま》って、かたく眼をつむり、ゆっくりと眼をひらいてまわりを眺《なが》めまわした。

「静かなけしきだ、向うと、こっちと、あっちに山が見える」と彼は呟いた、「人間や犬や猫《ねこ》の姿さえ見えない、松林と杉林《すぎばやし》と、ああ、そのあいだに、あざやかな赤や朱色の紅葉《もみじ》が見える、きれいだなあ」

しかしなんだかぼやっとしている、と彼は思いながら、あるきだした。まるで夢をみているようだ。

「眼のせいだな」と彼はまた呟いた、「——度の違うめがねを掛けているような気持だ、人間が餓死をするときは、こんなふうなことから始まるのだろうか」

彼はよろめき、半ば以上枯れた草の密生している、堤腰のような斜面にしりもちをついた。

彼はすぐに立ちあがろうとした。誰かに見られていて、そんなぶざまな恰好《かっこう》を笑われたくないという、漠然《ばくぜん》とした自尊心のためであったが、立ちあがろうとする努力とは反対に、ずるずると辷《すべ》り、ついには仰向《あおむ》けに倒れて、動けなくなった。

「高川の叔父さんもいい人だ、松山船長も、中島漁撈長《ぎょろうちょう》もいい人だった」と彼は呟いた、「みんないい人たちばかりだったな、みんな死んじゃったけれど、いい人ばかりだった」

松山隆二は首を振った。すると頭の中で渦《うず》が巻き返すような気持になり、意識がずっと遠くなるのを感じた。これで死ぬのかな、と彼は思った。いや、そんな筈《はず》はない、まだしたいことがたくさんある、しなければならないこともずいぶんある。けれども、どんなことをしても、これでいいということはないだろう。人間のすることには限度がある、どんなに能力のあるだけを注入しても、それで万全だという状態はないと思う。

「そうだろうか」と彼は呟いた、「——本当にそうだろうか」

二

松山隆二の骨ばかりのように瘦《や》せた、殆《ほと》んど血のけのない顔。そしてくたびれた背広や、乾いて歪《ゆが》んだ、埃《ほこり》だらけの靴《くつ》を見たとき、竹中啓吉は、もうこれは助からないな、と思った。

「おめえ」と彼は振り向いて娘に云《い》った、「いつごろこの人をみつけただかえ」

娘のりつ子はちょっと口ごもった、「あたしが」と十四歳の彼女は云った、「——あたしが萱《かや》を背負ってうちへ帰ったのよ、二度もこの人を見たの、眠ってるんだと思ったんだけれど、三度めに見たときも初めと同じまんまで、ちっとも動かないの、それで呼んでみたら返辞もないし、まるでしびとみたいでしょ、だからあたし、村長さんのとこへお父さんを呼びにいったのよ」

竹中は頷いた、「りつ子は医者へいきな、その提灯《ちょうちん》を持ってな、おれはいいよ、おれはこの男をうちまで背負ってくから、医者をうちへ伴《つ》れて来るんだ、医者のうちはわかってるな」

「村田医院でしょ、知ってるわ」
「犬に気をつけるんだよ、あの犬はばか者でたちが悪いからな」
「あたしには馴《な》れてるのよ」
「早くいっておいで」と竹中啓吉が云った、「気をつけるんだよ」

「ホワットエバー・ゴッズ・メイビイ」と松山隆二はうわごとを云った、「あなたが、どんな神々かは知らないが、もしもぼくが、あなたにとって必要なら、生かしておいて下さい、でも、もしもぼくが必要でなかったら、どうぞ、——思うままに」
「いのちはとりとめるだろう」村田医師は聴診器をしまいながら云った、「いまのは英国のなんとかいう詩人の詩の一句だよ、これはクリスチァンかもしれないな」
「ここへ運んで来る途中も、ここへ寝かせてからも」と竹中啓吉は考えふかげに云った、「云ううわごとはそれっきりでね、——だがクリスチァンじゃあねえな、エホバとも主《しゅ》とも云わねえんです、ホワットエバー・ゴッズとは多神教でしょう」
「わからないな」村田医師は殆んど肉のない額を横撫でにし、灰色になった疎《まば》らな口髭をいじった、「——クリスチァンであろうと、多神教徒であろうと、なにか一つ信仰をもっているということだけでいいんじゃあないのかね」

「それは違うんだがな、クリスト教だけでも宗派は数えきれないほどあるし、宗派と宗派との関係もなまやさしいもんじゃあないんで」

「お父さん」とりつ子が隣りから襖《ふすま》をあけて呼びかけた、「すいとんが温まったわ、持って来ましょうか」

「ほう」と村田医師が云った、「りつ子も胸がふくらんできたな、おっとっと、うしろを向くとお尻《しり》が見えるぞ」

「いやーだ」りつ子は赤くなって片手で胸を、片手でうしろ腰を隠した、「いやなせんせい」

そして隣りの部屋へ去った。村田医師は笑って、なまぬるくなった茶を啜《すす》り、りつ子は幾つになったのか、とききき、竹中の答えを聞くと頷いた。

「いまがいちばんむずかしいときだな」と村田医師は云った、「七つ八つでも子を産むっていう例は、日本ばかりじゃあなく、南洋をべつにした各国に例がある、自分ではそんな意識がちっともないのに、性的な本能というものが勝手にはたらきだすんだな、もちろん人にもよるけれど、十一、十二ぐらいがいちばん危ないんだ、ことに、おふくろさんがいなくて、父親と二人っきりの場合はだ」

竹中はまじめに考えてから、まじめな眼つきで医師を見た。

「おれは五年めえに女房《にょうぼう》を亡《な》くした」と彼は云った、「それから都会生活がいやになって、ちょっとした縁でこの土地へ来た、それから少しばかりの畑を作ったり、薪《まき》を拵《こしら》えたり、炭を焼いたりしてきただ、——そうだ」

竹中啓吉はちょっと考えていた。

「夜具はひと組しかなかったし、寒い晩には抱き合って寝たもんだ、うん」と竹中は慎重に考え考えて云った、「——いま思いだしたことだが、ふと気がつくと、りつのやつが両足でおれの腿《もも》を挟《はさ》んで、あそこを擦《こす》りつけてたことがあった、初めはただねぼけるだけだと思ったが、二度ばかりだろうか、あそこのむっくりしたところを擦りつけられて、慌《あわ》てて押しやったことがあったっけ」

「それが自然なんだ」と医師が云った、「自分ではなんの気もない、いやらしい気持なんかこれっぽっちもない、ただ、軀《からだ》がそういうことを求めるんだな、それを押しやったり叱《しか》りつけたりすれば、却《かえ》って子供にいやらしいという気持をもたせるだけだよ」

「その」と竹中啓吉がきいた、「——そうすると、そのあとはどうなるのかね」

「神のみぞ知る、——というほかはないな」医師はあっさりと云った、「人それぞれだ、生理が始まると急に警戒心が強くなり、潔癖な修道女のように、男なんか見向きもしなくなるのが大部分らしい、ごく稀《まれ》には、却って異性に対する好奇心が旺盛《おうせい》になって、そのためにつまらない失敗を重ね、やがては、泥沼《どろぬま》の中へ落ち込んでしまう者もある」

　そこへりつ子がすいとんを持ってはいって来た。村田医師は話をやめた。盆にのせた二つの丼《どんぶり》からは、食欲を唆《そそ》るいい匂《にお》いの湯気が立ってい、りつ子は盆のまま、二人のあいだにそれを置いた。りつ子は父親に、ねむいからもう寝てもいいかときいた。竹中は丼を取りながら片手を振って、風呂《ふろ》にはいってから寝ろ、と云った。

「うまいな、これはうまい」と云って、医師がまず丼を置いた、「だが、こいつは腹にこたえる」

　丼の中には半分ちかくも、すいとんが残っていた。すると竹中啓吉も、食べ残した丼を盆の上へ戻《もど》し、箸《はし》を置きながら、口のまわりを押しぬぐった。

「いまの話だがな、村田さん」と竹中は、娘に聞かれるのを恐れるように、声を低くした、「危ないとしごろになりかかっている娘の親として、なにかいい指導法はないものだろうか」

「私にもわからないが、まずないだろうな」と村田医師は云った、「涸沢は大雨が降ると荒れるから三カ村の者が協力して堤防を造った、それが去年の豪雨でひとたまりもなく押し流されちまったし、流れの筋もすっかり変ってしまった」

「おまえさんは話をそらしてる」

医師はそっと眼をつむり、灰色の髪の薄くなった頭を左右に振った。

「いや」と医師は眼をあけて、煤《すす》だらけの天床《てんじょう》を見あげながら云った、「人間も同じようなものだと云いたかったのさ、非行少年少女の指導には規準がない、両親の放任主義のためだとか、躾《しつけ》がきびしすぎたとか、環境のためだとか、社会が悪いからだとか、貧困のためだとか、金に不自由しなかったのがぐれたもとだとかね、――竹中くん、これらの条件を全部削除したらどうなると思うかね」

竹中啓吉は考えこんだ。

「そこにはもう人間らしい存在はない、人間はよき指導によってよくなるのでも、悪くなるのでもない、それは一人ひとりの欲望によるのだ、と私は思うんだがね」

「それじゃあ」と竹中は口ごもった、「――うっちゃっとけというのかね」

「きみは娘の親だ」

「たった二人っきりの親子さ」

「私は独身だ」と村田医師は云った、「かつては妻も子もあったが、いつか話したとおり、きみのような心配をするまえに、二人とも死んじまった、だから、――いま云った以上のことは、なにも助言をするわけにはいかないんだよ」

竹中啓吉が云った、「酒を飲むかね」

「神は人間に命を与え、それを奪いたもう」と医師は云った、「そういわれているが、なぜだろう、どうせ召し返す命なら、なぜその命を与えたもうのか、きみはなぜだと思うかね、竹中くん」

「少し飲むほうがいいんじゃないかな」

「なぜだろう」と呟くように云って、村田医師は頭を垂れた、「――このゆき倒れの青年も、同じようなうわごとを云い続けたそうだ、みこころのままにってね、――巷《ちまた》には病毒におかされた男女や、精薄児や、ポリオにやられた児童たち、身寄りもなく住む家もなく、飢えている老人たちがうようよしている、これが神の意志だろうか」

「水を差すようだが」竹中はちょっとまをおいて、皮肉にならないように注意する口ぶりで反問した、「――先生はさっき、非行少年についての指導に規準がないこと、つまり反対な条件が幾らでもあること、それから、そういう条件がぜんぶなくなったとしたら、そこにはもう人間が存在しないんじゃあないか、というふうにおれは聞いたがね」

「わかったわかった」村田医師は自分の云ったことが恥ずかしくなったかのように、肉の殆んどない、なめし革《がわ》のような頬《ほお》を撫《な》でながら遮《さえぎ》った、「――これは誰にだって答えられることじゃあなかった、ずっと昔は、てんかんを神の恩寵《おんちょう》による病気だとさえ信じられたことがある、そうだな、人間は自分のちからでうちかち難《がた》い問題にぶっつかると、つい神に訴えたくなるらしい、――これがあなたの御意志ですかとね、それは自分の無力さや弱さや絶望を、神に転嫁《てんか》しようとする、人間のこすっからい考えかただ、ロンブロゾーだっけかな、違うかもしれないが、神はみずから助くる者を助くってね、それが本当なんだ」

「自助論なんぞをもちだすようじゃあ、お互いに古い人間だってことだな、先生」

「まったくだ、この原子力時代にな」と云って医師は笑った、「酒を少しもらうとしよう」

「ゆっくり喰《た》べなさいって」とりつ子が心配そうに云った、「少しずつ、ゆっくりって、お医者さんからよく云いつけられてるのよ」

「ありがとう」と云って松山隆二は匙《さじ》を置き、右手で眼の前を払った、「ここはどこなの、お嬢さん」

「いやだわ、お嬢さんだなんて」りつ子は羞《はにか》んだ、「あたしりつ子っていうの、そして、ここは山品村というところ、お父さんは竹中啓吉っていうのよ、もとは東京にいたんだけれど、五年まえにこっちへ来てしまったの」

隆二はおまじりの薄粥《うすがゆ》をそっと啜った、「お父さんはここでなにをしているの」

「いろんなこと」りつ子はませた調子で答えた、「萱《かや》を刈るとか、ええと、そだや薪束を作るとか、そして、いまは炭焼きをしているわ」

「おっ母さんは」ときいて、隆二は茶碗と匙を置いた。

「いなくなっちゃったの、東京にいるとき、――あたし小さかったからよく知らないけれど、或《あ》るとき急にいなくなっちゃって、それっきり帰って来ないし、どこへいったかもわからないの、お父さんがずいぶん捜したんだけど、どうしてもわからなかったんですって、それから、うちに下宿していた中川さんも引越してしまったわ」

松山隆二はまた右手で、眼の前を左右に払った。眼の前になにやら、蜘蛛《くも》の巣のようなものが見えるからであった。それは払っても払っても、すぐにまた見えるので、うるさかった。彼は囁《ささや》くようにきいた。

「それからこっちへ来たんだね」

りつ子は頷《うなず》いた、「そのほかにもいろいろいやなことがあったんですって、東京なんて人間の住むところじゃあないって、何遍も何遍も云ったのを覚えてるわ」

そして、この下の吉野村にしるべがあり、それを頼って、五年まえに移住して来た、ということであった。当時この小屋は、――りつ子は家とは云わず、はっきり「小屋」と云った、――ながいあいだ住む者もなく、すっかり荒れはてて、畳のない床板のあいだから、竹がにょきにょきと、十幾本かも伸びていたそうであった。

「あたし十日くらいも、泣いてばかりいたわ」りつ子はきれいな歯を見せて恥ずかしそうに頰笑《ほほえ》んだ、「だって夜になると狐《きつね》がなくんですもの」

「きょうだいはりっちゃん一人なの」

「兄さんがいたんですって、でも三つぐらいで死んだって聞いただけで、あたしちっとも覚えていないの」

「ここでは学校にはいっていないの」

りつ子は頷いた、「中学は吉野村に分校があるのよ、でもここから八キロもあるし、涸沢を渡る舟が、ちょっと雨が降ると停《と ま》ってしまうでしょ、だからあたし、うちでお父さんに教えてもらってるのよ、お父さんは東京で中学校の先生をしていたから」

松山隆二はりつ子に聞えないように、ながい溜息《ためいき》をつき、脂《あぶら》じみた薄い夜具の上へ横になった。

「ごちそうさま、済まなかったね」と彼は眼をつむって云った、「少し眠らせてもらうよ」

りつ子は食器を片づけながら、おじさんはこれからどこへゆくのと、きいた。

「東京さ」と松山隆二は眼をつむったまま、もの憂《う》そうに答えた、「——ゆけるかどうか、わからないがね」

## 三

松山隆二は五日めには起きられるようになった。この家の主人とは、寝ているうちに一度だけ会ったが、殆《ほと》んど話らしい話はしなかった。竹中啓吉はなにか特殊な用途の炭を焼くのだそうで、ひと晩だけ泊ると、すぐにまた山へ戻っていった。

「独りで留守番をしていて、淋《さび》しくもこわくもないの」

「初めはこわかったわ」とりつ子は答えて云った、「でもいまではもう慣れたから平気よ、淋しいことは淋しいけれど」

「そうだろうね」と隆二は頷いた、「お友達はいないの」

「ええ、あたし東京から来たでしょ、ここではよそから来た者は嫌《きら》われるの、言葉もよくはわからないし」りつ子は眼をそらしながら云った、「——それで小学校のときはよくからかわれて、泣いて帰ったことがあったわ」

　けれども、それはここばかりではない。東京にいたとき、田舎から転校して来た生徒があると、「いなかっぺえ」といって、やっぱりみんなでからかったり、意地悪をしたりしたものだ。あたしは一度もそんなことはしなかったけれど、とりつ子は云った。ほんとよ、あたしはそんなこと決してしなかったわ、とりつ子はちからをこめて云った。

「そうだろうね」隆二はまた頷いた、「りっちゃんはそんな子じゃあないもの、云わなくったってぼくにはわかるよ」

　そんな小さなとき、人間の心の中にはもう憎悪《ぞうお》や敵意が芽生えるのか。こんなに狭い日本の、せせこましい、お互いの鼻のつかえるような国土の中で、言葉や風習の違いがあり、或る県人と或る県人との、ぬきがたい気質の対抗がある。ばかげたはなしだ、と松山隆二は思った。

　——いや、そうではない、ばかげているだけではない、と彼は思い直した。どんなにばかげたことのようにみえても、それは現にあるのだし、現にあるということは、そこになにかの意味があるにちがいない、憎悪や敵意もそのままではなんの価値もないが、互いに対抗するとき、そこになにかが生れるのではないか。

サタンがヨブをいためつけたからこそ、ヨブの信仰心が慥《たし》かめられたように、と松山隆二は思った。

「どうしたのおじさん」

「え、——ああ」彼はりつ子に微笑してみせた、「なんでもないよ、明日になったら、山の炭焼き場へいってみようかね」

翌日、彼はりつ子に案内してもらって、山の炭焼き場まで登っていった。笹《ささ》やぶや灌木林《かんぼくばやし》をぬけてゆくと、あたりがにわかに明るくなり、枯れた芒《すすき》や小松のある、稲妻《いなずま》形《がた》になった傾斜の急な、踏みつけ道を登ってゆくあいだ、彼は幾たびも枯草に腰をおろして休んだ。その幾度めかに、五六羽の小鳥が、鳴きながら二人の頭上を飛び去った。口笛の短い擦音《さつおん》に似た鳴き声であった。

「あれはつぐみよ」りつ子は仰向いて小鳥たちを見送りながら云《い》った、「黒つぐみだったわ」

「どうしてわかるの」

「毎年いまごろになると、お父さんが捕《と》って喰《た》べさせてくれるの」りつ子はちょっと肩をすくめた、「かすみ網は禁止されてるっていうけれど、この辺ではみんなやってるのよ、あじさしだとかやまがらだとか、ほおじろ、うぐいすなんかも捕れるわ、でもあたし、つぐみがいちばんおいしいと思うわ」

夏になるといろいろな鳥が鳴く、つつどり、かっこう、ふくろう、それからなんていう鳥かわからないけれど、「きよきよきよ、きよちゃんたらぴっぴ」って鳴く鳥もいる、などとりつ子は云った。

「本当かい」松山隆二はふきだした、「その、なんとかでぴっぴっていうのは」

「ほんとなの、本当にそう聞えるのよ」

「じゃあ」と彼は云った、「きよっていう名の子がいたら平気じゃあ聞けないだろうね」

「平気どころじゃないわ、小学校のとき同級生に清水きよっていうひとがいたの、痩《や》せていて神経質な、でもずいぶんきれいなひとだったわ、そのひとねえ、――クリスマスのとき、きよしこの夜っていう歌があるでしょ、あの歌をうたっても怒るの」そこでりつ子はくっくと笑った、「――からかわれてると思うのね、だから夏になると、なおさらよ、その鳥の鳴くあいだじゅう、いつも怒ってばかりいたわ」

ぴっぴではねえと、松山隆二は微笑し、ゆっくりと頭を横に振った。小鳥の鳴き声でさえ、ときにはひとりの人間の、怒りをかきたてることができたのだ。きよきよちゃんたらぴっぴか、彼はもういちど頭を振り、そっと微笑した。

——そうだ、ブラウン運動に似ているな。

斜面を登ってゆきながら、松山隆二は考えた。

——ヨブなどをもちだすことはない、水中へ花粉を落すと、水を構成する分子に突き当り、花粉の粒子は不規則な運動を休みなしに続けるという、植物学者ブラウンの発見した現象のほうが、人間社会のありかたを、さらによく暗示しているじゃないか。善と悪、是と非、愛と憎しみ、寛容と褊狭《へんきょう》など、人間相互の性格や気質の違いが、ぶっつかり合って突きとばしたり、押し戻してまた突き当ったり、休みなしに動いている。こういう現実の休みない動きが、人間を成長させるのだ。水を構成する分子の抵抗があるからこそ、花粉の粒子の運動があるように、無数の抵抗があるからこそ人間も休まずに成長し、社会も進化してゆくのだ。

「あそこよ」とりつ子が上のほうを指さして云った、「あの煙のあがっているところが父さんの小屋よ」

## 四

枯れた細い笹の束で四方を囲い、なにかの木の皮で屋根が葺《ふ》いてあった。小屋の中央に土を掘った炉があり、床板はなく、地面の上へじかに藁《わら》を重ね、その上に蓆《むしろ》が敷いてある。人はその蓆に坐り、寝るときは蓆を掛けるだけであった。――炉には三本の錆《さ》びた鉄棒が組んであって、これも錆びた古鎖で吊《つ》った、平べったい鉄鍋《てつなべ》が掛かってい、鍋の中には直径二十センチほどの、まるくて濃い茶色の、餅《もち》のような物が、香ばしい匂《にお》いをたてながら焼かれていた。

竹中啓吉は四十から四十五歳くらいにみえた。陽《ひ》にやけた肌《はだ》は黒く、ひき緊《しま》った逞《たくま》しい軀《からだ》つきで、おもながで意志の強そうな顔に、黒くて太い眉毛《まゆげ》が際立《きわだ》っていた。継ぎはぎのある綿入の布子《ぬのこ》半纏《はんてん》に、色の褪《あ》せた綿入の股引《ももひき》をはき、よれよれの帯をしめた姿は、現代ばなれがしていて、歴史の中からうかびあがってきた、山男そのままのように思えた。

「そうです、私は東京から逃げだしました」竹中は生《な》まの篠竹《しのだけ》で作った、手製の長い箸《はし》で、鍋の中の物を動かしながら云った、「――あそこはソドムとゴモラです、人間らしく生きようとする者に、住めるところじゃありません」

松山隆二が穏やかに云った、「ここは静かでいいですね」

「まだ自然だけは生きていますからね」と竹中は自嘲《じちょう》するように口を歪《ゆが》めた、「しかし人間となると東京よりひどい、狡猾《こうかつ》で貪欲《どんよく》で無恥なこと、まして宗教的な偏見の根強さとなると、蒙昧《もうまい》そのものです、むしろ蒙昧であることにしがみついているようなものです」

「あなたは」と松山隆二がきいた、「――無宗教ですか」

「私は人間を信じます」と答えて竹中はあいまいに頰笑んだ、「いや、正しくいえば信じようとしたんです、そのために努力もしました、尤《もっと》も私がそう思っただけかもしれない、努力していると自分で信じただけかもしれないが、結果は失望と裏切りをあじわっただけでした、――どんなに努力しても、ひとりの人間に与えられた力には、限度がありますからね」

「焦《こ》げるんじゃありませんか」と松山隆二は鍋を指さした、「焦げ臭いですよ」

「ああ」竹中はいそいで鍋の中の物を裏返した、「もうちょっとだな、これはよく焼かないと胃にもたれるんですよ」

「あなたは」と暫《しばら》くまをおいて隆二がきいた、「りつ子さんもここでお育てになるつもりですか」

竹中は頭を左右に振った、「いや」と彼は云った、「私たちはブラジルへゆきます、サンパウロのピニアールというところに、福井村の開拓が始まるんでね」

隆二はちょっと眼をみはった、「――ブラジルへですか」

「外務省の認可がおりるのを待っているわけです、まず百家族が移住する計画で、私の申請は県で許可になっているんですが、向うへいってからの仕事はまだきまっていません」と竹中は云った、「私はながいこと中学校の教師を勤めていたので、農業のかたわら小さな学校というか、塾《じゆく》のようなものでもやってみるつもりです」

それはなにが目的ですか、日本人だという自覚を持続させようというのですか、と松山隆二は反問したかった。もしも永住するつもりなら、できるだけ早く、ブラジル人の中へとけこまなくてはならないんじゃありませんかと。しかし彼は、口にだしてはなにも云わなかった。

「もういいようだね」竹中は呟《つぶや》きながら、鍋の中の物を二枚の薄い杉のへぎ板へ取り分けた、「さあ、手づかみでやって下さい、ひどい味ですからね、驚いちゃいけませんよ」

竹中啓吉は鍋をおろし、代りに、へこみだらけの大きな湯沸しを掛けて、炉の火に薪をさし入れた。

「いや、それじゃあだめだ」と竹中が云い、自分のへぎ板から取って教えた、「こういうぐあいに、端から巻いて喰べるんです」

松山隆二は云われるとおり、熱いそれを吹きさましながら端から巻き、竹中のやりかたを見まねてかじった。それは香ばしくて歯当りはよかったが、喰べると舌にざらざらするのが気になった。うまいですね、と彼は云った。

「うまくはないさ」と竹中が喰べながら云った、「黍餅《きびもち》といってね、面白《おもしろ》いことにもち黍なら粘りがあってうまいんですが、それは嗜好物《しこうぶつ》で都会からの需要も多いし、したがって高価だから、われわれはもとより、作っている者の口にもなかなかはいりません、これはうるち黍で、貧農にも嫌われるまずいものですよ、けれど安価なことと腹もちがいいのと、拵《こしら》えるのが簡単なので、山仕事にはもってこいです、なにしろ稗《ひえ》や粟《あわ》より扱いやすいことは慥《たし》かですよ、――まずかったら遠慮なく残して下さい」

いいえうまいです、と松山隆二は答えた。

日は昏《く》れてしまい、小屋の中も暗くなった。燈火用の品はなにもなく、炉の火をそのまま明りにしているようであった。食事が済むとすぐに、かまをみてくると云って、竹中啓吉は出ていった。そのあと、隆二は独りで炉の火を眺めたり、薪をくべたりしながら、故郷の干飯崎《かれいざき》からここまでの、飢と渇きと、嶮《けわ》しい山越え続きの、苦しい旅を思い返した。福井県南条郡の北にある干飯崎というその漁師町は、日本海に面していて、松山家は三代まえからその町いちばんの網元であった。沿岸漁船が十五はい、遠洋漁船を五隻《せき》持ってい、彼はその家業を継ぐために、東京の水産講習所へ入学した。まもなく第二次世界大戦となり、昭和十九年の冬、学徒動員で徴集されたが、胸部に疾患のあることがわかって、即日、徴集を解かれた。——彼は少年時代から結核で、小学校二年生のとき、右股《こ》間淋巴《かんりんぱ》腺《せん》の切除手術を受けたことがある。その手術をしたのは金沢であったが、執刀医は「この子は二十歳まで生きられないだろう」と云ったそうである。それはずっとのちに母から聞かされたことだが、武生《たけふ》市の中学で寮生活をするうち、三年のとき肺結核にかかって帰郷した。北国には肺疾患にやられる者が多い、冬がながく、太陽に恵まれず、海辺で空気が湿りがちなことも原因の一つだろうか。したがって他の地方ほど、肺疾患を恐れるようなことはなかった。——徴集を解かれた彼は、混雑する疎開《そかい》列車に乗って故郷へ帰った。水産講習所は殆んど閉鎖したかたちで、満足な授業を受けられなかったからだ。隆二は干飯崎の故郷で、暗く波の荒い日本海を渡って来る、大陸のきびしい風と雪を浴びながら、ストイックに自分の心と軀を鍛えた。聖書や仏典を読み、天文、科学、医学書などを読みあさった。

——どうせはたちまでは生きられない、と宣告された軀だ、生きているうちに、知ることのできるだけは知っておきたい。

隆二は全国的な食糧難時代を干飯崎でくらし、却《かえ》って健康をとり戻した。そして恐ろしい災厄《さいやく》にみまわれたのだ。昭和三十五年、日本海を縦断した台風のため、持ち船は九割まで壊れたり沈んだりし、遠洋漁船もつぎつぎと遭難し、母が乳癌《にゅうがん》で金沢の病院へはいるとまもなく、父が脳出血で急死した。船を失ったうえに、沈没した漁師の遺族への弔慰金とで、松山家は僅《わず》かな山林を含めた土地と家屋敷と、そして網元の権利まで売り払い、すっかり裸になってしまった。

「高川の叔父は反対したが、あれでよかったんだ」と彼は呟いた、「松山家の時代はもう終ったんだから」

## 五

叔父は高川友祐《ともすけ》といい、母の弟で、若いころから松山家の支配人として働いていた。隆二が全財産を投げだすまえ、網元としての松山家を再建しようとして、けんめいに奔走してまわった。濃紺色の海が荒れて白く泡立《あわだ》ち、もう大陸からの寒風が吹きだしていた。こまかい粉雪の舞う風に吹かれながら、厚く着ぶくれ、防寒帽をかぶった高川叔父が、むだな奔走に出てゆき、疲れきって帰って来るのを、隆二はいたましいとも思い、愚かしいとも思った。あらゆるものに成長の限度があるように、網元として三代、松山家も命数が尽きたのだ、と彼は信じていた。それは現実からはなれた、一種の宗教的な確信のようであった。

松山隆二は全財産を投げだし、母の治療費を除いて、全額を難破した漁師や、船員の遺族たちに配分した。むろん満足な額ではなかった。保険金を加えても、——だが遺族たちは不平も云わず、却って松山家の倒産を悲しんでくれた。

——親方と子方との、ながい伝習のつながりを断ち切ることがこわいのだ、現実よりも感情的にその日を避けようとしている、それでどうなる。

漁業のやりかたも大きく変った。網元式の封建的な作業は、大資本の合理的操業に勝てないばかりか、しだいに圧迫され追いやられるという事実が、もうはっきりし始めていた。網元と船子《ふなこ》という情緒的な関係は、大資本の機械的な合理性に踏みつぶされる、それは眼に見えるようだ、と隆二は思った。そして全財産を投げだしたのだ。

「松山船長はいい人だった」と彼は呟いた、「あの人はそのまえにもうN漁業と契約ができていた、そうして、残った漁師みんなを引受けてくれた、N漁業からたっぷり金が出たそうだが、それで悪い噂《うわさ》も立ったけれど、漁師たちのおちつき先もきまったのだからな、いい人だ、本当はみんなのためにいいことをしてくれた」

中島才太郎は第二明昭丸の漁撈長《ぎょろうちょう》だった。鮪《まぐろ》を捕りに印度洋《インドよう》までゆき、満船になったので帰る途中、突風にやられて船は沈没した。二十三人の乗組員はぜんぶ救助され、ギリシアの貨客船で帰国したが、中島漁撈長だけは帰らなかった。船長の吉沢又吉の話では、土地の人たちに漁法を教えるのだと云ってきかず、セイロン島のどこかに居残った、ということであった。

「満船の鮪を失ったのがよっぽどくやしかったんだろう」と隆二は呟いた、「——二十五年も漁撈長をして、いつもどの船より漁獲高が多かったという、網元への申訳なさもあったろうが、干飯崎《かれいざき》きっての漁撈長という二十五年の自尊心のほうが強かったのではないか。息子二人は二艘《そう》の沿岸漁船を持っていて、自宅の生計はたらぬながらも賄《まかな》っている」

「中島漁撈長もいい人だった」と隆二はまた呟いた、「——人間が自尊心のために、家族との恩愛の情を断ち切る、ということは、立派とはいえないかもしれないが、いかにも男らしいじゃないか、——しかし、男らしいとはどういうことだろう」

枯れた篠竹《しのだけ》で編んだ戸口があいて、竹中啓吉がはいって来た。はいって来るなり、持っていた物を脇《わき》へ置いて、炉の火へたっぷりと薪《まき》をくべた。炉には桑の木の大きな根株がくすぶっているので、薪をくべるとまもなく、炎が立ち始めた。

「済みません、考えごとをしていたので」と隆二は恥ずかしそうに云った、「焚木《たきぎ》を入れるのを忘れていました」

「山道はもう氷《こお》り始めていますよ、風邪をひかないで下さい」

篠竹の束で囲い、藁を敷き詰めた狭い小屋の中は、隙間《すきま》があるのに、思いのほかあたたかく、むしろ肌《はだ》が汗ばむくらいであった。炉で炎が立ち、木のはぜる音がこころよく聞えだすと、竹中は持って来た渋紙の包みをあけ、中から二つの炭を取り出した。それは長さ三十センチ、幅十センチほどの物で、ふっくらと、いかにも軽そうにみえた。竹中はその一つ一つを取って、炉の火に向けて長方形の各角度を、ためつすがめつ眺めていた。

「なにか特別な炭を焼いている、というのはその炭ですか」

「そうです、特別というほど大げさな物でもないが」と竹中は持っている炭を裏返しながら云った、「——東京や京都の大学で、化学や医学の実験に使うんだそうです、なにかの濾過《ろか》や炭素の分解などに使うらしい、よくはわからないが、それで焼きかけんにちょっとくふうがあるんだな、朴《ほお》の木がいちばんいいらしい、ぼくは朴の木だけを使ってるんですがね」

「ぼくにはなんにもわかりませんが、そういう意義のある仕事があるのに、どうしてブラジルへなんかいらっしゃるんですか」

竹中啓吉は炭を渋紙に包みながら、きみはキリスト教の終末観ということを知っているかね、と反問した。

「ええ」と隆二は頷《うなず》いた、「ただ素読みをしただけですが」

「広島と長崎に原爆が投じられた」と竹中は低い声で云《い》った、「七年まえには、エニウェトックで水素爆弾の実験が成功した、続いてソビエット・ユニオンでも水爆を完成した、きみも知っているだろうが、水爆を二十個も投下すれば、この地球は太陽になって全生物はほろびてしまう、――キリスト教に予告されている終末観、この世界のほろびてしまう時期が刻々と、眼の前に迫っているんだ、きみはそう思いませんか」

松山隆二は暫《しばら》く考えていて、「そういう意味では」と静かに云った、「ブラジルへいっても同じことじゃあないでしょうか、はっきりしたことは云えませんけれど、戦争で死ぬより疾病《しっぺい》で死ぬ人数のほうが多いそうですし、もしも水素爆弾がぼかぼか落されるようなことになるとしたら、ブラジルへいっても、南極、北極へいっても同じことだと思いますがね」

「おそらくそうだろう、地球そのものが太陽みたようになっちまうというんだから」と竹中も慎重に云った、「けれども、こんなせせっこましい日本より、人間より牛のほうが多いという、広い土地で、死ぬなら死にたいと思うんだ、広い青空と草のあるところでね、そうは思いませんか」

「わかりませんね」と隆二は答えた、「日本がせせっこましいことはわかりますが、水爆が投じられたとすると、広い狭いはないいんじゃないか、と思いますがね」

「きみは――」と竹中が反問した、「空襲にあったことがありますか」

「くにが福井県の漁師町ですから」

「というと、どの辺ですか」

「敦賀《つるが》湾から北へ二十キロ近くいった、干飯崎というところです」と隆二は答えた、「漁港としてはかなり大きな町ですけれど」

「そこから出て来た理由はききません、しかし、そこで水爆をあびてもいいと思いますか、いや、その返辞も聞くには及ばない、日本人に限らず、どうせ死ぬなら墳墓の地で、と考える者が大多数のようだからな、――墳墓の地、どうして人間はそういう狭い意識に拘束されるんでしょう、この地球そのものが墳墓じゃあないでしょうか」

「そうだとすれば、ブラジルも日本も同じことだと思いますがね」

「そうだな、ぼくは理屈を云いすぎたようだ」と竹中は苦笑いをした、「正直に云えば、日本にいたくない、ということですよ」

　理由は数えられないほどある。そんなことを云ってみてもしようがない、つきつめたところ、同じ死ぬなら広くて、青空と緑のあるところで死にたいと思う、きみにはそう思えないかね、と竹中啓吉は云った。

「あなたは」と隆二ははっきりと云った、「死ぬことだけを考えていらっしゃるようですが、問題は生きているうちのことじゃあないでしょうか」

「いつも、誰《だれ》でも云うことだな」竹中は眉《まゆ》をしかめた、「ぼくは東京で空襲にあった、何度も何度も防空壕《ぼうくうごう》へはいった。狭くて湿っぽくて、暗い防空壕へね、――警戒警報のサイレン、空襲警報のサイレン、敵機頭上と叫びまわる防火班長の声を、ふるえながら壕の中で聞いたものです、――ぼくは」と竹中は声をひそめた、「――敵機が頭上へ来ると、壕の中にはいられなかった、狭くて暗いその防空壕の中にいると、それだけで窒息しそうな気がしたからです、どうせ死ぬなら、そんな小さな穴の中ではなく、広い青空と緑の木樹《きぎ》の見えるところで死にたい、と思いました、これは東京のような土地で、実際に空襲を経験した者でなければわからないかもしれないが」

四千年まえの楔形文字《せつけいもんじ》、エジプトの黄金文化から、こんにちの原子力解放までやってきた。宇宙に存在しなかった原子まで作ることができるようになった。なんのためだろう、なんの必要があるのだろう、いったい人類には、なにか目的意識があるのだろうか。それとも無目的に破滅まで押し流されてゆくだけだろうかと、呻《うめ》くように竹中は云った。

「むずかしいですね」と隆二は首を振りながら答えた、「人間には反省力や自制心がありますから、破滅とわかっているのに、そこへ落ち込むことはないと思いたいですがね」
「きみはキリスト教の終末観ということを知っていますか」
「ええ、おおよそですが」
「原始宗教というものは、案外なくらい起こるべき事実を予言するものです、釈迦も来世に救いを求めた、道教も、老子《ろうし》の無の哲学も、みんな現実を否定し、いつかは地球も人類も亡《ほろ》びてしまうと予言している、人間はよき社会生活をしようと苦心しながら、却って大きくは滅亡に向かって奔走しているようにしか思えない、きみはこれをどう考えますか」
「わかりません」隆二は考えぶかく答えた、「ただ人間には、自己保存本能がありますからみすみす破滅とわかっているのに」
竹中は手をあげて遮《さえぎ》った、「ではなぜ第一次、第二次の戦争があったんだろう、歴史的にはいつも人間は殺しあって来た、それだけ破壊と殺人が行われて、なにか得るところがあったろうか、慥かに、疾病による死人のほうが、戦争による死者より多いかもしれない、しかし人為的な大量殺人、地球そのものが亡びるとしたら、それを防ぐなにかの知恵がはたらいていていい筈《はず》だ、けれども現在の状態ではとうていその可能性はない、――だからぼくは広い青空と、緑の見える野で死を待とうと思うんだ、きみにこの気持がわからないかね」

この人は逃げようとしている、現実に当面する気力がないだけだ、と松山隆二は思った。広い青空でも緑の野原でもない。そして水素爆弾にも関係はない、簡単にいえば疑心暗鬼にすぎない、ブラジルへいっても、北欧、南洋へいっても、おそらく心の安まることはないだろう、そう思ったけれども、むろん口にだしてはなにも云わなかった。


「きみは東京へゆくんだそうだな」

蓆《むしろ》を掛けて横になってから、竹中啓吉がきいた。そのつもりです、と隆二は答えた。敷いた寝藁《ねわら》と掛けた蓆と、そして炉の火とで、少し熱いほどあたたかかった。

「あそこはソドムとゴモラだ」と竹中はまじめな口ぶりで云った、「東京は邪淫《じゃいん》と悪徳の巣だ、いってみればきみにもわかるだろう、そしてすぐ逃げだすだろうと思うね」

「そうかもしれません、けれども東京には水産講習所時代の知人がいますし、干飯崎《かれいざき》のほうは破産して無一物になりましたから」

「干飯崎はきみの故郷ですか」と竹中が問いかけた、「いったいなにがあったんです」

「どこにでもあるつまらないはなしです」

くににいては、漁師や船員の遺族たちと、いつも顔を合わせなくてはならない、母もながい病院ぐらしのあげく、先月ついに癌で死んだ。これで自分の思うままに生きられる、という解放感にせきたてられるような気持で、故郷を出て来た。それは話してもわかってもらえないだろうし、また人に話すべきことでもないだろう。たとえ東京がソドムとゴモラのように、邪淫と悪徳の世界であるにしても、こんな山の中でも、この人の云うとおり、貪欲《どんよく》や不義不正や、貧困やみだらな肉欲の争いが絶えないとしたら、それがそのまま人間生活というものではないだろうか、清潔で汚《けが》れのない世界は空想だけのもので、そういう汚濁の中でこそ、人間は生きることができ、なにかを為《な》そうという勇気をもつのではないか。

――東西の神話はみな混沌《こんとん》から始まっている、いまでも混沌の中で人間はうごめき、なにかを為そうとして汗を流す、ソドムとゴモラ、それこそおれの求めるものだ。

松山隆二はそう思った。しかし、本当にそうだろうか、そういう汚濁の中で、本当に生きる精神力があるだろうか、彼はそっと呻《うめ》いた。

「どうです」とねむたそうな声で竹中が問いかけた、「いっそのことぼくたちといっしょにブラジルへゆきませんか」

隆二は答えなかった。

「もう眠っちまったのかな」と竹中は独り言を云って、寝返った、「——若い者は暢気《のんき》なもんだな」

# 六

強い風が吹いたり、やんだりし、ちらちらと粉雪が舞ったり、急に晴れてあたたかく陽が照ったりした。勾配《こうばい》の急な、細い坂道をおりてゆきながら、枯れた芒《すすき》のざわめきや、林の揺れる枝音を聞き、狭い谷間の静かなけしきを見やり見やり、松山隆二は陽が照ってくると眼を細めたり、粉雪が舞いだすと背広の衿《えり》をかき合わせたりした。

「あの林の木々は、それぞれうたったり、嘆いたり、訴えたりしている」と彼は呟《つぶや》いた、「一つとして同じ嘆きや唄《うた》や悲しみはない、——みんなそれぞれ違った個性をもっている、しかし、それはほかの木には理解されることがない。どんなよろこびも、どんな悲しみの訴えも、すぐ隣りの木にさえわからないだろう、それが何十年も何百年も続くのだ」

人間は友達や先輩や先生に、訴えたり、唄を聞いてもらったりすることができる。

しかしやはり、本当に理解してもらうことができるかどうかは疑問だ。どんなに親しいあいだがらでも、心の底まで理解しあうことはできないだろう。その点では、風にそよぐあの芒や、枯れ木林の木々たちとさして変りはない。「だが人間には本質的に違うところがある」、と彼は呟いた、「——松山家の死んでいった船子たち、祖父や父に海で死なれながら、やはり松山家の船子になり、海で死んだ人たちや、その遺族たちの悲しみや嘆きは、人間だけのものだ、愛も憎しみも、人を信頼することも不信も、これらすべてをひっくるめたものが人間なんだ、不義不正を犯す者も、それをあばき、憎むのも、人間だからできることだ」

松山隆二は母のことを考えた。腹腔《ふくこう》中の汎発性癌《はんぱつせいがん》で死んだ母は、苦痛も訴えず、呻き声さえもらさなかった。

——この病気は苦しいものです、と病院の医師は云った。いつか禅宗の坊さんを扱ったことがあります、五十歳くらいですかな、自分は悟りをひらいているから、病苦や生死に関心はない、そういばっていましたがね、病状が悪化してくると苦しがって、医者を罵《ののし》り医学を罵り、しまいには助けてくれなどと喚《わめ》くしまつでした。

いまは鎮痛剤もあるが、きみのお母さんはそんな注射を欲しがりもせず、あぶら汗をかきながら、看護婦にさえ一度も苦痛を訴えなかった。こんな病人は初めてです、とその医師は云った。

「母は人に心配させたくなかったのだ」と隆二はまた呟いた、「——人に心配させたくない、人によけいな気遣いをさせたくない、これも人間だけがもっている感情だ」

海で死んだ船子の遺族たちも、不満足な慰藉料《いしゃりょう》に対しても文句らしいことは云わず、亡《な》くなった良人《おっと》や息子や父のことを、悲しむ思いで心がいっぱいだったにちがいない。飾らずに云って、人間生活を支えるのは経済力、つまり金であろう、けれども死んだ船子や船員の遺族たちは、僅《わず》かな慰藉料などよりも、死んだ家族をいたみ悲しむ気持のほうが、強く深いのだ。

——うちの子方の人たちには詫《わ》びのしようがないね。

母親は死ぬまえにそう云った。三代も網元をしていて、そのあいだに海で死なせた船子たち、そしてその遺族たちのことが、死ぬまぎわまで頭をはなれなかったのだ。野獣でも親と子の死別には、自分の命を忘れて悲しむという。母の嘆きもそれと同じだろうか、いや違う、親子のつながりではない、顔を見たこともない相手のために、——それが親方と子方という関係にあるとしても、——死ぬまで申訳ないとか、いたましかった、悲しかった、と思い続けるのは人間だけだ。

「あの人たちには詫びのしようがない」と隆二は声にだして呟き、空を見あげた、

「——ぼくは忘れません、お母さんのあのときの言葉は忘れませんよ、決して」

竹中啓吉の娘のりつ子が、細い踏みつけ道の坂を登って来た。粉雪が髪の毛に降りかかり、頬《ほお》が赤くなっていた。

「せんせい、どうかなすったんですか」

先生と云われて隆二は戸惑い、「ぼくがどうかしているように見えるの」とききかえした。

「昨日より瘦《や》せたようだわ」とりつ子が云った、「いちにちでこんなに変った顔つきを見たのは初めてだわ」

松山隆二はどきっとした。りつ子の観察には、少女よりも女にちかいものを感じたからである。そして、それがすぐりつ子にも反射的に感じられたとみえ、眼つきや身ぶりに、それとわかるほどの羞《はじ》らいと媚《こび》があらわれた。

「なんでもないよ」彼はできるだけなにげなく、りつ子の肩を叩《たた》いて云った、「——お父さんのとこへいくのかい」

りつ子は首を振った、「ううん、せんせいを迎えに来たのよ」

「どうしてお父さんのとこへいかないの」

「ブラジルってどんなとこかしら」りつ子は眼は伏せながら云った、「あたし、ほんとは、せんせいといっしょに東京へいきたいの、ブラジルなんていやなのよ」

「それじゃあお父さんが可哀《かわい》そうじゃないか、そう思わないの」

りつ子はちょっと考えてから答えた、「あたし東京のほうが好きなの、そこにいるお友達といったほうがいいかもしれないけれど、――ねえ、せんせい、日本人は日本で住むのが本当じゃあないでしょうか」

いまはねと云《い》いかけて、隆二は口をつぐんだ。現在は日本もブラジルもない、欧米も東洋もない、その人の気持で、どこへいってもそこに自分の好ましい生活ができるのではないか、と云いたかったのであるが、そんなことを云っても、十四歳の少女にはわかるまいと思ったからである。そしてまた、女の子はこのとしごろでもう、感情的に親からはなれてゆくのだな、とも思った。

「古くさいことを云うようだが」と彼は吃《ども》り吃り云った、「――親子はどこへいっても、いっしょのほうが本当じゃないだろうか」

「そうかしら」りつ子は云った、「せんせいに叱《しか》られるかもしれないけれど、――あたし、お父さん嫌《きら》いよ」

本当だろうか、女の子にはファザア・コンプレックスがあって、恋人のできるまえに、または初めての恋人に、しばしば父親のイメージを感じるものだといわれている。

父が嫌いだというりつ子の表現は、そのまま受取るべきではなく、その反対の無意識な欲求もあるのではないか。

――ばかな、なにを小むずかしく考えるんだ、と彼は首を振った。このとしごろの少女の心は、理由もなく揺れ動いているものだろう。言葉そのものについていちいち解釈をしようとしても、徒労にすぎまい。

「ねえきみ」と彼はやさしく云った、「親は子供を愛するもの、それも親子二人っきりとなればね」

「おじさんは知らないのよ」とりつ子は答えた、「ブラジルへいくのはあたしたち二人じゃないの、お父さんは新らしいおっ母さんと結婚するのよ、あたしその人が大嫌いなの」

松山隆二は口をつぐんだ。急に重荷を背負いでもしたような、不快な圧迫を感じながら、りつ子といっしょに坂をおりていった。

明くる日の午後、竹中啓吉が炭を背負って帰って来たとき、竹中の住居には油屋の親方が来て、酒を飲んでいた。松山隆二はまず、油屋の力士のように逞《たくま》しい軀《からだ》や、顔つきに吃驚《びっくり》した。りつ子に教えられて、それが油屋の親方であることがわかった。しかし姓名も職業も不明であり、油屋は持って来た濁酒《どぶろく》と、なにかわからない野鳥の焼いたのを齧《かじ》りながら濁酒を湯呑茶碗《ゆのみぢやわん》で飲み、りつ子をしきりにからかった。

　帰って来た竹中啓吉はいやな顔をし、炭を片づけてから、うがいをしたり手や顔を洗ったりしてから、炉端へ来てタバコをふかした。

「おめえ本当にブラジルへゆこうってのかえ」と油屋が云った、「いってえそんなとこへいってなにをするつもりだね」

「できる事ならなんでもやるさ、なにしろ広くて大きい国だからな」

「逃げて帰る者もだいぶあるって聞くがな」と油屋は持っていた湯呑茶碗を差出した、「まあ一杯いこうか」

「日本の国の中でだって」と竹中は酒を啜《すす》ってから云った、「——出世する希望をもって東京や大阪へ出てゆくが、失敗して帰って来る者が幾らもいるさ」

「云えばどうでも云えるさ、まあもう一杯」と云って油屋は振り向いた、「りつ子、湯呑をもう一つ持って来てくれ」

「ぼくはもういい」と竹中は酒を干して、茶碗を油屋に返した、「腹がへってるんでね、すぐめしにしたいんだ」

　飢え、飢え、と松山隆二は思った。おれは飢え渇いていた。それをこの少女に救われた。干飯崎での自分の能力範囲外のことだ。それも自分たちは粟《あわ》、稗《ひえ》、もろこしなどで、かつかつに生きてきた。この住居をも含めて、とうてい人を救《たす》けるような状態ではない。それなのに、おれをここまで背負って来て、少ない米の粥《かゆ》を作り、治るまで看病をしてくれた。なぜだろう、どうしてそんな気持が起こるのだろう、「どこへいったっておんなしこった」と油屋の親方は云っていた、「この山でおめえはむずかしい炭を焼いている。ブラジルへゆこうがアフリカへゆこうが、生活はみんな楽じゃあねえし、危険だって避けようがねえ、どこへいったっておんなしこったよ」

「それじゃあきみは、ここにおちつけって云うのかね」

油屋は大きく頭を振り、「そんなこたあ云わねえさ」手酌《てじゃく》で酒を啜った、「人間のくらしってものは、北海道だって九州だって、世界じゅうのどこだって同じようなもんだ、——島田村長の口まねをすれば、この世の中のあらゆるものごとや出来事はみな、神の意志によるものであり、ついには神の意志によって亡《ほろ》ぼされるもんだという、むろん、おらあ信じちゃあいねえがね」

「きみが信じようと信じまいと、それは神とは少しも関係のないことだ、それから、人間のくらしや苦楽は、世界じゅうどこでだって同じだというのもね」竹中は云い返した、「——きみはイギリスもフランスも、ドイツも知らない、もちろんブラジルのことも知ってはいない、どこにどういう生活があるかも知らないのに、みんな同じことだと平気で云うことができる、きみだけじゃあない、世界じゅうどこにでもいるだろう、つまり現在の状態を変えたくない、という気持から出るものだろうね、物理学の初めに、物体は外から力を加えられない限り、その位置を変えようとしないという」

「いいだ、いいだ、おめえは、東京で中学校の先生をしていたってえからな」油屋は酒を啜りながら片手を振った、「おらあ学問もねえし、物理学なんてものはちんぷんかんだが、人間だって自分の土地を持ち家を持って、そこに何代でもおちつこうってえ考えがあるだろう、物体なんてひちむずかしいことをもちださねえでも、人間さまだって、そこに根を据《す》えてえっていう、本能があるんじゃねえのかい、先生」

りつ子は炉に掛けた鍋《なべ》をおろし、味噌《みそ》汁《しる》の鍋を掛けた。松山隆二は炉の片方に坐《すわ》って、二人の会話を聞きながら、頭の中ではまるで違うことを考えていた。――りつ子は父親を好かないという、それが事実かどうかは、誰にも判断のつかないことだろう、けれども現実には存在することだし、それは人の力ではどうしようもないことだ。とすると、それをつなぐのはなんだろう。人間が人間を嫌い、好き、愛したり憎んだりする「本質」はなんだろう。東西の神話がいずれも混沌《こんとん》から始まっていること、ソドムとゴモラという想定の生れるのは、ここから出ているのではないか。親子のあいだにさえ好悪《こうお》や嫌厭《けんえん》がある、まして個性を持った他人どうしに、嫉視《しっし》や敵対意識や、競争心や排他的な行動のあるのが当然じゃあないだろうか。人間の生きかたにはどんな規矩《きく》もない、現在あるようにあるのが自然なのだろう。

――これも繰返しだ、いつも同じところへ戻ってしまう、ロシア革命も、三十年経《た》ってみれば、やはり権力や階級が生じ、有産者と無産者、貧富の差も出てきたようだ、あの悲惨な大量殺人と破壊によって実現したソビエット・ユニオンは、それによって人間性のなにを、慥《たし》かめることができたのだろうか。

油屋の親方はまだ饒舌《しゃべ》っていた。りつ子はおろした鍋から、中の物を椀《わん》へすくい入れた。隆二はそのどろどろした粥のような物を見、それが粟であることを感じた。竹中から聞いた餅粟《もちあわ》でなく、うるち粟だということが、すぐに想像できた。りつ子は味噌汁を椀に注いで出したが、汁ばかりで、ほかになにもはいっていないことも認めた。

――まるで禅僧か、西欧の修道僧のようだな、と隆二は思った。いっそのこと、ここでくらすことにしようか、竹中さんに特殊な炭の焼きかたを習って、稗や粟の粥を啜り、泉の水を飲み、この静かな山中で一生をすごしてもいいじゃあないか。

しかしそうすれば、りつ子はどうなる。竹中は本気でブラジルへゆく気らしいし、りつ子はそれを嫌っている。自分がここに住みつくとすれば、りつ子もここにとどまるだろう。馴《な》れない炭焼きをして、こんな少女をかかえて、不自由な生活が自分にできるだろうか。

「先生も一杯どうかね」

油屋の呼びかける声を聞きながら、隆二は「いや」と頭を振った。いやだめだ、そういうことは不可能だ、自分にはできない。

七

松林で風がさわぎ、道の左右で枯草が音荒く揺れそよいでいた。

仏峠はさして嶮《けわ》しくはなかった。杉や松や栃《とち》ノ木の林に囲まれた細い坂道は、土よりも石や岩のほうが多く、靴《くつ》が滑って幾たびか転んだ。その幾たびめかのとき、彼は転んだまますぐ起きようとせず、坂道に突き出た岩の、眼の前にある一つを見まもった。

「何百年、何千年まえからこうしてあるのだろう、ここに坂道が出来るまえには、おそらくいまとは形も違い、もっと大きかったであろうか」と彼は呟《つぶや》いた、「――坂が出来てから、どれほどの人間が登ったりおりたりしたことだろう、そのうえ風に吹かれ雨に打たれて、いまのこの形になったに相違ない」

踏み削られ、形を変え、しだいに小さくなってゆく。それがここにあるこの岩の、どうにもならない運命だ。どんなにもがいてもその枠《わく》からぬけ出ることはできない。人間にも同じような運命からぬけ出ることができず、その存在を認められることもなく、働き疲れたうえ、誰にも知られずに死んでゆく者が少なくないだろう。

「この世には、ただ一つのものを除いて、永遠につながるものはなにもない」彼はまた呟いた、「——ただ一つのもの以外には」

強い風が吹きつけて来、林の木々や枯草がやかましく揺れ騒いだ。風のその強くなり弱くなるのが、自分の呼吸としだいに合ってゆくように、彼は感じた。そればかりではない、心を澄まして聞き入ると、坂道の土の中でも、林の落葉の下でも、同じように呼吸しているのが感じられ、隆二は一種の深い歓喜と、恐怖に似た昂奮《こうふん》におそわれた。それは説明しようのない、本質的な感動であった。

「自然は生きている」と彼は自分がふるえているのにも気づかずに呟いた。「人間は自然を破壊することができるかもしれないが、征服することはできない。プルトニューム239を創《つく》りだし、水素爆弾の投げあいで、地球ぜんたいを破滅させることができるだろう、しかしそれは破壊であって征服ではない」

「間違いだ、まるで思い違いだ」彼は表情をひき緊《し》めて、立ちあがりながら云った、「——人間には自然を征服するどころか、破壊することもできやしない、山を崩し、谷を埋め、海や川を改変し、死の灰で地を蔽《おお》っても、自然の一部に小さな、引っ掻《か》き傷をつくるくらいがせきのやまだ」

松山隆二は坂を登りながら思った。いちど台風や豪雨や旱魃《かんばつ》がくれば、人間の造りあげたものなどはけしとんでしまう。それは自然の脈動と呼吸だ、人間はその中で生きているのだ、悲しみや絶望、よろこびや貧窮、戦争や和平、悪徳や不義の中にさえ、自然の脈動や呼吸は生きているのだ。

「だがそれだけではない、なにかはかり知れない力が人間を支えている」と彼は呟いた、「どんなに打ちのめされ叩《たた》き伏せられても、それで諦《あきら》めたり投げてしまったりはしない、切れた堤を築き直し、石を一つずつ積み、崩れた崖《がけ》を均《な》らし、流された家を再建したりして、逞しく立ち直ってゆく、——これはただ自分の生活を取り戻したいからだろうか、いや、そうは思えない、表面的にはそう見えるが、決してそれだけではない」

もう峠の頂上に近く、坂道の勾配《こうばい》はゆるくなったが、風が強くなると、こまかな雪がちらちら舞いだした。第一次大戦のとき、これで戦争は終ったといわれた。第二次大戦のあとでも同じことがいわれたし、二回の大戦争による破壊と大量殺人にもかかわらず、廃墟《はいきょ》と化した瓦礫《がれき》の中から、まえよりも堅固で立派な都市が建ち、人間の数もはるかに多くなった、未開発国が開発され、植民地は次つぎに独立した、戦前よりはるかに繁栄し始めているが、片方ではもう幾つかの大国が原子爆弾の強化を進めている、破壊と大量殺人の準備だ。人間の本性にはいろいろの悪があるけれども、同時に悔恨や慈悲、反省や自制心もある。にもかかわらず、破壊と大量殺人が繰返されるのは、人間の意志が、なにか説明することのできない未知のちからに支配されている、と考えるほかはないのではないか。

「あなたがいかなる神々かは知らないが」彼は眼にかかる粉雪を払いながら呟いた、「もしもあなたにとって私が必要なら、私を生かし、私のやりたい事にちからをかして下さい、しかしもしも私が必要でなかったら、どうぞあなたの思うままに」

「お兄さんなにをぶつぶつ云ってんの」

突然、脇《わき》のほうから呼びかけられ、松山隆二は吃驚《びっくり》して振り向いた。古い風呂敷《ふろしき》で頭をネッカチーフのように包み、小さなリュックサックを背負い、もんぺに雪沓《ゆきぐつ》をはいている、りつ子であった。

「りっちゃん」と彼は口をあいた、「こんなところへ、どうしたの」

「あたし先まわりをして待ってたの、お兄さんといっしょに東京へゆくのよ」

村にいるときは「おじさん」と呼んだ。いまはお兄さんと云うし、その云いかたには意識的な媚《こび》さえ感じられた。

「お父さんが心配しているだろう」

「心配なんかするもんですか」りつ子は云った、「あしたお嫁さんが来るんですもの、そいで、いっしょに二人っきりでブラジルへいくんですもの、あたしのことなんかなんとも思ってやしないわ」そしてまた云った、「きっと厄介者《やっかいもの》がいなくなって、さばさばしてるにちがいないわ、きっとそうにきまってるわ」

「――こんどのお母さん、そんなに嫌いなの」

「そのことだけはきかないで、口に出すのもいやらしいわ」

「でもね」隆二はなだめるように云った、「ぼくは金もないし、無銭旅行のようなものなんだよ、本当に東京までゆけるかどうかさえわからないんだよ」

「あたし乞食《こじき》をしたって平気よ」とりつ子は自慢そうに云った、「東京からこっちへ来る途中でも、幾たびか乞食のようなまねをしたことがあるわ、ほんとよ」

隆二は心臓に痛みを感じた。まだ十歳にもならない少女のころ、父親といっしょとはいえ、乞食のようなまねをしながら、見知らぬ国へ旅をして来たという。干飯崎《かれいざき》の死んだ船子の遺族たちの、貧しい、希望のない生活ぶりを見てきて、それがかれらの宿命だ、というように思っていた自分の考えを、いまこの少女のひとことで、刺しつらぬかれるように感じたのであった。

「寝るところがなければ、どこかの藁小屋《わらごや》へもぐり込んで寝なければならないんだよ」

「いままでだって同じようなもんだったもの、あたし藪《やぶ》の中だって平気だわ」

りつ子は昂奮しているためか、それとも新らしい世界へ出てゆくという、強い好奇心のためか、健康そうな頬《ほお》が赤く、眼がきらきらし、どんな困難や抵抗にも屈しない、という気持をその態度ぜんたいで示していた。米穀《べいこく》通帳や移動証明は持って来たのかと、きこうとしたが、そんなものに関心のないことはわかっていたので、隆二は黙っていた。

「そんな恰好《かっこう》で寒くはないのか」

「伴《つ》れてって下さるのね」

「お父さんが訴え出れば、ぼくは誘拐罪《ゆうかいざい》になるんだよ、きみは未成年だからね」

「あたしが自分でついて来たのに」

「それは証明できないからね」

りつ子はふーんと、考えぶかそうに頭を傾《かし》げた。でもあたしがそうしたくってしたのに、どうして誘拐罪になんかなるの。それが法律というものなんだ、人間の意志とは関係なしに、法文というものが一律に人間の生活を縛っているのだ。それが不条理であっても、一条の法文を変えることもできないのだ、と隆二はわかりやすいように云《い》った。

「それじゃあお兄さんに悪いのね」

「どうしても東京へゆくのか」

「もしお兄さんに悪いのなら、あたし独りでもいくわ」

じゃあいこうかねと云い、彼はりつ子の雪を払ってやった。頭にかぶった風呂敷や、着物に雪がはり付いていたからであるが、隆二がそれを払ってやろうとしたとき、ほんの一瞬ではあるが、りつ子はぴくっと軀《からだ》を避けようとした。

りつ子の防禦《ぼうぎょ》のけはいはほんの一瞬間のことであり、自分では意識しない本能的なものであったが、それを感じたとたん、松山隆二はふいに身ぶるいをした。――これだけは二度と思いだしてはいけない、と自分に誓ったアメリカの潜水艦と、二条の魚雷の航跡と、そして浮上した潜水艦の砲撃をあびたときの恐怖が、烈《はげ》しく彼の心を緊《し》めつけたのである。――いけない、だめだ、あのことだけは忘れるんだ、と彼は心の中で自分をどなりつけ、強く頭を左右に振った。

峠を越すと風も弱くなり、雪もやんで、雲のあいだからときどき、あたたかな陽《ひ》がさした。坂の勾配もゆるくなり、枯木や杉林なども、峠のこちらではかなり明るく、のどかに牛のなく声が聞えたりした。

「あたしおなかがすいちゃったわ」

「ぼくもさ、水のあるところを捜していたんだ」と云って彼は肩のリュックサックを揺りあげながら、左のほうを指さして、あそこがよさそうじゃないかと云った。若い杉林に囲まれた陽だまりの窪《くぼ》地で、枯草がいかにもあたたかそうであり、すぐ脇に細い流れがきらきらと光っているのが見えた。二人はそこで背負って来た物をおろし、りつ子は頭の風呂敷をとりのけながら、どしんと枯草の上へ腰をおろし、両足をなげだした。――思ったとおりそこはあたたかで、陽に蒸された枯草の匂《にお》いが、空気の中にあまく匂っていた。

松山隆二はリュックサックから錫《すず》のカップを外《はず》し、細い流れまでいって、清らかに澄みとおった冷たい水を満たし、こぼさないように用心しながら戻《もど》った。そして竹中啓吉に焼いて貰《もら》った、もろこし餅の包みをひらき、りつ子と二人のあいだに置いた。

「あら、あたしそれいらないわ」りつ子は背負って来た包みをほどき、中から竹の皮に包んだ物を出して見せた、「これなんだと思って、お兄さん」

「断わっておくけれど、そのお兄さんはやめてくれないか、としからいったっておじさんのほうがいいんだから」

「でもきょうだいのようにしているほうが、人から怪しまれないんじゃないかしら、東京までは遠いんだし、おじさんなんて云えば、却《かえ》ってへんに疑ぐられると思うわ」とりつ子は云った、「それよりもさ、これなんだかわかって」

隆二は大きな竹の皮包みを見て首を振った。りつ子はおとなっぽく、自慢そうに微笑しながら、誇らしげに竹の皮包みをひらいた。そこには大きな焼きむすびが三つ、重たげに並んでいた。包みはほかに二つあり、りつ子はその二つのほうへ手を振った。

「これは」と隆二は咎《とが》めるように云った、「お米のむすびじゃあないか」

りつ子は彼のおどろきを待っていたように、また自慢そうに頷《うなず》いてみせた。隆二は少女の心をはかりかねた。米は彼が飢え死しかけていた数日、おも湯や粥《かゆ》にして喰《た》べさせてもらっただけだし、回復してからあとは、いつも粟粥かもろこし餅であり、こんど出立するときにも、竹中啓吉が持たせてくれたのは、同じ物であった。

「お父さんが拵《こしら》えてくれたの」

りつ子は頭を振った。すると髪の毛が大きく揺れて顔にかかったので、髪の毛を短く切ったことがわかった。父が炭焼きにいったあと、自分で拵えて来たのだ、とりつ子は云った。

「それは悪いよ」と彼は眉《まゆ》をしかめた、「お米はそうたくさんあるわけじゃないだろうし、あとでお父さんが困るじゃないか」

「もうすぐ女の人がうちへ来るの、あたし大事なお米を、そんな人に喰べさせたくなかったのよ」

隆二はどきっとした。少女の言葉よりも、そう云ったときの口ぶりに、とうてい十四歳という年齢とは思えない憎しみと、するどい嫉妬《しっと》が感じられたからである。竹中啓吉の再婚する相手がどんな女性か、としが幾つかは知らない。けれども、たとえその女性が三十歳を越し、多くの経験を身につけていたとしても、いまのりつ子のいだいている憎しみと、嫉妬にうちかつことはできないだろう、と彼は思った。——しかしこのままではいけない、ここでなにか助言をしなければならない、と彼は気持をたて直したが、そのとき二人のうしろで、突然どなりだした者があった。

「おめえら、そこでなにをしてるだ」

訛《なま》りが違うので、すぐにはわからなかったが、振り返ってみて、そこに杖《つえ》を突いて立っている老人をみつけるまでに、およその意味は察しがついた。

「弁当を喰べるところです」

「たったいま出ていけ」老人は隆二にみなまで云わせずに喚《わめ》いた、「ここはおらの地所だ、よそ者のへえるところじゃあねえ、その水も堰《せき》へ戻すだ、ひとしずくだって飲むじゃあねえぞ」

　隆二は水を満たした錫のカップを見、老人の顔を見た。

## 川には魚がいた

### 一

　あまり広くはないが、白く乾いた大小の石の多い河原で、松山隆二とりつ子は食事をした。彼は焼いたもろこし餅《もち》、りつ子は焼きむすびを食べた。

「あのおじいさん、なにをあんなに怒ったの」

「きっと」もろこし餅を噛《か》みながら隆二は答えた、「きっと虫のいどころでも悪かったんだろうね」

「でもさ、水も飲ましてくれなかったじゃないの、たったいまここを出ていけって」

「あの人は牛を飼ってるんだ」

「ええ、あたし牛のなき声を聞いたわ」

「あれは泉からの湧《わ》き水でね、牛を飼うのに大切な水なんだよ」

「でもさ」りつ子は喰べながら云った、「あんなコップ一杯ぐらいの水まで返せなんて、あれでどれだけの牛が飼えるんでしょ、それにさ、ここはおらの地所だから、よそ者ははいっちゃいけないなんて、そんなことってあっていいのかしら」

　彼は黙って、かちかちになったもろこし餅を噛んでいた。初めて喰べたときには香ばしくってうまかったが、いまではただぼそぼそするだけで、およそ人間の食物とは思えなくなっていた。

「ところによってはね」と彼は答えた、「――海でさえ同じことがあるんだよ」

「海にも地所があるの」

「広いようにみえるけれど、漁場といって、魚の集まるところがあるんだよ」と彼は云った、「そうすると、もともとそこを漁場にしていた漁師の隙《すき》を覘《ねら》って、よその漁師たちが魚を捕りに来るんだ」

「それは魚を盗みに来るんでしょ。あたしたちはただ地面へ坐《すわ》って、弁当を喰べようとしただけじゃないの、コップ一杯の水を汲《く》んだだけで、草一本も抜きゃあしないわ」

老人はそうは思わなかったのだ。人にもよるだろうが、人間の貪欲《どんよく》には限度がない、「自分の土地」という考えは、合理不合理とは無関係に、人間を独占欲で縛りあげる。そこから根拠のない誇りと貪欲が生れるのだ。あの老人はコップ一杯の水を惜しんだのではない、あの空地の枯草を心配したのでもない。ただ、そこが「自分の所有地」であることを誇示したいだけだったのだ、と松山隆二は思った。

「日本は狭いからね」と穏やかに云った、「アメリカのテキサスだったかカリフォルニアだったかは、一州だけで日本の二倍も三倍もあるそうだ、そういう国だと自分の地所だとか、コップ一杯の水なんかは問題ではないだろうね」

「ふうん、だとするとお父さんがブラジルへゆきたくなるのもむりはないわね」

「ブラジルのことは知らないけれど」と彼は噛んでいた物を飲みこんで云った、「アルゼンチンだったかな、人間が二千万、牛がその倍の四千万頭もいるそうだ」

「んーまあ」りつ子は眼をまるくした、「牛のほうが人間の倍もいるの」

「それに比べれば、日本の国がどんなに小さくて、その小さな狭い国に、一億ちかい人間がひしめきあっていること、一メートル四方の地面、コップ一杯の水さえ大切だということがわかるだろう」

「でもさ」りつ子はまた焼きむすびを取りながら云った、「それだから空地や水の少しぐらい分けあうのがほんとじゃない」

「そうだね、それが本当だろうと誰《だれ》だって思うだろうよ」と彼は云った、「でも実際にはそういかないらしいんだ」

　アメリカの某州の三分の一しかない国土だからこそ、僅《わず》か十メートル四方の土地を持ってもそれを誇りにし、そこに生える一本の草も「おれの地所の物だ」といばる。コップ一杯の水は「おれの地所の物」なのだ。りつ子のいうとおり、それで牛が飼えるわけではない。草原で弁当を喰べても、なに一つ減るわけではない。ただあの老人は、そこが自分の「地所」であるということを誇示したいだけだったのだ。もちろん彼はそんなことは口にしなかった。りつ子も興味はないのだろう、焼きむすびを嚙みながら、両手をひろげて伸びをした。

「ああ、あったかいわ」とりつ子は云った、「峠ひとつ越しただけでこんなに違うのね」

「いまはね、でもこっちにも雪だって降るんだよ」

「でも涸沢《からさわ》とは風が違うわ」とりつ子は云った、「涸沢の風は針の刺さるようにひりひりするわ、でもこっちの風だって寒いけれど、針が刺さるようじゃないわ、あっ」

あっと云ってりつ子は川のほうを指さした。

「ほらほら、魚がいるわ」少女は指示した手を動かした、「ほら、あそこにも、あそこにもよ、あれなんの魚かしら」

「よくわからないけれど、たぶん鮠《はえ》かなんかだろうね」

「はえっていうのね、知ってるわ」

「土地によってはえともはやとも云うらしい、夏になるまえには腹が赤くなるので、赤っ腹ともいうらしいね」

「どうしておなかが赤くなるの」

交尾期になるからである、と彼はすぐにはいえなかった。しかしそれは却《かえ》って不自然だと思い、そのとおりに説明した。りつ子は少しも恥ずかしがらず、感心したように「ふうん」と云っただけであった。

「それまでは黒いだけなのね」

「そうらしいね、黒いだけではなく、よく見ると点々があるんだけれどね」

「あ、またあそこにいるわ、あそこにも、すばしっこいのね」

「いいね」と彼はいった。

大小さまざまな石と、透きとおるような水の流れと、その中を活潑《かっぱつ》に泳ぎまわる魚と、それは自然の活《い》きている証《あか》しそのもののようにみえた。

「ああ、あったかい」りつ子は食いかけのむすびを持ったまま、河原へ仰向《あおむ》けになった、「まるで春のようだわ」

そのとき半袖《はんそで》のブラウスの腋《わき》から、茶色っぽい腋毛が見え、隆二はいそいで眼をそらした。

「風邪をひくぞ」

「だいじょぶよ」とりつ子は云った、「あの峠ひとつ越しただけで、こんなにあったかいのね、ああいい気持」

せきれいが一羽、ちちと鳴きながら、河原の乾いた石から石へ飛び移っていた。

――こんな静かなけしきがいつまで続くんだろう、と松山隆二は思った。

坂の勾配《こうばい》が急になり、ゆるやかになり、川に沿ったり離れたりしながら、しだいに里のほうへおりていった。枯草のあまやかな匂いや、杉《すぎ》や檜《ひのき》のさわやかな香りが、空気を濃く染めていた。

「聞くのを忘れていたけれど、東京に知っている人でもいるの」
「うん」りつ子は大きく頷いた、「本所《ほんじょ》に友達がいるの、紙箱工場で仕事があるんですって」
「だって小学校時代の友達だろう」
「うん、松野志気雄っていうの」
「じゃあ、男の子じゃあないか」
「そうよ、男の子じゃあいけないの」
「いや」彼は眩《まぶ》しそうに眼をそらした、「そんなことはないさ、もしそんなふうに聞えたらごめんよ」
「男の人ってすぐそんなふうに考えるのね、お父さんもそうだったわ、男の子とちょっと仲よくしてもすぐに怒ったわ」
「それだけきみのことを心配してるんだよ」
「なぜかしら」りつ子は首をかしげた、「どうして男の子と仲よくしちゃあいけないのかしら」
「むずかしいことだね」隆二はゆっくりと云《い》った、「でもそれはもう少し大きくなればわかると思うよ」

「ふうん」とりつ子は首をかしげた、「そんなものかしらね」

　五六人の百姓らしい男たちが、二人を追いぬき、黙って坂道をくだっていった。

「あれ出稼《でかせ》ぎにゆく人たちよ」とりつ子がいった、「お百姓だけではくらせないから、大阪とか名古屋あたりへ、冬のあいだだけ稼ぎにゆくんですって」

「百姓ではやってゆけないのか」

「若い人たちは男も女も出てっちゃうでしょ、だから年寄りだの子供だけしか残らないから、田圃《たんぼ》や畑もろくに作れなくなるんですって、それに冬は雪でなんにも出来ないしね」

「それでお父さんはブラジルへゆく気になったんだね」

「どうかしら」少女はつんとした口ぶりで云った、「あたしはそうは思わないわ」

「ほかにわけでもあるの」

　りつ子は暫《しばら》く黙っていてから、あの女のせいよ、となにかを投げつけるように云った。隆二は、どうして、ときこうとしてやめた。少女十四歳、むずかしいとしごろだ。父親が再婚する、というだけで、相手の女性に本能的な嫉妬を感じているだけだ。ブラジルへゆこうと東京へゆこうと、その感情に変りはないだろう、と思ったからであった。

坂をおりきった林の中に農家があり、老人夫婦が白菜畑へ鍬《くわ》を入れていた。老人は垢《あか》だらけの疎《まばら》な茫髪《ぼうはつ》に、継ぎはぎだらけの布子《ぬのこ》に股引《ももひき》をはき、老婆《ろうば》はくの字なりに腰が曲っていた。

「だめだね」老人は隆二の頼みを聞くと、訛《なま》りのある言葉で舌ったるく答えた、「――旅の者にはひどいめに幾たびもあってるだでな、この辺じゃあ旅の者を泊めるうちはねえだよ」

「そのな」と老婆が云った、「ここから少しさがると藁小屋《わらごや》があるだよ、へたな蒲団《ふとん》よりよっぽどあったけえもんだ、少し藁臭えけんどな」

老人はふきげんに、よけいなことをいうな、とでも云いたげにそっぽを向いていた。

藁小屋をみつけたときは、もう黄昏《たそがれ》が濃くなり、あたりは紫色の靄《もや》が漂っていた。

――夕ごはんを作るわと云って、りつ子は川のほうへ出ていった。りつ子は巧みにやった、拳《こぶし》二つほどの大きさの石を三つ並べ、包みの中から平たい鉄の鍋《なべ》を出して掛け、火を燃しつけてから、もろこしの粉を練り、鍋を油でぬぐってから、もろこしをゆっくりと鍋焼きにした。三つの石は即席の釜戸《かまど》だったのである。りつ子は朴《ほお》の木の葉も洗って持って来て、その上へもろこし餅《もち》をのせて彼に渡した。

「がまんしてね」と少女は云った、「おしたじがないから塩にしたの、まずいかもしれないけれどしようがないわ」

「有難う」と彼はちょっと頭をさげた、「いまは口にはいるものなら、なんでもいいよ、でも小さいのによくなんでも知ってるね」

「貧乏のおかげよ」

りつ子は米を出して、また川のほうへ出ていった。彼女はそれからめしを炊《た》き、塩むすびを作って喰《た》べた。

「さっきの魚を捕って来ればよかったわね」とりつ子は云った、「おかずなしじゃあつまんないわ」

「魚もだんだんいなくなるんだよ、お百姓が農薬を使うからだそうだ」

「なぜそんな薬を使うの」

「米や野菜をたくさん作りたいためだろうね」

「そんなにお米や野菜がなければ困るの」

「日本では人間がね、もう一億にもなるんだよ」と彼は溜息《ためいき》をついて云った、「――現にこうして、ぼくはもろこし餅を食べているだろう」

「あたいは」と云いかけ、慌《あわ》ててりつ子は云い直した、「――あたしそんな物は絶対に喰べないわ」

「飢え死をしてもかい」

りつ子が「うん」と大きく頷《うなず》いたとき、頬かぶりをした、肩幅の広い、がっちりした中年の男が近よって来て、そこでなにをしてるだと、棘《とげ》のある声できいた。隆二が答えると、男は手洟《てばな》をかんで、そんなところで火を焚《た》いちゃあなんねえ、と訛りの強い言葉で云った。

「ここあおらの小屋だ」男は嚙みつきそうな眼つきで、黄色い大きな歯を剝《む》き出しながら喚いた、「この頃《ごろ》は浮浪者どもが藁小屋へもぐり込んで来ちゃあ、断わりなしに火を燃しちゃあ小屋ごと焼いちまうだ、――先月も下の太作の小屋、去年はこの上の杉作んところ、――それで一文も払わねえで逃げちまっただ、いますぐに出てってくれ」

隆二は自分たちはそういう人間ではないこと、決して小屋を焼いたりしないようにすること、また、ほかに寝るようなところのないこと、などを訴えるように云った。

「だめだ」と男はにべもなく首を振った、「すぐに出てってくれ、ほんとうに、この頃のやつらときたらゆだんも隙もなりゃあしねえ、――すぐに出ていかねえと駐在を呼ぶだぞ」

「いきましょ」りつ子は火を踏み消して云った、「こんなところにいたくもないわ」

隆二は男を憎むよりも、その貪欲と人を疑うその根原にある貧しさ、人間どうしの不信さを感じて、骨まで氷《こお》るような思いがした。

――いや、これが真実ではない、と彼はあるきだしながら思った。よくても悪くても人間が人間であることに変りはない、あの男の性質がどんなであろうと、やはり人間としての嘆きや悲しみはあるに相違ない、彼を憎むよりも、彼のために祈るほうが本当だ。

「ねえお兄さん」とりつ子が云った、「今夜どこで寝るの」

## 二

それから六キロほど坂下の藁小屋で、二人は寝た。仕切り越しに二頭の牛がいて、初めは驚いたのだろう、おちつかなく動きまわっていたが、やがて静かになり、一頭のほうがやさしく、二度ばかり鳴いたと思うと、あとは眠ってしまったのか、なんの物音もしなくなった。

「牛って臭いのね、いやだわ」とりつ子は云った、「ああ寒い、お兄さんのほうへいってもいいでしょ」

いいよ、と彼は答えた。もぐり込んでいた藁の中で、りつ子は彼のほうへにじり寄った。りつ子は牛の匂いが臭いと云った、藁のあまやかな香りよりも、そばへ来たりつ子の躰臭《たいしゅう》のほうが、彼には強く感じられた。あるき疲れたので、いつか彼はうとうとと眠ったが、ふと気がつくと、りつ子が抱きついてい、その躰温の高さと、躰臭の強さに激しい欲望を唆《そそ》られた。そのうちにりつ子は、彼の軀《からだ》に足をからみつけ、ごく自然に乗りかかってきた。

——女の子にはそういう一時期があるんだ、という言葉が思いだされた。竹中啓吉の家で寝ていたとき、医者と啓吉の話が、おぼろげな記憶の中からよみがえってきたのである。

そういう時期が過ぎると、少女たちは急に潔癖になり、男性に対して強い警戒心をもつようになる、と医者はいっていたようであった。

自分のほうがよっぽど不純だ。彼はそう思い、静かにりつ子のするままに任せた。

明くる日。かれらは川に沿ってくだり、野口という村で昼めしを喰べた。河原はもっと狭くなり、水の流れも急になり、しきりに白い泡《あわ》をあげていた。りつ子はもんぺを脱ぎ、太腿《ふともも》まであらわにして、川の中へはいり、魚を捕ろうとして、賑《にぎ》やかに騒いでいた。——少女とは思えないゆたかな太腿も、当人はべつに恥ずかしさも感じないらしく、ゆたかな両腿を水だらけにし、冷たい水をはね返しながら、ついに一尾の大きな魚を摑《つか》みあげて、歓声をあげた。

「これなんの魚かしら」りつ子は三十センチあまりの、ぴちぴちはねる魚を持って、川からあがって来た、「——あら、やっぱりそうだわ、これ岩魚《いわな》よ」

「いまじぶん岩魚がいるのかい」

「岩の下で休んでるの、涸沢でも幾たびか捕ったことがあるわ」

隆二はりつ子の太腿から、眩《まぶ》しそうに眼をそらした。

「岩魚は夏のものじゃあないのか」

「冬のあいだは休んでるのよ、だから、岩の下をさぐると捉《つか》まえやすいの、その代りいまは瘦《や》せていておいしくはないのよ」

火をもっと強くしよう、と隆二が云い、りつ子はまた川の中でばしゃばしゃ始めた。そしてたちまち、七尾の魚を摑みあげた。岩魚もあり鮠《はえ》も山女《やまめ》もあった。みな九センチ以上の大きさで、河原に投げあげられると、それらは勢いよくはねながら、水苔《みずごけ》の匂いをあたりにふりまくようであった。

隆二は枯れた木や枝を集めて来、焚火《たきび》にくべながら——まだ川にはこれほど魚がいるんだ、自然はまだ生きている。

彼は深い感動にうたれ、殆《ほと》んど涙ぐましくさえなった。

このあいだに、りつ子は魚の一尾ずつの頭を石で叩《たた》いて殺し、焚火のまわりにある熱くなった石の上へ魚を並べた。魚というものは捕ったらすぐに殺しちまわないと、味がおちてしまうとか、いちばんうまく喰べるには、こうして熱くなった石の上で焼くのがいいのだとか、もし囲炉裏《いろり》があるなら、竹串《たけぐし》に刺して煉《ね》り焼きにするのがいちばんうまいのだとか、おとなびた口ぶりで話し続けながら、焼けてくる魚に塩を振りかけたり、幾たびも裏表を返したりした。

しみとおるように、すがすがしい山の空気と、高い流れの音を聞きながら、川にまだそんなに魚のいる、という感動にひたっていた。

——日本の近海から魚類がいなくなり、インド洋やアフリカや地中海まで漁撈《ぎょろう》にでかけなければならない。


（「朝日新聞」日曜版、昭和四十二年一月〜二月）

# 解　説

木村久邇典

《私の書くものはよく「古風な義理人情」といわれる。（略）私は自分が見たもの、現実に感じることのできるもの以外は（殆《ほとん》ど）書かないし、英雄、豪傑、権力者の類《たぐい》にはまったく関心がない。人間の人間らしさ、人間同士の共感といったものを、満足やよろこびのなかよりも、貧困や病苦や、失意や絶望のなかに、より強く私は感じることができる》

これは昭和三十一年の暮れ、新潮社版「小説文庫」の一冊として刊行された『将監《しようげん》さまの細みち』のカバーに書かれた著者の言葉です。山本さんは、かたくななほど自作の註解《ちゆうかい》をこころみることのない作家でした。小説家は実作だけを読者に供すべきものであって、自作の絵ときをみずから付するなどというのは作者の敗北だと堅く思い込んでいたようです。

冒頭に引用した四行は、ですから、山本さんが作者自身の立場を表明したきわめて珍しい文章であります。ということは、この短編集が書かれたころ、一、二の評家が山本さんの作品傾向は「古風な義理人情」であり、その描写もやや煩瑣《はんさ》で退屈だとした否定的な批判に応《こた》えようとして筆を執ったもので、作者のいささか鬱屈《うつくつ》したいきどおりが込められているという意味でも興味ぶかいのであります。

山本さんは、すべて義理人情を排そうとしたのではありませんが、「古風な」と貶《けな》されることには、なんとも我慢がならなかったのです。昭和四年四月一日の日記には《今日は為事《しごと》をした、「裸婦」四回分書いた、未《ま》だ書けるが自重して寝る、鏡花の「婦系図《おんなけいず》」読んで泣いた、そして泣かせる小説なら造作なく書けることに気付いた。鏡花は三時代前の人間だ、そう思ってみれば良いところもある。予は「裸婦」の中の一番いんだら女お園をその愛読者に選んで置いた。併《しか》し無論ユニークな点では一点地を占めることは疑いを容《い》れなかろう》とあります。山本さん自身は二十五歳の文学青年時代、すでにして《泣かせる小説なら造作なく書ける》ことに気付き、〝泣かせる小説〟を書きうるという満々たる自負と、同時に〝泣かせる小説〟のもつ底の浅さ、次元の低さについてもいくばくかの反撥《はんぱつ》を示しているのであります。山本さんとしては、そうした泣かせるだけの、うすっぺらな義理人情を突き破り、もっと根源にある人間性に迫ろうと数十年も努力して来た作者の志向を評価しようともせず、斜めに読んで辻斬《つじぎ》りにする批評家の発言がまかり通ることに耐えがたかったのです。

ここにあつめた作品のなかにも、いわゆる「義理人情」の作品として読み過されてしまいそうな作品があるかもしれません。山本さん自身が〝下町もの〟と名付けた『かあちゃん』（昭和三十年七月「オール讀物」）、『将監さまの細みち』（昭和三十一年六月「小説新潮」）、そして『鶴《つる》は帰りぬ』（昭和三十二年六月「週刊朝日別冊」）などがそれです。

けれども、ストーリーだけを上なぜする読書方法から一歩、いや半歩だけでも踏み込んでみるならば、これらは単なる義理人情の世間話ではなくて、われわれの身回りに容易に見出《みいだ》される人々の深い喜びや哀《かな》しみや歎《なげ》きなどが、生々《なまなま》しく息づく世界を感ずることができるはずです。

『かあちゃん』小学校時代の級友の一家をそっくりモデルにしたというこの小説は、描写が煩瑣であるどころか、一点一画、無駄《むだ》なくみがきあげられた名品です。長兄を除いては家内だれもが知らない入牢中《にゅうろう》の朋輩《ほうばい》に、かあちゃんを中心とする一家が、更生の資本をつくってやるために隣近所の悪口にも耐えて献身する〝無償の奉仕〟のつくしさは、たまたましのび込んだ盗賊さえもその一家に同化してしまいます。盗人《ぬすっと》の身上《みのうえ》をきいた〝かあちゃん〟は、「大嫌《だいきら》いだ、あたしは」と声をふるわせます「子として親を悪く云《い》うような人間は大嫌いだよ」。

「ただ一行のために、しばしば私は一編の小説を構想した。お勝のこの言葉を書きたくて私は『かあちゃん』を書いた」。山本さんはそういいました。

『将監《しょうげん》さまの細みち』は〝岡場所《おかばしょ》もの〟のなかでも「殆ど詩の域に達している」とさえ評される（吉田健一氏）世界を構築しています。病身を口実に甲斐性《かいしょう》なしで怠け者《なまもの》の亭主《ていしゅ》をもつおひろは、たつきの糊《のり》を得るために岡場所で身をひさいでいるところへ、二年もの間、彼女を捜し求めていたという幼な友達の常吉《つねきち》が現われ、亭主と別れて再出発しようと促し、おひろもその気持になりかかりながら、夫のひきとめの懇願を、どうしても振切ることができません。それは何時《いつ》も負け犬だった夫に対する母性本能と、《五十年まえには、あたしはこの世に生れてはいなかった、そして、五十年あとには、死んでしまって、もうこの世にはいない、……あたしってものは、つまりはいないのも同然じゃないの、苦しいおもいも辛《つら》いおもいも、僅《わず》かそのあいだのことだ、たいしたことないじゃないの》という諦念《ていねん》も入りまじったこころからでした。けれども、そうした底の底につきあたった、という生活感から、おひろは夫や子供とともに、もう一度自分たちの暮しを新しい出発点につけてみようと思案するのです。女ごころのかなしさ不思議さを精緻《せいち》にうつし出して、まこと名作の名に恥じません。向日的な家族の物語『かあちゃん』と、暗い色彩を基調にした『将監さまの細みち』――。明暗二様の庶民の生活の相《かお》が、現実社会のそれよりも、はるかにたしかな現実性をもって描かれているのであります。

『鶴は帰りぬ』は蹉跌《さてつ》の段階にさしかかった純真で篤実《とくじつ》な若い男女の交情を、親身にまとめてやるおせきの報告書とでもいうべき珍しいスタイルの作品です。いかにも不器用なだけに初々《ういうい》しい男女の心の接近と分離の経緯を、床の間の鶴の置物に象徴させた巧みな構成で、とくに、四カ所に挿入《そうにゅう》されたおせきの独白が、まことに注目すべき効果を上げています。この野心的な試みは、昭和三十六―八年の『虚空遍歴《こくうへんれき》』のおけいの独白に結実しました。《うん、――あの子は、おとわちゃんはとびだしていった、ひと言「姐《ねえ》さん」と云ったきり、それこそ面《おもて》もふらずという恰好《かっこう》でとびだしていったよ。いまでもそう思う、あのときあたしは、人の一生のきまるところを見たんだってね》この見事な高潮の一節は、読み返すたびに新しい感動をよびおこさずにはおきません。

『紅梅月毛《つきげ》』（昭和十九年四月「富士」）と『野分《のわき》』（昭和二十一年十二月「講談雑誌」）『蕭々《しょうしょう》十三年』（昭和十七年一月「新国民」）は〝武家もの〟に属する小説であります。なかんずく『蕭々十三年』は女性が一人も登場しないという意味でも純粋の〝武家もの〟であり、太平洋戦争の一時期、作者が興味を集中させたらしい岡崎藩主水野監物《けんもつ》忠善《ただよし》の家中《かちゅう》に取材したなかの一編です。――殿、覚えて御座あれ、と叫んで尽す天野半九郎の一徹の忠勤は、我執にとらわれたぬけ駈《が》け同然として主君にしりぞけられますが、十三年後、城中火災で今や爆発寸前とみえた焔硝蔵《えんしょうぐら》にとびつき、身をもって扉《とびら》口《ぐち》へ貼《は》りついて類焼を防いだ身分不明のしかばねこそ、退藩させられたはずの半九郎だったのです。手柄《てがら》功名など願わず、ひたすら藩家のために励む平常な心ばえに達した彼が、一死をもって体現したさむらいの生き方は、いかなる時勢においてもすべての人々に関《かか》わる基本的な人生態度であるはずです。

『紅梅月毛』は家康《いえやす》・秀忠《ひでただ》父子台覧《たいらん》の晴れの馬競《うまくら》べの場に、みすぼらしい老馬にまたがって出場する本多忠勝《ほんだただかつ》の家臣深谷半之丞《ふかやはんのじょう》の物語です。家康の下問に、半之丞は静かに答えます。名馬駿足《しゅんそく》といえども、敵の箭弾《やだま》丸にうち斃《たお》される場合がある、さようなとき有り合う馬の良し悪《あ》しにかかわらず取って乗る、これが本多家の馬術の風である……。「今日のお催しが名馬較《くら》べでありましたならわたくしの誤り、もし馭法《ぎょほう》くらべでございますなら、馬についての御不審は……」絶対の権威者にも臆《おく》するところなく信念を開陳する半之丞に託して、作者は軍部に阿《あ》諛追従《ゆついしょう》する当時の文壇風潮に一矢《いっし》を放ったものと思われます。深谷が用いた老馬こそは、実は関ヶ原で逸走してしまった紅梅月毛のなれの果ての姿だったという種明かしや、老職の娘よりも口取りの下僕《げぼく》の妹への心の傾斜を暗示して、痛快ともいえる読後感を盛り上げることに成功しており、上質なエンターテインメントの作品といえましょう。

『野分』は、大名の庶子に生れながら、情勢の変化によって跡つぎに坐《すわ》らされる若殿と、職人気質《かたぎ》の祖父と二人暮しの下町娘との恋情が、身分の違いによって実を結ばずじまいに終る胸をしぼられるような物語であります。一時はいっそのこと大小を捨てて町人にと決意した若殿も、藩主の噛《か》んで含める説得を無下に振払うことができなくなります。二人を忘れがたい若殿が、居場所を捜しあてていっても、彼等《かれら》は立退《たちの》いてしまったあとです。「お紋……」口のなかでそっと囁《ささや》くように若殿は呟《つぶや》きます「……逢《あ》わなければよかった」。青年武士の呟きは、さらに昭和三十四年の小説『その木戸を通って』の平松正四郎が、失跡した妻に呼びかける「いまどこにいるんだ、どこでなにをしているんだ」という囁きにつながってゆくようです。

『雨あがる』（昭和二十六年七月「サンデー毎日」）は、作者が〝こっけいもの〟に仕分けた作品で、山本さんと親しかった武芸の達人である作家の三橋一夫氏がモデルになっています。この物語は翌年の『雪の上の霜』へと続きますが、前作が際立《きわだ》ったユニークさを示しています。あまりに武芸の極意《ごくい》をきわめすぎ、かけはなれた達人であるために、却《かえ》って周囲を白けさせてしまうという三沢《みさわ》伊《い》兵衛《へえ》、やりきれないほどの好人物で自己主張の能力を先天的に欠いているとさえ思われる夫を、全面的に信頼して希望を明日に託そうとするおたよ夫婦の生き方は、光線のあてかたによっては社会生活失格者の演ずる性格悲劇なのかもしれないのです。しかし作者はあくまで両人の善意を暖かいユーモアで包み、おたよにこう云わせます「でもわたくし、このままでもようございますわ、他人を押除《おしの》けず他人の席を奪わず、貧しいけれど真実な方たちに混って、機会さえあればみんなに喜びや望みをお与えなさる、このままの貴方《あなた》も御立派ですわ」。

『あだこ』（昭和三十三年二月「小説倶楽部《クラブ》」）は山本さんが試みたいくつかのメルヘンのなかでも最も心たのしい出来ばえです。『貧窮問答』（昭和二十八年）の骨格も連想させますが、あだこの優しい心根が、人生を見限った怠惰な男をして立ち直らせてゆく過程を、美しいメルヘンにまで昇華させています。

『もののけ』（昭和三十四年十月「オール讀物」）は、山陰地方の古い民話に材を得て王朝時代を背景に描いた〝平安朝もの〟のなかの一編。美姫《びき》に扮《ふん》した蜘蛛《くも》の精が、囮《おと》りとは知らずに美しい若侍の人形に恋をする哀れさを表現したいというのが作者の意図でありました。緻密《ちみつ》に計算された構成と、緩急の変化を自在に操《あやつ》ったリズミカルな叙述は絢爛《けんらん》華麗な舞踊劇さながらです。

『おごそかな渇き』（昭和四十二年一―二月「朝日新聞」日曜版）五十年来、いっさいを散文に傾けつくした山本さんの絶筆となった作品で、八週目で中絶されました。半途にしてたおれることが、多年の念願でもあったらしい作者の最終作品にふさわしい謹厳な雰囲気《ふんいき》に満ちており、もし完結されておれば、この作者がこれまで読者に見せなかったもうひとつの文学相が明らかにされたかもしれないと惜しまれます。発表された分だけでは、その後の展開を卜《うらな》うことは困難ですが、小説の娯楽性を多少犠牲にしてでも長年対面しつづけた宗教的課題を、熟成した文章で表現しようとしたごとくです。半面、出口のない迷路に、（覚悟のうえとは云え）足を踏み込んだ気配も感じられないこともありません。ただ、ウィリアム・サローヤンの『人間喜劇』が、この小説を作者に執筆させた重要な刺戟《しげき》であったことはたしかで、〝現代の聖書〟を描きたい、というのが『おごそかな渇き』に賭《か》けた山本さんの抱負でありました。いずれにせよ山本さんの終焉《しゅうえん》と同時に、啓吉、隆二、りつ子ら登場人物たちは、映写途中の動画が急停止するように、各個の動作を突然凝固させてしまったのです。

（昭和四十五年十月、文芸評論家）

# 表記について

新潮文庫の文字表記については、原文を尊重するという見地に立ち、次のように方針を定めました。

一、旧仮名づかいで書かれた口語文の作品は、新仮名づかいに改める。
二、文語文の作品は旧仮名づかいのままとする。
三、旧字体で書かれているものは、原則として新字体に改める。
四、難読と思われる語には振仮名をつける。

なお本作品集中には、今日の観点からみると差別的表現ととられかねない箇所が散見しますが、著者自身に差別的意図はなく、作品自体のもつ文学性ならびに芸術性、また著者がすでに故人であるという事情に鑑み、原文どおりとしました。

（新潮文庫編集部）

新潮文庫最新刊

ブレイディみかこ著
ぼくはイエローでホワイトで、ちょっとブルー
Yahoo!ニュース｜本屋大賞ノンフィクション本大賞受賞
現代社会の縮図のようなぼくのスクールライフは、毎日が事件の連続。笑って、考えて、最後はホロリ。社会現象となった大ヒット作。

畠中恵著
てんげんつう
仁吉をめぐる祖母おぎんと天狗の姫の大勝負に、許嫁の於りんを襲う災難の数々。若だんなは皆のため立ち上がる。急展開の第18弾。

重松清著
ハレルヤ！
「人生の後半戦」に鬱々としていたある日、キヨシローが旅立った――。伝説の男の死が元バンド仲間五人の絆を再び繋げる感動長編。

芦沢央著
火のないところに煙は
静岡書店大賞受賞
神楽坂を舞台に怪談を書きませんか――。作家に届いた突然の依頼が、過去の怪異を呼び覚ます。ミステリと実話怪談の奇跡的融合！

伊与原新著
月まで三キロ
新田次郎文学賞受賞
わたしもまだ、やり直せるだろうか――。ままならない人生を月や雪が温かく照らし出す。科学の知が背中を押してくれる感涙の6編。

企画 新潮文庫編集部
ほんのきろく
読み終えた本の感想を書いて作る読書ノート。最後のページまで埋まったら、100冊分の思い出が詰まった特別な一冊が完成します。

# おごそかな渇《かわ》き

新潮文庫　や-2-15

昭和四十六年一月二十五日　発行
平成十五年五月二十五日　五十四刷改版
令和三年七月二十五日　六十九刷

著者　山《やま》本《もと》周《しゅう》五《ご》郎《ろう》

発行者　佐藤隆信
発行所　株式会社新潮社
郵便番号　一六二―八七一一
東京都新宿区矢来町七一
電話　編集部(〇三)三二六六―五四四〇
　　　読者係(〇三)三二六六―五一一一
http://www.shinchosha.co.jp
価格はカバーに表示してあります。
乱丁・落丁本は、ご面倒ですが小社読者係宛ご送付ください。送料小社負担にてお取替えいたします。

印刷・錦明印刷株式会社　製本・錦明印刷株式会社
Printed in Japan

ISBN978-4-10-113415-4 C0193